Rainer Braune

Die Drachenwerft

Rainer Braune

Die Drachenwerft

Roman

Gustav Kiepenheuer Verlag

ISBN-10: 3-378-00671-4
ISBN-13: 978-3-378-00671-3

1. Auflage 2006

Einbandgestaltung gold, Anke Fesel/Kai Dieterich
Druck und Binden C. H. Beck, Nördlingen
Printed in Germany

www.gustav-kiepenheuer-verlag.de

mieux mourir que se salir

Alle, die in diesem Buch auftreten – auch ich –, sind Lügen; die Wirklichen blicken neidisch aus ihrem Elend auf unsere Pracht. Wir sind im Gegensatz zu ihnen zudem unsterblich – kein Grund also, wirklich sein zu wollen; lieber erlogen als neidisch; lieber tot als schmutzig. Danken wir unseren Erlügnern für unser Leben, das – ob erlogen oder nicht – schön ist.

eins

Früher war ich unsterblich. Als Kind lebte ich in einem Städtchen, das, mit hohen Häusern und engen Gassen dazwischen, an einem steilen Hang über einem See hinaufgebaut war. Kaum größer als ein Dorf, schien es mit auf Tüchern gemalten Fassaden als Stadt verkleidet worden zu sein; aber diese Tücher wehten nicht davon, wenn der Wind blies, sie flatterten nicht einmal. Die Fassaden waren ganz fest, und wenn die Herbststürme das Seewasser an die Mauern spritzten, bildeten sich dunkle Flecken.

Auf der Promenade am See reihten sich Pappeln zu einem Spalier grüner hoher Spindeln. Wie auf alten Bildern zu sehen, hatte es früher diese Promenade nicht gegeben. Die Häuser stiegen direkt aus dem Wasser heraus und hatten seewärts in den unteren Stockwerken statt der Fenster nur kleine Luken sowie ein Tor, durch welches Kähne in die Häuser hineinfahren konnten.

Von der Promenade stelzte ein stangenbeiniger Steg ins Spiegelbildgewackel des Sees hinaus. An seinem Ende legte die »Trüsche« an, der Raddampfer. Draußen im See lag, versunken, die »Hornung«, das war ein anderer Dampfer; und noch weiter draußen eine Glocke, niemand wußte, wo genau; ihr Klang flog durch die Abende der Nacht entgegen, war aber nicht von jedermann zu hören; und wer ihn doch vernahm, der mußte bald sterben. Ich hörte sie oft. Mir machte es nichts aus. Ich war unsterblich.

An der Promenade fehlten zwei Häuser. Auf dem freigewordenen Platz ließ ein Brunnen seine vier Wasserstrahlen schuldbewußt in den Trog hängen, er wußte sich – so nah am See – überflüssig. Hier spielte im Sommer die Stadtkapelle. Und in dieser mitzutun, angetan mit Dreispitz, Rüschenbluse, dottergelber

Weste und Kniebundhose, war einer meiner größten Wünsche. Ursprünglich hätte ich, des messingnen Gefunkels wegen, am liebsten Trompete gelernt, was meine Eltern mit Hinweis auf die Lautstärke ablehnten. Daraufhin war, der vielen Silberklappen wegen, die Klarinette mein Wunschinstrument geworden. Aber in der Stadtkapelle war keines dieser Instrumente frei gewesen. Das mir vom Stadtkapellendirigenten angetragene Flügelhorn hatte ich – nach anfänglichem Interesse – abgelehnt, als ich feststellte, daß es ein blechernes Geschling ohne jeglichen Flügel war.

In dieser Stadt lebten mit mir Männer und Frauen und andere Kinder, und aus den Häusern drang Geschirrgeschepper, Töpfeklappern, Trompetengetute, Klospülen, Scherenschnappen, Radiomusik, Wasserplätschern, Fensterklirren, Jubeln oder Jammern, Nähmaschinenrattern, Brummkreiselbrummen, Briefezerreißen, Menschenmundplappern. Und war man im Haus, so hörte man von draußen die Turmuhr, das Tuten der Schiffe, das Klingen der hinuntergefallenen Münze und den Aufschrei des Mannes, der das zuvor mit der Zange in die Gasflamme gehaltene Geldstück aufheben wollte, die Ladenbimmel des Metzgers, das Patschen eines an die Wand geworfenen Gummiballes, das Quieken der Möwen, das Platzen eines Luftballons, das Hackbeil des Fischhändlers, den Singsang von Himmel-und-Hölle, das Klatschen einer Ohrfeige und das Weinen des Kindes, und das alles war nicht nur zu hören, sondern auch zu sehen. Blickte man aus dem Fenster, sah man Menschen mit beweglichen Mündern, auf Würste zeigenden Fingern an ausgestreckten Händen, sich gegenseitig schüttelnden Händen, einbeinig hüpfende Kinder, und blickte man in Fenster, sah man auch Menschen, suppenlöffelnde, mit Nadeln auf menschlose Mäntel einstechende, Kinder prügelnde, beilschwingende, mit hakigen Fingern drohende, spitzmündig in hochkochende Milch blasende, und wenn man die Hände von den Ohren nahm, drangen einem die Laute all dessen als plötzliches Getöse in die Ohren, alles war voll Menschen und Geräuschen. Doch nachts war es so still, daß man das Werk der Turmuhr gehen und die heimlich am offenen Fenster abgeschnittenen Späne der Fingernägel auf die Gasse fallen hören konnte.

Die größte Gasse wand sich steil vom See zwischen den kompliziert an den Hang gebauten Häusern zum oberen Torturm, hinter dem sie als vergraster Fahrweg weiter hangaufwärts führte, zu Streuobstwiesen und Weingärten, wo man, schon hoch über der Stadt, an einem Apfelgarten vorbeikam, in dem ein kleines Holzhaus stand, umgeben von pfirsichfarbenen, dunkel- und blaßroten Stockrosen, die bis zur Dachrinne hinaufreichten. Dort wohnte die Kindermörderin Zettelheim, eine harmlos wirkende, alte Frau. Man sah diese Zettelheim manchmal am Bahnhof stehen. Dann verreiste sie, um woanders Kinder umzubringen, die sie bei ihrer Rückkehr kleingeschlachtet in ihrem geflochtenen Koffer dabeihatte und an ihren Hund verfütterte.

Der war, wie es hieß, eine Mischung aus einem Wasser- und einem Windhund und lag meist vor dem Häuschen – ein großes schwarzes Tier, das sich nicht die Mühe machte aufzustehen, wenn man am Zaun vorbeiging, und das ich noch nie bellen gehört hatte.

Stieg man, am Apfelgarten vorbei, weiter hinauf, so kam man zu einem Höhenweg, auf dem man um den ganzen See gehen könnte; man bräuchte zehn Tage dazu.

Manchmal blätterte ich im kleinen Gemischtwarenladen im »Kinderkurier« und hörte dabei den Gesprächen der einkaufenden Frauen zu. Wenn ich den Laden betrat und die Frauen die Stimmen senkten, wußte ich, daß von Interessantheiten die Rede war, zum Beispiel vom »Schlitzer«, von dem niemand wußte, wer es war. Er hatte die Angewohnheit, ab und an Frauen aufzuschlitzen. Warum er das tat und was die aufgeschlitzten Frauen dazu sagten, konnte ich aber nicht herausbringen. Auf meine Nachfrage hatten die Frauen unerfreut aufgesehen, und die Ladnerin hatte mir übers Haar gestreichelt, mir ein Bonbon in den Mund gesteckt und gesagt: »Ja, ja, gutes Bubele. Bist ja noch ein Kinderl. Weißt noch nicht, wie schlimm es zugeht auf der Welt, arm's Bubele. Hast es gut. So gut wirst es nimmermehr haben.« Und als sie mich aus der Tür geschoben hatte, rief sie mir nach: »Weißt ja nicht, wie gut du's hast. Wirst später noch dran denken, wie schön es war in der Kindheit.« Bonbonlutschend war ich auf der Straße gestanden und hatte überlegt, ob ich mich später noch daran erinnern würde, ans Bonbon und wie gut es mir ging.

Im »Kinderkurier« hatte ich eine Anleitung zum Falten eines Papierfliegers gefunden. Den ließ ich eben am Hang segeln, als ich die Zettelheim in einiger Entfernung den Weg heraufkommen sah. Ich versteckte mich sogleich in den großen Blättern des Schierlings und beobachtete, wie sie stehenblieb und dem wippenden Flug des Papierflugzeugs nachsah.

Als sie näherkam, drückte ich mich tiefer ins Kraut und wagte nur, sie aus den Augenwinkeln anzuschauen.

Von nahem hatte ich sie noch nie gesehen und erkannte sie nur an ihrer großkopfigen Silhouette und ihrem ungleichmäßigen Gang und erwartete nun etwas Außerordentliches. Aber ihr Gesicht war ein ganz gewöhnliches, und meine heimlichen Blicke auf sie bekamen etwas um so Unheimlicheres; ich glaubte, etwas Ungeheuerliches zu tun, nämlich ein Ungeheuer in Gestalt eines gewöhnlichen Menschen ungesehen aus nächster Nähe zu beobachten. Hätte sie geahnt, daß ein einzelnes Kind ihr so nah war – sie hätte das Messer geholt, um sich einen Festtag zu machen, mich lachend zu schlachten, lippenleckend zu braten und schmatzend zu verspeisen und dem Hund meine Knöchelchen und manches Fleischstück zuzuwerfen. Daß das wegen meiner Unsterblichkeit gar nicht gegangen wäre, das wußte sie ja nicht, und wie sich meine Unsterblichkeit, wenn ich in ihre Fänge geriete, auswirken würde, das wußte wiederum ich nicht; sprängen die abgeschnittenen Fleischstücke flugs wieder zu mir zurück?

Danach war ich krank, denn Kinder vertragen es nicht, unterm Schierling zu kauern, und ich lag, von einem roten Ausschlag bedeckt, zwei Wochen im Bett.

Manchmal kamen auch die anderen Kinder den Hang herauf, und ich mußte mich verstecken, denn wenn sie mich entdeckten, jagten sie mich, und wenn sie mich fingen, schlugen sie mich. Vielleicht hatte das Spielen in der Nähe einer Kindsmörderin für sie einen besonderen Reiz. Die Buben prahlten vor den Mädchen, indem sie johlend und mit ausgebreiteten Armen am Zaun der Zettelheim entlangrannten. Erschien die alte Frau in der Tür, sprangen alle sogleich davon und versteckten sich; und ich beobachtete aus meinem Versteck die anderen Kinder, die aus ihren Verstecken die Zettelheim beobachteten. Alle schwiegen, selbst die großen Äpfel an den Bäumen der Zettelheim, und die Zettelheim drehte ihren großen Kopf mit dem großen Gesicht hin und her.

Wenn die Kinder heraufkamen, sah ich oft die Zettelheim aus dem Haus treten und etwas auf die Wiese tragen. Dann fanden die Kinder auf einem Baumstumpf eine Schüssel mit Pflaumen oder Erdbeeren oder einen Teller mit Pudding oder Pfannkuchen. Doch sie wußten Bescheid, stießen die Schüsseln oder Teller mit dem Fuß um und liefen den Hang hinab. Waren sie fort, löffelte ich eilig den Pudding aus dem Gras, ehe die Ameisen ihn fraßen, oder klaubte die Pfannkuchen auf und schüttelte sie, damit die Ameisen abfielen.

Die Pfannkuchen der Zettelheim schmeckten ganz besonders gut. Das rührte wohl vom hineingebackenen Gift her, durch welches die Pfannkuchen einen himmlischen Geschmack bekamen. Andere Kinder mochten daran sterben. Ich nicht. Ich war unsterblich. Nicht einmal Bauchgrimmen bekam ich. Im Gegenteil, ich wurde um so stärker, je mehr ich davon aß.

Zu Versuchszwecken wollte ich mir einmal einen Finger abschneiden – ein kleiner sollte genügen –, um herauszubringen, wie sich meine Unsterblichkeit in solch einem Fall auswirkte. Ich hatte das Holzspaltäxtlein aus der Küche dabei und rückte gerade meine Hand auf einem Holzpflock hin und her, um die zum Abschlagen eines Fingers beste Position herauszufinden, als in meinem Kopf eine Stimme rief: »Halt, Dummkopf! Auch neunfingrig bleibst du unsterblich.«

»Ach so!« murmelte ich. Da hätte ich den Schmerz, einen Finger weniger und keinen Aufschluß über die Unsterblichkeit. Den gewänne ich, wenn ich mir beispielsweise ein Messer ins Herz stieße. Das, so hatte ich gelesen, führte bei den

Gewöhnlichen zum Tod. Gelegentlich wollte ich mich erkundigen, wo sich das Herz befand.

Als ich einmal beim Pfannkuchenessen über die Schulter sah, stand die Zettelheim in der Tür und lächelte mir zu.

Lach du nur, dachte ich und klappte meinen Pfannkuchen zusammen. Sie mochte sich wohl schon gewundert haben, daß ein Kind an ihren vergifteten Pfannkuchen nicht starb, und glauben, daß ein mit ihren Pfannkuchen gefülltes Kind einen besonders schmackhaften Braten abgäbe. Aber durch diese Rechnung machte ich ihr einen Strich, nahm die restlichen Pfannkuchen und ging. Auch wenn ich unsterblich war, wollte ich nicht geschlachtet werden. Zwar könnte ich nicht daran sterben, aber wenn mich zuletzt die Zettelheim, da ich nicht totzukriegen war, wieder gehen lassen würde und ich dann, lebendig, aber angebraten, in die Stadt käme, würde man mich auslachen. So weit wollte ich es lieber gar nicht erst kommen lassen.

Frei von Angst vor dem Vergiftetwerden, hatte ich mir angewöhnt, beim Heraufkommen zuerst nach einem Teller mit Eßbarem zu schauen oder – weiter unten, aber sichtbar – zu warten, bis die Zettelheim mit einem Teller aus dem Haus trat. Oft trieb mich der Hunger den Hang hinauf, denn zu Hause gab es nur Frühstück und Abendbrot.

Als ich wieder einmal den Laden betrat, unterhielt sich die Verkäuferin eben mit einer alten Frau, füllte ihr dabei Milch in die Emailkanne und wog dann Leberwurst ab. Zuletzt ließ sich die Frau noch zwei Rollen Klopapier geben. Daß eine alte Frau auch aufs Klo ging – wie ich – und sich danach den Popo abwischte, kam mir ganz und gar unwahrscheinlich vor, aber als sie sich die Klopapierrollen unter den Arm klemmte, mußte ich lachen.

Die Ladenfrau sagte: »Hat's lustige Sachen im ›Kinderkurier‹, gelt?« Ich nickte und blätterte weiter.

Nachdem die Frau bezahlt hatte und sich umdrehte, erkannte ich die Zettelheim. Ihr plötzlich so nahes, großes Gesicht bestürzte mich. Ich bereute, nicht auf das Gespräch der beiden Frauen achtgegeben zu haben, aber ich erinnerte mich an das Wort »Laufmaschen«. Daß sie wie eine gewöhnliche Frau einkaufte – was hatte das zu bedeuten? Daß es im Gemischtwarenladen überhaupt Dinge gab, welche die Zettelheim gebrauchen konnte! Und daß sie auf Lebensmittel angewiesen war! Womöglich strich sie die Leberwurst ebenso aufs Brot wie meine Mutter! Vielleicht kaufte sie Leberwurst und Milch aber auch für den Hund, der als gemischtes Wesen besonderer Kost bedurfte. Rätselhaft auch, daß aus der Kanne, aus der zuletzt der Zettelheim Milch abgefüllt worden war, nun ich Milch in meine Kanne bekam. Denn mußte die Milch der Zettelheim nicht unzweifelhaft ganz anders sein als die Milch, die ich erhielt?

Auf dem Heimweg setzte ich mich auf die Vortreppe eines Hauses, um zu überlegen. Nachdem ich zu dem Schluß gekommen war, daß die Zettelheim die Leberwurst doch selbst aß (freilich nicht wie unsereins, sondern auf ganz und gar unheimliche Weise), fielen mir die »Laufmaschen« ein. Was waren »Laufmaschen«? Und dann die Milch – mit ihr buk sie ja auch meine Pfannkuchen. Das waren zu viele Fragen und Rätsel. Beim Aufstehen stieß ich die Milchkanne um; das wunderte mich gar nicht.

Als ich, mit neuem Milchgeld, wieder an der Treppe vorbeikam, stand eine Frau in der offenen Haustür und schalt, daß man ihr Milch auf die Treppe gieße, und fragte, ob ich das gewesen sei. Ich aber schwenkte meine leere Kanne und sagte, daß ich die Milch eben erst holen ginge. Nachts träumte ich von einem großen Mund, der mir immer wieder zurief: »Lauf ma' schön.«

Im Herbst waren die Äpfel an den Bäumen der Zettelheim ungewöhnlich groß geworden, dabei aber hellgrün geblieben. Ich war hungrig, denn die Zettelheim hatte schon drei Tage lang keine Pfannkuchen mehr hingestellt. Während ich am Gartentor wartete, hörte ich hinter dem Haus ein saftiges, berstendes Knirschen. Dort lag der Hund der Zettelheim im Gras und biß und nagte an etwas, wohl an einem Kinderknochen. Dann sah ich aber, daß er einen der großen Äpfel fraß. Er erhob sich und kam an den Zaun.

Die beiden Rassen, die wäßrige und die windige, hatten sich nicht vermischt; mit langem, glänzendem Fell und einem schmalen und hängeohrigen Kopf sah das vollkommen schwarze Tier aus wie ein Höllenhund, der soeben zur Abkühlung mit Wasser begossen worden war.

Ich langte durch den Zaun, streichelte ihn, und er legte den Kopf schief, damit ich ihn besser hinter den Ohren kraulen konnte. Hätte man der harmlos aussehenden Zettelheim alles zugetraut, so ihrem Hund, trotz seines höllischen Anblicks, nichts. Er sah mich mit klugen Augen an, als erwartete er von mir eine Auskunft. Aber was hätte ich ihm sagen können? »Heute ist Dienstag«?

Am Mittwoch erfuhr ich im Gemischtwarenladen, wieder im »Kinderkurier« blätternd, daß der Briefträger die offensichtlich (ein Wort, das mich beunruhigte) schon einige Zeit zuvor verstorbene Zettelheim tot auf dem Klo sitzend gefunden habe. Eine Ameisenstraße hatte – hier wurde das Gerede zum Geflüster – vom Boden über die Beine zu einem Nasenloch hinaufgeführt. Was hatten die Ameisen im Kopf der Zettelheim zu suchen? Als ich einmal im Gras eingeschlafen war, wachte ich niesend auf, weil Ameisen angefangen hatten, in meine Nasenlöcher zu krabbeln. Vielleicht wollten sie, die Ameisen, auch einmal aus den Augen eines Menschen in die Welt hinausschauen.

Nun stand das Häuschen leer, niemand schaute aus den Fenstern heraus, und auch aus den Augen der Zettelheim schaute niemand mehr heraus. Nicht einmal sie selbst.

Dann hörte ich, daß der Hund eingeschläfert worden war. »Eingeschläfert« – das kannte ich schon. Der Lehrer hatte mir allerdings meinen Aufsatz »Mein Tageslauf«, in dem ich schrieb, daß ich jeden Abend um sieben eingeschläfert werde, mit einer »vier bis fünf« und einer sogenannten Kopfnuß zurückgegeben. Die Kinder, die mir daraufhin einen Vogel zeigten, blieben ungerügt, und er hatte gemeint, ich solle froh sein, daß ich nicht eingeschläfert werde. Ja, ja, ich arm's Bubele, ich wußte nicht, wie schlimm's auf der Welt zuging.

Nun kamen die Kinder wieder öfter den Hang herauf, und ich mußte mich verstecken. Einmal entdeckten sie mich und drückten mich mit dem Gesicht in Brennesseln.

Da stellten ich ihnen einen Teller mit einem Häufchen Pulver hin, das ich in unserem Keller in einer Schachtel mit der Aufschrift »Rattengift« gefunden hatte. Den Teller verzierte ich mit Schlehen und Brombeeren, einen Löffel legte ich einladend daneben, und im Pulver steckte ein Papierschild, auf dem die Märchenworte zu lesen waren: »Ich schmecke so süß!« Vielleicht würden die Kinder jetzt, da die Zettelheim fort war, etwas von der bereitgestellten Speise essen.

Aber sie rührten den Teller nicht an, stießen ihn nicht einmal um, sahen nur schweigend darauf und rannten dann den Berg wieder hinab. Beim nächsten Mal steckte ein Schild mit der Aufschrift »Unsterblichkeitspulver« in dem Pulverhäufchen. Aber dumm, wie sie waren, vertaten sie die Möglichkeit, unsterblich zu werden. Denn das wären sie ja gewesen, wenn sie erst einmal tot wären. (Oder, kam es mir in den Sinn, konnte man, wenn man tot war, noch einmal sterben?) Ich hätte wohl Krapfen kaufen und diese mit dem Rattengift wie mit Puderzucker bestäuben sollen. Doch ich hatte kein Geld für Krapfen und brachte das verschmähte Rattengift in den Keller zurück. (Was die Ratten wohl gesagt hätten, wenn sie gewußt hätten, daß das Gift, an welchem sie soeben verendeten, schon als Lockspeise für Kinder gedient hatte.)

Im Laden wurde der Tod der Zettelheim allmählich durch ein neues Gesprächsthema verdrängt. Es ging um einen stadtbekannten Mann namens Rosenmaier, der in einem Gartenhäuschen vor der Stadt wohnte, im Winter das Salz auf die Straßen streute und sommers im Freibad den Rasen senste und sich mit beiden Tätigkeiten unbeliebt machte. Im ersten Fall, weil er so tüchtig salzte, daß den Hunden die Pfoten weh taten, im zweiten, weil er mit weitausholenden Sensenschwüngen dicht an den, neben der blitzenden Sense noch unbekleideter wirkenden, Liegenden vorbei das Gras kürzte.

Aus dem Getuschel erfuhr ich nun, daß zwei der Kundinnen

auf dem Weg zur Andacht im abseits gelegenen Kloster ihn, den Rosenmaier, in seinem Garten mit heruntergelassenen Hosen entdeckt hatten.

Das stellte ich mir furchtbar vor, hatte ich doch schon einmal geträumt, ich säße in der Schulbank und entdeckte plötzlich, daß ich nur Unterwäsche anhatte, als der Lehrer schon lachend zu mir trat, mir etliche Kopfnüsse gab und den anderen Kindern zurief: »Schaut nur einmal her zu unserem Tunichtgut. Schaut nur einmal her.« Als alle zu mir sahen, und zwar ohne den Körper zu wenden, sondern nur, indem sie die grinsenden Köpfe drehten, hatte ich zu weinen begonnen und war weinend aufgewacht.

Aus dem Lehrer wurde ich – in der ungeträumten Wirklichkeit – nicht recht schlau. Lehrer, so wußte ich, waren gerecht und streng und hatten ihre Schüler alle gleich lieb. Vielleicht, vermutete ich, gab er mir die vielen Kopfnüsse und die schlechten Noten, um zu vertuschen, daß er mich doch lieber hatte. Denn manchmal konnte er seine Liebe nicht verbergen, lobte mich vor den anderen Schülern, ließ mich auf dem Tisch stehen – was ansonsten bei Strafe verboten war –, damit mich alle Kinder besser sähen. Geflickte, zumal derart oft geflickte Hosen seien nämlich heutzutage eine Rarität; und auch ein mit dunkelrotem Garn gestopfter hellroter Pullover sei eine einzigartige Sehenswürdigkeit, die zudem vom handarbeitlichen Können meiner Mutter zeuge. (Diese war, als ich ihr das stolz erzählte, vor Freude in Tränen ausgebrochen.)

Aber statt den armen Straßensalzer und Freibadrasensenser Rosenmaier für seine runtergelassenen Hosen zu bedauern, nannten ihn die Frauen im Laden, mit eisigen Augen und die Hände zusammenschlagend, eine »Sau«, was sie, obwohl sie flüsterten, geradezu schrien, und eine rief, jedesmal, wenn sie das Ferkel sehe, schüttele es sie vor Grausen, aber ihr mache man nichts vor, sagte sie und hob den Finger, und man hörte den Doppelpunkt fingerknöchelnd doppelpochen, ehe sie rief: »Männer sind alle so!« Als der ihrige gestorben sei, habe er bis zuletzt immer ein Wort wiederholt, immer dasselbe, wie ein Automat, furchtbar sei das gewesen, aber noch furchtbarer sei das Wort selbst gewesen, sie würde es nie über die Lippen bringen, und dann der Pfarrer mit der Letzten Ölung, und dazu immer das Wort ... nein, nein, sie schüttelte heftig den Kopf (die anderen Frauen drangen in sie: »Was für ein Wort denn?«), sie sage es nicht, sie bringe es nicht über die Lippen. Ihr reiche es schon, wenn sie sich vorstelle, daß ihr Mann in all den Ehejahren dieses Wort gekannt habe! Nein, sie bleibe dabei: »Männer sind alle so!« und machte eine Pause, in der man hörte, wie das Ausrufungszeichen eingeschlagen wurde, ehe sie forderte, daß man dem Rosenmaier »was abschneiden« solle.

»Was denn?« fragte ich unwillkürlich und stellte mir die Verdutztheit des Mannes vor, wenn er, gerade jetzt, ahnungslos in den Laden hereinspaziert käme und ihm die Ladnerin eine Scheibe von seinem Bauch abschnitt, sie auf die Waage warf, die Grammzahl ablas und dann von ihm das Geld verlangte. »Für ein Stück vom eignen Bauch?« würde er verwundert ausrufen.

Die Frauen faßten mich ins Auge, drohend, wie mir schien. Vielleicht überlegten sie, ob sie mir, da ich ja unweigerlich auch ein Mann werden würde, nicht besser schon jetzt vorsorglich was abschneiden sollten. Womöglich die Hände, damit ich nicht so leicht die Hosen runterlassen konnte.

Die Ladnerin nahm mir den »Kinderkurier« weg.

»Ich weiß halt noch nicht, wie schlimm's zugeht auf der Welt«, versuchte ich sie milder zu stimmen. Sie erwiderte nichts, gab mir diesmal kein Bonbon und schob mich zur Tür hinaus.

Mit dem Straßensalzer Rosenmaier hatte es etwas Besonderes auf sich. Rund um seinen Hals lief eine Narbe. Wahrscheinlich war ihm sein bei einem Unfall abgetrennter Kopf im Krankenhaus später wieder angenäht worden. Schon länger hatte ich mir vorgenommen, ihn einmal zu fragen, woran er gedacht habe, während ihm sein Kopf herunter gewesen war.

Ich ging zum See hinunter und setzte mich auf einen Stein. Zu gern hätte ich das Wort gewußt, das so furchtbar war, daß man daran starb, wenn man es nur oft genug wiederholte. Mir, einem Unsterblichen, wäre es ein schönes Mundspielzeug gewesen. Ich sah mich um und probierte dann: »Landesteg Landesteg Landesteg Landesteg Landesteg ...«

Nach sieben oder acht Wiederholungen kannte ich das Wort nicht mehr und sah verwirrt zum Landesteg hinüber, mit dem das zugehörige Wort, je öfter ich es aussprach, immer weniger zu tun hatte. Das Wort blähte sich, aber nicht nur das Wort, sondern ich selbst auch, ich schien mich zu heben, als ob ich auf dem plötzlich dick gewordenen Wort säße und davonschwebte. Schließlich hielt ich inne und versuchte es nach einer Weile noch einmal: »Raddampfer Raddampfer Raddampfer Raddampfer Raddampfer Raddampfer ...« Auch hier stellte sich dieselbe Wirkung ein. Gut vorstellbar, daß andere, Sterbliche eben, daran starben, erst recht, wenn es ein furchtbares Wort war.

Aber mir fiel kein furchtbares Wort ein. Da erfand ich selbst eines. »Okoluk Okoluk Okoluk Okoluk Okoluk Okoluk ...« War bei den anderen Wörtern der Inhalt verlorengegangen und waren sie vor Leere immer dicker geworden, so war es nun gerade umgekehrt. Dieses Wort, das gar keinen Inhalt hatte, füllte sich allmählich mit Furchtbarem und schwoll prall an von dieser Furchtbarkeit. Mir wurde schwindlig, und ich brach ab. Unsterblich war ich zwar, aber Angst konnte ich dennoch bekommen.

Eines Tages stieg ich nach der Schule wieder einmal den Hang hinauf und sah über den Zaun zum Haus der Zettelheim. Die Stockrosen waren, bis auf einzelne Blüten an den Enden der langen Stiele, schon verwelkt, die Blätter der Apfelbäume schon abgefallen, aber die großen grünen Äpfel hingen alle noch an den Ästen. Es war ganz still und der Garten voller Apfelschweigen.

Ich ging zum Haus, vorsichtig, falls der eingeschläferte Hund mittlerweile zurückgekehrt war, faßte mir ein Herz und rief: »Frau Zettelheim! Sind Sie wieder da?« Da keine Antwort kam, rüttelte ich zur Bekräftigung an der Türklinke. Die Tür ging auf.

zwei

»Frau Zettelheim?« flüsterte ich bang in den Flur. Daß sie nicht antwortete, konnte eine Finte sein.

»Sie könnten mich ein bißchen schlachten«, bot ich an. Wenn sie unvermittelt mit dem Messer aus einer Tür träte und »aber gern« sagte, könnte ich immer noch: »War doch nur Spaß« rufen und davonrennen.

Nach einer Weile trat ich ein. Die Zimmertüren standen offen. An einem Fenster stand ein Stuhl, vereinsamt wie ein milbenbefallener Hund. Im Klo hing noch das Papier, bei dessen Kauf ich dabeigewesen war, in seiner Vorrichtung. Da hatte sie also das letzte Stück abgerissen und es nicht gewußt. Daß man auf der Kloschüssel starb ... Hatte die Zettelheim auch ein Wort wiederholt? Und welches?

Die Ameisenstraße verlief als dünn-perlende Spur vom Flur in die Toilette, dort die Wand hinauf und verschwand unterm Fensterbrett. Diese Tierchen hatten sich also die Zettelheim von innen besehen.

Im Spülstein lagen Messer und Gabel und ein Teller. In der Eisenpfanne auf dem Herd waren die Pfannkuchen gebraten worden, die Tüte mit Giftmehl stand noch daneben. Schlachtbesteck war keines zu sehen, aber auf einem Wandbord reihten sich Einmachgläser mit Schnittstücken von Kindern, die aber genauer besehen doch eingeweckte Viertel der großen Äpfel waren. Einwecken war das Gegenteil von aufwecken. Genau wie einschläfern. Das war alles für den Hund, wenn er zurückkam, nachdem man ihn wieder aufgeschläfert hatte. Er würde das Gehen auf den Hinterbeinen erlernen müssen, um die Klinke, wie ein Mensch, herunterdrücken und mit Büchsenöffnern und Besteck hantieren zu können. Aber das würde er schaffen; Hunde sind gelehrig. Im »Kinderkurier« hatte ich von einem gelesen, der Dreirad fahren und »Kuchen« sagen konnte.

Ich setzte mich ans Fenster. Nun blickte ich aus dem Fenster in den Garten – wie eine Ameise aus dem Auge eines Toten. Aus der Stadt unter mir stieg der Nebel wie Rauch auf. Und durch den Garten kamen die anderen Kinder herauf. Es war zu spät, sich aus dem Haus zu schleichen, und so schüttete ich mir in der Küche das Giftmehl aus der Tüte über den Kopf, steckte mir Messer und Gabel in den Mund und setzte mich ans Fenster. So ähnlich, vermutete ich, würde ein zum Verzehr angerichtetes, bleichgekochtes Kind aussehen. Das Besteck schmeckte nach etwas, ich erkannte den Geschmack nicht, wußte aber, daß es der Geschmack der letzten Speise der Zettelheim war. Die Kinder näherten sich vorsichtig, machten aus den Händen Vordächer, unter denen sie durch das Fenster hereinspähten. Ich sah reglos durch sie hindurch, mit aus dem Mund ragendem Besteck, bis ich hörte, wie sie schreiend davonrannten.

Nachdem ich über die Gartenpforte geklettert war, blickte ich mich noch einmal um – unter einem Baum schwebten zwei Äpfel in der Luft.

Sie fielen aber eben zu Boden und polterten dann ins Gras. Ich wollte mich abwenden, als ein weiterer Apfel vom Baum fiel. Argwöhnisch blieb ich stehen. Wieder fiel ein Apfel. Noch einer. Und nach und nach lösten sich mehr und mehr Äpfel von den Ästen.

Dann, unter fortwährendem Plumpsen fallender Äpfel, näherte sich leises Rauschen: Die Äpfel rollten durch das Gras des abschüssigen Gartens. Als sie näherkamen, schien mir, die Äpfel legten es darauf an, einander zu überholen, bis sie schließlich zornig und rempelnd unter der Pforte hindurchdrängten, gegen meine Schienbeine sprangen und den Weg hinunterrollten und -hüpften, um bald mit drolligen und zugleich unheimlichen, menschlichen Hopsern die Straße zu überqueren. Etliche wurden überfahren, andere prallten an den Häusern ab, aber die meisten verschwanden in der dunklen Höhlung des Stadttores.

Ich drehte mich um und sah, wie sich Apfel um Apfel aus

den Bäumen löste, wie die leichter werdenden Äste sich langsam hoben, während die Früchte hellgrün durch das Gras heransprangen, ich drehte mich wieder um und sah den springenden Äpfeln nach, hinter mir das unaufhörliche Plumpsen von Äpfeln, und ich blickte noch zur Stadt hinunter, als schon längst kein Apfel mehr unter der Pforte hervorgerollt kam und es wieder still geworden war.

Einen, der an meinem Schuh liegengeblieben war, hob ich auf, sah ihn lange an, den Mund schon geöffnet, bis ich ihn dann doch den Weg hinabkegelte, seinen dickgrünen Kamerädlein hinterher. Ich sah ihm nach, bis er im Tor verschwand, und konnte mir nicht vorstellen, daß in einer Stadt, in welche die Äpfel der Zettelheim hineingesprungen waren, die Menschen auf die gewöhnliche Weise weiterleben könnten.

Dann hörte ich hinter mir ein berstendes Knirschen, das ich sofort erkannte. Ich erstarrte, wandte mich nicht um, ging langsam weiter, holte meine Schultasche aus dem Gebüsch und rannte zur Stadt hinunter.

Auf der Gasse standen Leute und blickten suchend und kopfschüttelnd nach oben. Seit Tagen hing ein Gebimmel über den Häusern. Das kam von einer kleinen Glocke, die ich – von unten unsichtbar – in die Dachluke gehängt hatte, mit einer Pappscheibe am Klöppel, so daß sie beim leisesten Luftzug anschlug. Um die Stadt zu verhexen, hatte ich die Pappscheibe mit Verwünschungen beschrieben; ich fand, daß die Menschen schon anfingen, wunderlich zu werden. Wie sollte auch alles beim alten bleiben in einer Stadt, in der ständig ein verhextes Glöckchen bimmelte? Und nun, nachdem die Äpfel der Zettelheim hindurchgepoltert waren, würde es bald erst recht närrisch zugehen.

Dann entdeckten mich die Leute und musterten mich stirnrunzelnd. Ich war noch immer mehlweiß und tat, als suchte ich ebenfalls nach der Quelle des Läutens. Meine Mutter erschien am Fenster und rief mir zu:

»Komm schnell! Eine Überraschung!«

»Wie siehst denn du aus?« fragte sie verwundert, als ich in die Küche trat. »Hast du in Milch gebadet?«

»Nein, in Mehl.«

»In Mehl? Schau mal, was auf dem Küchentisch liegt.«

Dort lag ein schwarzer Kasten.

Als ich abends, in ausgeklopften Kleidern und mit gebürsteten Haaren, an den See hinunterging, spähten etliche Äpfel tückisch und dickbackig aus den Winkeln und Mauervorsprüngen, in denen sie liegengeblieben waren. An der Promenade aber schwammen sie in großer Menge, hoben und senkten sich naßgrün auf den schwarzen Wellen und schienen auf die Promenade hinaufgelangen zu wollen, und der Abendwind wurde stärker, als wolle er ihnen dabei helfen. Dann begann das Abendgeläut, und ich kehrte durch die glockendurchhallte, glöckchendurchbimmelte und apfeldurchsprungene Gasse nach Hause zurück.

Später saß ich am Fenster und ritt auf Wörtern in die beginnende Nacht hinaus – Limonade, Margarine, Pfennig, Krokant, Laufmasche, Glück, Missetat, Dauerwelle, Fondant …, nach zehn geflüsterten Wiederholungen waren die Wörter zu in Bonbonpapier gewickelten Giftstücken geworden, und indem ich sie aussprach, schluckte ich sie, eines nach dem anderen. Treppe Treppe Treppe Treppe … Erbse Erbse Erbse Erbse …, bis ich ins Bett mußte und von meiner Mutter mit einem Märchen eingeschläfert wurde.

Nachdem der Wind in den Wald eingefallen war und sich im sperrigen Astwerk verfangen hatte, versuchte er wutschnaubend und tosend sich wieder zu befreien, wurde aber von den Bäumen unter dem ohrenbetäubenden Klappern aneinanderschlagender Äste, dem Zischeln von Blattzungen, dem Rascheln hakiger Zweige und dem Ächzen ihrer sich windenden holzigen Leiber festgehalten. Und in all dem Windsgebrüll und Ästegeratter wurde auch eine heulende, menschliche Stimme hin- und hergerissen. Tief im Wald traf man auf eine Gestalt am Wegrand, die einen Grenzstein mit sich schleppte und mit weit offnem Maul schrie und schrie, erbärmlich und erschreckend, und nicht davon abließ zu schreien. Und wenn man sich nicht entmutigen ließ und es über sich brachte, sich die Ohren nicht zuzuhalten, konnte man in dem Geheul die Frage erkennen: »Wo soll ich bloß den Stein hinbringen?«

Ob es mir wohl gelänge, meine Angst zu überwinden, zu der Gestalt zu treten und in das fürchterliche Geschrei hineinzurufen: »Dahin, wo du ihn her hast«?

Als ich aufwachte, war es so still, daß ich mein Herz hörte, es lag irgendwo in meiner Brust und pochte und wollte nicht schlafen. Mir fielen die Äpfel ein, die sich jetzt immer noch auf den schwarzen Wellen hoben und senkten, und die anderen, die in den Winkeln hockten, mürrisch, weil sie nicht zum See hinabgelangt waren, und ich glaubte zu hören, wie sie murrten und muckten. Ich stand auf und öffnete das Fenster. Nacht Nacht Nacht Nacht Nacht ... Es war so still, daß ich die Turmuhr hören konnte. Dann knarzte es, und ein mundrunder Glockenton glitt in die Nacht – Glocke Glocke Glocke Glocke ... Als ich wieder aufwachte – ich war mit dem Kopf auf den Armen am Fenster eingeschlafen –, klang Hufeklappern von der Gasse herauf. Dort kamen, auf stockbeinigen, klapperdürren Pferden, etliche zusammengesunken im Sattel hockende Gestalten heraufgeritten und hatten Stangen geschultert, an denen lange, zerschlissene Wimpel hingen.

»Wer seid ihr denn?« rief ich leis hinab.

Sie antworteten nicht. Sie und ihre Pferde troffen vor Nässe, und auf der Gasse entstanden dunkle Flecken.

»Wo kommt ihr her?« fragte ich den, der eben unter meinem Fenster vorbeiritt.

»Sieht es denn nicht aus, als ob ich vom See her zöge?« brummte der unwirsch die seltsame Antwort.

»Herzöge seid ihr?«

»Ja!« echoten sie unbeteiligt.

»Wenn ihr aus dem See seid ... habt ihr dort Wasserhunde?«

Ohne zu antworteten, begannen sie – alle zugleich – eine Melodie zu pfeifen, so sonderbar, wie ich noch nie eine gehört hatte.

»Und Windhunde? Habt ihr Windhunde?«

Doch sie pfiffen weiter, bis, wie herbeigepfiffen, etliche große grüne Äpfel die Gasse heraufgerollt und -gesprungen kamen.

»Und was pfeift ihr?« rief ich, während den Pferden die Äpfel zwischen den hohen Beinen hindurch- und zum Stadttor hinaufsprangen. Da brachen sie endlich das Pfeifen ab.

»Unsere Namen.«

»Eure Namen?« wunderte ich mich. Sie ritten ohne Antwort weiter.

»Wartet doch auf mich!« rief ich lauter.

»Nein«, murmelten sie im Fortreiten. »Du bist kein Herzog mit fliegendem Namen.«

Das alles hätte ich mir denken können.

drei

Am nächsten Tag wurde ich vom Lehrer verhört. Die anderen Kinder behaupteten, daß sie mich, mit Messer und Gabel im Gesicht sowie totenbleich, am Fenster der Zettelheim hatten sitzen sehen. Ich beteuerte, zu Hause Schularbeiten gemacht zu haben und nicht tot zu sein. Niemand glaubte mir.

Der Lehrer warf mir Bockigkeit vor und verübelte mir, daß ich das Geständnis verweigerte, gemetzgert worden zu sein. Die anderen Kinder versprachen dem Lehrer unaufgefordert, nicht mehr mit mir zu spielen. (Das hatten sie bislang noch nie getan, warum hätten sie jetzt damit anfangen sollen?)

Als meine Mutter bemerkte, daß ich an einer Strafarbeit schrieb – hundertmal in Schönschrift: »Ich bin geschlachtet worden.« –, begleitete sie mich anderntags zur Schule. Der Lehrer teilte ihr mit, daß man mich tot, mit Besteck im Gesicht, am Fenster der Zettelheim gesehen hätte, ich mich aber geweigert habe zuzugeben, daß ich gemetzgert worden sei.

»Glaub's nicht!« sagte ich, und meine Mutter glaubte mir. Ich stand ja auch fischfrisch lebendig neben ihr.

Nun beklagte sich der Lehrer, daß meine Mutter ihm in den Rücken falle, und murrte kopfschüttelnd, daß er schon noch herausbringen werde, was da los war.

Nach den Ferien bekamen wir einen Aufsatz auf – »Wenn einer eine Reise tut ... Mein schönstes Ferienerlebnis.«

Da ich noch nie verreist war, hatte ich nichts zu berichten. Ich kannte nun aber eine Methode, an Ort und Stelle zu bleiben und dennoch zu verreisen. Die erforderlichen zwei Seiten meines Aufsatzes hatte ich mit dem Wort »Reisen« vollgeschrieben und war dabei so in Schwung geraten, daß ich sogar eine weitere Seite füllte.

Der Lehrer hatte gesagt, er wisse nicht, ob er lachen oder weinen solle.

»Lachen ist immer besser«, hatte ich ihm empfohlen, was mir eine Kopfnuß eintrug.

Er habe sofort gesehen, daß es ein »Sechser« sei.

»Sie haben den Aufsatz gar nicht zu Ende gelesen?«

»Ha! Zu Ende!« rief er.

»Aber Sie müssen ihn doch ganz lesen! Bis zum Ende!« hatte ich geklagt.

Er hatte nur geschnauft.

»Lesen Sie ihn doch vor. Bitte.«

»Lies doch selber!« Er klatschte mir das Heft auf den Tisch. Ich ging an die Tafel und begann.

Die Kinder fingen bald an zu lachen, aber ich war mit der ersten Seite noch nicht fertig, da hatten sie schon wieder damit aufgehört. Mitte der nächsten Seite war ihnen auch der Hohn aus dem Gesicht geglitten, dem Lehrer stand der Mund auf, ich sah mir alles in Ruhe an, ich konnte meinen Aufsatz ja auswendig. Ein Mädchen war eingeschlafen.

Ich mußte an eine andere Schulklasse denken. Vor Ostern war im Schaufenster der Bäckerei eine Häschenschule ausgestellt gewesen. Sechs Häschen aus Milchschokolade saßen auf hölzernen Puppenstuben-Schulbänken und gaben acht, was ihnen der bitterschokoladene Lehrer mit erhobenem Zeigestock mitteilte. Als ich eines Tags vor dem Schaufenster der über Mittag geschlossenen Bäckerei haltmachte, fand ich die Häschenschule so von der Markise beschattet, daß ich sie nicht genau betrachten konnte. Die Kurbel für die Markise befand sich seitlich vom Schaufenster, und so drehte ich ein wenig daran, gerade genug, daß die Häschen im Sonnenlicht waren. Eine Stunde später, ich sollte ein Brot kaufen, waren aus den Schokoladenhäschen von den Stühlchen gleitende Klumpen oder gar schon braune Pfützen geworden. Nur der Lehrer stand noch, war er doch aus Bitterschokolade, wenn ihm auch die Ohren dackelartig am Kopf anlagen und der einst erhobene Arm gerade herunterhing.

Mein Lehrer hatte glasige Augen, die Köpfe mancher Kinder fielen sachte in den Nacken, aus etlichen Mündern – der des Lehrers war auch darunter – rann Speichel und troff dann vom Kinn auf die Brust, ein Kind glitt vom Stuhl, noch eines … behutsam hörte ich auf zu lesen und ging hinaus.

Der schwarze Kasten auf dem Küchentisch hatte eine Geige, einen Bogen und ein kleines Schächtelchen mit Bernstein enthalten.

Das Instrument war eine Leihgabe eines Metzgermeisters, der es in der Hoffnung angeschafft hatte, daß sein Vorhandensein bei seinen Söhnen die Neigung zur Musik wecken würde. Doch in ihnen wuchs nichts derartiges heran, und später ergriffen sie ohne Zögern das Metzgerhandwerk.

Durch meine Mutter, die manchmal der Metzgerin im Haushalt zur Hand ging, wußte der Metzger von meinem Wunsch, in der Musikkapelle des Städtchens mitzuspielen.

Auch wenn mir die Stadtkapelle und die bunte Tracht nun weiterhin unerreichbar blieb – dort spielten keine Geigen mit, und Geige wiederum spielte man nicht in Trachten –, verstand ich sogleich, daß die Geige mit ihren Schnörkeln und Schwüngen nicht nur etwas von einem großen, hölzernen Schlüssel hatte, sondern auch der Schlüssel zu einer Pforte war, von der ich bislang nichts gewußt hatte, hinter der sich aber eine ganz und gar andere Welt auftat.

Für Unterrichtsstunden hatten meine Eltern kein Geld, doch der Dirigent der Stadtkapelle erklärte sich bereit, mich kostenlos zu unterweisen, wenn ich gelegentlich bei Festen und Konzerten oder bei Beerdigungen und Weihnachtskonzerten mitspielte. Eine Geige würde, seiner Meinung nach, den Christkindmärschen und Trauerpolkas der Blaskapelle den Glanz höherer Sphären aufsetzen – »Sphären« nannte man also das, was auch ich hinter jener bislang unbeachteten Pforte vermutete.

Der Dirigent spielte selber nicht Geige, sondern jenes unbeschwingte Flügelhorn, und unterwies mich nach einem Flötenlehrbuch.

Ich spürte die Hochachtung anderer Menschen, wenn sie

erfuhren, daß ich das Violinspiel erlernte, und sah daran: Musik war etwas Großes, Seltenes und Schönes, nicht von dieser Welt, und durch mein Spiel dehnte ich mich diesem Großen entgegen und kam ihm Ton für Ton näher, und etwas davon übertrug sich schon auf mich, indem ich lernte, und hob mich aus der bisherigen Alltäglichkeit heraus. Bald erkannte ich, beim Zurückschauen, daß ich früher, noch vor wenigen Monaten, gewöhnlicher gewesen war als jetzt.

Es erwies sich die Geige als nicht gar so leise, wie meine Eltern geglaubt hatten, und da sich die Nachbarn beschwerten, begann ich, nachmittags zum Haus der gestorbenen Zettelheim hinaufzusteigen und dort auf der Türschwelle zu spielen.

Ich ließ bald das Lehrbuch zu Hause, benützte nach und nach auch die Töne der tiefen Saite, die auf der Flöte gar nicht vorkamen, und spielte die Stücke, die ich auswendig konnte, nur noch, um Anlauf zu nehmen und mich über den Schlußstrich hinauszuschwingen und eigene Klänge und Melodien zu erfinden; ich spielte weniger, als daß ich mir selbst dabei zuhörte – manchmal schien mir, daß meine Lieder dem gepfiffenen Lied der Herzöge schon ähnelten.

Der Unterricht des Stadtkapellendirigenten hatte nichts mit meiner Musik zu tun. Ich tat, als könnte ich die Stücke der Flötenschule noch nicht, und baute beim Vorspielen Fehler ein, so daß ich sie noch einmal aufbekam.

Die Türe am Haus der Zettelheim war mittlerweile abgeschlossen worden. Manchmal aber hatte ich das Gefühl, sie öffne sich hinter mir, und die Zettelheim oder ihr Hund sähen über mich hinweg, durch meine Töne hindurch, zum See hinab – was mich anspornte, Tonfolgen zu erfinden, die dem Lied der Herzöge noch ähnlicher waren.

Dort, auf der Türschwelle der Zettelheim, entdeckte mich eines Tages ein Obstbauer, der mir einen kleinen Lohn versprach, wenn ich weiter hangaufwärts unter seinen Kirschbäumen geigte, um damit die Vögel von den Früchten fernzuhalten. Ich selbst durfte keinesfalls von den Kirschen essen, denn es sei ja noch schöner, wenn der Aufpasser die Kirschen frißt.

Als die Kirschen geerntet waren, zog ich wieder in den Garten der Zettelheim um, bis mir im Spätsommer der Bauer das Angebot machte, mein Geigenspiel in seinen Weinberg zu verlegen, da sich die Vogelschwärme für die allmählich süßer werdenden Trauben zu interessieren begannen; vor einem Verzehr der Trauben warnte er mich aber nachdrücklich, da sie mit Gift gespritzt seien, es also leicht passieren könne, daß ich ein Lied im Weinberg begann, es aber in der Ewigkeit beendete. Wenn du wüßtest! dachte ich bei mir. Von deinem Traubenspritzgift könnte ich tassenweise trinken ohne Schaden zu nehmen. Aber vom Spritzgift gelb verschlammt, wirkten die Trauben ohnehin so unappetitlich, daß ich keine Lust bekam, davon zu kosten. Die Tage verbrachte ich am Hang, hoch über Stadt, und ging erst abends, wenn von den gefräßigen Vögeln kein Unheil mehr zu erwarten war, an den See zum Baden.

Mein Geigenspiel war zu einer Art Träumerei geworden – mit offenen Augen flog ich auf den Tönen über die Landschaft, sah hinunter auf das Städtchen, den See, hinüber zu den Bergen, hinauf zu den Wolken und dachte, fliegend, an das Reich hinter der Tür, in dem Rätselhaftes stattfand, verworren und vielgestaltig, wie es eben in Träumen üblich ist. Mit jedem Lied, unterm Kirschbaum, im Weinberg, hoch überm See, segelte ich dieser Welt näher.

Noch hatte ich die Herzöge nicht wiedergesehen, doch eines Tages würden sie auftauchen, und ich würde ein Bürger ihrer Welt werden. Die Reiter würden mich mitnehmen zu einem Leben, in dem jeder Augenblick erfüllt war. Erfüllt von etwas, das ich hier, tief in meiner Gewöhnlichkeit versunken, noch nicht kennen konnte – etwas Gleißendem, zugleich aber Kirchendunkelprächtigem. Wahrscheinlich würde ich für immer glücklich, wenn ich einer von ihnen wäre, ein Herzog mit fliegendem Namen.

Aber obwohl es mir gelang, meinen Melodien zuweilen jenen merkwürdigen Charakter ihres Liedes zu verleihen, kamen sie nicht heraufgeritten, um mir »Sitz auf!« zuzurufen. Sie kamen nie den Berg herauf. Kein einziges Mal.

Manchmal schlief ich unter dem Kirschbaum ein, auf der Türschwelle oder unter dem Holunderbusch, von dem aus ich den Weinberg überwachte. Damals gewöhnte ich mich an das Schlafen bei Tag. Ich hatte keine Uhr, Glockenschläge zählte ich nicht, die Zeit verging nicht schnell, nicht langsam. Zwischen zwei Sekunden, die prall wie zwei Kirschen am Baum der Zeit hingen, hatte eine Ewigkeit Platz, und ein Nachmittag mochte aus vier oder fünf solcher Sekunden bestehen.

Dann war der Sommer vorbei, Wolken kamen herangeflogen, die Winde formten mit ungeschickten, weichen Händen einen ganzen Wolkentrödelladen aus mißgestalteten Säuglingen, beinlosen Pferden, zweinasigen Gesichtern und tüllenlosen Kaffeekannen, die träge unterm Himmel umherrutschten.

Als die Weinleser mit ihren Körben langsam den Hang heraufstiegen, wurde es kälter, und ich bekam steife Finger. Die Nachbarn fingen wieder an, sich zu beschweren, wenn ich zu Hause spielte; bis der Metzgermeister davon erfuhr und mir sein Schlachthaus als Probenraum anbot.

Dort roch es gut und reinlich. Schweinehälften waren an Haken aufgehängt, und die Töne hallten zwischen den Kacheln wie in einem himmlischen Gewölbe. Montags, wenn vormittags geschlachtet worden war, hing der Geruch frischen Bluts in der Luft. An manchen Nachmittagen waren die Metzgergesellen noch bei der Arbeit, wenn ich kam. Anfangs wartete ich, bis sie fertig waren, aber nachdem mich die Gesellen einmal aufgefordert hatten, ihnen mit meiner Geige die Zeit bei der Arbeit zu vertreiben, wurde es zur Gewohnheit, daß ich Geige spielte, während die Gesellen Fleisch entbeinten oder hackten, Wurstmasse salzten und das rätselhafte Majoran hinzufügten, Würste stopften, Blut im Kessel rührten, bis ich an den Tisch in der Ecke des Schlachthauses gerufen wurde, wo für mich eine Brezel und ein Teller Metzelsuppe mit einer hineingeschnittenen Wurst bereitstanden.

Der Metzgermeister hatte so gar nichts von seinen rotbackigen, hemdsärmligen Berufskollegen; er war nämlich, was man wohl selten in seinem Berufsstand findet, feinsinnig und liebte die Künste, vor allem die klassische Musik. Er strahlte Gelehrsamkeit aus, und sah man seine hohe, hagere Gestalt mit den weißen Haaren und dem Habichtsgesicht hinter der Ladentheke, so erwartete man, daß er nicht Fleisch und Wurst verkaufte, sondern Bücher oder Musikinstrumente.

Als der Metzgermeister einmal ins Schlachthaus kam und zuhörte, wunderte er sich, daß ich nicht nach dem Lehrbuch spielte. Ich erklärte ihm, daß ich damit bereits fertig war. Eine Woche später machte er mir ein umfangreiches Geigenlehrbuch zum Geschenk.

Beim Durchblättern entdeckte ich, daß ich die Greifhand falsch hielt. Der Dirigent war zwar streng nach Lehrbuch vorgegangen, aber es war eben ein Flötenlehrbuch, und so griff ich den Geigenhals von hinten. Ich versuchte, meine Stücke in der richtigen Weise zu spielen, aber da meine Hand sich hölzern und verdreht anfühlte, beschloß ich, weiterzuspielen wie bisher und dem Stadtkapellendirigenten nichts zu erzählen; womöglich wäre er mit einem anderen Lehrbuch gekommen, etwa einem für Trompete, so daß ich die Geige wieder anders halten, ja sogar in den Mund nehmen müßte.

Aber als der Stadtkapellendirigent mich einmal tadelte, konterte ich mit der Frage, ob er denn nicht bemerkt habe, daß ich von der falschen Seite greife. Auf seine erboste Frage, woher ich das denn wissen wolle, sagte ich, in der Zeitung sei das Photo eines berühmten Geigers gewesen.

»Photographien in der Zeitung«, belehrte er mich, »sind alle seitenverkehrt!«

»Na und. Die Geige halte ich trotzdem falsch«, sagte ich.

»Wenn schon«, fuhr er fort, »dann kannst du später problemlos auf die Flöte umsteigen.«

»Ich will nicht flöten!« stellte ich klar.

Er hielt nun den Unterricht immer unsicherer und unwilliger ab und getraute sich nicht mehr, mir Anweisungen zu geben, bis er eines Abends bei meinen Eltern erschien, um unter Hinweis auf seine Bandscheibenprobleme, die er durch seinen Beruf – er war Werkzeugmacher – hatte, anzukündigen, mich nicht weiter unterrichten zu können. Man bedauerte, zeigte aber Verständnis, denn auch mein Vater hatte gelegentlich – wenn er als Gärtner zur Herbstzeit Kohlen ausfuhr – Rückenprobleme. Da mir der Unterricht längst lästig geworden waren, hütete ich mich, darauf hinzuweisen, daß zwischen Rückenschmerzen und Geigenstunden kein Zusammenhang bestand, und studierte die Stücke des neuen Lehrbuchs allein weiter.

Eines Tages erschien der Metzgermeister mit einem Fremden und bat mich, etwas vorzutragen. Nachdem ich, nach Gehör, die »Barcarole«, das Lieblingsstück des Metzgers, vorgespielt hatte, zeigte sich der Mann fassungslos, was meine falsch aufgesetzte Greifhand anging. »Als ob du Querflöte spieltest«, meinte er, und ich bestätigte, daß ich bislang nach einem Querflötenlehrbuch gelernt hatte.

Er bot an, mich kostenlos zu unterrichten. Die wild krautende Zeit des Geigenlernens war nun vorbei, das Ablegen eingeübter Fehler schwerer als das Erlernen der richtigen Spielweise.

vier

Eines Nachts wachte ich durch lautes Krachen auf. Meine Mutter kam in mein Zimmer, strich mir über die Stirn und drückte mich ins Kissen zurück. Am nächsten Tag wurden wir in der ersten Unterrichtsstunde zum See geführt, der uns als eine weiße weite Fläche erwartete; er war nachts unter großem Getöse zugefroren.

Auf dem gefrorenen See wurden Schlittschuh- und Eisstockbahnen freigefegt, Spaziergänge wurden nicht mehr am Ufer, sondern auf dem See gemacht, Angler saßen an Eislöchern, Fahrradfahrer glitten aus und brachen sich Knochen, ein berühmtes Fest, das eigentlich ein Jahr später hätte stattfinden sollen, wurde vorverlegt, wo sonst Schiffe fuhren, ja mitten auf dem See, standen Buden, und Männer in Frauenschürzen über dicken Mänteln verkauften aus dampfenden Kesseln Würste, Flugzeuge landeten, die Stadtkapelle spielte, und der Mann mit dem Schellenbaum rutschte aus, Hunde rannten übermütig japsend aufs Eis und stemmten sich im Weiterrutschen kleinlaut mit den Pfoten ab, jeden Morgen schob der Rosenmaier einen mit Steinen beladenen Schlitten aufs Eis, um dessen Tragfähigkeit zu prüfen. Und eines Tages war der erste Mann – er war betrunken über den See heimgekehrt – eingebrochen und ertrunken.

Als ich sonntags auf dem Hügel über der Stadt stand, sah ich die Prozession, bei der eine Heiligenbüste aus der Schweiz herübergebracht wurde; ein Strom schwarzer Silhouetten auf der gleißenden Eisfläche von Seeufer zu Seeufer, der mich an eine Ameisenstraße erinnerte.

Nach der Schule ging ich nicht gleich nach Hause, sondern erst zum See hinunter, lief weit aufs Eis hinaus und zählte die Dörfer am Ufer mit Namen auf – von den Ortschaften der

Schweizer Seite kannte ich nur Rorschach –, und manchmal stand ich bloß still in der Sonne, den Seegrund hundert Meter unter mir.

Unter der gefrorenen Wasserschicht war der Sommer eingeschlossen, das Lachen und Rufen an den Badestränden, die Segel, die Dampfer mit ihren bei den badenden Kindern begehrten Heckwellen, das Flügelklatschen der Schwäne, wenn sie losflogen, das Brummen eines hoch über dem See kreisenden Flugzeugs an einem heißen Tag, die abendlichen Promenadenkonzerte mit hummelnden Mandolinen und näselnden Akkordeons.

Und diese geschlossene Eisfläche war eine weitere, eine winterliche Herrlichkeit des Sees.

Ich erfuhr, daß eine »Seegfrörne« – das Zufrieren des ganzen Sees – nur etwa alle zweihundert Jahre vorkommt. Ich war also nicht nur hundert Meter über dem Grund, sondern auch je zweihundert Jahre von der letzten und der nächsten Seegfrörne entfernt. Jeder Schritt auf dem Eis hatte etwas Seltenes.

Am Ufer suchte ich faustgroße Kieselsteine und kegelte sie aufs Eis hinaus. Sich langsam drehend, glitten und glitten sie und schienen nicht damit aufhören zu können, bis sie endlich doch liegenblieben. In der Religionsstunde tüftelte ich ein System aus, wieviel Steine ich in welcher Reihenfolge in welche Richtungen zu werfen hatte, um auf dem See herumzukommen und immer Steine zu finden, die ich weiterkegeln konnte.

Ich hätte gern einmal am Eis gehorcht; es hieß, durch das Wasser hindurch könne man auch die entferntesten Geräusche am und im See hören. Doch ein Kind, das sich einmal hingekniet hatte, um am See zu lauschen, war mit dem Ohr dort festgefroren, und man mußte nach einem Eimer mit warmem Wasser in den Ort laufen.

Ich besaß ein kleines Signalhorn, ein hohles Kuhhorn mit einem metallenen Mundstück und einem roten Zierband, das unter den Mänteln am Kleiderhaken hing, da ich bislang nichts mit ihm hatte anfangen können. Wozu hätte das heisere Getröt auch dienen sollen, das aus ihm heraushustete, wenn ich hineinblies? Ich erinnerte mich an einige fingerdicke Kupferrohre, die unter der Flurtreppe lagen; nachdem ich das Mundstück abgeschraubt hatte, konnte ich das Signalhorn auf eines dieser Rohre stecken.

Mit diesem Gerät ging ich auf den gefrorenen See hinaus, drückte das Rohr aufs Eis, legte mein Ohr ans Horn – nun hörte ich die Geräusche des Sees. Zirpen, Brodeln, Knirschen, ferne Stimmen, unverkennbar menschlich, Jammern, Murmeln und Juchzen, Flüstern, Prusten und Kichern. Es sprudelte und blubberte herauf, denn den Flüsternden und Lachenden quollen Blasen aus den Mündern. Ich war allein weit und breit, aber der Sommer lärmte und trudelte aus dem See herauf. Ein hartes Scharren kam näher, ein Schlittschuhläufer glitt in meinem Blickfeld vorbei, und das Scharren wurde leiser, ein Griffel, der sich auf den Schwüngen seines Schriftzugs wieder entfernt. Ich kegelte Eisstücke auf den See hinaus – zwitscherndes und scharrendes Reiben, das mir Lust machte, neue Wörter zu erfinden. So redeten also Steine mit dem Eis.

Eines Nachmittags war ich weit aufs Eis hinausgegangen, um am See zu horchen, und hatte kaum das Ohr ans Horn gelegt, als ich laute, wie aus nächster Nähe stammende, schlingernde Schläge vernahm und in großer Entfernung ein Pferd mit Reiter zwischen den übereinandergetürmten Eisplatten entdeckte.

Während ich auf ihn zu lief, kam ich an etlichen offenen Stellen mit beunruhigend schwarzem Wasser vorbei. Aber ich verlor den Reiter schließlich aus den Augen, und als ich mich umsah, erkannte ich, daß ich mittlerweile dem anderen Ufer näher war als meinem. Nach einer Weile traf ich auf eine Gruppe Männer beim Eisstockschießen. Sie fragten mich auf schwyzerdütsch, ob ich mir ein paar Räppli verdienen wolle, indem ich ihnen die Eisstöcke zurückschoß. Ich lief wortlos weiter, bis ans Ufer, stieg auf die Böschung und sah mich um.

In einiger Entfernung glaubte ich auf dem Eis wieder den Reiter zu erkennen. Doch als ich näherkam, erwies sich die Gestalt als eine an einem Eisloch angelnde Frau, die ich, obwohl ich zweimal nachfragte, nicht verstand, als sie mir die Uhrzeit nannte. Auf dem Rückweg kamen mir die Männer entgegen, die Eisstöcke geschultert, und sahen mir kopfschüttelnd nach.

Das gleißende Eis blendete, die Augen schmerzten, und als die Sonne unterging, bildeten sich auf dem See große Pfützen aus rosafarbenem und graublauem Licht, und die Fläche verwandelte sich in eine zerklüftete Landschaft, in der die Eisschollen immer schroffer mit scharfen schwarzblauen Schatten hervortraten. Dann begannen die Abendglocken zu läuten – als ob über der Stadt ein glotzender Riese stünde und aus seinem Klappmaul schlingernde Blasen über Land und See spuckte. Als die Glocken verstummten, hörte man noch, ferner und dünner, das gläsrige Geläut aus dem Kloster. Das Licht wurde taub und verschwand, und die Glocken verstummten.

Es war still, ich horchte am Kuhhorn, aber aus dem See war nichts zu hören. Das Sommergelärme schien mir so unendlich weit weg, ich konnte mir nicht vorstellen, daß es je zurückkehren könnte.

Mein Weihnachtsgeschenk war eine kleine gläserne Halbkugel gewesen, in der eine Berglandschaft mit einem Schweizerhaus unter Tannen zu sehen war. Schüttelte man die Glaskugel, so erhob sich darin ein Schneesturm und wirbelte um Haus und Bäume. Vielleicht war die Fläche des gefrorenen Sees, auf der ich jetzt stand, so etwas wie der Boden einer umgedrehten, gläsernen Halbkugel, in der aber nicht der Winter, sondern der schlafende Sommer eingefroren war, so lange, bis es wieder wärmer wurde und alle Freuden des Sommers aufgeweckt würden.

Es war Nacht geworden. Das Eis knirschte laut unter meinen Füßen, und ich ging nur noch langsam weiter, denn ich fürchtete mich vor den offenen Stellen im Eis. Weit draußen auf dem See war ein winziges, schwankendes Licht zu erkennen. Ich horchte am Horn. Es scharrte und klirrte aus der Ferne, als würde dort Geschirr zerschlagen und die Scherben zusammengefegt; und in diesem Geklirr hörte ich wieder Huftritte, die langsam näherkamen und mit ihnen das wackelnde Licht.

Bald waren die eishallenden Huftritte auch ohne das Horn zu hören. Aus einer Laterne, vom Reiter – anstelle des Wimpels – an einer Stange vor das Pferd gehalten, fiel ein Lichtschein auf das Eis. Ich stand in der Finsternis, ich sah mich selbst nicht, aber ich wußte ja, daß ich da war. Als das Pferd an mir vorbei war, folgte ich ihm. Der Schatten, den Pferd und Reiter hinter sich herschleiften, hatte die Form eines mit einem Strohhalm zerblasenen Tintenflecks.

Das Pferd blieb stehen, nur der Schweif schlug raschelnd; aus diesem Geraschel wurden, das wußte ich, die Haare des Geigenbogens hergestellt. Unter den hohen Beinen des Tieres hindurch erkannte ich das glitzernde Schwarz einer offenen Stelle im Eis und vermutete, daß der Reiter ans Ziel gekommen war und nun, mitsamt Pferd, über eine Treppe in die Tiefe zum fernlärmenden Sommer hinabsteigen würde.

Was, wenn ich dem Herzog folgte? Und was, wenn nicht? Wenn ich stehenbliebe, bis der Kopf des Reiters im Wasserschwarz verschwunden und das Laternenlicht in der Tiefe erloschen war und das Wasserloch wieder zufror …

Ich erwog eine Anrede. Doch mir fiel nur ein: »Lieber Herzog, bitte …« Das schien mir nicht das richtige zu sein.

Ich setzte vorsichtig das Rohr aufs Eis und horchte … fernes Atmen, als hätte ich mein Ohr auf den Leib einer schlafenden Katze gedrückt. Laute, hallende Schläge ließen mich aufschrecken. Das Pferd hob und senkte unruhig die Vorderhufe.

Ich hörte Murmeln, das Tätscheln von behandschuhter Menschenhand auf felligem Pferdehals, leises Schnobern. Doch der Herzog ritt nicht in den See hinab, das Tier wandte sich langsam zur Seite, setzte sich in Bewegung und zog den Schatten, er war noch nicht festgefroren, wieder hinter sich her.

Es dauerte lange, bis wir das Ufer erreichten. In den Häusersilhouetten der Stadt waren noch gelbe Adventskalenderfenster erleuchtet. Der Herzog ritt in den Hafen und über die Rampe, auf der die Segelboote zu Wasser gelassen wurden, zur Promenade hinauf, wo er dem Pferd die Sporen gab. Als er, schnell und im Sattel auf und ab federnd, längst zwischen den Häusern verschwunden war, klang noch das Hufeklappern in den Gassen.

Meine Eltern hatten geglaubt, ich hätte bei einem Freund

gespielt und dort zu Abend gegessen. Ich hatte aber keinen Freund und auch nicht zu Abend gegessen, sondern war über den See in die Schweiz gegangen, hatte mit meinem Hörrohr am Eis gelauscht und war hinter einem Herzog wieder zurückgekehrt. Ich lag wach, bis meine Eltern schlafen gingen, schlich dann in die Küche, schnitt mir Brot ab und wischte mit ihm das Gelee der gebratenen Fische aus der Pfanne.

Als meine Eltern am nächsten Sonntag mit mir über den See in die Schweiz wanderten, verschwieg ich, daß ich den Weg schon einmal allein gemacht hatte.

Das Geigenspielen auf die richtige Weise war quälend, die Stücke klangen scheußlich, die Herzöge hätten schallend gelacht, und heimlich spielte ich für mich auf die alte Art. Nach einem Vorspielabend, bei dem ich vor den anwesenden Eltern, ohne es zu merken, mein Stück mit der verkehrten Handhaltung, dafür jedoch in alter Gewandtheit gespielt hatte, erklärte der Lehrer, daß er mich nicht weiter unterrichten könne, meine Handhaltung schade seinem Ruf als Pädagogen.

Ich wollte zunächst Besserung geloben, aber die Aussicht, das quälende, tastende Greifen mit der richtigen Handhaltung wiederaufzunehmen, ließ mich verstummen.

An einem der nächsten Tage erschien der Metzgermeister in Begleitung einer jungen Frau und stellte mich mit »das ist unser kleiner Falschherumgeiger« vor. Die junge Frau lachte und forderte mich auf, ihr, richtig herum, vorzuspielen. Als sie danach hören wollte, wie es falsch herum klang, »von hinten«, spielte ich es ihr zum Scherz nicht nur falsch herum, sondern auch rückwärts. Sie merkte es und lachte noch mehr.

»Kann man da was machen?« fragte der Metzgermeister besorgt. Sie zuckte unbekümmert mit den Schultern.

»Na freilich! Weitermachen. Aber falsch herum.«

fünf

»Falsch! Falsch! Falsch! Falsch!« empfingen mich die anderen Kinder mit überschnappendem Hohngekreisch, als ich am Seeufer erschien. Ich besaß keine Schlittschuhe. »Falsch! Falsch! Falsch! Falsch!« schrien sie, und als ich mir die Ohren zuhielt, fiel meine Ausrüstung – ein Kuchenblech, ein Schürhaken und eine Ofengabel – scheppernd aufs Eis. An den Klapp-auf-und-zu-Mündern sah ich, daß sie weiterschrien, und als ich die Hände wieder von den Ohren nahm, klang es: »Schfal! Schfal! Schfal! Schfal!«, und nahm ich sie erneut fort, rief es: »Alschf! Alschf! Alschf! Alschf!«, und als ich sie noch einmal wegnahm, klang es so schrecklich – »Lschfa! Lschfa! Lschfa! Lschfa!« –, daß ich Angst bekam, meine Gerätschaften aufhob und neben dem Ufer auf dem Eis davonlief.

Jedesmal wenn ich ausrutschte und unter Kuchenblechgeschepper hinfiel, brach Gelächter aus. Irgendwann würde ich sie umbringen. Aber ich hatte ja Zeit. Sie nicht. Ich war unsterblich. Sie nicht. Ich bräuchte sie nicht einmal umzubringen. Sie würden, ob ich sie umbrachte oder nicht, sowieso umkommen, früher oder später. Ich aber nie.

Nie. Nie. Nie. Nie Nie Nie Nie ... Ich stieg den steilen Hang zum Kloster hinauf, einem eisigen Palast, in dessen unzähligen, sämtlich ungeheizten Räumen drei stets hungrige Klosterbrüder in drei Zellen hausten und in der kleinen Kapelle Gebete und eisrauchende, unbesuchte Messen lasen. Manchmal wurden Hochzeiten in der Kapelle abgehalten. Dann standen, der aufgestellten Gasheizgeräte wegen, die drei Brüder – gern gesehene gregorianische Dekorationsstücke – unrasiert im Hintergrund, wärmten sich diskret und schauten zu, wie ein fremder Geistlicher in ihrer Kapelle zwei Menschen den Segen erteilte, der nötig war, um erlaubten Geschlechtsverkehr zu pflegen.

Von dort oben rutschte ich, auf dem Kuchenblech kniend, Schürhaken und Ofengabel unter die Arme geklemmt und mich an den Blechrändern festhaltend, den Hang hinab. Wäre nicht das Knirschen gewesen, so hätte ich glauben können, zu fliegen, so ungehindert schwang nun das Kuchenblech mit mir auf den verspiegelten See hinaus. Oben, an den Fenstern des kalten Klosters, standen die knurrmagigen Klosterbrüder, sahen mir zu und schlotterten sich eins.

Begann die Fahrt sich zu verlangsamen, so stieß ich mich mit Ofengabel und Schürhaken ab und sauste weiter hinaus ins Eisgegleiß.

Heute stand oben, neben dem Kloster, ein Lastwagen, auf der Ladefläche eine große Spule, von der ein Seil zu einem weit entfernt im Schnee liegenden Segelflugzeug führte, in dem ein Mann saß, der soeben die gläserne Haube zuklappte und dann mit der Hand ein Zeichen gab. Der Lastwagenmotor startete, die Spule begann sich zu drehen, das Seil straffte sich, und als ich zum Flugzeug blickte, hob es gerade ab und stemmte sich so widerwillig steil empor, daß ich erwartete, es werde rückwärts herunterfallen. Doch das Seil hatte sich kaum senkrecht aufgerichtet, da erschlaffte es plötzlich und ein kleiner Fallschirm entfaltete sich.

Ich kniete mich sogleich auf mein Kuchenblech und fuhr den Hang hinab, auf den See hinaus, über dem schon das Flugzeug kreiste. Als mein Kuchenblech ausgeglitten hatte, sah ich zum Flugzeug hinauf und drehte mich mit ihm, als führte ich es an langer Leine. Es schwebte wieder dem Ufer zu, dann, in weitem Bogen und allmählich sinkend, erneut auf den See hinaus, immer weiter sinkend, bis es so tief und nah war, daß ich es hören konnte. Schließlich setzte es in einiger Entfernung unmerklich auf, rollte rumpelnd noch ein Stück und kam dann, sich um sich selbst drehend, zum Stehen. Der Pilot stieg aus und lehnte sich gegen den Rumpf. Ich schlug mit der Ofengabel gegen mein Kuchenblech, um auf mich aufmerksam zu machen. Doch er blickte nur kurz auf, winkte ab und sah auf die Armbanduhr. Es war drei Uhr. Die Hungerklosteruhr schlug es mit fröstelndem Gebimmel.

sechs

Als der Religionslehrer, ein Mönch aus dem kalten Kloster über dem See, von meiner – von mir weiterhin geleugneten – Ermordung erfahren hatte, stellte er mich zur Rede.

»Ich bin nicht tot!« sagte ich. Daraufhin kam er auf die sogenannte Seele zu sprechen. Ich kannte bislang nur die salz- und kümmelbestreute Bäckerseele; daß es noch eine andere Seele gab, wußte ich, aber sie gehörte in die Reihe anderer, gleichfalls bedeutungsloser Wörter wie: Barmherzigkeit, Lotterie, Dank, Glück, Horoskop, Gnade etc. – alles Wörter für Dinge, die man nicht sehen kann.

»Die Seele ist unsterblich und unzerstörbar«, sagte der Klosterbruder. »Und da wir im Jenseits keinen Körper haben, brauchen wir die Seele.«

Ich unterdrückte das Verlangen, ihm mitzuteilen, daß ich als Unsterblicher keinen Bedarf an Seele hätte, und zog am Nachmittag den Metzgergesellen zu Rat. Sah der Metzgermeister eher asketisch und vergeistigt aus, so versammelte der Geselle alle landläufigen Attribute eines Metzgers: prall, rotwangig, hemdsärmlig, einfältigen Gemüts. Zu meiner Befriedigung erklärte er mir, daß es eine Seele seiner Meinung nach nicht gebe. Sie sei nur ein »Maulspiel« der Pfarrer, um sich wichtig zu tun. Er jedenfalls habe noch bei keiner Schlachtung etwas davon entdeckt. Zwar habe er bislang nur Tiere geschlachtet, aber er zweifle nicht daran, daß, falls er mich – versehentlich etwa – schlachten und zerlegen würde, er nicht das kleinste Zipfelchen einer Seele finden könnte.

Mit dieser Ansicht konfrontiert, erklärte der Klosterbruder, das sei nicht verwunderlich, denn die Seele sei nicht nur unzerstörbar und unsterblich, sondern auch unsichtbar. Und so könne also bei einer Schlachtung auch nichts zu finden sein.

Ich zog ein argwöhnisches Gesicht und schwieg verstockt.

Mit der Seele, fuhr er fort, sei es wie mit dem Wasser, das man ja auch erst bemerke, wenn es fehle, am quälenden Durst nämlich.

Dem sei ganz und gar nicht so, trumpfte ich auf, denn ich sei acht und seit acht Jahren ohne Seele und litte an keinerlei quälendem Durst.

Ich solle mir nichts vormachen, rief er triumphierend, aber, so leid es ihm tue, mir das mitteilen zu müssen: Alle stürben einmal. Und dann nämlich, wenn ich tot wäre, dann würde ich meiner dürstenden Seele gewahr; ich solle nur warten, bis ich tot sei. Dann aber sei's zu spät.

»Ohne Seele«, rief er, »besteht keine Aussicht auf Unsterblichkeit. Ohne Seele hat man deswegen, solange man lebt, die fürchterlichste Angst vor dem Tod. Und mit Recht: Denn ohne Seele kommt man in die Hölle. Willst du denn in unaufhörlicher Angst leben? Und später in die Hölle?«

»Ich habe keine Angst vor dem Tod und auch nicht vor der Hölle«, sagte ich trotzig.

»Oha!« rief der Klosterbruder, das werde er schnell ändern, nahm ein Lineal vom Katheder und begann, sich mit dem Lineal in die Hand tätschelnd, eine umständliche und behagliche Erzählung von den Sitten und Gebräuchen in der Hölle (den Himmel hatte er schon oft beschrieben, es ging dort recht eintönig zu) und fragte mich zuletzt, was ich denn davon hielte.

Da die Hölle ja für Ängstliche gedacht sei und nur bei diesen ihre angstmachende Wirkung entfalte, ich aber, wie gesagt, keine Angst hätte, schlügen die von ihm erwähnten Schrecknisse bei mir nicht an.

Der Klosterbruder zog ein übellauniges Gesicht, stellte das Linealtätscheln ein und erwiderte, daß das »Heidengedanken« seien, die nur das »Heidenzeugs« denke, nannte mich einen Schelm und fragte, wohin man denn käme, wenn alle so dächten.

»Vermutlich nicht in die Hölle«, theologisierte ich weiter.

Der Klosterbruder winkte ab, trat ans Katheder und fragte die Todsünden ab.

Die Nachricht von der Unausweichlichkeit des Todes berührte mich nicht. Mich ging das ja nichts an. Mochten die anderen sterben und sich dann auf einen der beiden vom Klosterbruder so wonnevoll ausgemalten Rummelplätze, Himmel oder Hölle, begeben.

Aber dem Klosterbruder war es dennoch gelungen, mich zu beunruhigen. Trotz meines Widerwillens gegen die Seele zeitigte das Gespräch doch Wirkung, und zwar eine niederdrückende, die mir auf Wochen – und wie lang sind Wochen in einer Kindheit – die Tage verdarb.

Daß es da etwas in mir gab, was bedeutungsvoll für mich sein sollte, das ich aber gleichwohl – und ich war immerhin acht! – noch nie an oder in mir bemerkt hatte, verunsicherte mich. Unsterblich war sie und unsichtbar. Und daß sie obendrein noch unzerstörbar war, raubte die Hoffnung, etwas gegen sie tun zu können. Sich ihrer entledigen zu wollen wäre in etwa so aussichtslos wie der Versuch, Wasser zu erwürgen.

Ich konsultierte wieder den Metzgergesellen, als Sachverständigen in Sachen Tod und Tödlichkeit, zum Jenseits. Seiner Meinung nach werde danach nichts sein. Zur Erläuterung wies er auf eine Fleischfliege an der Wand und fragte didaktisch:

»Wenn ich da jetzt mit der Zeitung draufschlagen tu: Da war dann doch nichts, oder?«

Als er es demonstrieren wollte, verfehlte er die Fliege. Aber es war ja nur ein Beispiel.

Doch diesmal glaubte ich dem Gesellen, auch ohne diesen Fehlschlag, nicht. Irgendwas, da war ich mir sicher, würde doch sein, wenn auch, und ich war mir darin ebenso sicher, nicht die blechspielzeughaft bunte Himmel- oder Höllenwelt, die meiner Vermutung nach sich jemand nur ausgedacht hatte, und zwar schlecht; wahrscheinlich der Klosterbruder selbst.

Meine Unsterblichkeit hatte mich in eine Zwickmühle gebracht. Denn dieses Jenseits, das interessierte mich sehr, und zu gern hätte ich es einmal in Augenschein genommen. Aber wie es aussah, gelangte man dorthin nur, indem man zuvor starb. Da würde ich, als Unsterblicher, mir etwas ausdenken müssen. Ich hatte schon einmal von »Scheintod« gehört ... vielleicht wäre das eine Methode. Man brauchte einen Schein dazu, den konnte ich mir selbst anfertigen. Und mit diesem Scheintotenschein würde ich sie, die Jenseitigen, täuschen, so daß sie mich einließen. Zwar würden sie es bald merken, daß ich weder tot noch scheintot war, und mich wieder hinauswerfen, aber bis dahin hatte ich mich ja schon umgesehen.

Aber der Klosterbruder hatte vor die interessante Perspektive, die der Tod eröffnete, den grauen Lumpenvorhang der Seele gehängt.

Immer wieder mußte ich an die vermaledeite Seele denken. Ich dürstete nicht nach ihr. Aber sie dürstete ... sie leckte mich mit ihrer Seelenzunge inwendig aus. Ganz gleich, von welcher Fröhlichkeit ich mich fortreißen ließ, plötzlich fühlte ich sie schwer und unvertreibbar. Vor den anderen Kindern konnte ich mich verstecken, aber wohin ich auch rannte und mich vergrub – sie, die entsetzliche Seele, war immer in mir, ein echsenartiges Schleimwesen, das mich unverwandt und häuslich aus einem Winkel hervor anstarrte, mich wie sein allereigenstes Eigentum anstarrte und höhnisch grinste, wenn ich, ihre Wohnstätte, nach Gedanken brütete, die ihre Nichtexistenz bewiesen.

Manchmal, mitten in einer Beschäftigung, wuchs in mir ein Unbehagen, öffnete sich langsam und unaufhaltsam, wie eine finstere Blüte, und ich brach das Spiel ab und verharrte reglos, und dann fiel es mir ein: die Seele. Und ich brütete in mich hinein, ob ich nicht irgendwie dieser Seele habhaft werden und ihr den Garaus machen könne. Ich horchte in mich und fand nicht heraus, was sie machte, ja nicht einmal, ob es sie tatsächlich gab. Manchmal starrte ich auf den See, Tränen stiegen mir in die Augen, und ich verfluchte die Seele. Wie glücklich war ich ohne sie gewesen.

sieben

Auf der Rückfahrt von der Geigenstunde sah ich aus dem Bus auf den See hinunter wie auf ein verwunschenes Bild, ein Schluchzen stak tief in meiner Kehle. Wie schön der See war! Der feine Dunst und die schwappenden Spiegelbilder des Herbsthimmels. Das alles war schön, aber mir schnürte es die Kehle zu. Obwohl ich mich mitten darin befand, starrte ich alles an, als läge es unter Glas. Es war schön, aber ohne mich. Ich stieg vorzeitig aus und ging zum See hinunter.

Ich hätte gern gewußt, wo »das Heidenzeug«, das der Klosterbruder erwähnt hatte, wohnte. Womöglich in einem seelenfreien Land, in dem ich selbst gern gelebt hätte, in einem Land wie dem der Herzöge, die gewiß auch nicht so ein Lumpendings wie die Seele mit sich herumschleppten; sie hatten an ihren Namen, den fliegenden, zu tragen.

Diese Heiden, vermutete ich, waren aufgrund ihrer Seelenlosigkeit ein glückliches Volk voll Schönheit, Klarheit und Heiterkeit. Wahrscheinlich lebten sie auf Bäumen, im Schilf oder einfach auf Wiesen, auf den Heiden. Deswegen hießen sie ja so.

Auf der anderen Seite der Bucht sah ich in seinem Garten den Mann mit dem abgeschnittenen und wieder angenähten Kopf Bretter aufeinanderwerfen. Das Klappern drang immer erst zu mir, wenn er sich schon zum nächsten Brett bückte.

Als ich zu dem Garten kam, war der Straßensalzer fort. Auf dem Bretterstoß saß ein Mädchen, und ich sah sogleich, daß es eine Heidin war. Die Spitze des kleinen Fingers im Mund, schien sie sich selbst vergessen zu haben. Ihr langer Rock war schmetternd bunt. Ihre Haare waren hellblond und verwirrt und ihre Augen gesenkt. Die Erwachsenen hatten eine Redensart: zu schön, um wahr zu sein. Das fiel mir ein, und ich mußte lachen. Die Heidin sah auf, nahm den Finger aus dem Mund und lachte mit. Ihre Augen waren schwarz und klein, und auch ihr hellroter Mund war klein. Sie trug zwei große Fingerringe an der Hand und einen Schlüssel an einer Schnur um den Hals. Ihr Lachen schob zwei runde sommersprossige Bäckchen unter ihre Augen, die dadurch zu gebogenen Schlitzen wurden.

»Gut, daß du kommst«, sagte sie und hielt mir ihren kleinen Finger hin. Ein Holzsplitter steckte darin.

Als ich ihn herausgezogen hatte, zeigte sie auf den Geigenkasten. Ich packte das Instrument aus. Während ich mein Notenbuch aufschlug, wurde mir klar, daß ich für die schöne Heidin lieber etwas anderes vorspielen wollte, etwas, das dem Gepfeif der Herzöge ähnelte.

Das Mädchen saß auf dem Holzstoß, umschlang die Knie mit den Armen und hörte mir strahlend zu. Als wir gemeinsam weitergingen und sie ihre Hand in die meine schob, fühlte ich, wie mir Wärme, mehr als die Wärme ihrer Hand, ins Innere kroch und dort ohne viel Federlesens eine Kälte beiseite schob und mit dieser zugleich die Seele. Und meine Hand in ihrer hübschen warmen Mädchenhand, gingen wir nach Hause.

Beim Anblick meiner Glaskugel schlug sie vor Begeisterung die Hände zusammen, so daß ich beschloß, sie ihr bei nächster Gelegenheit zum Geschenk zu machen. Meine Mutter kam und wurde von ihr sogleich in ein so turbulentes Geplauder verwickelt, daß, nachdem die Heidin zwei Stunden später gegangen war, die Wohnung wie leergefegt wirkte.

»Wo wohnst du?« fragte ich sie am nächsten Tag.

Sie zeigte über die Schulter.

»Ich werde dich besuchen.«

»Nein«, sagte sie.

»Nicht?«

»Nein.«

»Warum nicht?«

»Ich wohne so, daß man mich nicht besuchen darf.«

Ich überlegte.

»Schmutzig?«

Sie überlegte.

»So ähnlich.«

Daß sie tatsächlich Heidin war, merkte ich, als ich einmal beiläufig das Gespräch auf die Seele brachte. Sie sah mich nachdenklich mit schräggelegtem Kopf an und zog dann einen ihrer Flunsche, bei denen ich mich augenblicklich zu Hause fühlte; aller Kummer und alle schlechten Gedanken wurde von diesen Grimassen vertrieben.

An einem der nächsten Tage tauchte sie in der Schule auf. Sie trug keinen Schulranzen, sondern einen Henkelkorb. An ihre bunten, weiten Röcke hatte ich mich längst gewöhnt, aber jetzt fielen sie mir wieder auf, weil sie so viel bunter und weiter als die anderen Mädchenröcke waren.

Sie ging nicht in meine Klasse, und in der Pause erschien sie nicht auf dem Hof. Nach der Schule stand sie, von den anderen Mädchen bekichert, unsicher am Hofeingang und wartete. Etliche Jungen lungerten in ihrer Nähe herum und beobachteten sie. Es sah aus, als überlegten sie, wie groß die Kieselsteine sein durften, die sie nach ihr werfen wollten.

Ich war aufgeregt, aber als ich zu ihr hinüberging, bemerkte ich, daß ihre Schnürsenkel auf waren, kniete mich hin und band ihr die Schuhe zu. Ich hatte schon einmal ein Brautpaar vor der Kirche beobachtet. Nun nahm ich ihr den Korb ab und bot ihr, mit der Geste des Bräutigams, den Arm. Sie hängte sich bei mir ein, und wir verließen den Hof, unter einer Girlande von Gelächter und Geschrei.

»Da bin ich aber froh«, flüsterte sie.

»Warum denn?«

»Ich hatte Angst, daß du mich hier, in der Schule, nicht mehr kennst. Du hast mich so komisch angesehen.«

Ich erklärte ihr, daß mir ihre Röcke plötzlich aufgefallen waren.

»Es sind Röcke meiner Mutter«, erklärte sie. »Bei ihr wirken sie natürlich nicht so weit und lang.«

»Wo warst du in der Pause?«

»Der Lehrer hat mir die Bücher gegeben.«

Als ich wieder einmal von der Geigenstunde heimfuhr, betrachtete ich mit einem heimeligen Gefühl die verregneten Weinberge, einen einsamen Sonnenstrahl über dem See und ein noch einsameres Segelboot, ungefähr dort, wo ich im vergangenen Winter auf dem Eis gestanden hatte.

Auf diesen See, der also erst dann, wenn alle, die jetzt lebten (außer mir), längst tot wären, wieder gefrieren würde, sah ich hinunter, fühlte mich von den Zudringlichkeiten der Seele befreit und erlöst. Es war mir wieder gleichgültig, ob es sie gab oder nicht. Ich brauchte keine.

Ich hatte nun meine Heidin, ihr den Henkelkorb zu tragen, darauf zu achten, daß ihre Schnürsenkel gebunden waren. Von den anderen Kindern wurde ich ausgelacht, weil ich ihr den Puppenwagen schob, und sie wurde ausgelacht, weil ihr Puppenwagen aus einem buntbeklebten Pappkarton auf eiernden Papprädern bestand und ihre Puppe eine Blechbüchse mit aufgemaltem Gesicht und Armen aus angeklebten Seilstücken war. Sie machte sich schön für mich mit einer Perlenkette, die sie auf einen Papierstreifen gemalt hatte.

Wieder stieg ich einige Stationen früher aus, ging durch die Weinberge zum Uferweg hinab, in einem festlichen warmen Gefühl, und nach Hause. Sanfter Regen fiel in den See, tuschelte auf meiner Kapuze. Es war schön. Und ich war mittendrin im Schönen und hatte eine schöne Heidin, die mir vor einigen Wochen das Küssen beigebracht hatte und mir noch am selben Nachmittag einen selbstgebackenen Kuchen schenken würde, die mich jeden Tag ins Schlachthaus brachte und mich dort wieder abholte.

Ich hatte ihre Eltern, die noch ärmer waren als meine, noch nie gesehen. Aber einmal nahm meine Heidin mich mit in ihre Wohnung und zeigte mir eine Photographie. Ich hätte es nicht für möglich gehalten, daß auch erwachsene Frauen lange Zöpfe haben konnten. Es sah fremd aus. Meine Heidin hatte also eine Fremdlingin zur Mutter. Das Zimmer meiner Heidin war vollständig mit Zeitungen tapeziert, anstatt eines Bettes hatte sie zwei Federbetten, auf dem einen lag sie, mit dem anderen deckte sie sich zu. Sie öffnete ihre Schatztruhe, eine Lebkuchenbüchse, in der sie einen kopflosen Wachsengel und die Glaskugel aufbewahrte.

Als sich uns der Raufbold der Schule am Beginn der langen Treppe, die von der Ober- in die Unterstadt führte, einmal in den Weg stellte, mit der Hand ausholte und Schläge ankündigte (er schlug nie, ohne vorher zu sagen: »Jetzt schlag ich dich.«), gab ihm meine Heidin, einfach so, einen Schubs, daß er sich umdrehte und die Treppe in weiten Sätzen hinabspringen mußte, wollte er nicht stürzen. Das tat er dann aber, am Fuß der Treppe, doch noch, zusammen mit einem Herrn, der – wohl der Meinung, daß die Jugend dem Alter den Vortritt zu lassen habe – in pädagogischer Absicht demonstrativ stehengeblieben war.

Der Raufbold hatte beim nächsten Zusammentreffen wieder die Hand zum Schlag erhoben und verkündete, daß er mich nun schlagen werde, als ihn meine Heidin unterbrach und mich instruierte, aus Zeige- und Mittelfinger ein V zu machen und ihm damit in die Augenwinkel seitlich der Nase zu stechen. Dadurch würden die Augäpfel aus ihren Höhlen flutschen und lustig auf die Wangen heraushängen. Das sei aber, sie wandte sich zu ihm, ganz ungefährlich, man brauche sie, die Augen, nämlich bloß wieder in die Höhlen zurückzudrücken.

»So?« fragte ich und machte mit den Fingern das V.

Sie nickte und sagte:

»Aber nicht zu zaghaft. Es muß flugs gehen.«

Damit es ihm vertrauter war, hob ich meine Hand mit den gespreizten Fingern und sagte:

»Jetzt stech ich dir die Augen aus.«

Er drehte sich um und rannte weg.

Eine Weile lang grüßten wir ihn noch mit dem V, dann vergaßen wir ihn. Längst wurden wir nicht mehr ausgelacht, denn die anderen Kinder hatten gemerkt, daß uns ihr Gelächter weder interessierte noch kümmerte.

Als ich meiner Heidin einmal die Sache mit meiner Unsterblichkeit anvertraute, wurde sie nachdenklich. Dann sah sie mir fest ins Gesicht und teilte mir das Ergebnis ihrer Nachdenklichkeit mit:

»Ich auch«, sagte sie. »Ab jetzt.«

Und später meinte sie:

»Puh! Wenn ich daran denke, daß ich bis vor kurzem noch sterblich war und an allem möglichen hätte umkommen können!«

Sie schüttelte sich.

»Aber das ist jetzt vorbei«, stellte sie befriedigt fest. »Glück gehabt.«

»Deine Eltern werden staunen«, kündigte ich an. Ich dachte erst, sie hätte es nicht gehört, als sie zögernd sagte:

»Ich glaub nicht.«

»Warum denn nicht?«

»Weil ... sie kriegen es ja nicht mit.«

Ich verstand sofort, was sie meinte, und murmelte:

»Weil sie vorher sterben.«

»Aber Eltern sterben immer vorher«, tröstete sie mich. »Weil alle Menschen ungefähr gleich alt werden. Außer bei Krankheit oder Unglück, da sterben die älteren dann eben früher.«

Das war beunruhigend.

»Es ist also egal, ob wir unsterblich sind oder nicht. Unsere Eltern kriegen nicht mehr mit, ob wir sterben oder ewig leben.«

»Schade«, sagte ich schließlich und fragte: »Wie alt werden sterbliche Menschen denn?«

Sie überlegte und zuckte die Schultern.

»Ich weiß es nicht genau.«

Meine Heidin und ich kamen vom Nikolausmarkt der Nachbarstadt, wo ich ihr von meinem Ersparten ein Lebkuchenherz gekauft hatte, das nun an einem gestreiften Band vor ihrer Brust tänzelte. Ich hatte die Aufschrift »Für immer und ewig« gewählt, das schien mir zu unserer Unsterblichkeit zu passen. Als wir über das Klostergelände gingen und um eine Ecke traten, wären wir beinahe mit dem Klosterbruder zusammengestoßen. Der musterte uns grimmig, aber seine Miene hellte sich auf, als er das Lebkuchenherz sah. Meine Heidin nahm es vom Hals und hielt es ihm hin.

»Schön, nicht?«

Der Klosterbruder besah das Herz, reichte es wieder meiner Heidin, die streckte schon die Hand danach aus, als er es unvermittelt an sich zog und davon abbiß. Verblüfft sahen wir zu, wie er das Herz binnen kurzem vertilgte. Als er schließlich verlegen aufblickte, zeigte meine Heidin auf seinen Mund. Das Band schaute noch heraus. Er drehte sich um und verschwand im Kloster.

»Bruder Vinzenz!« rief ich ihm hinterher. Ich war verärgert, ging zur Tür, doch die war verschlossen.

»Das ist nicht so schlimm«, tröstete mich meine Heidin, als wir weitergingen. »Ihm hat's geschmeckt, und die Freude darüber, daß ich's bekommen hab, kann mir niemand mehr wegessen.«

Ich murrte.

»Und das ›ewig‹ war schon ein bißchen kaputt«, fügte sie an. Das stimmte; auf dem Weg war vom W etwas abgebrochen; es hieß nur noch »evig«.

»Ich mal dir eines auf Pappe«, schlug ich vor.

»Au ja!« rief sie. »Das frißt mir keiner weg.«

Wir erbaten uns im Schlachthaus etwas von dem Fleisch, das durch den Wolf gedreht und zu Wurstmasse geknetet wurde, und gingen damit zum Kloster. Dort riefen wir den Bruder heraus und winkten ihm, als er in der Pforte erschien, uns zu folgen.

Er tat es langsam und würdevoll, und nachdem wir auf einer Bank am Hang das Fleischpäckchen hingelegt hatten und dann ein Stück beiseite gegangen waren, kam er näher, blieb mit dem Rücken zum Kloster stehen und aß das Fleisch direkt aus dem Papier.

Es schien ihm zu schmecken, und so brachten wir ihm ein oder zwei Mal in der Woche etwas zu essen. Schon wenn wir uns dem kalten Kloster näherten, öffnete sich eine Seitenpforte, und der Klosterbruder kam nasehochziehend heraus und folgte uns zur Bank.

Einmal, während er das Fleisch aß, stellten wir ihm unsere Frage:

»Bruder Vinzenz! Wie lange lebt ein Mensch?«

»Siebzig Jahre«, sagte er hohl, weil mit vollem Mund. »Wenn's hochkommt achtzig.«

»Ist das viel?« fragte mich meine Heidin flüsternd.

»Ich glaub nicht«, antwortete ich gleichfalls flüsternd.

»Ach, die Ärmsten!« seufzte meine Heidin leise und fragte laut: »Da wären Sie sicher gerne unsterblich, oder?«

»Ich bin's ja. Die Seele ist ja unsterblich.«

Wir stießen uns an, jetzt kam *das* wieder. Während wir zusahen, wie er das Fleisch verschlang, dachte ich daran, daß er eine Seele besaß, wir aber nicht. Was hätten wir Unsterblichen denn auch damit anfangen sollen? Er brauchte sein kleines Seelenpäckchen, das, wenn er stürbe, weiterlebte.

Wenn wir ihm das Fleisch brachten, tat er, als kenne er mich nicht. Aber seitdem er von uns damit beliefert wurde, ließ er mich im Unterricht in Ruhe und erteilte mir ausnahmslos Einsen.

Auch meine anderen Noten besserten sich von heute auf morgen, und ebenso plötzlich stellte der Lehrer das Kopfnüssegeben ein.

Meine Heidin sagte: »Na also!« und gestand, daß sie den Lehrer verhext habe. Ich staunte.

Über den Schulbriefkasten habe sie ihm ein blutbeflecktes Papier aus dem Schlachthaus zukommen lassen, auf dem sie ihm androhte, daß er, im Falle ausbleibender Besserung meiner Noten, nachts abgepaßt, in den See geworfen und mit Stricknadeln mehrfach durchbohrt würde, so daß er, wegen der austretenden Luft, alsbald versinken würde.

»Das hat gewirkt?«

»Erst mal nicht.«

Als sie herausbrachte, daß er mich weiter gekopfnußt und schlecht benotet hatte, war sie nachdrücklich geworden und hatte das Drahtseil der Schulfahnenstange abgemacht, mit dem einen Ende an das Treppengeländer und mit dem anderen an das Fahrrad des Lehrers gebunden. Ich erinnerte mich, daß sie mich unter einem Vorwand nach der Schule auf dem Hof festgehalten hatte. Als uns der Lehrer beim Davonradeln gerade mit dem Finger drohte und rief, wir sollten bloß machen, daß wir nach Hause kämen zu den Hausaufgaben, schnellte er zu meinem Erstaunen in vorbildlicher turnerischer Haltung über die Lenkstange und hechtete mit vorgestreckten Armen zu Boden. Während er sich hochmühte und dabei allerlei Jammerläppischkeiten von sich gab, machten wir uns, wie er uns geraten hatte, davon. Er hatte am nächsten Tag ein Papier mit der Aufschrift »Wer nicht hören will« gefunden.

Nach den Weihnachtsferien erschien anstelle des Klosterbruders ein Vikar, um den Religionsunterricht abzuhalten. Der Orden hatte keine Lebensmittel mehr geliefert und den Klosterbrüdern das Fasten als ein Mittel zur Erlangung geistlicher Erleuchtung gepriesen. War der Klosterbruder früher noch von den anderen Lehrern mit kleinen Essensgaben für sich und seine Mitbrüder versorgt worden, so war er in den Ferien rasch abgemagert. Auch unser Wurstfleisch hatte da nicht geholfen. Erst als er einen Schwächeanfall erlitt, wagten seine gleichfalls unterkühlten und unterernährten Mitbrüder, einen Arzt zu alarmieren, der alle Mönche in eine Klinik einwies, woraufhin sie als Abtrünnige aus dem Orden ausgestoßen wurden. Später konnte man den dreien auf dem Friedhof begegnen, wo sie von der Stadt angestellt worden waren und – stets zu dritt – andrer Leute Gräber schaufelten und dabei leise fromme Gesänge anstimmten, die von unaufhörlichem Schniefen und Schneuzen wie von Flicken bedeckt wirkten.

acht

Obwohl ich geigte, kannte ich kaum Musik, hatte keinen Lieblingsschlager, hörte nie Radio und betrachtete die Klänge der Stadtkapelle lediglich als Geschalle, zu dem die bunten Trachten ausgeführt wurden.

Arglos hatte ich einmal meine Geigenlehrerin nach den kleingedruckten Namen gefragt, die neben den Titeln der Musikstücke in meinem Lehrbuch standen, und verwundert erfahren, daß dies die Namen sogenannter Komponisten waren. Diese Stücke waren also nicht von Natur aus da, sondern es gab Menschen, die sie erfanden. »Ausgedachte« Musik, wie ich sie nachsichtig nannte; Stückchen, damit man etwas hatte, um üben zu können, aber keine richtige Musik. Die Herzöge hätten sich damit nicht abgegeben und eins drauf gepfiffen.

Von einem Komponisten mit dem barschen Namen Bach machte meine Geigenlehrerin viel Aufhebens, weil er mehrstündige Stücke komponiert habe. Ob das nicht übertrieben war? Mehrstündige, aber rein ausgedachte Stücke! Anstelle richtiger Musik. Das konnte bestenfalls Fleißarbeit sein. Und dann gleich für so viele Musiker. War das nicht arg unruhig und laut? Bei der Stadtkapelle konnte man es ja sehen. Wenn sie losspielte, gab es einen Heidenlärm, in dem nur die große Trommel eine allgemeine Richtung vorgab.

»Heidenlärm? Aber woher denn!« lachte die Geigenlehrerin und legte eine Schallplatte auf.

»Schön«, sagte ich, nachdem ich einige Zeit zugehört hatte.

»Das sind doch Sänger!« wandte ich ein, als sie keine Anstalten machte, den unheilvollen Radau abzustellen. Der Ton des Tadels entging ihr, denn sie nickte und lobte mich: »Richtig.«

Die Singstunde in der Schule war die Unterrichtsstunde, die mir die meisten Kopfnüsse eintrug. Daß Menschen mit sich selbst Musik erzeugten, empfand ich als unangenehm, ja unanständig und peinlich, und im Gegensatz zur Stadtkapelle konnte ich den Gesangsverein gar nicht leiden. Die angestrengten und bebenden Töne, die Sänger aus ihren weit offnen Mündern entließen, schienen mir den sogenannten Fürzen verwandt, die so unschicklich waren, daß man sie nicht nur nicht erzeugen, sondern deren Namen man nicht einmal aussprechen durfte. Aber hier, bei Herrn Bachs langen Stücken, erinnerten die vielen, vielen Sänger an eine Riesenherde Kühe, die muhend versucht, eine Melodie zu erzeugen. Ich mußte kichern, und die Geigenlehrerin fragte mich, was denn so komisch sei.

»Das Singen«, sagte ich lachend und zeigte auf den Plattenspieler.

»Auch der menschliche Körper ist ein Instrument und der Gesang ebenso eine Kunst wie das Geigenspiel«, meinte sie ernst. Das wußte ich denn doch besser, hatte ich doch jede Woche frischgeschlachtete Schweine- und Kuhhälften vor Augen und wußte, was Körpern an musikalischen Fähigkeiten zuzutrauen war.

Obwohl sie so vertraut mit der Musik tat, war mein Verdacht geweckt. Und nach und nach zeigten mir vorsichtige Erkundigungen und unauffällige Fragen, daß sie sich bei richtiger Musik gar nicht auskannte. Sie ging so weit, die Ausgedachtheiten des Herrn Bach dafür zu halten. Was für eine Schande und ein Irrtum!

Ich hatte sie lieb, aber da mußte ich sie doch bedauern. Hätte ich es mir nicht gleich denken können, daß die richtige Musik nichts für jedermann war? Meine Geigenlehrerin etwa zeigte mir zwar den Weg dorthin, war selbst aber nie dort gewesen. Oder der Herr Bach, der, weil er die richtige Musik nicht konnte, mehrstündige Radauhaltigkeiten schrieb, in denen den Mund klappende Sänger sogar scharenweise mittun mußten. Richtige Musik, das wußte ich ganz und gar sicher, konnte keinesfalls etwas sein, wobei ein Mensch seine Finger im Spiel gehabt hatte. Mochte sie mit noch so viel Fleiß hergestellt sein – es war und blieb etwas Ausgedachtes (und daß sie direkt aus dem feuchtwarmen Innern des Menschen selbst herauskäme, eben dorther, wo derselbe Mensch Bratwürste hineinschob, das war ganz ausgeschlossen. Das Singen meiner Heidin zu meiner richtigen Musik und das Gepfeif der Herzöge, das war etwas ganz anderes – warum, wußte ich nicht).

Auch Geigentöne waren etwas anderes. Geigen hatten keinen menschlichen Klang. Geigen sind ja auch aus Holz. Und Holz stammt aus Wäldern. Und Wälder haben eine eigene Sprache, die von Menschen nicht verstanden werden kann und von ihnen für Getöse gehalten wird – ein Getöse, in dem welche mit einem Grenzstein umherirrten und schrien, wo sie den hintun sollten.

Ich ging heim. Die Abendglocke schlug. Und als sie verstummt war, schlug eine andere Glocke. Es war aber keine Kirchturmglocke. Die Töne kamen aus dem See. Von der versunkenen Glocke.

Als ich nachts aufwachte, war es so still, daß ich Angst hatte, durch Bewegung ein Geräusch zu erzeugen, und reglos liegenblieb. Schließlich stand ich doch vorsichtig auf, ließ die Wohnungstür offen und stieg langsam die Treppe hinunter. Aus allen Wohnungen drang Uhrenticken.

Und als ich still auf der Gasse verharrte, hörte ich auch die Uhren aus den anderen Häusern. Ich zog mir die Damenstiefel an, die vor einer Wohnungstür gestanden hatten, und ging damit schwerfällig und mit den Absätzen lärmend die Gasse hinauf, zum Tor hinaus.

Am hellen Nachthimmel, über dem dunklen Hang und unterhalb der großen Zuckerscheibe des Mondes, nahm ich Bewegungen wahr, zu klein und fern, um Genaueres erkennen zu können. An der Gartenpforte der Zettelheim ließ ich die Stiefel stehen; das Gehen in ihnen war so beschwerlich wie in den Träumen, in denen man nur mit äußerster Mühe vorankam.

Oben angekommen, sah ich die Herzöge auf dem Feld. Mit dem Rücken zu mir saßen sie, weit voneinander entfernt, auf ihren Klappergäulen, die mit hängendem Kopf im Stehen zu schlafen schienen und manchmal mit dem Schweif schlugen. Die Herzöge blickten reglos zum Himmel, wo an Schnüren, die von ihren Händen in weit durchhängenden Bögen hoch hinaufführten, helle Vielecke im Nachtwind am Himmel schwankten, in der Stille des Weltalls vom Mondlicht durchschienen. Die als Drachenschwänze angebrachten langen Stoffstreifen schrieben mit trägen Schnörkeln eine fremde Schrift in den Wind.

Die Herzöge ließen ihre Namen fliegen.

neun

Meine Heidin war nicht am gewohnten Ort erschienen, und indem ich mich noch darüber wunderte, kam meine Mutter die Straße herab und trug mir auf, den Dachboden zu fegen. Ich murrte, aber sie war streng. Als der Dachboden gefegt war, wies sie mich an, dieses in die eine Ecke und jenes in die andere Ecke umzustellen. Und während ich die Kisten schleifte und die Kartons schleppte, horchte ich, ob unten im Haus die Türschelle ging. Aber nur Stimmen wurden laut. Es ging um Damenstiefel. Ich hätte sagen können, wo sie sind, aber ich war auf dem Dachboden eingeschlossen. Am Abend, als ich die Stiefel hätte holen können, durfte ich nicht auf die Gasse, und als ich am nächsten Morgen in die Schule wollte, mußte ich wieder auf den Dachboden. Die Schule sei geschlossen, sagte meine Mutter. »Geschlossen? Aber warum denn?« Ich bekam keine Antwort, und auf dem Dachboden stellte sich heraus, daß ich alles falsch gemacht hatte und dieses dort hinüber und jenes hier herüber tragen mußte, und dann war alles schmutzig und mußte gefegt werden, und vom Fegen lag überall Staub, der mußte abgewischt werden. Und so ging's auch am nächsten Tag, und als der Dachboden aufgeräumt war, mußte ich die Einmachgläser vom Keller zum Dachboden hinauftragen. Aber dort war es zu warm, und so brachte ich sie wieder zurück. Und eines Nachmittags, als ich auf einer Kiste saß und weinte – warum, wußte ich selbst nicht –, hörte ich unten die Schelle gehen. Als ich mich aus der Dachluke lehnte, konnte ich wegen des vorspringenden Daches nichts sehen, hörte aber meine Mutter, wie sie zur Gasse hinabrief: »Nein, es geht nicht.« Am Morgen, als ich das Brot in die Milch tunkte, fragte ich sie: »Was hast du denn für Sachen an?« Die Jacke und der Rock, die ich noch nie an ihr gesehen hatte, machten sie so fremd, daß mir schon wieder die

Tränen kamen. Statt einer Antwort stand sie auf und zog mich ins andere Zimmer, da lag ein Anzug bereit, der mir zu groß war, und dann ging es aus dem Haus, doch statt in die Schule auf den Friedhof, da war ein Gräblein ausgehoben, es hätte mir gerade gepaßt. Die drei Klosterbrüder neben dem Grüblein blickten mich fromm und schniefend an. Ein Mann und eine langzopfige Frau standen da, und meine Mutter nahm die Frau in den Arm, und der Metzgermeister ging in die Hocke und sah mich ernst an. »Hör auf!« sagte meine Mutter, und ich wußte nicht womit, als sie mir das Gesicht abtupfte und sagte: »Beiß die Zähne zusammen!«, und ich biß die Zähne zusammen. »Spiel!« sagte meine Mutter und hielt mir die Geige hin, die sie plötzlich dabeihatte. Ich wollte eben fragen: »Was denn?«, aber da spielte die Geige schon los. Zu uns trat ein mit langen Stoffbahnen behängter Mensch, der sah mich hundsgrimmig an wie der Metzgershund, aber der Metzgermeister sagte: »Er spielt während der ganzen Beerdigung.« Da verkündete der Pfarrer schreiend, daß er nun sein Amt ausüben werde, und während ich geigte, fing ich die Bestattungsworte des Schlachterhunds im Talar auf, und der Bogen trennte die Töne wie Späne von den Saiten, da senkten die Klosterbrüder eine Kiste, wer weiß, woher sie die plötzlich hatten, in die Grube hinab, und ich biß die Zähne zusammen und schrie, nach innen, daß es keiner hörte, »Falsch! Falsch! Falsch! Falsch!«, und der Pfarrer pustete wie ein Kleinkind in die Hände, klappte mit dem Mund und ließ Worte herausbröckeln: »Immerdar.« »So jung.« »Unerforschlich.« Und auch das vermaledeite »Seele«. Agnes hatte sie also geheißen. Und ich biß die Zähne zusammen und stopfte mir die Ohren mit Geigengestrüpp, und dann warfen alle Sand hinunter in die Grube, hatten aber nur ein Schäufelchen dafür und mußten sich's immer aus der Hand nehmen, und ich geigte, daß mir die Ohren zerrissen, und da traten, wohl weil's mit dem Schäufelchen so lange dauerte, die Klosterbrüder herzu mit Schippen und schippten den Sand schippenweise in die Grube, damit's nur recht schnell aus der Welt war, was sie hinabgesenkt hatten, und dann geriet mein Schreien doch nach auswärts, und eine große warme Hand hielt mir den Mund zu, ich biß die Zähne wieder zusammen und biß mir einen Zahn aus. Ach, wie hatte es nur so weit kommen können? Als was für ein Reinfall hatte sich die Unsterblichkeit erwiesen!

Auf die Frage des Zahnarztes nach meinem Namen nannte ich ihm den erstbesten, nämlich den seines Hundes, der auf dem Schild über der Hundehütte vor dem Haus stand, und er wunderte und freute sich und lobte mich mit: »Braver Pollux« und kündigt an, daß das »Polluxle«, wenn es schön brav und tapfer sei, ein »Gutsele« bekäme. Aber ich war ja nicht das »Polluxle«, dem er weh tat, und so konnten mir die Schmerzen egal sein, und das Gutsele, ein gelbes Bonbon, warf ich seinem Pollux vor die Hütte.

Ich hielt dem Metzgershund das Jäckchen vor die Nase, das meine Heidin bei uns gelassen hatte. Der Hund roch daran, dann lief er los. Im Garten des Straßensalzers mit dem abgetrennten und wieder angenähten Kopf hielt er an, beim Bretterstoß, dort, wo ich sie zum erstenmal getroffen hatte.

»Agnes?« fragte ich. Aber es kam keine Antwort. Vielleicht war sie nur nicht gewohnt, von mir beim Namen genannt zu werden. Wir hatten keine Namen gebraucht. Wir hatten immer »du« zueinander gesagt. Doch Agnes hätte ich gern zu ihr gesagt. Jetzt konnte ich es so oft sagen, wie ich wollte.

»Du?« fragte ich. Wieder keine Antwort. Aber als ich gehen wollte, fing der Hund an zu knurren, bewegte sich rückwärts aus dem Garten und blieb vor dem Zaun stehen.

»Du?« fragte ich. Keine Antwort.

»Ich habe Geige gespielt.« (»Bei deiner Beerdigung« traute ich mich nicht anzufügen.)

»Weiß ich doch«, sagte sie. Ich setzte mich neben sie auf den Bretterstoß und überlegte, mit welcher Frage ich mich erkundigen könnte, wie es ihr ging.

»Was machst du hier?« fragte der Straßensalzer. Ich sah auf seine Narbe, die rund um den Hals lief.

»Bist du allein?« fragte er.

»Nein«, sagte ich wahrheitsgemäß.

»So? Wer ist bei dir?«

»Der Hund.«

Er drehte seinen Kopf auf dem narbigen Hals und sah den Hund an, der zwar riesig, aber lammbrav war.

»Beißt der?«

»Ja. In alles, was ich ihm sage. Kennen muß er's halt.«

»Kennen?«

»Ja, wenn ich ihm sage: ›Unterkiefer‹« – die Bezeichnung hatte ich gerade in der Schule gelernt –, »dann wär er ratlos, weil er ›Unterkiefer‹ nicht kennt.«

»Unterkiefer«, sagte der Rosenmaier unbegeistert.

»Leichter wär's, wenn er das Wort kennt.«

»Und was kennt er alles am Wort?« fragte er.

»Alles, was im Schlachthaus vorkommt.«

»Im Schlachthaus?«

»Er ist Schlachthaushund.«

»Und was kennt er als Schlachthaushund alles?« fragte der Rosenmaier.

»Bauch«, bot ich an.

»Bauch«, wiederholte der Rosenmaier.

»Oder Lende«, fuhr ich fort. »Oder Halsgrat. Oder Rippenstück. Oder Schwanz. Oder ...«

Der Freibadrasensenser Rosenmaier ging ins Häuschen und kam mit zwei Rippen Schokolade wieder.

»Ist die vergiftet?« fragte ich.

»I wo!«

Da warf ich sie dem Hund zu, der aß Schokolade für sein Leben gern, zumal wenn sie nicht vergiftet war.

Von nun ab geigte ich öfters beim Bretterstoß. Als ich dem holzhackenden Straßensalzer, ohne die Geige abzusetzen, einmal zurief, wie es einem denn so zumute sei, wenn der Kopf herunter ist, schüttelte er diesen nur und wischte sich den Schweiß von der Stirn. Ich schlug ihm vor, den Kopf auf dem Fensterbrett abzustellen, und zwar so, daß die Augen zum Hackklotz zeigten, damit er mit der Axt nicht danebenschlage. Wieder lehnte er ab. Es war aber auch nur ein Vorwand von mir gewesen. Zu gern hätte ich ihn einmal ohne Kopf gesehen.

Eines Tages merkte ich, daß ich allein geigte.

Als mich der Straßensalzer einmal in der Stadt traf, fragte er, ob ich nicht wieder zum Geigen käme, er hätte auch Schokolade, echte Schweizer.

»Ist sie vergiftet?«

»Aber woher denn!«

»Dann komme ich nicht. Ich esse nur vergiftete Schokolade. Wegen der Unsterblichkeit. Unvergiftete reizt mich gar nicht.«

Während er mich ansah, legte er den Kopf immer schiefer, bis ich »Obacht!« sagte und auf seinen Hals deutete, damit der Kopf nicht herunterfiel.

Einmal noch ging ich zu seinem Häuschen und setzte mich auf den Bretterstoß. Aber ich blieb allein. Wenn man tot war, dann hatte es also ein Ende mit der Unsterblichkeit.

zehn

An meinem zwölften Geburtstag blickte ich auf und bemerkte plötzlich, daß in nicht allzu großer Entfernung eine Grenze verlief. Dort war mein dreizehnter Geburtstag. Was ich von dem Land dahinter wußte, war wenig verlockend. Die bereits hinübergewechselten Kinder – generell unangenehm und ständig mit ihrer Oberlippe oder ihrem Unterleib und lachhaften Ankündigungen ihr weiteres Älterwerden betreffend beschäftigt – machten mir keine Lust, gleichfalls älter zu werden; und sah ich auf die Erwachsenen – was für ein endgültiger Abstieg.

Ich beschloß auszukosten, erst zwölf zu sein, aber mit dem Bewußtwerden der Kindheit ist sie auch schon vorbei, und jeden Tag, den ich zwölf war, brachte ich damit zu, immer dreizehner zu werden.

Ich hatte die Herzöge nur zweimal gesehen. Wegen mir und meinem Geigenspiel waren sie kein einziges Mal den Berg heraufgeritten gekommen.

Als ich dann dreizehn geworden war, hatte ich die Herzöge vergessen, ihre Melodie war von den Schraffierungen immer neuer Stücke mehr und mehr überkritzelt worden, meine eigenen Stücke wurden immer tonloser und waren eines Tages davongeflogen, und schließlich spielte ich nur noch gewöhnliche, von Menschen ausgedachte Musik.

Gemeinhin gilt das Ende der Jugend als der Beginn des eigentlichen Lebens. In Wahrheit kommt aber unmittelbar nach dem Ende der Kindheit der – wenn auch unverhältnismäßig lange – Schlußsatz; die Unerfreulichkeit der Jugend ist nur Auftakt und Übergang.

Am Konservatorium hatte ich auch den Unterschied zwischen ausgedachter und richtiger Musik längst vergessen und mich daran gewöhnt, daß Gesang allgemein als ehrenwerte

Kunst behandelt und studiert wurde. (Daß Menschen, die ungeniert vor aller Augen zum Zweck des Musik-herausströmen-Lassens die Münder offenhielten, um Töne aus ihrem Leibesinneren nach außen zu befördern, für mich immer noch etwas Unangenehmes hatten, behielt ich für mich.)

Von meinem Stehplatz in der Oper sah ich gebannt hinunter, ohne die Bühne zu beachten. So, wie mir an meinem zwölften Geburtstag das herannahende Ende der Kindheit bewußt wurde, so war mir plötzlich klar geworden, daß auch die Studienzeit zu Ende gehen würde. Und ebenso plötzlich wußte ich, wo die Welt der Musik wartete, nämlich dort, wohin ich starrte: im Orchestergraben. Und da fielen mir zum erstenmal wieder die Herzöge ein, der Unterschied zwischen ausgedachter und richtiger Musik sowie das prächtig bewimpelte und beflaggte, winddurchblasene Reich der Musik, in das ich als Kind mittels meiner Geige zu gelangen trachtete. Und da fielen mir auch die Äpfel der Zettelheim wieder ein; und es kam mir vor, als wäre ich damals, nachdem der letzte Apfel im Stadttor verschwunden war, auf den Hügel hinaufgestiegen und fortgegangen, hätte das Luftschiff der Herzöge bestiegen und weder meine Eltern noch meine Schulkameraden jemals wieder gesehen.

elf

Ich war aber dageblieben, in die Stadt hinabgegangen und hatte das Leben zu führen angefangen, das das fortgegangene Ich hätte führen müssen.

Gei-Ge, der Spitzname meines Lehrers am Konservatorium, rührte nicht von seinem Instrument her, sondern von der Verwendung des Wörterpaares »Geist, Gehalt« – Doppelspeckstückchen, mit denen er die harmlose Wurstmasse alltäglichen Musikergesprächs reichlich spickte. Als ich einmal nachfragte, mußte er sich erst besinnen, was dieses durch ständigen Gebrauch zusammengeklumpte Gebilde bedeutete.

»Ja spüren Sie ihn denn nicht, den Geist?« fragte er schließlich empört.

Ich verneinte.

»Dann kann Ihnen niemand helfen. Dann müssen Sie spielen und hoffen, daß niemand was merkt.«

Ich schwieg, und er fragte gereizt, ob mich denn sein Unterricht überfordere? Als ich wieder verneinte und darauf hinwies, daß ich für mich selbst ja noch Werke meiner Lieblingskomponisten einstudiere, war er verblüfft, daß ich einen eigenen, mit dem seinen nicht deckungsgleichen Musikgeschmack haben konnte.

»Lieblingskomponisten? Schostakowitsch ...«, sagte er ratlos. »Ein Russe ...«

Dann strahlte er plötzlich. »Das paßt ja zu ihrer Handhaltung.«

»Wieso?«

»Na linksrum! Verstehen Sie?«

Er hatte es mir nicht verziehen, daß ich ihn mitsamt den anderen Beisitzern bei der Aufnahmeprüfung hereingelegt hatte, indem ich alle bat, sich umzudrehen, da ich sonst wegen zu großer Schüchternheit keinen Ton herausbrächte. Belustigt hatten sie es getan. Als ich ihm zum erstenmal im Unterrichtsraum vorspielte, war sein Mund vor Ungläubigkeit immer weiter aufgegangen.

»Jetzt versteh ich Ihre Schwierigkeiten. Dieser Sowjet steht ihnen natürlich beim Zugang zu Geist, Gehalt Mozarts im Wege. Wie soll das erst mit Bach werden, der nur mit tiefempfundener Frömmigkeit recht zu verstehen ist ...« Wir seufzten beide. Mozarts »Weisen« wurden von Gei-Ge als klanggewordenes innerstes Wesen der Musik gepriesen. Sein Genie zeige sich auch daran, daß er das, was ihm aus höheren Sphären eingegeben wurde, in einem Zug geschrieben habe, ohne je zu korrigieren. Ich fand, daß es so auch klang wie von einem Schluderjan runtergeschrieben und nicht mehr verbessert. Aber das behielt ich für mich. Mißtrauisch wurde ich, als ich las, daß durch Dauerbeschallung mit Mozartmusik Kühe zu vermehrtem Milchertrag angespornt würden. Wenn unsere Gesangsstudentinnen Mozart vortrugen und sich dabei ihre Brüste hoben und senkten, fiel mir unweigerlich die milchflußsteigernde Eigenschaft des Vorgetragenen ein. Man mochte sich gar nicht vorstellen, wozu Musiken womöglich noch anregten. Ich hatte schon davon gehört, daß nach dem Anhören des »Bolero« manche vor Brunft schäumten. Ich für meinen Teil hätte meine musikalischen Bemühungen augenblicklich eingestellt, wenn ich derartige Nebenwirkungen bemerkt hätte: Weinkrämpfe, Amok- oder Marathonläufe, Rührseligkeit, Harndrang, Lust auf Holzhacken, Zahnweh, Freßlust – von Fleischeslust ganz zu schweigen.

Der Argwohn Bach gegenüber hatte sich aus meiner Kindheit gehalten und im Lauf des Studiums verstärkt. Melodien vorwärts und rückwärts gespiegelt, mit gedehnten und gequetschten Variationen umspielt, jeder Takt sich auf die vorhergehenden reimend, damit eine sogenannte Fuge entstand – war das Musik? Oder nicht eher eine Denksportaufgabe? Oder die Einlegearbeit eines Kunsttischlers, der aus Furnierstückchen perspektivisch korrekte Stilleben fertigte. Auch das behielt ich für mich.

In einem Festvortrag mit dem Titel »Der Goldene Schnitt – das rechte Maß in der Kunst« wies ein berühmter Gastdozent auf das Paradox hin, daß Genie zwar das Außerordentliche schlechthin sei, sich aber keineswegs durch Maßlosigkeit auszeichne, sondern in geradezu außerordentlicher Weise in der Einhaltung des Maßes. Mozart war hier wieder das Beispiel der Wahl, aber auch der wackere Bach. Ein gewisser Gesualdo wurde dagegen als Beispiel für eine hohe, wenngleich verirrte Begabung angeführt – der monströse Gesualdo, der empfindsame Gemüter erschrecke, ja abstoße, aber doch zutiefst bedauernswert sei. Unfähig, sein Genie, diese Gabe der Götter, zu mäßigen, habe er keiner Überspanntheit widerstehen können, zu Kapricen und Exzentrizitäten Zuflucht genommen und in seinen Werken seine großen Gaben unter monströsen Wucherungen begraben. Die Nachwelt, so der milde Schluß des altersweisen Festredners, habe jedoch ihre Wahl getroffen. Das Gewicht eines Mozarts jedenfalls – hier machte er mit der weitgespreizten Hand eine Auf-und-ab-Bewegung wie der Landmann, der prüfend die Hoden des Bullen wiegt – bleibe unerreicht.

In der Bibliothek fand ich eine Sammlung mit Kurzbiographien; auf den Umschlag war, mitten über das Porträt Monteverdis und der besseren Lesbarkeit wegen noch einmal darunter, »Inhalt überholt« gestempelt worden.

Ich erfuhr von einem der merkwürdigsten Leben, die je auf Erden geführt wurden. Gesualdos Frau galt als eine der schönsten ihrer Zeit, Leonardo da Vinci porträtierte sie als »Gioconda«. Als der mißtrauische Gesualdo einen Jagdausflug vortäuschte und heimlich in das neapolitanische Stadtpalais zurückkehrte, fand er seine Frau mit einem Liebhaber, erstach das Paar und ließ, zur Abschreckung, die Leichen dann tagelang auf der Vortreppe seines Palais zur Schau stellen.

Da Gesualdos argwöhnte, daß ein Liebhaber der Vater seines Sohns sei, ließ er im Schloß von Venosa den Knaben in einer Wiege an langen Seilen schaukeln, pausenlos, während auf einer Galerie ein Chor Madrigale sang, bis, nach Tagen, der kleine Knabe gestorben war. Von Gewissensbissen gequält, komponierte er Madrigale und blieb bis zum Ende seines Lebens von Ängsten vor der jenseitigen Vergeltung und ihren entsetzlichen Höllenfeuern gehetzt. Im Diesseits aber fror er unaufhörlich, so daß sich nachts ein Kammerdiener neben den zähneklappernden Fürsten legen mußte.

Gesualdos Lebenslauf war exzentrisch, grausam und abstoßend, aber ich verspürte Bewunderung. Ich dachte an den totgesungenen Knaben, und ich dachte an mein Musikstudium und an die auf mich wartende Musikwelt, dachte an das Reich der richtigen Musik und fragte mich bang, ob das Studium tatsächlich die Wüste war, die ich zu durchqueren hätte, um zur dahinterliegenden richtigen Musik zu gelangen, jenem Luftschiff voller Wunder, mit Zitronenkübelpflanzen auf den Tragflächen, mit fremde Schriftzüge bildenden Fahnen und Wimpeln, Akrobaten im Gestänge, Sängerinnen, die zwischen wehenden Gardinen hindurch aus den offenen Fenstern sangen. Lehnte man sich aus der Kabine, würde man feststellen, daß die langen Taue, an denen es wie ein chinesischer Drache gegen den Wind gezogen wurde, von den Herzögen gehalten wurden … Und bedrückt betrachtete ich die irdische Niederlassung dieses Luftschiffs; sie befand sich in einem tiefergelegten Orchestergraben, in dem sich Mundgeruch staute. Lieber nicht durch die Nase atmen. Lieber nicht genauer hinsehen, lieber nicht genauer nachdenken.

zwölf

Gei-Ge legte er mir ein Stück hin. Ein Kinderlied. »Sah ich jüngst ein Männlein …«

»Man merkt immerhin, daß es Sie ergreift«, sagte er. Daß ich das Gesicht beim Spielen verzog, kam zwar nicht von meiner Ergriffenheit, sondern von meiner Angestrengtheit, aber ich wollte ihm die kleine Freude über den vermeintlichen Fortschritt nicht nehmen.

Er lehrte mich, die Stücke mit Empfindungen und Ausdruck zu farcieren und nach und nach immer mehr dieses Stopfmaterials auf immer engerem Raum unterzubringen, erst an einzelnen Passagen, dann in Motiven, dann in Noten, bis die Musik zuletzt von Schwellern, Verzögerungen, Kunstpausen, emphatischen Betonungen, energischen oder melancholischen Überraschungen, Ein- und Ausdrücklichkeiten, Behut- und Bedeutsamkeiten, defensiven Piani und markanten Sforzati ausgebeult war wie eine zu prall gestopfte Wurst. Um die Vielzahl der minutiösen Tüfteleien und Mikro-Operationen überhaupt durchführen zu können, reduzierte Gei-Ge die Tempi.

Wie kalt und herzlos und kurzangebunden hatte doch das Pfeifen der Herzöge durch die Nacht geklungen.

Die Manier der Sänger, zu tremolieren und auszuschmükken, hatte Gesualdos Zorn gereizt. Er verlangte klare Töne. Sänger, die darüber hinweggingen, ließ er auf Holzkreuze binden und einen Nachmittag lang am Schloßhang in die pralle Sonne legen. Er wünschte Töne, die so gerade und unbeirrt wie Pfeile durch die Lüfte gleiten.

»Bitte noch einmal. Und mit noch mehr Gefühl.«

Ich ächzte, begann mit »Sah ich jüngst …«, und Gei-Ges Gesicht zerlief zu einer ungläubigen Grimasse.

»Aber nicht doch so! Eine ganz, ganz kleine Pause nach dem

Fis. Man muß die Scheu vor der Auflösung merken; eine Scheu, die seligen Gefilde der Dominante wieder zu verlassen. Fühlen Sie! Verstehn Sie?«

Ich schwieg verdrossen.

Die Tür öffnete sich, eine Studentin trat behutsam ein und lächelte mir zu. Sie war nach mir dran und kam jedesmal erheblich zu früh.

»Sie müssen fühlen und dieses dann klanglich umsetzen! Nur wenn es echt gefühlt ist, klingt es auch echt.«

Kommentarlos spielte ich weiter, aber er rief bald dazwischen:

»Empfinden Sie denn wirklich nichts?«

Ohne zu unterbrechen, schüttelte ich den Kopf.

»Was soll man machen? Wenn die Fähigkeit tiefen Empfindens bei der heutigen Jugend so gar nicht vorhanden ist«, klagte er.

Jedesmal, wenn ich zu der Studentin sah, fand ich ihre Augen auf mich gerichtet.

Durch das Abschmecken mit immer feineren Abstufungen von Empfindungen und Ahnungen, Wehmütig- und Schmerzlichkeiten, Melancholien und Erektionen, hatte ich das Gefühl, meine Gefühle zu ruinieren, so daß ich zuletzt zwischen echten und vorgetäuschten nicht mehr unterscheiden konnte, ja befürchtete, womöglich echte gar nicht mehr empfinden zu können. Ich war erschöpft, als wäre ich der Aufforderung nachgekommen, ständig zu lächeln, selbst dann, wenn mir nicht danach war, selbst wenn mich niemand sah, selbst im Schlaf, selbst während ich starb.

Ich ließ mir einen Termin beim Direktor geben, äußerte meine Zufriedenheit mit Gei-Ge und mein Bedürfnis, mich bei anderen Lehrern weiterzubilden. Der Direktor sah sich genötigt, bei allem Verständnis Unverständnis zu zeigen. Unter Hinweis auf seine reiche Lebenserfahrung riet er mir, bei der Sache zu bleiben, die Hürden durch Beharrlichkeit zu nehmen, um zuletzt: eine reiche Ernte einzufahren.

»Einzufahren …«, wiederholte ich.

»Ganz recht!« lobte er.

Ich wollte etwas erwidern, aber als ich die geschäftsmäßige Väterlichkeit des Direktorengesichts sah, ließ ich es bleiben und zeigte mich nachdenklich geworden.

Jedesmal, wenn ich in das Städtchen kam, besuchte ich den Metzgermeister, der mittlerweile das Geschäft an seine Söhne übergeben hatte, berichtete ihm vom Studium und spielte ihm vor, inzwischen auf der Leihgabe eines Förderinstituts. Meine alte Geige lag wieder in ihrem schwarzen Kasten in der Abstellkammer der Metzgersleute auf dem Schrank.

Betrat ich den Laden und wurde von den beiden Söhnen begrüßt – der eine stand an der Wurst-, der andere an der Fleischtheke –, mußte ich jedesmal daran denken, daß meine ehemalige Geige einmal für diese messer- und beilführenden roten Hände gedacht gewesen war, die nun in dem Schlachthaus, in dem ich gespielt hatte, immer noch jeden Montagvormittag das Vieh metzgerten.

Einmal fuhr ich in die kleine Stadt am See, weil der ältere der Metzgersöhne verunglückt war. Sein Lieblingshund hatte ihn erschossen. Nach der Rückkehr von der Jagd war der Hund beim Öffnen der Türe freudig vom Rücksitz gesprungen. Dabei hatte sich die Leine im Abzug des ebenfalls auf dem Rücksitz liegenden Gewehrs verfangen. So was kam, wie mir ein Beerdigungsteilnehmer zuraunte, in Jägerkreisen gar nicht so selten vor. Der Metzgermeister stand mit ausdruckslosem Gesicht am Grab. Während man den Sarg hinabsenkte, saß der Hund dabei und winselte.

dreizehn

In der Zeitung las ich vom fünfundachtzigsten Geburtstag eines Violinisten, des letzen noch lebenden Mitglieds des Weißdorn-Quartetts, das zwischen den Weltkriegen konzertiert und Aufnahmen gemacht hatte. Es wurde der zuweilen an Kälte heranreichende, strenge Stil des Ensembles erwähnt.

Nachdem ich mir in der Bibliothek historische Aufnahmen angehört hatte, Schubert, Beethoven, suchte ich im Telephonbuch den Namen heraus, wußte aber nicht, was ich auf den Anrufbeantworter sprechen sollte, und machte mich an einem Vormittag auf. Als ich im obersten Stock des Jugendstilhauses klingelte, öffnete ein kleiner, alter Herr in etwas zu großem, dunklem Anzug.

»Das Brot?« fragte er.

Ich verneinte, aus dem Konzept gebracht.

»Und? Sie wünschen?« fragte er barsch.

Ich hatte mir einiges zurechtgelegt, wußte aber jetzt, vor der Wohnungstür, nicht mehr, was sagen.

»Na!« Er wirkte gereizt.

»Würden Sie mir Unterricht geben?«

»Warum?«

Er sah mich mit seinen kalkigen, großen Augen direkt an. Ich wußte noch immer nicht, was sagen. Schließlich führte er mich in ein großes Wohnzimmer, in dem mehrere Vogelkäfige standen.

»Spielen Sie mal was.«

Ich stimmte und begann eine Sonate, die ich mir selbst erarbeitet hatte, in einem, wie ich meinte, völlig anderen Stil als dem von Gei-Ge gelehrten. Schon nach wenigen Takten wurde ich unterbrochen.

»Das ist ja der reinste Maskenball! Schubert mal im Jagdkostüm, mal als melancholischer Verschmähter, mal als verliebter Hanswurst. Sie scheinen sich ja zu jeder Note einen Roman ausgedacht zu haben, wie? Zumindest ein Gefühl, eine Witterungsart, einen Farbton, oder? Was soll dieser Feinsinn? Warum so zaghaft? Haben Sie Angst, jemandem weh zu tun?«

Ich fing noch mal an, wurde sogleich wieder unwillig unterbrochen.

»Spielen sie, um Gottes willen, doch nicht so barmherzig. Oder haben Sie was zu vergeben?«

Ich begann von neuem.

»Halt! Stellen Sie sich vor, ich steh im Haus gegenüber auf dem Balkon.«

Ich begann wieder, diesmal völlig irritiert von den losschmetternden Käfigvögeln.

»Halt! Ich meinte nicht, daß Sie für einen schwerhörigen Idioten Krach schlagen sollen. Was ich will, hat nichts mit Lautstärke zu tun.«

Die Vögel waren verstummt. Ich fing noch einmal an.

»Lassen Sie doch mal den ganzen Interpretationskram weg. Spielen Sie einfach das Stück. Und sonst nichts«, unterbrach er mich gereizt. Ich bereute schon, gekommen zu sein, und war entschlossen, bei der nächsten Unterbrechung zu gehen. Doch diesmal ließ er mich weiterspielen. Nach einer Weile hörte ich ihn murmeln:

»Vielleicht etwas schneller.«

Ich zog etwas an.

»Nicht einmischen!« rief er, als ich, mutig geworden, einen Ton anschwellen ließ. »Sie haben nichts drin verloren! Wiederholung!« Ich sprang einige Takte zurück, der lange Ton bohrte sich nun wie ein Florett in die Luft. Die Passage danach verwandelte sich, befreit von den Akzentuierungen und Betonungen, in ein mathematisches Sechzehntel-Geprassel. Ich hätte am liebsten losgelacht.

»Haben Sie's gehört? Manchmal kam schon etwas von der Musik durch!«

Als er erfuhr, daß ich am Konservatorium studierte, rief er:

»Völlig zwecklos, bei mir zu lernen!«

»Aber …«

»Ich werde Sie drausbringen, wenn ich Ihnen zeige, wie ich die Suppe koche. Ich sag es Ihnen in aller Deutlichkeit: Ich werde Sie nicht weiter-, sondern drausbringen.«

»Ich bitte Sie! Ich hatte früher einmal eine Vorstellung von Musik. Eine Welt, zu der ich einmal gehören wollte, zu der ich mich hinaufmühen wollte, anstatt die Musik zu mir herunterzuziehen und in jedem Takt meine Spuren zu hinterlassen wie ein Hund, der auf den Gehsteig …« Ich stockte.

»Dann kommen Sie eben wieder. Bin gespannt, ob Sie sich das Auf-den-Gehsteig-Machen abgewöhnen werden.« Er schob mich zur Tür.

Kaum hatte ich beim nächsten Mal zu spielen begonnen, als er mich unterbrach:

»Wie sehn Sie überhaupt aus?«

Er hatte recht, meine Kleidung war jämmerlich. Er winkte mich zu sich, ich schloß die Augen und fühlte seine Fingerspitzen über mein Gesicht tasten und durch meine Haare fahren.

»Farbe?«

»Dunkelblond. Fast braun.«

»Aha!« faßte er schließlich zusammen. »Spielen Sie bitte noch einmal.«

Er ließ mich ohne Unterbrechung bis zum Schluß spielen und meinte dann:

»Wir werden, zu Ihrer Sicherheit, keine Stücke spielen, mit denen Sie am Konservatorium zu tun haben. Bei mir lernen Sie, wie man Musik spielt. Nichts sonst. Nur die Musik.«

»Und Geist, Gehalt?« fragte ich unwillkürlich.

»Lassen Sie diese Pralinenkollektion lieber zu. Nur Musik.«

»Und Gefühle?«

»Erst recht nicht. Wir sind unvollkommen und werden von diversen Unappetitlichkeiten und Kleinlichkeiten regiert und sollten mit unseren Gefühlen nicht die Musik garnieren. Musik ist keine Schubkarre, um seine Gefühle damit herumzukarren, und kein schlaffer Sack, um warme Atemluft hineinzublasen.

Wollen Sie tatsächlich so etwas wie Trauer in der Musik finden? Musik hat nichts mit Sinnen zu tun. Sinnliche Musik, das ist, als ob jemand der Mona Lisa Brüste anmalt. Wir brauchen Musik nicht zum Leben zu erwecken. Sie lebt auch ohne unser Gefiedel. Nur die Musik zu spielen ist schwer genug. Wissen Sie, warum ich aufgehört habe zu spielen?«

»Wegen Ihrer Erblindung«, vermutete ich.

»Nein. Aus Überdruß. Ein Stück zu erarbeiten, um es dann ein paarmal vor Publikum fehlerfrei vorzutragen, ist auf Dauer keine Beschäftigung für einen erwachsenen Menschen. Sollte ich Ihnen vielleicht gar nicht erzählen, so was.«

»Und was haben Sie dann gemacht?«

»Erst Morphinist. Später habe ich Pferde gezüchtet. Das war schon nach dem Krieg, ich war nach Deutschland zurückgekehrt. Die Musik spielte praktisch keine Rolle mehr. Den letzten Geigenton dürfte ich irgendwann vor Kriegsausbruch gespielt haben.«

Allmählich mischte sich eine Ungerührtheit und Härte in mein Spiel, so daß mich Gei-Ge fragte, ob mir eine Laus über die Leber gelaufen sei. Warum? Weil ich gar so streng dreinsähe.

»Man könnte meinen, es macht Ihnen keinen Spaß.«

Als ich den Raum verließ, stand die Studentin, die sonst immer zu früh erschien, vor der Tür und bat flüsternd um einen Termin für eine Aussprache.

»Aussprache? Wieso denn Aussprache?« fragte ich, aber sie hatte die Tür schon zugezogen.

Gei-Ges musikalische Einschläferungen machten mich mürrisch. Als ich bei einem Vorspiel eine Bach-Sonate vortrug, fiel mein Blick auf sein flehendes Gesicht, und ich rutschte sogleich von dem pastoralen Gaul, auf den er mich gesetzt hatte, und humpelte, den einen Fuß im Steigbügel, neben ihm her, bis ich wieder aufsaß, verärgert die Sporen gab, durch die Sonate preschte und nach einer Kaskade, die klang, als prallten lauter Kiesel auf Glas, die Schlußakkorde wie drei notengefüllte Kisten aufeinanderknallte. Stille.

»Tja, wozu einen das Lampenfieber doch hinreißt«, meinte

Gei-Ge schließlich. »All die Feinheiten – vor Aufregung einfach vergessen. Aber immer unverzagt weiter: es ist noch kein Meister vom Himmel gefallen.«

»Wenn man die Violine auch wie eine Axt hält ...«, meinte ein anderer Violinlehrer vernehmlich.

Gei-Ge blickte unglücklich. Daß ausgerechnet ich sein Schüler sein mußte.

Weißdorn ließ mich ein Adagio spielen, etwas schneller als angegeben. Während ich spielte, erwachte das Stück wie ein Geschöpf, das hundert Jahre geschlafen hatte und sich nun reckte und dehnte, die Lider hob und mich aus Echsenaugen anstarrte. Ich ahnte, daß dieses Wesen bei der kleinsten Einmischung die Augen wieder schließen würde. Obwohl ich schneller spielte, als vom Komponisten verlangt, schien das Stück stetig langsamer zu werden und unerbittlich auf eine Erstarrung zuzustreben. Der Raum war mit gleißenden Streben aus Eis durchdrungen, die nach den letzten Tönen zu verdunsten begannen. Was hier im Eisrauch verschwand, das war das Reich, das brokatene, tollwütige, eisglitzernde Reich.

»Schön, daß Sie nicht der Versuchung erlagen, den Schluß zu gestalten«, sagte Weißdorn. »Ohne Ritardando über den Rand des Abgrunds hinaus. Wer da aufschreit, kann nicht fliegen. Bis nächste Woche. Adieu.«

Er streckte mir seine Hand hin.

Ich sah ihn nie wieder. Einige Tage später las ich in der Zeitung, daß das letzte lebende Mitglied des Weißdorn-Quartetts, der seit längerem erblindete Alfons Weißdorn, im Alter von fünfundachtzig Jahren gestorben sei.

Ich klingelte dennoch noch einmal an seiner Tür. Eine Frau öffnete.

»Sie sind ...?« fragte sie, verschwand in der Wohnung und kam mit einem Geigenkasten wieder.

»Das ist für Sie.«

Im Geigenkasten befand sich eine Amati mit einem belegten, gurrenden Ton.

vierzehn

Ich traf Gei-Ge im Flur vor der geöffneten Tür zu seinem Unterrichtszimmer bei einer sonderbaren Choreographie an. Mit angezogenen Armen ging er langsam auf und ab, als wäre er barfuß und der Flur voller Scherben.

»Ich war heute beim Arzt. Ich mußte Schreckliches erfahren!« rief er, als er mich bemerkte.

»Schlimm? Krebs?« sagte ich, gereizt durch die Begrüßung.

»Ich muß mir den Nagel des großen Zehs ziehen lassen!« Er zeigte auf seine Füße.

»Mein Gott!«

Er sah mich dankbar an.

Böse empfing mich die Studentin, als ich später aus dem Unterrichtszimmer trat. Ich hatte den Termin für die Aussprache vergessen. Meine Entschuldigung ignorierte sie und drängte sich, nach einem gezischten »Es ist aus!«, an mir vorbei.

Von der schließlich überstandenen Nagelentfernung euphorisiert und mutig geworden, meldete sich Gei-Ge zu einer gründlichen Untersuchung an. Eines Tages empfing er mich mit:

»Stellen Sie sich vor: Ich bin unheilbar krank. Ich versteh die Welt nicht mehr! Warum ich?«

»Seien Sie froh. Immer noch besser, hierzulande an einer unheilbaren Krankheit zu sterben, als in Afghanistan auf eine Mine zu treten oder irgendwo in Afrika an Aids oder Hunger zu krepieren. Sterben ist vermutlich nie schön, hierzulande aber einigermaßen komfortabel.«

Er wollte nichts davon wissen und zeigte sich verstimmt.

»Ich bin unheilbar krank! Ich versteh die Welt nicht mehr!« rief er wieder, als ein anderer Violinlehrer hereinsah.

»Schön. War Peterling hier? Ach ja? Mein Beileid. Er soll

mein Kolophonium gefunden haben. Waren Sie schon beim Homöopathen? Wenn Sie Peterling sehen: Ich bin vorerst auf zwo-fünfzehn. Kopf hoch!«

An meinem Widerstreben, seinen Kummer ernst zu nehmen, erkannte ich, wie wenig ich Gei-Ge selbst ernst genommen hatte.

»Was für eine Krankheit haben Sie denn?« fragte ich.

Er las sie von einem Zettel ab. Irgendwelche Drüsen, von denen ich noch nie gehört hatte. Er tat mir leid.

»Herr Bregenzer!« Ich mußte seinen Namen mehrmals wiederholen, ehe er mich ansah.

»Wie lange leben Sie denn noch?«

Er kaute die Antwort mehrmals vor, bis sie aussprechbar war.

»Sechs bis sieben Monate.«

»Das ist nicht wenig. Haben Sie nicht noch einen Wunsch?«

Er begann zu weinen. Schrecklich, wenn alte Männer, die seit Jahrzehnten nicht mehr geweint haben, wieder damit beginnen.

»Ich habe noch nichts von der Welt gesehen.«

»Die Welt ...«, sagte ich vorsichtig. »Die ist aber ziemlich groß.«

»Das Meer ...«, klagte er.

»Das Meer ... das ginge schon«, meinte ich. Er winkte ab, ich fing die Hand vor der Beendigung ihrer trostlosen Geste auf.

»Das schauen wir uns noch an.«

»Wir?«

Ich mußte ihm recht geben, ich wunderte mich selber über das Wort.

Gei-Ge besaß zwar ein Auto, aber keinen Führerschein. Das Fahrzeug hatte er vorab als Gelegenheitskauf angeschafft, war dann aber durch sämtliche Führerscheinprüfungen gefallen. Ich brauchte eine Weile, bis ich mit der Lenkradschaltung zurechtkam.

»Waren Sie nie verheiratet?« fragte ich, während wir abends

in einer französischen Kleinstadt auf das Essen warteten. Er sah lange den vielen, über dem Platz kreisenden Schwalben nach, ehe er antwortete:

»Doch. Aber ich kam mit dem Geschlechtsverkehr nicht zurecht.«

Ich war verlegen.

Eines Spätnachmittags stiegen wir auf dem Parkplatz des Mont Saint-Michel aus und gingen zum Ufer.

»Das also ist das Meer«, stellte er schließlich fest und blickte auf eine Mülltonne, die schief im Sand stak.

»Meine Frau ist wenige Wochen nach unserer Scheidung beinahe ertrunken.«

Das ergab keinen Sinn.

»Beinahe?« fragte ich nach. Er nickte.

»Das war eine Aufregung.«

Wir waren schon ein Stück den Mont Saint-Michel hinaufgestiegen, als Gei-Ge stehenblieb. Verschämt gestand er, daß ihm der Berg zu steil sei, und so gingen wir nur durch die unteren Gassen. Er besah sich die Auslagen und Drehständer der Souvenirläden und erwarb eine dreizipflige, blau-goldene Harlekinsmütze, die, wie er fand, etwas verbildliche, er kam momentan nur nicht darauf, was. Zuletzt kaufte er noch zwei Ansichtskarten sowie eine Kassette »Französisch auf die Schnelle«, deren Lektionen er im Auto hörte.

Als uns entgegenkommende Fahrzeuge blinkend vor einer Polizeikontrolle warnten, fiel mir ein, daß ich ebenfalls keinen Führerschein hatte.

»Das ist also ein Krankenhaus?« staunte er, als er das schäbige Gebäude in Saint Malo sah. Auf einer Bank in den Anlagen wartete er lange, ehe ich, ohne Erfolg, wieder herauskam. Er hatte mittlerweile ebenso erfolglos nachgedacht, wem er die Karten hätte senden können.

»Sich selbst«, schlug ich vor.

Er überlegte.

»Eine. Die andere schicke ich Ihnen.«

In Brest war das Krankenhaus modern, aber auch hier hatte ich nichts ausgerichtet. Kläglich sah Gei-Ge zu, wie ich in

Quimper einem Gebrauchtwagenhändler sein Auto verkaufte. Im Wartezimmer des Krankenhauses unterhielt er zwei verängstigte, glatzköpfige Kinder mit seinen neugelernten Vokabeln. »Aujourd'hui il fait beau«, »ici, la douleur«.

Als ich aus dem Sprechzimmer kam, brachte er eben beide Ohren mit den dahintergelegten Zeigefingern zum Wackeln. »Les oreilles.«

Die Kinder lächelten. Eines öffnete den Mund und sagte:

»Mes dents bleues.« Gei-Ge staunte über die himmelblauen Zähne.

»Und?« fragte er mich und blickte auf den Karton, den ich in Händen hielt. Ich nickte. Der junge Arzt hatte kommentarlos zugehört, einen Blick in den Umschlag mit dem Erlös des Autoverkaufs geworfen, war im Nebenzimmer verschwunden und nach einer Weile mit dem Karton zurückgekommen.

Wir fuhren mit dem Zug weiter. Abends flanierten wir durch einen Fischerhafen.

»Das ist also das Meer.«

Das hatte er schon einmal gesagt, doch ich stimmte ihm zu. Er zeigte hinaus.

»Was ist das?«

Am Horizont war ein Leuchtturm zu erkennen, seine Lichter flammten am Abendhimmel in sonderbarem Rhythmus auf.

fünfzehn

An einem der nächsten Tage fuhren wir aufs Meer hinaus. Der Leuchtturm war komfortabel ausgestattet. Im Wandschrank des holzgetäfelten, kreisförmigen Wohnraums befand sich ein Bett. Ich schlief eine Treppe tiefer, im Hochbett eines kleinen Raums für Schiffbrüchige. Als ich den Karton öffnete, fand ich den Umschlag mit dem Geld vom Autoverkauf obenauf liegen.

Gei-Ge ruhte viel.

»Es passiert hier gar nichts …«, sagte er.

»Wenig«, stimmte ich zu. »Aber ständig schlagen unzählige Wellen an die Insel.«

, , , , , ,,, , , , , ´ , . Er lauschte ´ , , , v
, , ,,, , , , , , , , , , ,,, , , , , ´ , . ´ ,
, , v , , ,,, , , , , , , ~ , , , , ,,, , ú , , ,

Ein andermal sagte er:

»Unvorstellbar viel Wasser, dieses Meer, nicht wahr?«

»Ja. Um so erstaunlicher, daß es an seinem Rand, also am Ufer, mit einem einzigen Tropfen aufhört.«

Nach langem Schweigen fragte er lächelnd:

»Das war ein Scherz, nicht wahr?«

»Ja. Aber es ist trotzdem wahr.«

Erst viel später sagte er:

»Früher dachte ich, daß Scherze immer auch Lügen sind.« ,
, , , , ,,, , , , , ´ , . ´ , , , v , , ,,, , , , , ,
, ~ , , , , ,,, , ú , , , , , , , , , ,,, , , , , , , ,
, , , ,,, , , ~ ~ , , , , , , , , ,,, , , , , ,

Als er einmal Lust auf einen »tüchtigen Spaziergang« äußerte, schlug ich vor, damit bis zur Ebbe zu warten.

»So?«

»Wir könnten momentan allenfalls den Turm auf dem Sockel umrunden.«

Aber auch bei Ebbe bot die winzige Insel keine Möglichkeit für ausgedehnte Spaziergänge. Einen Weg für ihn über oder zwischen den Felsklippen hindurch zu finden war mühsam.

, , , , , ,,, , , , , ´ , . ´ , , , v , , ,,, , , ,
, , , ~ , , , , ,,, , ú , , , , , , , , , ,,, , , , , ,
, , , ú , , ,,, , , ~ ~ , , , , , , , , ,,, , , , , ,

Nachts sah man die Strahlen des Leuchtturms über das Meer streifen, wie Zeiger auf der Suche nach Zeit , , , , , ,,, , , ,
, ´ , . ´ , , , , , ,,, , , , , , , ~ , , , , ,,, ,
, , , , ´ , , , v , , ,,, , , , , , , ~ , , , ,
,,, , ú , , , , , , , , , ,,, , , , , , , , , , , ,,, , ,
~ ~ , , , , , , , , ,,, , , , , ,

»Wissen Sie noch?« fragte er. »Die Violine?«

Ja, das war lang her.

»Welches war Ihr letzter Ton?«

Er überlegte. , , , , , ,,, , , , , »E.« , , , , , ,,, ,
, , ´ , , , v , , ,,, , , , , , , ~ , , , , ,,, , ú , ,
, , , »Die freie Saite?« , , , , , ,,, , , , , , , ,
, , ,,, , , , , , , , , , ,,, , , , , , , , , , ,,, , ,
, , »Nein, in der Lage. Wegen der Gestaltungsmöglichkeiten«, sagte er, für Augenblicke wieder der alte Gei-Ge , , , ,
,,, , , , , ´ , . ´ , , , v , ú, ,,, , , , , , , , ~
, , , , ,,, , ú , , , , , , , , , ,,, , , , , , , , , ú ,
, , ú,, , , ~ ~ , , , , , , , , ,,, , , , , ,

Bei Ebbe stiegen wir die Wendeltreppe hinab – fünfundzwanzig Minuten – und umquerten den Leuchtturm auf den wasserknisternden Felsen. Ich stützte ihn. Der Aufstieg dauerte nahezu eine Stunde , , , , , ,,, , , , , , Aber wir hatten ja Zeit , , , , , ,,, , , , , , , , , , , ,,, , , ,
, , , , , , ,,, , , , , , , , , ú , , , ú,, , , ~ ~ , ,
, , , , , , , ,,, , , ú , , Später sah er von oben zu, wie ich mit dem Messer Austern von den Felsen löste , , ,
, , ,,, , , , , ú , , , , , , , , , , ,,, , , , , , , , ,
, ú , , , ú,, , , ~ ~ , , , , , , , , ,,, , , , , ,
als ich wieder hinaufkam, lag er im Bett und verzog das Gesicht.

»Schmerzen?« Er nickte.

»Ziemlich. Ich sehne mich fast nach den Zahnschmerzen von früher.«

Da öffnete ich sein Hemd, zog das alte Pflaster fort, rieb die Stelle mit Alkohol ab und klebte das neue Pflaster unters Schlüsselbein ú , , , , , , , , , ,,, , , , , , ,
, , ú , , , ú,, , , ~ ~ , , , , , , , , ,,, , , ú , , , ,
, , , ,,, , , , , , , , , ú , , , ú,, , , ~ ~ , , , , , ,
, , ,,, , , Kopfschüttelnd aß er die Austern. »Und die leben noch?« fragte er immer wieder , , , , , ,,, , , , , ´,
. ´ , , , v , , ,,, , , , , , , ~ , , , , ,,, , ú , , ,
, , , , , , ,,, , , , , , , , ú , , ,,, , , ~ ~ , , ,
, , , , , ,,, , , , , , »Sie hatten recht. Es ist wahrscheinlich angenehmer, hierzulande zu sterben, als an den meisten anderen Orten auf der Erde.«

»Wo soll ich Sie denn begraben?«

»Wissen Sie«, begann er nach einer Weile schüchtern, »eine Seebestattung würde ich mir wünschen , , , , ,
,,, , , , , ´, . ´ , , , v , , ,,, , , , , , , ~
, , , , ,,, , ú , , , , , , , , , ,,, , , , , , , , , ú ,
, ,,, , , ~ ~ , , , , , , , , ,,, , , , , , Er lag meist auf einem Sofa unter dem Fenster und suchte auch nachts das Bett nicht mehr auf. Ich öffnete die Fenster.

»Hören Sie die Brandung?«

Er horchte. Während er nickte, schlief er ein , , , , ,
,,, , , , , ´, . ´ , , , v , , ,,, , , , , , , ~
, , , , ,,, , , , , , »Erinnern Sie sich noch?« fragte er lächelnd, als er aufwachte. Ich wartete, wollte eben fragen, woran, als ich merkte, daß er wieder eingeschlafen war , , ,
, , ,,, , , , , ´, . ´ , , , v , , ,,, , , , , , ,
~ , , , , ,,, , , , , , , , , , ,,, , , , , , , ,
, , ,,, , , ~ ~ , , , , , , , , ,,, , , , , , So gingen die Tage dahin. Nicht viele Tage. Er hätte gern einen Sturm erlebt. Das Meer zeigte aber allenfalls eine weitläufige Dünung oder unzählige nasse Zipfelkappen. Wir näherten uns dem Ende , , , , , ,,, , , , , , , ,,, , ú , , , , , ,
, , ,, ,,, , , , , , , , , ú , , ,,, , , ~ ~ , , , , , ,
»Es passiert hier gar nichts«, sagte er wieder einmal. »Als ob

keine Zeit vergeht.« , , , , , , , , ,,, , , , , , , ,
, , ú , , ,,, , , ~ ~ , , , , , , , , , ,,, , ú , , , , , , ,
, , , ,,, , , , , , , , , ú , , ,,, , , ~ ~ , , , , , ,
»Ja. Es vergeht keine Zeit. Es ist wie in der Ewigkeit.« , , , , , , ,,, ,
, , , ´ , Er schlief ein , , , , , , , ,,, , , , , ,,,, , , , , ,
, , , ú , , ,,, , , ~ ~ , , , , , , , , ,,, , , , , , Als
ich mit einem Eimer voller Austern in das Turmzimmer kam, lag er mit offenen Augen da. Ich setzte mich zu ihm aufs Sofa
, , , , , , ,,, , , »Wann reisen wir denn wieder ab?« fragte er vorsichtig. Die Frage wunderte mich. Von einer Abreise hatten wir nie gesprochen , , , , ,,, , , , , ´ , . , ´ , , ~
, , , , , ,,, , ú , , , , , , , , , , ,,, , , , , , , , , ú , ,
,,, , , ~ ~ , , , , , , , , , ,,, , , , , , ´ , »Herr Bregenzer. Wollen Sie, daß wir fortfahren?« , , , , , , ,,, , , , ,
´ , , , , , , , , , ,,, , , , , Er rührte sich lange nicht ,
, , , , , ,,, , , , , ´ , sah mich an, setzte an, etwas zu sagen, und schüttelte dann den Kopf , , , , , , ,,, , , , , ´ ,
. ´ , , , v , , ,,, , , , , , , , ~ , , , , ,,, , ú , , ,
, , , , , , ,,, , , , , , , , , , ú , , ,,, , , ~ ~ , , , , ,
, , , , , ,,, , , , , , »Können wir denn einfach hierbleiben?«
, , , , , , ,,, , , , , ´ , »Ja.«, , , , , , ,,, , , , , ´ , »Solange wie …« , , , , , ,,, , , , , ´ , »Ja.« , , , , , , ,,, , , ,
, ´ , . ú ú ú ´ , , , v , , ,,, , , , , , , , , ~ , , ,
, ,,, , ú , , , , , , , , , , ,,, , , , , , , , , , , ú , , ,,, , ,
~ ~ , , , , , , , , , ,,, , , , , , »Würden Sie bitte meine Geige an sich nehmen?« , , , , , , ,,, , , , , ´ , Ich wollte eben sagen: »Ich hab schon eine«, nickte dann aber und fragte statt dessen: »Wo ist sie denn?« , , , , , ,,, , , , , ´ ,
, , , , , , ,,, , , , , ´ , »In meinem Koffer.« , , , , , , ,,, ,
, , , ´ , »Was! Hier?« , , , , , ,,, Der Geigenkasten lag tatsächlich, diagonal, in Gei-Ges großem Pappkoffer , , , ,
, ,,, , , , , ´ , . Er schlief wieder ein ´ , , , v , , ,,,
, , , , , , ~ , , , , , ,,, , ú , , , , , , , , , , , ,,, , , ,
, , , , , ú , , ,,, , , ~ ~ , , , , , , , , , , ,,, , , , , ,
, , , , , ,,, , , , , ´ , . ´ , , , v , , ,,, , , , , , ,
, ~ , , , , , ,,, , ú , , , , , , , , , , ,, , , , , , ,
, , Ich stieg den Turm hinab und setzte mich auf einen

Felsbrocken. Die Mittagssonnenstrahlen fingerten tief in das
grüne Meer hinab. Das Meer hob und senkte sich sachte und
wellenlos. Mein Schatten versank blau darin. Leises Glucksen.
Oben schlief Gei-Ge. Aus der durchstrahlten Dunkelgrünlich-
keit drangen plötzlich goldene Reflexe herauf. Ein Fisch-
schwarm hatte die Richtung geändert , , , v , , ,,, , , , ,
, ~ , , , , ,,, , ú , , , , , , , , ,,, , , , , , , ,
ú , , ,,, , , ~ ~ , , , , , , , ,,, , , , , , »Ist das nicht
merkwürdig, daß wir hier zusammen auf einem Leuchtturm
wohnen?« – »Ja, das ist merkwürdig«, bestätigte ich, streifte ihm
den Ärmel zurück und setzte, ungeübt und sorgfältig, die
Spritze. Wir näherten uns dem Ende , , , , , ,,, , , , ´,
. ´ , , , v , , ,,, , , , , , ~ , , , , ,,, , ú , , ,
, , , , , , ,,, , , , , , , , ú , , ,,, , , ~ ~ , , , ,
, , , , ,,, , , , , , Die Fenster waren weit geöffnet, der Tag
war hellblau gepudert , , , , , ,,, , , , , ´, , , , , ,,,
, , , , ´, , , , , , ,,, , , , , ´, »Es ist so ruhig …«
, , , , , ,,, , , , , ´, »Ja. Wie in der Ewigen Ruh'«, sagte
ich , , , , , ,,, , , , , ´, . , , , , ,,, , , , , ´, .
, , , , ,,, , , , , ´, . ´ »Ich hab doch Ansichtskarten
geschrieben«, fing er an. Ich wartete, aber er sprach nicht weiter
, , , v , , ,,, , , , , , , , , ,,, , , , , ´, . , , ~
, , , , ,,, , ú , , , , ich hörte Motorengeräusch , , , ,
, ú , , ,,, , , ~ ~ , , , , , , , , ,,,

Eines frühen Nachmittags, bei Flut, starb Lorenz Bregenzer, geboren zu Bludenz, Geigenlehrer, genannt Gei-Ge, ein Spitzname, dessen er sich in seinen letzten Wochen nicht würdig erwiesen hatte, da er die Worte »Geist« und »Gehalt« nicht mehr ausgesprochen hatte. Es gab keinen Anlaß mehr dazu. Als Lorenz Bregenzer starb, war ich nicht dabei. Das letzte, was ich ihm sagte, war:

»Das Boot kommt.«

»Ich höre es auch schon« war das letzte, was er mir sagte.

Ich ging in die Abstellkammer, öffnete die Luke und schwenkte den Kran nach außen, mit dem Lasten hochgehievt wurden, und ließ den Haken hinab. Unten fing ich das Tau des Versorgungsbootes auf und half, die Kisten mit Verpflegung aufeinanderzustellen, mit Tauen zusammenzubinden und am Kranhaken zu befestigen. Ich bat die beiden Seemänner nach oben, um sie zu bewirten. Als wir eintraten, war Gei-Ge tot. Er sah so friedlich aus, daß man Sehnsucht bekam, auch tot zu sein.

Wir aßen Austern, Fischkonserven und Weißbrot und tranken Calvados dazu. Dann legten wir uns nieder und schliefen unsere Räusche aus, während Gei-Ge tot blieb.

Als wir aufwachten, herrschte starker Seegang und zunehmender Wind. Wir montierten den Motor ab und verlängerten das Seil des Bootes um fast dreißig Meter. Die Nacht begann, und der Sturm, den sich Gei-Ge gewünscht hatte, setzte ein. Der Leuchtturm bebte, als würde er aus dem Fundament gehämmert. Die Gischt spritzte an den Fenstern vorbei, der Fußboden des Turmzimmers befand sich in achtundzwanzig Meter Höhe. Als es dämmerte, ließ der Sturm nach. Nachdem wir das Boot herangezogen hatten, schöpften wir es leer, luden die Kisten wieder ein und trugen zuletzt Gei-Ge die Treppe hinab, betteten ihn ins Boot und warteten auf die Flut.

Ich dachte an die Formalitäten. Die Seeleute überlegten, nickten und wickelten Gei-Ge in mehrere Leintücher.

Ich gab einer Versuchung nach und setzte die Harlekinsmütze aufs Kopfteil der Mumie. Es sah lustig, aber natürlich auch merkwürdig aus. Der Versuchung, das fehlende Gesicht aufzumalen, widerstand ich jedoch.

Wir legten ab. Als der Leuchtturm schon fern war, stellte ein Seemann das Bein auf die Bordkante und sang mit künstlich bebender Stimme ein Lied, nach einigen Strophen setzte der andere mit einer Mundharmonika ein. Ich dachte: Wenn Gei-Ge das noch erleben könnte!

Kaum war der Leichnam im Wasser, richtete er sich auf, denn die Seeleute hatten an seinen Füßen Steine mit eingewickelt. Er ragte zunächst noch ab den Hüften aus dem Wasser, dann versank er, sehr aufrecht. Es sah aus, als werde er gleich den Arm zum Gruß heben, aber da er es nicht tat, taten wir es und winkten ihm zu. Es hatte etwas so Heiteres, so Tröstliches, daß wir lächelten. Einer der Seeleute rief:

»Na buezh!«

Wohl eine bretonische Sitte. Nein, nur das Erstbeste, das dem Seemann in den Sinn gekommen war. Er wollte nichts von dem rufen, was bei solchen Anlässen üblich war.

»Was denn?«

»›Fahr zur Hölle!‹ zum Beispiel.«

Zuletzt verschwanden die drei blauen und goldenen Zipfel, dann schien er nicht mehr zu sinken, sondern vielmehr, von außen nach innen, seine Konturen zu verlieren, sich gleichzeitig verdunkelnd, bis er, eben noch ein hellerer Schimmer im Dunkelgrün, fort war. Wir lächelten und winkten noch, als er längst in der Tiefe verschwunden war. Dort, wo das Meer selbst schlief und wohin die Wale sich zum Sterben begaben, dort würde er, aufrecht, Stellung beziehen und halten – bis zum Jüngsten Tag. Wie in der Ewigen Ruh'.

Einer der Seemänner sagte, daß auch ein sinnloses Leben einen sinnvollen Tod habe. Da wir das Leben in unsere eigene Hand nähmen, trudele es deswegen meist völlig sinnlos vor sich hin, denn mit unseren Händen brächten wir nun mal wenig mehr zuwege, als das, was uns darein geriet, in sinnloses Getrudel zu versetzen und zu zerknüllen. (Man solle, ergänzte der andere Seemann, sich keine Illusionen machen, was das In-der-eigenen-Hand-Liegen des Lebens angehe; das Wenigste liege wirklich in der eigenen Hand und gerate zudem selten so, wie man's beabsichtige.) Der Tod hingegen, fuhr der andere fort, liege gar nicht in unserer Hand – nicht einmal, wenn wir uns selbst umbrächten –, und wenn das in unserer Hand liegende Leben also ausgetrudelt habe und nicht mehr zusammengeknüllt werde, entfalte es sich – wenn auch erst nach dem Eintritt des Todes – wieder zu unerwarteter Größe, da der Tod einen Sinn und eine Würde in sich habe. (Es gäbe freilich, fügte der andere Seemann an, auch Menschen, denen es dennoch gelänge, auf läppische Weise zu sterben.) Hab acht, Lorenz Bregenzer, geboren zu Bludenz, zuletzt deines Spitznamens unwürdig und statt dessen zum wach- und schweigsamen Harlekin und zu einem Aufstehmännchen auf dem Grund des Meeres geworden , , , , , ,,, , , , , , , , , , ,,, ,
v, , , ´, . ´ , , , v , , ,,, , , , , , , ~ , ,

, , ,,, , ú , , , , , , , , ,,, , , , , , ,
, , ú , , ,,, , , ~ ~ , , , , , , , ,,, , , , , v
´v , , , , , , ,,, , , , , ´ , ú . ´ , , , v , , ,,, , ,
, , , , ~ , , , , ,,, , ú , , , , , , , , , ,,, , , , ,
, , , , ú , , ,,, , , ~ ~ , , , , , , , , ,,, , , , , ,
, , , , ,

sechzehn

Ich fuhr per Anhalter nach Quimper zurück. Im Wartezimmer saßen wieder die himmelblauzahnigen Kinder. Der junge Arzt machte die Schachtel auf, die ich ihm auf den Tisch gestellt hatte, und sah hinein. Der Inhalt war auf ein Viertel geschrumpft. Er seufzte, wir saßen eine Weile wortlos da, dann reichten wir uns die Hand.

Davor, nun wieder nach Deutschland und ans Konservatorium zurückzukehren, schreckte ich zurück. Ich zog in eines von zwei unbewohnten Häusern direkt am Meer. Niemand im benachbarten Dorf kannte die Besitzer. Als es regnete, stand ich nachts auf und verschob das Bett, damit es mir nicht ins Gesicht tropfte.

Wenn ich am Ufer Muscheln suchte, bemerkte ich oft, daß in den Klippen ein Mädchen saß. Blickte ich direkt zu ihr, stand sie auf und verschwand.

Eines Abends hörte ich Schritte hinter mir. Das Mädchen, grazil, mit üppigen dunklen Locken und zierlichem Gesicht, streckte mir zwei aneinandergelegte Hände mit Muscheln entgegen. Sie raunte, daß sie mich schon seit Tagen beobachte, begleitete mich ins Haus, sah zu, wie ich die Suppe kochte, aß mit mir, lehnte es ab, in meinem Bett zu schlafen, und legte sich auf dem Fußboden auf einen Mantel. Nachts wachte ich auf, als sie sich zitternd neben mich drängte.

Täglich gingen wir am Ufer entlang und beobachteten, wie die Flut sich auf dem höchsten Punkt unverzüglich zur Ebbe umkehrte. Nachmittags oder abends, je nach Wasserstand, suchten wir Muscheln, aßen sie roh oder kochten, zu Hause oder am Strand, Muschelsuppe. Manchmal trugen wir die Muscheln zu einem Restaurant, wo uns anstelle einer Bezahlung ein Menü serviert wurde. Während wir aßen, füllten die Köche unseren Korb mit Fisch, Gemüse, Brot und Käse.

Charlaine war ein sonderbares, in sich gekehrtes, hysterisches Mädchen, das mit ausgebreiteten Armen auf einer Klippe stand und Möwenschreie nachahmte, jeden Tag bei Flut badete, obwohl das Wasser eisig war, und es liebte, abends zum Leuchtturm zu spazieren und dort, auf dem Geländer mit den Füßen baumelnd, Bier aus der Flasche zu trinken. Sie klaute im Vorbeigehen vom Tisch eines Straßencafés eine Wachstuchtischdecke, Papageientulpen auf hellgelbem Grund, zerschnitt sie später und flickte damit unser undichtes Dach. Es tropfte immer noch, aber weniger.

Eines Nachts wachte ich auf. Aus dem anderen Haus drang eine absonderliche, schleifende Musik von Geigen und Schalmeien herüber, wild und laut, von Klappern und Stampfen unterlegt. Sie klang nicht nur anders als bretonische Musik, sondern anders als überhaupt Musik, die ich kannte. Auch wenn sie ihm gar nicht ähnelte, erinnerte sie mich an das Gepfeif der Herzöge.

Ich setzte mich auf. Schatten flogen an den erleuchteten Fenstern des Hauses vorüber. Als ich Charlaine wecken wollte, fand ich sie schon wach. Sie legte mir, als ich etwas sagen wollte, die Hand auf den Mund und schloß die Augen. Ich sah in ihr Gesicht mit den geschlossenen Augen, und die Musik spielte immer weiter.

Schließlich stand ich auf, ging hinaus und versuchte, in die Fenster des Hauses zu blicken, doch die Scheiben waren von innen beschlagen. Ich trat in den Flur und stellte mich in die offene Tür. Niemand beachtete mich. In der Stube brannten Kerzen, ein Geiger und zwei Schalmeienspieler saßen in der Ecke und preßten eine wilde Musik aus den Instrumenten. Paare wirbelten im Tanz, das laute Stampfen ihrer Holzschuhe war aus der Nähe ein Gedonner. Die Trachten waren, wie mir schien, keine bretonischen. Ich wollte mich eben wieder entfernen, als mein Blick auf eine Frau fiel, die etwas abseits saß und mich unverwandt anstarrte. Da saß, mit ihren dichten, dunklen Locken ums schmale, blasse Gesicht, meine Charlaine. Ich ging hinüber in mein Häuschen, nahm die schlafende Charlaine in die Arme und begann zu zittern.

Wir lagen mittags auf einer von kleinen gelben Schneckenhäusern übersäten Kiesbank in der Sonne. Dunst über dem dicken Meer voll Algen. Charlaine knöpfte meine Hose auf und spielte mit meinem Glied, die langwellige Dünung, nahm es in den Mund, der Kies zischte, wenn das Wasser zurückfloß, ihr Kopf nickte, das Meer gurgelte und schmatzte in den Felsen, die schwarzen Locken, im hellblauen Dunst das Meer, die Boote auf den Wellen geschultert, ihre schönen Augen, blau und traurig, die Wellen wie an langen Leinen geführt, ihre schönen Augen, das Klickern des verrutschenden Kieses, die Wimpern der gesenkten Lider auf den Wangen, es knisterte und klickerte tausendfach, Steinchen an Steinchen, die Fastgarnichtbrust unter meiner Hand, der warme Mund und der Wind immer wieder kühl am nassen Schaft meines Glieds, unzählige kleine gelbe Schneckenhäuser, ihr Wimmern, als ich mich verkrallte, das Sperma, das dick aus ihren Mundwinkeln hervorfloß, sie legte den Kopf auf meinen Bauch und sah mich an, ihre schönen Augen, lächelnd, und leckte sich das Schnauzchen, begann ein kaum hörbares Liedchen zu summen, träg und langsam wie das schlingernde Meer.

Eines Tages hielt ein Krankenwagen vor unserem Haus, zwei Pfleger entstiegen ihm und behaupteten, daß Charlaine die entflohene Insassin einer psychiatrischen Anstalt sei. Nachdem ich, beharrlich lächelnd und kopfschüttelnd, die beiden abgewimmelte hatte, trat ich mit der guten Nachricht triumphierend in das Zimmer und mußte lachen. Charlaine stand mit dem Rücken zu mir, sie hatte offenbar an der Tür gelauscht und krümmte sich nun, von unterdrücktem Gelächter und Kichern geschüttelt, das sie schließlich sogar auf die Knie zwang, bis sie plötzlich hinfiel und liegenblieb, verdreht, mit hochstehender linker Schulter. Als ich zu ihr trat und den Messergriff sah, der aus ihrer Brust ragte, schrie ich, hob sie auf und rannte schreiend hinaus und dem davonfahrenden Krankenwagen hinterher, schrie und schrie, »Arrête! Arrête! Retourne!«, immer wieder. Hätte ich doch eine Seele gehabt, so hätte ich sie mir nun aus dem Leib geschrien. Der Wagen, schon fern auf dem Damm, kam wieder näher. Ich blieb stehen. Wie leicht Charlaine war. Ich drehte mich auf der Stelle und haspelte vor mich hin: »Schau, die Felsen. Schau, das Meer. Schau, die Muscheln. Schau, der Leuchtturm. Schau, die Wellen. Schau, das Häuschen. Schau, die Wolken. Schau ...«

Die Spritzen waren gut. Das Haus mit den Tulpenflicken verschwand. Ein Photo, aufgenommen an einem vierzehnten Juli, zeigt mich in der Psychiatrie, aus der Charlaine ausgerissen war. Man hatte mich mit einem Papphut dekoriert. Ich lächle beunruhigend intelligent. Hinter mir sind tanzende Papphutträger und ein Akkordeonspieler zu erkennen. Ich kann mich nicht erinnern. Ich saß gewöhnlich im Schneidersitz in einem Winkel zwischen Wand und Schrank. Eine abgelaufene Aufziehfigur.

Der Arzt beugte sich zu mir und fragte:

»Hören Sie Stimmen?«

»Ja. Eine«, antwortete ich wahrheitsgemäß.

»Und was sagt sie?«

»Sie fragt, ob ich Stimmen höre.«

»Ach! Das ist interessant!«

Jeden Tag bekam ich Besuch. Ich sah braune, glänzende Herrenschuhe und Samtballerinas. Eines Tages – wie viele waren denn vergangen? – hatte ich die Idee, den Kopf zu heben und zu fragen:

»Wer sind Sie eigentlich?«

Charlaines Eltern hatten die Beerdigung bis zu meiner Genesung aufgeschoben, genauer: Charlaine einfrieren lassen. Bei der Beerdigung lag sie, auftauend, die Haare voller Rauhreif, in einem Blechsarg, mit offenen Augen, man hatte vergessen, ihr Münzen auf die Lider zu legen.

Charlaines Mutter hielt eine Hand an der Schläfe, und ich war verwirrt, als ich bemerkte, daß sie ein sehr leise gestelltes Transistorradio ans Ohr drückte. Sie lächelte, als ich etwas zu ihr sagte, und legte den Finger auf den Mund. Ich küßte Charlaine noch einmal. Kalte Lippen. Hinter mir sagte jemand:

»Nicht! Leichen sind giftig!«

Die bretonische Grabrede verstand ich nicht. Nach der Beerdigung wies der Geistliche auf den Himmel. »Wie schön!« Ich sah hin. Wolken wie gefrorener Rauch.

Als wir den Friedhof verließen, begann Charlaines Mutter laut und ungehemmt zu weinen, ihr Mann nahm sie in den Arm, sie verbarg ihr Gesicht an seiner Brust und weinte noch, den Kopf im Nacken, als wir im Auto saßen.

An der Spitze eines Konvois fuhren wir auf den Hof eines dreitürmigen Schlosses. In einem riesigen Saal nahm man an einer langen, gedeckten Tafel unter vorgeneigten Ahnenporträts Platz. Drei Frauen trugen Terrinen und Schüsseln herein. In eine klare Suppe wurde aus einer Schüssel mit einer Zuckerzange etwas gelegt, das ich für ein halbes Hühnerherz hielt. Die Suppe war lauwarm und weitgehend geschmacklos, sicher eine bretonische Sitte. Die vermeintliche Hühnerherzhälfte war ein ledernes Schmeckrätsel. Ich beobachtete verstohlen die anderen, sah aber niemanden, der das Rätsel mit seinem Löffel aufnahm, und konnte nicht herausbringen, wie sie es anstellten, daß es dennoch plötzlich von ihrem Teller verschwunden war.

Es wurde sehr förmlich gegessen. Die Gäste wirkten, als wären sie von den drohend über sie geneigten, großen Ahnenporträts erst kürzlich geohrfeigt worden und achteten jetzt, um weiteren Maulschellen von rückwärts zu entgehen, auf tadellose Einhaltung der Tischsitten und kamen dem Löffel mit dem Kopf auch nicht um einen Zentimeter entgegen. Es sah aus, als ob Tiefgefrorene äßen, bei denen lediglich Arme und Münder aufgetaut waren. Nur Charlaines Mutter saß in sich zusammengesunken am Tisch und rührte ihre Suppe nicht an.

Als ich mich verabschieden wollte, fragte mich der Vater:

»Was wollen Sie denn anderswo?« Da hatte er recht.

siebzehn

Ich wußte nie, ob die Herzogin zuhörte oder völlig in ihre Innenwelt versunken war, doch wenn wir abends am Kamin saßen und ich von Charlaine erzählte, legte sie das Transistorradio beiseite. Es schien ihre Eltern zu trösten, daß die kurze Zeit, in der ich mit Charlaine zusammen war, eine Zeit der Freuden gewesen war. Ich erzählte von den allabendlichen Spaziergängen zum Leuchtturm, den Muschelsuppen. Die Liebe zwischen den Klippen und unterm löchrigen Tulpendach mochten sie erahnen. Daß Charlaine gerne Bier getrunken hatte, hörten sie mit Rührung. Der Vater erzählte mir, nach und nach, das Leben ihrer Tochter, die Mutter saß dabei – Handrücken an Handrücken zwischen die Knie gepreßt –, nickte und flüsterte Unverständliches. Unter jedem Stein ist eine Welt.

Als ich morgens aus dem Schloß kam, traf ich auf ein kleines Mädchen, das am Fuß der Treppe zu warten schien.

»Guten Morgen. Kann ich Ihnen helfen?« fragte ich.

Sie fuhr herum, spreizte die Finger und sah mit schreckgeweiteten Augen, offenem Mund und angehaltenem Atem zu mir auf. Ich ging in die Hocke, »keine Angst«, und nahm ihre kleine Hand. Das Mädchen hatte üppige schwarzbraune Locken, viel zu viele für ein so zierliches Köpfchen und ein so zartes Gesicht. Ich strich sie ihr aus der Stirn, der Haaransatz wurde sichtbar.

»Charlaine«, flüsterte ich. Sie entspannte sich, nickte, und ihre Finger drückten meine Hand.

Ein etwa zwölfjähriges Mädchen war zu uns getreten, mit dichten, schulterlangen glatten Haaren und neugierigen, freundlichen Augen.

»Guten Morgen«, grüßte ich.

»Sie redet nicht, sie hört nicht«, erklärte das kleine Mädchen, mit einer Stimme, die ich schon kannte. Viel zu tief für ein so kleines Mädchen.

»Und wie heißt sie?« fragte ich.

Ich staunte, als sie den Namen nannte.

»Und Sie?« fragte ich das kleine Mädchen.

Sie sah mich verwundert an, ehe sie mir antwortete.

Da hatte Charlaine also zwei gleichnamige Schwestern ... fügte man nun »gehabt« an?

Als ich später den Herzog traf, fing er an:

»Es werden Ihnen früher oder später zwei Mädchen begegnen ...«

»Sind schon.«

»Ah! Das sind ... ihre ... Schwestern. Sie waren für die Zeit der Beerdigung bei Verwandten. Ich brachte es noch nicht über mich, ihnen von ... zu erzählen. Wenn Sie bitte darauf achten, sich nicht versehentlich zu verplaudern ...«

Ich nickte.

»Hätten Sie die Güte, hin und wieder die beiden Kinder spazierenzufahren?«

Für diese Spazierfahrten wurde das Automobil benutzt, ein antiquiertes, elegantes, jedoch tragisches Gefährt – so allein auf der Welt, ganz ohne Ersatzteile. Die kleinste Panne wäre ein Drama gewesen.

Nachdem ich mich mit dem Fahrzeug vertraut gemacht hatte, unternahmen wir die erste Tour. Die große Charlaine saß auf der Rückbank, eine Hand über der anderen im Schoß, und sah mit einem Ernst hinaus, als ob sie die Welt am Vorabend ihrer Abschaffung noch einmal in Augenschein nähme. Die kleine Charlaine saß neben mir. Einmal wies ihr Zeigefinger in den Himmel. Dort war nichts. Doch. Eine Lerche. Kinder, die auf Lerchen zeigen, sind sehr selten.

Während ich eines Abends im Dorfladen darauf wartete, bedient zu werden, hörte ich aus dem Hinterzimmer, wo Wein ausgeschenkt wurde, den Hauslehrer der beiden Charlaines den anderen Gästen von den einfältigen Töchtern des Herzogs erzählen, die auf jede Frage nur blöde zu lächeln verstünden.

Beim Rückweg setzten Sturm und Eisregen ein, und ich lief quer über die Felder zum Schloß. Trotz des Regens ragten die nassen Fahnen, es waren schwarze, waagrecht im Sturm.

In der Eingangshalle bahnte ich mir einen Weg durch die unwilligen Gänse, die in Ermangelung eines Winterverschlags dort die kalten Monate verbrachten. Das Schloß besaß außer den riesigen Kaminen und dem Küchenherd keine Heizung, und nicht alle Fenster waren verglast. In der Eingangshalle war es in etwa so kalt wie draußen, doch durch den Aufenthalt der Gänse erwärmte sie sich ein wenig.

Nach dem Abendessen saßen wir am Kamin, die Herzogin war mit dem Transistorradio beschäftigt, und der Herzog, die beiden Charlaines und ich spielten »Charmaine« mit Karten, groß wie Buchseiten. Nachdem mir die kleine Charlaine das Spiel zum drittenmal erklärt hatte, tat ich so, als ob ich verstanden hätte. Ich ahnte ungefähr, worum es ging. Obwohl ich meine Karten aufs Geratewohl ausspielte, gewann ich mehrmals, und vom Spielgeld – riesigen Theresientalern, die nach dem Spiel wieder in ihre Schatulle gelegt wurden – standen schon zwei hübsche Türmchen an meinem Platz.

Während die große Charlaine austeilte, fragte mich der Herzog, ob ich ihm nicht seinen Adelstitel abkaufen wolle.

Warum nicht?

»Wenn er lang genug ist. Wie heißen Sie denn?«

»Das wissen Sie nicht?«

»Woher denn?«

»Aber der Name steht doch über dem Eingang.«

»Ich schaue morgen einmal nach«, sagte ich ausweichend, denn ich hatte eben eine Siegessträhne.

Die kleine Charlaine verschwand und brachte eine bemalte Holztafel mit einem Stammbaum. Ich mußte den Kopf verdrehen, denn sie hielt die Tafel verkehrt herum.

»Nein, das ist der Wappenspruch. Hier steht der Name«, sagte sie, als ich zu buchstabieren anfing.

»Ganz schön lang«, sagte ich schließlich. »Aber hübsch. Was soll der Name kosten?«

Es war nicht billig, aber ein Name ist kein Tellergericht.

Außerdem paßte er gut zu meinem Vornamen. Ich spielte eine Karte aus, und die kleine Charlaine zog eine Grimasse und schob mir ihre Theresientaler herüber. Ich machte darauf aufmerksam, daß ich momentan, ich war ja noch Student, bestenfalls über ein Hundertstel der Summe verfügen könnte und darüber auch erst, wenn ich wieder in Deutschland war. Das störte ihn nicht, ein Zahlungsmodus ließe sich vertraglich regeln. Zu der Bedingung, daß mit dem Namen auch der Besitz eines Stücks Land verbunden sei, willigte ich ein.

»Was studieren Sie denn eigentlich?« fragte er später, während er seinen Spielkartenfächer sortierte.

Ehe ich in mein Zimmer hinaufstieg, ging ich noch einmal zum Treppenabsatz und las den Wappenspruch: »Mieux mourir que se salir«.

Wind und Regen hatten aufgehört, aber die Fahnen ragten weiterhin waagrecht von den Stangen; sie waren im Sturm gefroren und glitzerten im Mondlicht.

Frühmorgens wachte ich von dumpfem Poltern auf. Als ich aus dem Fenster sah, entdeckte ich die Ursache. Im einsetzenden Wind waren die gefrorenen Fahnen abgebrochen und polternd aufs Dach und von dort in den Hof gefallen. Das Geräusch abgebrochener, aufs Dach polternder und auf den Boden aufschlagender, gefrorener Fahnen gehört zu den seltensten, die ein Mensch je zu hören bekommt.

Auf dem Hof redete der Herzog beruhigend auf den Hauslehrer ein. Die beiden Charlaines hatten täglich einige Stunden Unterricht, wobei sie die Welt anhand vierzig Jahre alter Lehrbücher erläutert bekamen. Vorhin hatte ihn die kleine Charlaine darüber aufgeklärt, daß die große Charlaine taubstumm war und auch von seinen Lippen nichts habe ablesen können, da er dieselben zu wenig bewege. Daraufhin war der Lehrer vor Erstaunen selbst verstummt. Er, der eigentlich ganz gewöhnlich sprach, fand es im Schloß aber angemessen, herablassend zu nuscheln, die Zähne dabei zusammengebissen zu halten und nur eine Mundhälfte zu bewegen. Von nun an artikulierte er in Gegenwart der großen Charlaine mit ausdrucksvollen Mundbewegungen. Sie sah ihn freundlich an dabei; ihr Lächeln verunsicherte ihn. Womöglich hatten seine Erläuterungen, von den Lippen abgelesen, noch eine zuzügliche, anzügliche Bedeutung? Wer weiß, worin er die große Charlaine unterrichtete, wenn er Frankreichs Geographie erklärte? Die kleine Charlaine klimperte mit den Augen und nickte ihm ermunternd zu. Er wußte nicht, daß sie sich aus Solidarität mit ihrer großen Schwester zum Unterricht die Ohren mit Wachs verpfropfte.

Wenn ich mit den beiden Charlaines spazierenging, blieb die kleine manchmal stehen und hob mahnend den Zeigefinger. Dann hörten wir die Glocken, die auch Charlaine gehört hatte. Sie hallten wie blecherne Fragen über die Felder. Die große Charlaine sah zu, wie die kleine Charlaine und ich horchten.

Im Park hatte ich neben einem Dahlienbeet ein verrostetes Küchenmesser gefunden und stand nun da und betrachtete es.

»Mein Lieber«, hörte ich sagen. Die kleine Charlaine stand neben mir und hatte beide Hände auf meinen Arm gelegt. Ich sah in ihr kluges, tröstliches Gesicht.

»Ich denke ...«, fing ich an und verstummte.

»An meine Schwester«, ergänzte sie nach einer Weile.

Ich nickte.

»Die ist tot«, sagte sie. Da wußte ich, daß ich lebe.

»Wir könnten«, fing ich beim nächsten Mittagessen zögernd an, während die Köchin dicke Suppe aus der Terrine in unsere Teller verteilte, »auch mal was anderes essen ... ich meine, etwas, das man zerschneiden muß.«

Der Herzog sah mich freundlich an.

»Wenn Sie es wünschen. Gern.«

Bislang hatte es nur Löffelgerichte gegeben oder belegte Brote. Wenn ich ein Messer sah, hatte ich immer Angst gehabt, daß ich es mir unversehens ins Herz stoßen könnte.

Der Knecht des Nachbargehöftes war erschienen, weil die Bäuerin, mit der er allein das Gehöft bewirtschaftet hatte, verschwunden war. Die kleine Charlaine blieb schmollend an der Gartenpforte zurück, weil ich ihr untersagt hatte mitzukommen. Als ich mich in einiger Entfernung umdrehte, winkte sie. Winkende Kinder sind selten. Früher kamen sie häufiger vor.

Ich ahnte, daß der Knecht aus Furcht noch gar nicht nach der Bäuerin gesucht hatte. Wir fanden sie in der Futterkammer auf einer Bank sitzend, von wo sie uns vorwurfsvoll entgegenglotzte. Sie war schon völlig gefroren, und es gelang uns nicht, sie hochzuheben; im Wasser, das sie noch gelassen hatte, war sie auf der Bank festgefroren. Wir trugen sie schließlich mitsamt der Bank zur Scheune, wobei sie uns mehr als einmal fast umgekippt wäre. Fluchen verbot sich in dieser Situation. Als ein Motorengeräusch zu hören war, plagte uns die Vorstellung, welchen erstaunlichen Schnappschuß wir, die Bank mit der Bäuerin zwischen uns, im Scheinwerferlicht eines vorbeifahrenden Autos abgäben.

In mühsamer Prozedur befestigten wir zwei gleich lange Drähte am Gebälk und hoben, mit noch größerer Mühsamstkeit, die Enden der Bank in die Schlingen, die wir in Schulterhöhe aus den Drahtenden geknüpft hatten, so daß endlich die vereiste Bäuerin mit ihrer Bank freischwingend wie auf einer Schaukel saß; über den dünnen Draht würden keine Ratten oder Mäuse zu ihr klettern können. Solche Tiere fressen auch Gefrorenes; gefrorene Menschen aber sind ihnen geradezu eine Delikatesse; angenagte gefrorene Menschen bieten jedoch einen unschönen Anblick.

Es war eine offene Scheune, und als wir in der Küche am Herd saßen, erstarrte der Knecht, das Schnapsglas angesetzt. Als ich seinem Blick folgte, sah ich die gefrorene Bäuerin im durch die Tenne wehenden Wind vor- und zurückschwingen. Immer vor und zurück, in der Öffnung der Scheune auftauchend und wieder verschwindend. Schließlich stießen wir an.

Der Knecht zögerte den Abschied hinaus und war erleichtert, als ich ihm anbot, zum Schloß mitzukommen. Als wir den Hof verließen, schwang die Bäuerin immer noch vor und zurück, und die Drähte brummten. Erschien im Licht des Hofes, verschwand im Dunkel und tauchte wieder auf. Wie ein träumendes Kind. Sie träumte aber nicht, sie glotzte, sah aber nichts, war tot und tiefgefroren und schwang unterm Drähtegebrumm auf der Bank hin und her, und als das Hoflicht ausging, hörte man nur noch die schwirrenden Drähte und ahnte, daß sie vor- und zurückschwang.

Einige Wochen später suchten wir ein Notariat auf. Ich würde künftig »Gilles Duc de Fretz-Fretz-Rassoul-Rassoulkoff Comte de Llange-Lain B. No. 145« heißen. Ich fragte, was denn »B. No. 145« bedeutete. Es war die Katasternummer der mir nun gehörenden Wiese Llange-Lain. Ich bat, die Nummer aus dem Namen zu entfernen, und unterzeichnete, nach einer Unterbrechung, in der ich die Wiese Llange-Lain B. No. 145 in Augenschein genommen hatte. Die Wiese lag oberhalb des Meers. Als sich bei der Überprüfung der Klippenhöhe die Grasscholle unter mir gelöst hatte, waren der Notar und der Herzog zu mir gesprungen und hatten mich zurückgerissen.

»Und wie heißen Sie jetzt?« fragte ich den Herzog auf der Heimfahrt.

»Wir haben derzeit keinen Namen und werden uns der Einfachheit halber so nennen wie bisher, vorausgesetzt, Sie haben nichts dagegen.«

»Keineswegs! Es wäre mir eine Ehre, wenn Sie weiterhin meinen Namen benützten.«

Dann fing ich an zu pfeifen. Mir war eingefallen, daß ich ja jetzt auch ein Herzog war.

Der Herzog versuchte, gleichfalls pfeifend, einzustimmen, aber es klang immer falsch.

Eines Sonntagnachmittags erschien eine Mademoiselle, die so uralt und ausgetrocknet wirkte, daß ich das Bedürfnis verspürte, sie zunächst in nasse Decken zu wickeln, damit sie etwas Feuchtigkeit aufsaugen und sich wieder entfalten konnte.

Ich wurde zum erstenmal mit meinem neuen Namen vorgestellt. Es klang feierlich, da er ihr ins Ohr geschrien wurde. Stirnrunzelnd sah sie eine Zeitlang zwischen mir und dem Herzog hin und her.

»Und wer bist du?« fragte sie den Herzog giftig.

Er nannte seinen (meinen) Namen.

»So heißt doch er!« Unwillkürlich trat ich aus der Reichweite ihres knochigen Mademoisellenfingers.

»Ich heiße genauso.«

Sie winkte ab.

»Namen gibt's doch wie Sand am Meer. Wer wird denn da ›Genauso‹ heißen!« Sie schüttelte den von weißen Haaren dünn besiedelten Kopf.

Wir gingen ins Erdgeschoß, wo in einem hallenden Saal mit unverglasten Fenstern ein Cembalo stand, das hier ganzjährig den wechselnden Temperaturen und Luftfeuchtigkeiten ausgesetzt war.

Der Herzog präsentierte mir eine Geige und versicherte, daß das Instrument, ein Familienerbstück, etliche hundert Jahre alt sei und auf ihm ein Vorfahr, ein passionierter Kindermörder, nach vollbrachten Missetaten gespielt habe. Mit ihrer schwärzlichen Farbe sah die Geige aus, als hätte sie alle Brände des Schlosses mitgemacht. Der Bogen wurde von kaum zehn Haaren flitzbogenartig gespannt, die restlichen Haare hingen lang und weiß herunter. Unwillkürlich dachte ich an die Rösser, von deren Schweif sie stammten. Mein Angebot, auf meiner (Gei-Ges) Geige zu spielen, wurde dankend abgelehnt; man wollte gern das Erbstück hören.

Die Mademoiselle nahm am Cembalo Platz und legte ihre mitgebrachten Noten auf, Rameau.

Wer hätte sich an der byzantinischen Willkür gestört, in welcher das Cembalo nach langen Jahren der Unbenütztheit nun gestimmt war, und wer an dem Umstand, daß die drei rostigen Saiten meiner Kindermördergeige, kaum waren sie gestimmt, nach wenigen Tönen wieder erschlafften und ein nörgelndes Gurgeln von sich gaben?

Anfängliche Versuche, ein Zusammenspiel herzustellen, gab ich schnell auf, als ich sah, daß die Mademoiselle von ihrem Part ganz in Anspruch genommen war, ja vermutlich gar nicht bemerkte, daß ich auch mitspielte. Mit dem Anpeilen einzelner Töne beschäftigt, bemerkte sie nicht einmal sich selbst. Das von der einen Hand, mit der sie sich auf dem Manual abstützte, erzeugte Continuo aus bellenden Saiten klang, als suchten im

Innern des Instruments aufgeschreckte Zwergfüchse den Weg ins Freie. Mit der anderen versuchte sie, Rameaus Spielvorschläge auf die Tastatur zu verpflanzen. So geigte auch ich meinen Part unbeschwert dahin und hielt mich in der Nähe dessen auf, was mir der momentane Aufenthaltsort der Mademoiselle zu sein schien.

Dem Cembalo entstiegen die Gickser getroffener Saiten und ein reichlicher Schimmelgeruch, der aber auch von der Mademoiselle selbst herrühren mochte. Der Herzog zeigte seinen Töchtern Miene und Haltung, die beim Musikgenuß einzunehmen sind. Die große Charlaine beobachtete uns neugierig. Für ein taubes Fräulein mußten musizierende Menschen einen kuriosen Anblick bieten, kurioser als sprechende Menschen.

Wir hatten schon ein Weilchen gespielt, als die Gänse, schätzungsweise ein halbes Hundert Tiere, in der Tür erschienen und, kaum daß sie uns erblickten, mit vorgereckten Hälsen freudig hereinstürmten. Vier oder fünf begannen, unterstützt vom anfeuernden Geschnatter der restlichen fünfundvierzig, an meinen Hosenbeinen zu zerren, so daß ich nahe daran war, aus dem Takt zu kommen. Der Herzog und die beiden Charlaines waren auf die Stühle gestiegen, die kleine Charlaine trampelte vor Vergnügen, die große lachte herzhaft, ein kehliges, rauhes Lachen. Die Herzogin wurde lediglich von einer Gans angeschnattert, zeigte aber keinerlei Reaktion, worauf sich das Tier verlegen zurückzog und schließlich auch auf mich zustürzte.

An der Reaktion der alten Mademoiselle sah ich, wie sie vermutlich auch mit mir im Falle meiner Einmischung in ihr Spiel verfahren wäre. Sie schlug der an ihrem Kleid zerrenden Gans, ohne aufzusehen, mit knöcherner Klaue den Kopf weg, daß das Tier flügelschlagend davonstob und mit seiner Aufregung die anderen ansteckte, so daß sie schließlich alle unter Flügelschlagen und Kreischen wieder zur Tür in die Vorhalle hinausdrängten. Niesend beendete ich im sanften Flaumfederschneefall das Stück. Die mittlerweile stark nasehochziehende Mademoiselle war noch mit der Hinrichtung der Musik beschäftigt und schien vergessen zu haben, daß auch Musikstücke enden. Sie hatte das Umblättern eingestellt und erzielte ganz neuzeitliche Klänge, indem sie sich nun mit dem linken Unterarm auf das Manual stützte, während sie der rechten Hand beim Spiel zusah.

Der Herzog bemerkte, daß die Situation Fingerspitzengefühl erforderte, stand schließlich applaudierend auf, stellte sich so, daß der Blick der Mademoiselle auf ihn fallen mußte, und forderte seine Töchter auf, sich neben ihn zu stellen. Die kleine Charlaine klatschte mit brio – sie hatte stets vom »Claquecin« (Klatschembalo) gesprochen –, die große schaute ihr die Bewegungen ab und machte es nach. Als die Mademoiselle das händeklappende Publikum bemerkte, stellte sie ihre klangerzeugerischen Anstrengungen ohne Umstände ein.

Der Herzog wandte sich darauf zur Herzogin, putzte ihr mit seinem Taschentuch die laufende Nase ab und fragte sie, wie es ihr gefallen habe. Sie legte den Finger auf die Lippen und deutete dann mit ihm auf das Transistorradio an ihrem Ohr.

Später erkundigte sich der Herzog, was ich von der Geige hielte. Sie rege zu Missetaten an, sagte ich, weswegen ich nicht allzuoft auf ihr spielen wolle. Der Herzog nickte, aber stirnrunzelnd: Wer schlug denn Missetaten aus? Daran merkte man, daß der Name noch neu für mich war.

achtzehn

Nachdem im Frühjahr die Gänse wieder hinausgetrieben worden waren, erschien die Köchin und schrubbte die mittlerweile beißend stinkende Vorhalle, schwemmte sie mit Seifenlauge, trieb die Brühe mit einem lappenumwickelten Besen über die Vortreppe hinaus und flutete danach den Raum mit Eimern heißen Wassers, in das sie bündelweise getrocknete Fliederblüten geworfen hatte. Eine Woche später, nach dem Austrocknen des Raums, bereitete die Köchin einen Sud aus Öl, Seife und Terpentin, den sie, noch heiß, mit einer Kelle auf dem Boden verteilte und, spiralförmig von innen nach außen gehend, mit unter die Füße geschnallten Bürsten in die Steinplatten einmassierte. Am Ende ihrer Tour hinterließ sie einen mattschimmernden Boden, der auch nach dem Trocknen lange Zeit seinen Glanz behielt. Ab und zu wurde der Glanz aufgefrischt. Die Köchin und die zwei Charlaines bewegten sich mit hin- und herschwingenden Armen wie Eisläufer, nur daß sie keine Schlittschuhe anhatten, sondern Filzpantinen, mit denen sie, tanzend, den Boden polierten. Die Ballettmusik erzeugte die kleine Charlaine, indem sie »Le petit cheval« sang.

Während eines Spaziergangs über die Felder ergriff mich ein Gefühl, das zwar fremdartig, aber mir nicht gänzlich unbekannt war. Unwillkürlich blieb ich stehen … dann fühlte ich, daß Charlaine neben mir war, mich beobachtete und mich begleitete. Ich fing nach einer Weile ein Gespräch mit ihr an. »Warum kommst du erst jetzt?« Und ich hörte ihr mürrisches und doch liebevolles Gemurmel. Daß dieses Gefühl des Als-ob im Grunde eine Gewißheit war, verstörte mich, und abends lag ein weiteres Gedeck auf. Ich fragte nichts. Während wir aßen, kam der Hund herein, blieb stehen und verließ knurrend und mit gesträubtem Fell rückwärts den Raum. Nachts wachte ich auf, sie lag neben mir im Bett.

»Die Laken sind eisig, nicht wahr?« Sie schwieg. »Aber das mag ein dir mittlerweile vertrautes Gefühl sein.« Ich fühlte, daß sie sich zur Seite drehte und mich ansah. »Das macht dir nichts aus, nicht wahr?« Es war dunkel. Sie sah mich dennoch. »Was willst du eigentlich da drüben? Lauter Tote!« Ich wartete. »Verzeihung.« Der Ton war mir etwas barsch geraten. »Schade, daß du nicht reden kannst. Ich würde so gern mit dir reden.« Sie sah mich an.

»Kannst du dich nicht auf eine andere Weise mitteilen? Ich könnte Buchstabensuppe kochen lassen, damit du auf dem Tellerrand Botschaften legen kannst.« – »Oder könntest du nicht durch den Hund sprechen?« – »Oder schreib was ins Wasser. Das vergeht zwar, zuvor aber könnte ich es lesen.« Ich fühlte, daß sie schlief. Daß auch Tote ab und an schlafen, hatte ich vergessen.

Am nächsten Tag kniete ich vor dem Hund und redete auf das ratlose Tier ein, bis es sich hinlegte und einschlief. Dann stand ich am Teich und sah auf die Oberfläche, bis sich die Hand der kleinen Charlaine in meine schob und mich fortzog.

Ich wußte nicht, wie es weitergehen sollte, abzureisen kam nicht in Frage.

Eines Morgens beim Aufwachen wußte ich, daß Charlaine fort war. Das Bett war so leer, nicht einmal ich selbst schien darin zu liegen. Ich dachte daran, wie sie in der ersten Nacht zu mir ins Bett geschlüpft war. Mir schnürte es die Kehle zu. Kein Hund hatte zu mir geredet. Der Teich hatte mir nichts vorgekritzelt. Wenn ich Steine hineinwarf, machte es bloß ein dümmliches »Glucks!«. Konnten wir einander denn wirklich nichts mehr sagen? Charlaine, die immer selbst entschieden hatte, wann sie ging, war endgültig fort; eine Gewißheit, die sich wie ein Schleier über das Land legte.

Die Herzogin sah mich kaum je an; blickte immer, das Transistorradio am Ohr, zu Boden und legte höchstens den Finger auf den Mund, wenn ich ihr etwa Gute Nacht wünschte. Daher war ich bestürzt von dem Weinkrampf, den meine Mitteilung auslöste, daß ich abreisen werde. Herzog und Köchin stürzten herbei und führten sie fort, das Schluchzen verklang im Treppenhaus. Die beiden Charlaines und ich sahen uns erschrocken an.

Ich besuchte Charlaines Grab auf dem wunderschönen Friedhof. Immer noch zogen Wolken darüber hinweg durchs Himmelblau. Dort unten lag sie. In einem Buch aus dem Bibliothekszimmer des Schlosses hatte ich von einer Dichterin aus dem sechzehnten Jahrhundert Verse gelesen, in denen sie darüber phantasierte, ihren toten Geliebten wieder auszugraben und anzusehen, was sie nie gesehen hatte, seinen Schädel. Das Gedicht hatte mit der Frage geendet. »Warum tue ich es nicht?« Neben das Gedicht hatte jemand mit bräunlicher Tinte geschrieben: »Was würden die Leute dazu sagen?«

Ich hätte Charlaine ausgraben können und ansehn, was ich früher nie gesehen hatte, ihre Knochen. Aber ich hätte nichts davon gehabt.

Als ich auf dem Bahnsteig noch einmal die Rede auf das Geld für den Namen brachte, sagte der Herzog:

»Kein Geld. Meine Frau war so glücklich, als sie erfuhr, daß Sie nun unseren Namen tragen. Sie ist der Meinung, Sie zur Welt gebracht zu haben.«

Ich nahm ihre Hand, küßte je drei Mal die Luft neben ihren Wangen.

»Adieu, Maman.«

Sie begann zu schluchzen.

»Ich habe vergessen, wie wir Sie getauft haben«, gestand sie fast unhörbar.

»Gilles.«

»Gilles! Tatsächlich Gilles? Warum denn Gilles?« rief sie ungläubig.

»Ich bin recht zufrieden mit dem Namen«, versuchte ich sie zu besänftigen.

»Aber warum denn ausgerechnet Gilles? Es gibt doch unzählige andere Namen?«

Der Schaffner bat mich einzusteigen. Meine beiden Schwestern standen da, zwei kleine Herzoginnen, Hand in Hand.

neunzehn

Wieder zurück in Deutschland, berichtete ich die Version, die ich und die Seeleute auch auf dem Hafenamt zu Protokoll gegeben hatten: Auf der Rückfahrt zum Festland hatte uns der Sturm überrascht. Gei-Ge, obwohl nachdrücklich aufgefordert, in der Kajüte zu bleiben, hatte trotz seiner großen Schwäche versucht, an Deck zu helfen, war aber schon vom ersten Brecher von Deck gespült worden. Wir hatten ihn nicht mehr zu Gesicht bekommen. Es war nicht einmal eine Suche nach ihm eingeleitet worden.

»Sie haben mit ihm bis zuletzt auf einem Leuchtturm gewohnt?« fragte der Direktor. Ich nickte.

»Aber wa...« Er zögerte. Ich wußte, was er fragen wollte, und wußte, daß er's selbst aber nicht wußte.

Ich leerte die Briefkästen, seinen und meinen. Die zwei Ansichtskarten – der Mont Saint-Michel bei Ebbe, der Mont Saint-Michel bei Flut – steckte ich zu beiden Seiten meines Badspiegels fest.

Als hätte mir ein übelgelaunter Kellner pampig einen Teller Erbsensuppe hingestellt, schwappte der Konservatoriumsalltag über mich. Nachdem ich mein Studium abgeschlossen hatte, riß das Berufsleben seinen Rachen weit auf. Durch diesen betrat ich keinen Wal, der mit mir ins Reich der Herzöge hinübergeschwommen wäre, sondern, wie schon befürchtet, die Welt der Orchestergräben.

Die Voraussage meiner Dozenten, daß ich mit meiner Handhaltung keinen Posten finden würde, bewahrheitete sich nicht. Ich bekam ohne weiteres eine Anstellung in einem Orchester. Der Metzgermeister versuchte, bei Rundfunkübertragungen meine Geige aus dem Orchesterklang herauszuhören. In der

Musik werden, wie überall, individuelle Stimmen hoch geschätzt, praktisch aber als störend empfunden. Und so spielte ich nicht auf Weißdorns Amati, sondern auf Gei-Ges Instrument.

Als einmal ein Gastsolist kurzfristig ausfiel, hatte vertragsgemäß ich das Solo zu übernehmen, doch weil die Presse meine »barbarische Art, die Geige zu halten«, ankündigte, erwog der Dirigent, das Konzert abzusagen; die Geschäftsleitung bestand auf der Einhaltung des Vertrags. Schließlich erschienen mehr Zuhörer als erwartet; als geigender Barbar war ich nicht nur akustisch interessant, sondern auch eine Sehenswürdigkeit. Der Dirigent bot mir daraufhin an, auch im nächsten Programm einen Solopart zu spielen. Die falsche Handhaltung wurde im Programmheft zunächst dezent angedeutet (»im strengen Sinn unkorrekt«), später mehr und mehr herausgestellt; es fanden sich Begriffe wie »eigenwillig«, »ungewohnt« und »neu«. Nachdem ein angesehener Kritiker sich von meinem Spiel angetan gezeigt hatte, verloren Programmheft-Texter und Journalisten die Angst, sich zu blamieren, und eine weitere Generation von Adverbien tauchte auf: »unorthodox«, »innovativ«, »kühn«, »halsbrecherisch« etc. Ich wurde besprochen wie ein Hochseilartist, und meine Hörer kamen, um zu sehen, wie ich falsch spielte, taten aber so, als ob sie mir zuhörten. Ich wußte nicht recht, was ich davon zu halten hatte.

Eines Tages tauchte nach dem Konzert eine Frau auf, stellte sich als Agentin vor und bot an, ein Konzept für meine Vermarktung zu entwickeln. Letzteres bestand zwei Wochen später aus einer hautengen schwarzen Lacklederhose, spitzen Stiefeln, einer weißen Piratenbluse, breiten, auf dem Rücken gekreuzten schwarzen Hosenträgern sowie einem Programmteil aus eigens für mich zu arrangierenden Stücken einer Rockgruppe namens »l'Ankou«. Sie reichte mir eine Klapphülle mit einer Vinylplatte.

Ich mäkelte an der Musikgruppe herum und schaute freudlos in den Spiegel. Die Agentin beruhigte mich, ich sähe super aus, man müßte sich noch die neue Frisur dazu vorstellen.

Argwöhnisch nahm ich noch einmal die Schallplatte zur Hand. Vier langhaarige Männer in Lederwesten, die Arme verschränkt, daß die auf den Bizeps tätowierten Dämonen Pausbacken kriegten. Die Köpfe gesenkt, die Gesichter von Make-up wild verkritzelt und zu Drohgrimassen verzogen. Zu Füßen der vier Bangemacher lagerte ein schmächtiges Mädchen im hauchdünnen Prinzessinnenkleid, Brüstchen mit aggressiven Warzen, riesig umtuschte Augen, dünne, glatte Haare, dünne Ärmchen, sehnige, geäderte Männerhände.

Ich stellte abschätzige Vermutungen über die Musik an.

»Ich habe es für Sie auf Kassette überspielt.«

Die Agentin stellte ein kleines Abspielgerät auf den Tisch. Schlechteste Tonqualität. Nach einer Weile des Wartens äußerte ich Zweifel daran, daß durch ein derartiges Rauschen und Rumpeln die Musik überhaupt zu hören wäre. Sie schaltete ab.

»Jedenfalls wird dieses Rauschen und Rumpeln soeben für Sie arrangiert.«

»Das war die Musik?«

»Ja. Death Metal.«

»Death Metal?«

»Eine Musikrichtung, die sich mit dem Tod beschäftigt.«

Ich schaltete wieder ein und horchte noch einmal genauer hin. Tödlich klang es eigentlich nicht.

Die Bearbeitungen der Stücke schickte ich, ohne einen Blick darauf geworfen zu haben, bedauernd zurück. Auf meine Frage, was mit dem Kostüm geschehen solle, bekam ich keine Antwort.

Ich schenkte es einem jungen Mann, der mir eines Tages unter den stadtbekannten Säufern aufgefallen war. Seitdem konnte man inmitten der Säufer einen schnittigen Piraten mit hautengen, glänzenden Lederhosen sehen. Er hatte sich sogar die Haare wachsen lassen und zum Zopf gebunden. Nur wenn es kälter wurde, verdarb er die Erscheinung mit einem wattierten Anorak, aus dessen Löchern die Füllung quoll. Er grüßte mich immer; einmal winkte er mich eifrig zu sich. In der Zeitung war unter der Rubrik »Originale unserer Stadt« ein Photo von ihm gebracht worden: ein schneidiger Operetten-Störtebeker inmitten seiner zerlumpten Besatzung. Ich machte eine

Kopie davon und konnte es mir nicht versagen, diese an die Agentin zu schicken. In empörten Großbuchstaben schrieb ich dazu: »So haben Sie sich das also vorgestellt!« Das Ausrufezeichen malte ich in Form eines Knochens.

Als ich mein Jackett in der Reinigung abholte, reichte mir die Angestellte die Kassette von »l'Ankou«, die sie in der Brusttasche gefunden hatte.

Keuchen, Scheppern, Scheuern und Schäumen. Einen ganz anderen Eindruck machte die Musik, als ich sie laut hörte; das Achsenquietschen schwerer Räder, ihr Mahlen und Wälzen über Schädel und deren Bersten und Platzen; das Prusten und Schnobern von Walfischen, wenn sie nach langer Umarmung durch den Polypen aus dem Wasser schnellen, und ihr massiges Aufklatschen, wenn sie zurückfallen; das Grunzen und dröhnende Sauriergebell und Folterkammergekreische der Gitarren; dazu die niederprasselnden Steinlawinen des Schlagzeugs und das herzschlagartige Pumpen und Elefantenrülpsen der Bässe, tiefer als alle, die ich bislang gehört hatte. Das hohe und überschnappende Gellen entstand wohl in der Kehle der männerhändigen Prinzessin. Die rauschenden und knisternden Pausen zwischen den Stücken wirkten bedrohlich. Die Klänge waren zu oft und oft sich wiederholenden Schleifen angeordnet; ich erinnerte mich daran, wie ich als Kind auf Wörtern geritten war, die durch geflüsterte Wiederholungen fremder und fremder wurden; und machte ich mir normalerweise durch das Anhören die Musik vertraut, so wurde mir diese hier, je öfter ich sie hörte, immer fremder. Musik, dachte ich, richtige Musik, hatte eine Fremdheit zu sein. Was man mitpfeifen konnte, war keine Musik. Daß die Herzöge gepfiffen hatten, sprach nicht dagegen, sondern dafür. Denn war es mir je gelungen, mitzupfeifen? Die Musik der Herzöge war eben eine gepfiffene Fremdheit.

»Wir haben gestern abend an die Wand geklopft«, teilte mir anderntags ein Nachbar mit.

»Ich habe nichts gehört.«

Ich entschied mich, Orchestermusiker zu bleiben. Eine Solistenkarriere war mir zunächst zwar reizvoll, dann aber, von nahem besehen, als eine einsame und unerfreuliche Angelegenheit erschienen – ein Geiger, der in Hotelzimmern mit dem Klangwolf übt.

Am Morgen nach einem Gastspiel in Alexandria – bis zum Abflug dauerte es noch einige Stunden – watete ich am Strand hin und her und trat dabei auf etwas Spitzes, wohl eine Muschelscherbe. Während des Flugs begann mein Bein zu schmerzen. Auf die Durchsage der Stewardeß meldete sich ein Arzt, der eine Wunde in meiner Ferse fand, ein Dreigestirn winziger Löcher.

Nach der Landung wurde ich sofort in ein Krankenhaus gebracht. Nicht auf eine Muschelscherbe sei ich getreten, sondern auf eine Schlange. Das Schlangengift habe die Nerven schon angegriffen, erklärte man mir, es sei nichts mehr zu machen. Mit den Schmerzen werde ich fortan leben müssen, um sie zu behandeln sei es nun zu spät. Ich solle mich darauf einstellen, daß sich mir künftig bevorstehende Wetterwechsel durch Schmerzen in den Gelenken ankündigten. Aber ich hätte Glück gehabt, es sei eine junge Schlange gewesen, vom Biß der älteren wäre ich noch im Flugzeug gestorben. Unter dem Kies also schlafen, in den seichten Gewässern, die Schlangen des Meeres, die stets giftig sind.

Da stand ich nun mit meinem gehabten Glück und mit meiner künftigen Gabe, anhand meiner schmerzenden Gelenke bevorstehende Wetterwechsel vorhersagen zu können.

zwanzig

Ich gab ein kleines Inserat auf, in dem ich unter Angabe von Alter, Körpergröße, Gewicht und Beruf eine Lebensgefährtin suchte. Unter meinen Kolleginnen eine Frau zu finden, hielt ich nicht für wahrscheinlich. Ich wußte, daß Inserate als zweifelhaft galten, Zufallsbegegnungen hingegen hoch geschätzt wurden, verstand aber in beiden Fällen nicht, warum. Unter den Zuschriften war die einer jungen Zeichnerin, die Botanikbücher illustrierte. Wir verabredeten uns in einem Café, das wir beide nicht kannten.

Beim Betreten des winzigen Cafés fürchtete ich sogleich, daß in einer derart spießigen Scheußlichkeit nichts Gutes gedeihen würde. Der kleine Raum war überfüllt. An drei Tischen saßen vier kartenspielende, alte Zigarrenraucher, zwei Tortenverschlingerinnen, eine Zeitschriftenleserin, ein wassergescheitelter, goldblonder Mann in knappem weißem Anzug, der ein Kreuzworträtsel löste und manchmal die neben ihm sitzende sonnenbebrillte, dicke junge Frau mit aufgetürmten Haaren – vielleicht seine Frau, vielleicht seine Tochter – nach etwas fragte. Die beiden hatten Streit, das war zu sehen, die Fragen des Wassergescheitelten waren Versuche, die angespannte Stimmung zu lösen, aber sie gab ihre Antworten unwillig. Die alten Männer stießen grunzend debile Wortkombinationen aus und pafften, als wollten sie völlige Finsternis erzeugen. Ich saß zwischen den Tischen und wehrte eine Stunde lang vier oder fünf Versuche ab – die Zeitschriftenleserin hatte sich als Kellnerin zu erkennen gegeben –, mir gleichfalls eines der Tortenstücke zu verkaufen, und half dem Wassergescheitelten beim Rätseln. Ein anderes Wort für »klein« wußte ich, einen »vorderasiatischen Gebirgszug« hingegen nicht. Bei »Nummern« murmelte die Sonnenbebrillte unerwartet »Zahlen«, der Wassergescheitelte nickte und sagte: »Danke«, und die Kellnerin kam und klappte das große Maul des Geldbeutels auf. Das dicke Fräulein bezahlte für sich und stieß beim Hinausgehen mit der Hüfte an die Tischecke, daß mein Kaffee überschwappte, und mit dem Ellbogen einer der Frauen den Hut in die Stirn. Die zeigte ihr einen Vogel, der Wassergescheitelte zuckte die Schultern und meinte: »Frauen.« Die Kellnerin wies wieder einmal mit der Kinnspitze zur Kuchenvitrine. »Und?« Aber jetzt wußte ich ja, wie es geht, und sagte auch: »Zahlen.«

Auf dem Anrufbeantworter war eine Entschuldigung. Sie habe nicht kommen und mir auch nicht mehr Bescheid sagen können, sei aber bis Mitternacht in einem anderen Lokal. Dort sah ich sogleich die dicke junge Frau mit der Sonnenbrille. Sie hatte es nicht fertiggebracht, sich mir zu erkennen zu geben; der Wassergescheitelte hatte nur aus Platzmangel neben ihr gesessen. Als sie die Sonnenbrille abnahm, blickte sie mich eulengesichtig und blinzelnd an, eine Strähne löste sich und glitt wie ein Uhrzeiger über ihr Gesicht, und ich verliebte mich sogleich in sie.

Sie war so verlegen, daß ich erwartete, sie werde jeden Moment aufstehen und sich mit der Bemerkung verabschieden: »Es tut mir leid. Aber es war ein Fehler, herzukommen.« Doch als wir an der Garderobe standen, legte sie ihre Hand auf meinen Arm und sagte unerwartet dringlich:

»Aber wir werden uns doch wiedersehen?«

Zwei Monate später hielt ich bei ihren Eltern um ihre Hand an, kurz danach heirateten wir. Eine fröhliche Hochzeit. Meine Frau übersetzte mir die schwyzerdütsche Ansprache des Standesbeamten, und die drolligen Ausdrücke brachten – auf hochdeutsch – die Gäste und den Beamten zum Lachen. Vor dem Rathaus warteten vier Männer in Trachten auf uns und bliesen aus langen hölzernen Hörnern schweifende Töne, die immer zueinander zu passen schienen.

Als wir am Spätnachmittag auf der Rückfahrt an den See

kamen, machten wir Halt und gingen am Ufer spazieren. Meine Frau hatte ihre Sonnenbrille auf; daß sie ihr nicht recht stand, rührte mich. Über einen langen Steg durch das Schilf schlenderten wir zu einer Insel hinaus. Andere Spaziergänger zogen an uns vorbei, einzelne, raschere, wie von schlechtem Gewissen angetrieben, oder in vertrauliches Gemurmel vertiefte Paare. Junge Mütter mit ihren speziellen Schiebekarren voller Kinder redeten ungeniert, und ihr Lachen und Sprechen klang, als gehöre es hierher.

Ein windenbewachsenes, buckliges Schloß sah aus, als würde ansonsten auf seinem steilen Schieferdach musiziert, mit jenen sonderbaren Alphörnern etwa aus der Heimat meiner Frau.

Wir schritten zwischen den Rosenbüschen hindurch, ohne Halt, als könnten beim Stehenbleiben augenblicklich alle Blütenblätter abfallen. Viele waren schon verblüht, und die Rosen wußten nicht, wohin mit ihrem Blütenblätterreichtum, der in üppiger, verfaulender Pracht an den Stielen hing. Wir stiegen eine mehrfach rechtwinklig abbiegende Treppe hinauf. Zwei Frauen bewunderten Bitterorangen für ihre Stacheln, was konnten die denn dafür? Mehrfach mußten wir warten, weil sich Menschen vor Pflanzen, neben Statuen oder auf Mauern sitzend photographierten.

In einem Palmenhaus fanden wir zwischen riesigen Pflanzen Korbtische und -stühle und nahmen Platz. Auf einer Stange saß ein Kakadu in einer Farbe wie Sahne, in die Erdbeersaft getropft war. Er knarrzte mit dem Schnabel und plapperte leis, als versuchte er, einen Satz in fremdartiger Mundart auszusprechen. Still saßen wir, Mann und Frau, und warteten, bis plötzlich ein Servierfräulein kam und nach unseren Wünschen fragte. Das Fräulein vertauschte die Gedecke, aber wir verbesserten es nicht, und ich aß ihren Apfelkuchen und trank ihren Kaffee, und sie aß meinen Marmorkuchen und trank meinen Kakao. Der Kakadu quarrte und kakelte leise und schritt buckelnd auf der Stange hin und her. Das Fräulein kam, um zu kassieren, und ermahnte uns, die Palmenhaustür gut zuzuziehen, wenn wir hinausgingen. Dann verabschiedete sie sich. Wir lauschten eine Zeitlang dem selbstversunkenen Schnalzen und

Quarren des Kakadus, dann verließen wir ebenfalls das Palmenhaus.

»Oh!« rief meine Frau leise. Sie hatte ihre Sonnenbrille auf dem Tisch vergessen. Aber die Palmenhaustür ließ sich nicht mehr öffnen.

An einer Balustrade blieben wir stehen, und nachdem wir uns marmorkuchene und apfelkuchene Küsse gegeben hatten, sahen wir zum See hinunter. Unten legte ein Schiff ab, muhte und mühte sich mit strudelndem Steiß auf den See hinaus, man hörte die Stimmen der Passagiere, die auf dem Oberdeck saßen, und am gegenüberliegenden Ufer schleppten Wolken ihre Schattenflecken über die Hügel, und der See war tief und grün und voller getigerter Fische, und das leiser werdende Plaudern und Schwätzen der Passagiere drang herauf wie Lerchengezwitscher, schön und unverständlich – Druckfehler, von den Korrektheiten bereinigt –, und aus dem Palmenhaus schrie der einsame, sahnige Kakadu in seiner fremdländisch scheckigen Mundart, sein schnabliger Ruf falzte das Buntpapier des Abends zu Papierfliegern, und Fledermäuse veranstalteten ihre taumeligen Flüge und schnappten sich grüne Falter vom Himmel, und die durchgebissenen Reste gaukelten herab, es regnete zerbissene Schmetterlinge. Ein alter Mann photographierte eine alte Frau, die versuchte zu lächeln, wie sie als junge Frau gelächelt hatte, bis ihr's wieder einfiel, daß sie ja alt war, in zehn Jahren gäbe es sie nicht mehr, das Photo vielleicht schon, und dort drüben ließ sich ein junges Pärchen photographieren und lächelte, als würde keins von beiden je sterben, das war wieder ein anderes Lächeln, das Leben war noch lang, das dickere Ende lag noch vor ihnen. Drehte man sich um, sah man zwischen den Beeten Menschen, etwa vierzig, die Rosen betrachten, statistisch waren drei Mörder darunter, man sah's ihnen aber nicht an, sie waren unseresgleichen. Ein Pfauenschrei scholl, weit, abendlich und vorwurfsvoll, und die Spatzen versuchten auszusehen, als wären sie es gewesen, die geschrien hatten. Wir gingen weiter, leichten Schritts, der Kies knirschte, in den Bäumen klingelten gläserne Glöckchen, immer wieder blieben wir stehen und küßten uns und waren verlegen, weil wir nichts anderes taten, als uns zu küssen, die Windharfe brummte, und immer wieder schweiften Pfauenschreie, und niemand zählte sie. Durch die Bäume sahen wir den See, er zipfelte mit seinen blauen Wellen, Paare photographierten sich an seinem Ufer, etwa vierzig Menschen sahen die Zuchtrosen an, drei davon Mörder. Im See waren Ertrunkene in unbekannter Zahl, und ein Nichtschwimmer kämpfte vielleicht gerade um sein Leben.

»Wir wollen uns ein schönes Leben zusammen machen, nicht wahr?« sagte sie, als wir über den Steg ans Ufer zurückgingen.

»Ja, das wollen wir«, sagte ich.

Meine Frau war ein ganz und gar scheues Wesen, das manchmal scheinbar grundlos in Tränen ausbrach. Als ich aus einer Reihe von rosafarbenen Büchern, sogenannten Mädchenbüchern, eines herausnahm und sie mühsam erklärte, daß sie diese Bücher erst vor einigen Monaten entdeckt und zu lesen begonnen habe, schossen ihr die Tränen in die Augen. Oder als ich sie zum erstenmal entkleidete. Oder als sie, unabsichtlich und noch lachend, auf eine Schnecke trat und dann offenen Mundes auf die sich in den Scherben ihres Hauses windende Formlosigkeit starrte.

Zunächst planten wir eine Reise in den Kaukasus, über Wien (wegen eines Naturkundemuseums) und Odessa (wegen des Namens; »Das muß doch was Außerordentliches sein«, vermutete meine Frau). Die zahlreichen Formalitäten und Vorbereitungen verliehen der Reise etwas altertümlich Überhöhtes; als verreisten wir nicht nur in ein entfernt liegendes Land, sondern auch in eine zurückliegende Zeit.

Zweimal die Woche kam eine käsbleiche, langbeinige, miniberockte, mißmutige junge Russin mit Wespentaille und arrogantem Kußmund und erteilte meiner Frau Russischunterricht.

»Und, geht's voran?« fragte ich, als ich meine Frau einmal über ihrem Vokabelheft murmelnd fand.

»Man muß es halt lernen«, meinte sie und sprach mir etwas Russisches vor.

»Das klingt ja schön. Was heißt es denn?«

»Morgen ist um diese Zeit heute gestern«, erklärte sie mit einem Anflug von Stolz.

»So was lernst du«, staunte ich und fügte vorsichtig an: »hoffentlich kannst du das auch einmal verwenden.«

»Freilich«, meinte sie. »Die Situation muß eben stimmen. Zum Beispiel auf der langen Bahnfahrt, wo ich so das Gespräch mit den anderen Fahrgästen einleiten kann.«

»Da hast du recht«, gab ich zu. »Die werden nicht schlecht staunen.«

Sie lachte.

Als ich aus der Straßenbahn das Schaufenster eines Textilgeschäfts sah, stieg ich bei nächster Gelegenheit aus; wir waren noch auf der Suche nach Vorhangstoffen. Ich war überrascht, als mir im Laden die Russischlehrerin entgegenkam, und überlegte, wie: »So, ebenfalls auf Stoffsuche?« hieß, bis mir einfiel, daß ich ja nicht Russisch konnte. Unbefangen erzählte sie, daß sie hier arbeite. Noch überraschter aber war ich von ihrer ungewohnten Freundlichkeit und Vertraulichkeit, bis ich, als sie mir die Hand auf den Arm legte, merkte, daß sie viel zu nah neben mir stand und mir, als ich bezahlte, verschwörerisch zuzwinkerte. Kaum draußen, dachte ich daran, daß sie, Die-mir-soeben-schöne-Augen-gemacht-Habende, in drei Tagen, mitsamt ihrer Wespentaille, ihrem Minirock und ihrem blasierten Kußmund, bei meiner Frau erscheinen würde, um ihr auf russisch Dinge beizubringen wie, daß morgen heute gestern sei. Oder heute gestern morgen. Oder gestern morgen heute. Oder, oder, oder. Ich war empört, drehte um und erklärte die Unterrichtsstunden ab sofort für beendet. Während ich zur Straßenbahnhaltestelle ging, stand sie vor der Ladentür und rief mir hinterher. Auf russisch. Laut. Aber melodiös. Russisch ist eine wirklich schöne Sprache. Gut, daß ich sie nicht verstand.

Es war nicht meine Absicht gewesen, vor meiner Frau Geheimnisse zu haben, aber ich beschloß, ihr nichts zu erzählen, ließ die Telephonnummer der wespentaillierten Russin verschwinden und organisierte über ein Institut eine andere Lehrerin.

Erstaunt öffnete meine Frau einige Tage später einer zierlichen älteren Dame mit schmaler Adlernase, engstehenden Augen und rabenschwarzer Pagenfrisur.

Besorgt sah ich an ihr herunter. Sie trug an über der flachen Brust gekreuzten Riemen zwei mächtige Umhängetaschen. Hatte sie es falsch verstanden und wollte bei uns einziehen?

Meiner Frau erklärte ich, vergessen zu haben, daß die vorige Lehrerin angerufen habe und uns, da sie überraschend in ihre Heimat zurückkehre, diese Dame als Nachfolgerin empfohlen habe.

Ich richtete es so ein, daß ich am Ende der Stunde ins Zimmer trat, gespannt auf die Frage der neuen Lehrerin, ob sie jetzt ihr Zimmer sehen könne. Doch sie sagte nichts dergleichen, hängte sich ihre großen Taschen um und reichte uns die Hand.

Aus einer dieser Taschen hatte sie zu Beginn des Unterrichts eine Schallplatte mit preisgekrönten sowjetischen Volkschören geholt. Die Platte knisterte, als würde sie gewöhnlich mit Kuchengabeln abgespielt, und die Chöre schienen sich zu bemühen, möglichst wenig nach Volk zu klingen.

»Das hat mit der Sowjetunion wahrscheinlich soviel zu tun wie Spaghetti mit Italien«, vermutete meine Frau. »Aber sei's drum, wir haben was vor Ohren und vor Augen.«

Vor Augen hatte sie vor allem einen Käfer, der an den Hängen des Kaukasus einem Parasiten auf dessen kurioser Lebensreise als Zwischenwirt dient.

Wir würden dort den Wintereinbruch erleben; die passenden Schuhe wollten wir an Ort und Stelle kaufen.

Zweieinhalb Monate nach unserer Hochzeit kam meine Frau wenige Tage vor Reiseantritt bei einem Unfall ums Leben.

Viereinhalb Monate.

Nach der Beerdigung verbrachte ich einige Tage bei den erstarrten Eltern meiner Frau in der Schweiz. Auf dem Hof lag das uralte Chaibeli, der Hund, den meine Frau zum zehnten

Geburtstag geschenkt bekommen hatte und der sie nun also überlebt hatte. Leben schien immer Weiterleben zu heißen und andere zurückzulassen, die nicht mehr weiterleben durften. Das Chaibeli hatte ich vor einigen Monaten das erstemal gesehen, an dem Tag, als ich bei den Eltern meiner Frau um ihre Hand angehalten hatte. Rechnereien, die einen zur Verzweiflung treiben konnten. Der Gedanke, daß sie nach dem Unfall noch zwei Stunden lebte, ehe sie im Krankenhaus starb, preßte mir die Brust zusammen. Zum Zeitpunkt des Unfalls verließ ich gerade unsere Wohnung. Als die erste Nachricht auf den Anrufbeantworter gesprochen wurde, saß ich in der Straßenbahn. Anderthalb Stunden später eine zweite Nachricht, niemand sprach, es wurde aufgelegt. Das war etwa zu der Zeit, als der Dirigent versucht hatte, uns zu etwas aufzustacheln, das er für »burlesk« hielt. Dann, wenig später, eine dritte Nachricht mit der förmlich gesprochenen, dringenden Bitte, mich unverzüglich im Krankenhaus zu melden.

Nachts schlief ich im Mädchenzimmer meiner Frau. Ich träumte, ich sei auch tot, und alles wäre nun wieder gut.

Das Chaibeli schlief auf dem Hof und öffnete nur kurz die Augen, als ich es tätschelte, die Eltern standen in der Türe und sahen mir reglos hinterher.

Ich fuhr in Etappen zurück und machte in Städten und Ortschaften halt, ohne zu wissen, wie sie hießen. Vielleicht Sankt Gallen? Oder Wiehnacht? Oder Rapperswil? Oder Küsnacht? Es war seltsam, Hunger und Durst zu bekommen und zu essen und zu trinken, und ich bestaunte das Käsebrot in meiner Hand als eine Seltsamkeit und fühlte, wie die kalte Milch in mich hineinrann. Mich zog nichts nach Hause. Ich hatte nicht nur Angst vor der letzten Arbeit meiner Frau auf dem Zeichenbrett (das großformatige Bild eines Kartoffelkäfers, an dem durch Spritzmittel hervorgerufene genetische Veränderungen zu erkennen waren), vor ihrem Mikroskop, unter dem jener Kartoffelkäfer noch immer lag, vor dem Ständer, in dem wie an einer Miniaturgarderobe die ausgewaschenen Pinsel zum Trocknen hingen; die Aussicht, zu trauern und allmählich wieder ins Leben zurückzufinden, erschreckte mich; ich hatte kein Leben, in das ich hätte zurückfinden können.

Dann doch wieder zu Hause, geigte ich einfach weiter.

Die Musik war keine Trösterin, sondern eine Tätigkeit, bei der Geräusche entstanden, die Musik genannt wurden, und mein Leben war eine Bewegungsfolge in verschiedenen Räumen.

Manche Phasen des Lebens verklumpen zu einem Kokon, in den alle Erlebnisse und Bilder eingesponnen sind; fest zusammengenäht und -gebündelt und zu dichten Packen verschnürt, aus denen die Erinnerung Einzelheiten nur mühsam herauslösen kann. Andere Phasen sind in schmerzstillendes Schweigen gehüllt, und wieder andere zeigen immer neue Details, bis hin zu Dingen, deutlich und genau, die wir gar nicht wissen können, weil wir sie nie gesehen haben. So konnte ich eines Tages das kleine, im Innern von Charlaines Turnschuh klebende Etikett mit dem handgeschrieben Preis – Frcs 18,99 – entziffern.

In den ersten Wochen nach dem Tod meiner Frau war immer wieder die Stimme ihrer Freundin auf dem Anrufbeantworter, sie hatte das Auto gesteuert, fühlte sich schuldig und bat um ein Gespräch. Ich brachte es nicht über mich, mit ihr einen Termin zu vereinbaren. Sie war ein Mädchen, das vor lauter Fröhlichkeit geradezu zwitscherte und obendrein noch wie ein Vögelchen aussah.

Als ich einmal gegen meine Angewohnheit abnahm, war sie am Telephon. Ihre vogelhafte Zwitscherigkeit hatte sich in eine atemlose Schnelligkeit verwandelt; ein Aufziehvogel, in dessen Uhrwerk etwas kaputtgegangen war. Nein, du hast keine Schuld, sagte ich, was anderes fiel mir nicht ein, und ich wiederholte es, ebenfalls einen Drehschlüssel im Kreuz, nein, du hast keine Schuld. Ihr Redefluß war rasch und gleichförmig, nur am Satzende ging ihre Stimme nach oben, so daß alles wie eine Frage klang. Sie bat, dringend, um eine persönliche Aussprache. Ich sagte, ja, gern, was andres fiel mir nicht ein. Ich sah sie mit meiner Frau auf dem Sofa sitzen, Hand in Hand, beide strahlend, sie eifrig, meine Frau staunend, mit hochgezogenen Brauen, ihr munteres Geplauder, gelegentlich die dunklere Stimme meiner Frau … das war vorbei. Vorbei, vorbei, man hätte es tausend Mal sagen können, ohne daß es deswegen unwahr geworden oder weniger vorbei gewesen wäre. Aber ich brachte nichts anderes heraus als jenen unseligen Satz, jenen fürchterlichen Satz in armseligen Variationen. Nein, du nicht. Mir fiel der Hörer hinunter, kaum aufgelegt, klingelte es wieder. Wir verabredeten uns, und ich nahm mir vor, auf keinen Fall hinzugehen. Dann saßen wir in einem Café, ebenso scheußlich wie das, in dem ich zum erstenmal neben meiner Frau gesessen hatte.

Als ich sah, wie ihr Kinn zitterte, begann ich ebenfalls zu zittern, und zitternd saßen wir am Tisch, unfähig, die Tassen anzuheben.

Meine Frau hatte mir erzählt, daß sie beide vor Jahren etwas »zusammen gehabt« hatten, etwas Stürmisches, und daß sie nach einem halben Jahr Stürmischkeit verlegen geworden waren und sich schließlich eingestanden hatten, daß sie doch nicht … und beide erleichtert in Lachen ausgebrochen und sich in die Arme gefallen und die besten Freundinnen geblieben waren.

Als ich die Kuchengabel nahm – was für eine Groteske: Wer hatte das bestellt, ein Stück Sahnetorte? Ich? Ich war vor Zittern unfähig, ein Stück zu essen, und als ich den Löffel nahm, veranstaltete ich damit ein derartiges Gebimmel am Tassenrand, daß die Kellnerin schuldbewußt herbeieilte, als erwarte sie eine Beschwerde.

Ich reichte ihr meinen Geldbeutel zum Bezahlen und schob – mir – zum Beweis, daß es wieder aufwärtsgehe, ein Stück Kuchen mit den Fingern in den Mund und saß dann da, das Süße im Mund, die Finger wischte ich an meiner Hose ab, und zitterte und nickte, als sie mir das Restgeld vorzählte, und es fiel mir keine Formulierung ein, mit der ich ihr ein Trinkgeld hätte zukommen lassen können, denn mir fiel immer noch nichts anderes ein, als eine Variation jenes ärmlichen Satzes, der paßte aber nicht, und ich saß da, das dumme, süße Süße im Mund, mit dem ich nicht wußte, was tun. Schlucken. Und sie saß dabei und schluchzte aufsehenerregend.

So sehr ich ihr bislang ausgewichen war, so wenig konnte ich mich nun von ihr, die wie ich meine Frau in den Armen gehalten hatte, wieder trennen.

Wir gingen durch die Straßen und hielten uns an der Hand. Aber immer noch fiel mir nichts anderes ein als jener dumme Satz. Sie weinte. Ihr Mund, der meine Frau geküßt hatte. Wir trennten uns und telephonierten nie wieder. Viel später, und eher zufällig, erfuhr ich, daß sie sich umgebracht hatte.

Ich aber geigte weiter, herzerfroren und kalt, weiter und weiter, als könne durch Geigen etwas wieder gut werden, mit schmerzenden oder nicht schmerzenden Ellbogen, immer weiter, weiter.

einundzwanzig

Die Zeit hörte auf zu vergehen. Das Musikerleben war eine breite Chaussee, auf der ich nach Vorgabe meines Kalenders immer neue, immer gleiche Termine abschritt, ohne daß sich etwas änderte. Als mich eine neue Kollegin, eine Klarinettistin, einmal fragte, wie lange ich schon dem Orchester angehöre, sagte ich: »Auch erst seit kurzem.« Bald darauf fuhr ich in die Schweiz. Am Grab meiner Frau fiel mein Blick auf die eingemeißelten Jahreszahlen. Ihr Tod lag schon fünf Jahre zurück.

Die Zeit verging also doch, und die Dinge geschahen mit einer ungeheuerlichen, gleichgültigen und plumpen Unerbittlichkeit vor sich hin, ob ich etwas tat oder nicht. Irgend etwas fand statt. Das Leben? Womöglich. Ich wußte aber nicht genau, was das ist, und mußte mir eingestehen, daß ich es auch nie gewußt hatte, nur geglaubt, es zu wissen. Und dann stellte ich fest, daß sich noch etwas geändert hatte.

Als ich die leeren Flaschen aus der Abstellkammer fortbringen wollte, reichten zwei Tragetüten nicht. Ich stand da, als bemerkte ich erst Jahre nach einer Operation, daß ich einbeinig war.

Daß ich Trinker war, merkte ich daran, daß ich aufhören wollte, aber, als gebe es diesen Vorsatz nicht, weiter Flaschen herbeitrug. Da ich etwas tat, was ich nicht tun wollte, empfand ich mein Leben als beschmutzt.

Ich geigte weiter und begann dabei, an den Kirschbaum zurückzudenken, unter dem ich mich – damals noch nüchtern, klar, hungrig und unbeschmutzt – in jene wunderbare, von der Musik und den Herzögen verkündete Welt hinübergesehnt hatte, in der mein Leben einmal stattfinden würde.

Die Äpfel der Zettelheim waren zornig durch die Stadt gesprungen, und unerwartet hatte der Geigenkoffer auf unserem

Küchentisch gelegen. Die Herzöge waren vom See heraufgeritten, die Hufe hatten geklöppelt, und die Herzogmünder hatten mir eins gepfiffen. Der Geigenkoffer enthielt die Geige des Metzgermeisters und die Geige wiederum das Versprechen, aus einem schäbigen Alltag heraus in dieses vornehmere Land geführt zu werden, das – ein Rätsel – zwar höher gelegen, aber dennoch im See zu finden war, dort, wo die Herzöge daheim waren. Und ich hatte gespielt, um der Melodie der Herzöge näherzukommen, und ich war ihr auch näher gekommen, unterm Kirschbaum, auf der Türschwelle der Zettelheim, selbst zwischen den ausgebluteten Tierhälften hindurch hatte ich hinübergeblickt in jenes Reich. Die Stücke aus den Lehrbüchern aber hatten mir dann, unmerklich, diese Ausblicke verschlossen.

Wo war mein altes Geigenspiel geblieben? Hing es noch im Kirschbaum? Und wo war übrigens das Rattengift? Hatte es nach dem fehlgeschlagenen Versuch, hübsch angerichtet, die Kinder zu vergiften, seinem eigentlichen Zweck gedient und Ratten getötet?

Mittlerweile hatte die Schlange aus dem ägyptischen Meer begonnen, mich an sich zu erinnern, und sandte mir unvermittelte, heftige Stiche in meine Ellbogen. »Das Wetter ändert sich«, sagte ich, aber das war nutzlos. Das Wetter änderte sich ständig.

Ich hatte allmählich angefangen, den Kopf zu senken, vom Fernen auf Näheres zu schauen, von dort auf den Weg vor mir und, zuletzt, auf meine eigenen Füße. Ich geigte weiter und geigte und geigte immer weiter, und der Boden gefror unter meinen Füßen. Charlaine. Meine Frau mit ihrem halben Russisch; was ist jetzt mit ihrem halben Russisch? Zwei Paar ungekaufte Schuhe für den kaukasischen Wintereinbruch. Das Plappern des sahnigen Kakadus. Am Ufer des Sees der Nichtschwimmer, der eben seine Badehose auspackt. Vierzig Menschen und drei Mörder. Ein Ertrinkender. Warum kämpfen? Warum fürchten, was unausweichlich ist? Warum lieben, was vergeht? Weil das Leben das einzige ist, das wir haben. Damals war ich nicht allein, sah mit meiner Frau zu den Rosen, sie dufteten, allein, jede für sich, ohne etwas voneinander zu wissen, ich aber fühlte mich als Teil, aber ich wußte nicht, wovon.

Nun war der See zugefroren, ich war allein. Niemand, der mir beistehen konnte. Mir schien, ich säße seit Jahren schon auf einem Stuhl, mitten auf dem See, tagein, tagaus. Immer noch schrien Pfauen ihre Schreie, zahllose ungezählte. Die Hennen duckten sich, und die Marder richteten sich auf. Nachts hörte ich in den Wäldern den Mann schreien und fragen, wo er den Stein hinbringen solle. »Dahin, wo du ihn herhast!« hätte ich rufen müssen, aber so wortlos wie gefühllos blieb ich stumm und geigte weiter, die eingeschlossenen Sommerfreuden unter mir, die Pfauenschreie, die Windharfen und die Totenglocke, und ich wollte nicht vom Eis, am Ufer war mein schmutziges Leben, und ein Leierkastenmann zeigte auf seine verwischte Tafel; dort stand, daß ich geigte, weit draußen auf einem gefrorenen See, Hunde bellten, und Kinder lachten mich aus, den mit den zwei toten Frauen und den Geigen zweier toter Geiger.

zweiundzwanzig

Im Restaurant saß außer mir nur ein grimassierender älterer Mann, der sich zielstrebig und murmelnd mit Weißwein betrank. Zwei Kellner standen in einer Ecke des Speisesaals vor dem Fernseher. Vom Bahnhofskiosk hatte ich mir ein Magazin mitgebracht, »Medusa. Musik einer dunklen Saite«. Auf dem Umschlag war ein Interview mit der Mörderin von »l'Ankou« angekündigt. Während eines Konzerts hatte die fragile Sängerin ihre trancegebeugten Musiker einen nach dem anderen mit einer Axt erschlagen. Das Publikum hatte gerast, die drei Gitarristen lagen schon auf der Bühne, und zu den weiterkreischenden Rückkopplungen der Gitarren täubte noch das irrsinnige Geprassel der Trommeln durch den Saal, bis die Sängerin schließlich auch das Schlagzeugpodest mit dem delirierenden Drummer erklommen hatte. Sie hatte sich dann neben ihn zum Schlafen gelegt, und die Gitarrenrückkopplungen waren nach und nach verklungen. Das zunächst atemlose Publikum war unruhig geworden. Für die abgehärteten Ohren mußte die plötzliche Stille etwas Schmerzendes gehabt haben; eine Stille wie ein großer, sich auf die Ohren pressender Mund, der das Gehörte aus dem Kopf wieder herauszusaugen beginnt.

Aus dem Artikel erfuhr ich, daß bei Konzerten die Prinzessin während des einleitenden Stücks, einer Version von Liszts »Trauergondel«, von Gitarrist zu Gitarrist gegangen war und die Saiten so weit herabgestimmt hatte, daß es nicht mehr möglich war, gezielte Töne oder Akkorde zu spielen, und die Gitarren begonnen hatten, brüllende, röhrende Urweltgeräusche hervorzubringen.

Ich begann, die von zu Hause mitgebrachte Post zu öffnen.

Im Fernseher sang eine Frau »Der Peterl, ja, der weiß warum« und drohte schelmisch mit dem Finger. Das Köpfeschwenken zweier »mitgehender« Trompeter wiederholte sich in dem der beiden Kellner und verlieh der Szenerie einen Hauch von Demenz. Als ich mich endlich bemerkbar gemacht hatte, kam einer herüber, zeigte mit dem Daumen über die Schulter.

»Herrlich, was?«

»Ausgezeichnet«, bestätigte ich und verlangte die Rechnung.

In einem der Briefe fand ich eine schwarzgeränderte Karte. Der Metzgermeister war gestorben. Der Kellner kam zurück, schwenkte die Rechnung wie die Bestätigung der gegnerischen Kapitulation, und deutete auf meinen Geigenkasten:

»Auch Musiker, wie? Ist ja super!«

Ich zahlte, ging auf die Toilette und erbrach das Menü Nr. zwo.

Die Zeit bis zum Konzert verbrachte ich in der Garderobe, einem großen Raum, der gekachelt war, wie um ihn nach dem Verschwinden der Musiker mit einem Schlauch ausspritzen zu können. Ich hatte noch säuerlichen Geschmack im Mund und wünschte mir ein Bonbon.

Schutten, der Dirigent, strich in einem Feinschmeckermagazin Rezepte an, die er seiner Frau zum Nachkochen hinlegte. Die meisten Musiker waren draußen auf dem Hof.

Die reservierte junge Klarinettistin – sie versuchte eben, sich mittels Handspiegel und Taschentuchzipfel etwas aus dem Augenwinkel zu entfernen – betrat stets zehn Minuten vor dem Konzert die Garderobe und stand bereits fünf Minuten nach dem Verstummen des letzten Händeklatschens wieder an der Tramhaltestelle. In einer Pause zwischen zwei Proben hatte ich sie einmal in ein Café eingeladen und sie, nachdem der Kaffee vor uns stand, gefragt:

»Denkst du manchmal an mich?«

Überrascht hatte sie aufgesehen, schließlich »Nein« geantwortet und nach einer Weile unsicher nachgefragt: »Sollen wir jetzt zahlen?«

Ich hatte den Kopf geschüttelt. »Den Kuchen können wir trotzdem noch essen.«

Die Inspizientin kam herein. Schutten klappte sein Magazin zu, ging zur Tür und rief die Raucher vom Hof herein, die naßkalten Nikotingeruch mitbrachten.

Schutten sah zur Uhr.

»Meine Herren ...«

Der Trompeter machte drei Kniebeugen mit vorgestrecktem Instrument, dem Flötisten, einem hageren Menschen mit aristokratischem Namen, sah man an, was er davon hielt.

Ich war bei ihm gleichfalls unten durch.

Als einige Kollegen sich wunderten, warum ein Bratscher mit seinem unauffälligen Instrument und unauffälligen Stükken so viel Erfolg hatte, hatte Schutten eingeworfen:

»Na ja, bei dem Namen.« Der Bratscher hieß Johann Sebastian Händel. »Die beste Werbung.«

Zum Scherz hatte ich gesagt:

»Dann könnte ich ja bei uns ebenfalls die Besucherquoten heben.«

»Wie meinen Sie das?«

»Ich heiße eigentlich anders. Duc de Fretz-Fretz-Rassoul-Rassoulkoff Comte de Llange-Lain.«

Der Flötist, er hieß von Majer, sah mißtrauisch auf.

»Das ist nicht ihr Ernst?«

Ich mußte es wiederholen.

»Aber warum nennen Sie sich denn nicht so?« rief Schutten.

Die Besucherzahlen steigernde Wirkung meiner Handhaltung hatte sich bei der zeitgenössischen Musik in Grenzen gehalten. Die Liebhaber dieser Musik waren ernst denkende Menschen und ließen sich von derartigen Äußerlichkeiten nicht beeindrucken.

Schutten fand immer mehr Gefallen an meinem Namen. Ich mußte ihn aufschreiben. »Was ist das?« Er zeigte auf den vorderen Bestandteil des Namens.

»Duc? Herzog. Ich bin Herzog.«

Schutten schlug die Hände zusammen. Von Majer war immer mißmutiger geworden.

»Nicht von Geburt. Ich habe den Namen gekauft«, tröstete ich ihn.

Von Majer sagte streng:

»Sie sind also ein ganz gewöhnlicher Mensch.«

»Richtig. So wie Sie auch.«

Das hörte er gar nicht gern.

»Als gebürtiger Adliger empfinde ich einen natürlichen Stolz auf meine Herkunft.«

Daß die Leute, dachte ich, auch immer stolz sind auf etwas, wofür sie gar nichts können, Haarwuchs, Trinkvermögen, Geburtsort, Namen, und fuhr fort:

»Haben Sie denn Ihr ›von‹ durch Fleiß oder sonstige Leistungen erworben?«

Von Majer fand solche Spitzfindigkeiten degoutant und schnaubte verächtlich.

»Zudem besitze ich Ländereien«, fügte ich an. Auf meiner Wiese Llang-Lain B No. 145 grasten meines Wissens derzeit Schafe.

»Ob gekauft oder nicht, ist doch wirklich egal. Über Künstlernamen regt sich auch niemand auf«, sagte Schutten und fing an, mir vorzuschwärmen, wie gut sich mein Name auf Ankündigungen machen würde.

»Ein Herzog würde doch nie durch eigene Anstrengung Geld verdienen«, wandte ich ein.

Es schnaubte wieder aus von Majers Richtung; es klang immer pferdestalliger.

»Ein falscher schon«, sagte er hämisch.

»Richtig. Aber ich bin ja ein richtiger. Ein Herzog aber«, wandte ich mich wieder an Schutten, »der mit Geigen Geld verdient, wäre jedenfalls grotesk.«

»Aber womit verdient er denn seinen Lebensunterhalt?«

»Er kriegt Geld vom Staat. Dafür, daß er mit einem Heer in den Krieg zieht.«

Schutten redete dennoch weiter auf mich ein, ich bereute längst, den Namen erwähnt zu haben. Im nächsten Programmheft war er in voller Länge und mit Titel gedruckt. Nach dem ersten Konzert stellte sich ein Journalist in der Garderobe ein.

»Na also!« Schutten hatte einige Tage später begeistert die

Zeitung geschwenkt. Ein großer Artikel war erschienen. »Geschenk eines Herzogs«. Ein von einem Herzog mit Titel und Namen beschenkter Geiger habe sein Publikum wiederum mit Musik von erlesenem Adel beschenkt.

Abends war etwas mehr Publikum erschienen. Ich hatte mich zuerst geschämt; dann war mir Charlaine eingefallen, und ich hatte mich dafür geschämt, mich geschämt zu haben.

dreiundzwanzig

Schutten sah wieder zur Wanduhr, zwei nach, wartete, bis der Zeiger weiterrückte, und nickte uns zu. Wir gingen auf die Bühne, gaben das Ritual des Stimmens, dann eilte Schutten gesenkten Kopfes aus der Seitentür, erklomm das Podest, reckte das Kinn vor, riß unvermittelt beide Arme hoch, und die zwei Oboen brachen vor Schreck in hysterisches Geschluchze aus, in das sich – Schuttens Mund formte »poco a poco« – die Streicher mit einem feingeschnetzelten Salat aus wenigen Tönen einmischten, und drei Bläser und der Schlagzeuger begannen, ein wimmerndes Cellosolo mit einem komplizierten Rhythmus aus den Schnappgeräuschen von Kugelschreibern zu begleiten.

Meine Blicke kreuzten sich mit denen der Klarinettistin, wir blickten uns für eine Sekunde an und sahen gleichzeitig wieder weg.

Über ein Jahr nach unserem Gespräch im Café war ich, wieder in einer Probenpause, spazierengegangen, gelegentlich von einem trockenen Brötchen abbeißend, als ich hinter mir die Klarinettistin hörte:

»Darf ich mich dir anschließen?«

Nach einem Weilchen fragte sie:

»Denkst du manchmal an mich?«

Ich brach ein kleines Stück vom Brötchen ab und warf es auf den Weg. Eine Taube wackelte sofort darauf zu, doch im letzten Moment war ein Spatz schneller.

»Nein.«

Sie nickte mehrmals heftig und ging dann wortlos davon. Ich setzte mich auf eine Bank und wollte den Rest meines Brötchens an die Taube verfüttern. Sie hatte nur ein Bein. Immer wieder waren Sperlinge schneller.

In das Kugelschreiberschnipsen mischte sich nun allmählich, weisungsgemäß, das Klappern der Flöten- und Klarinettenklappen, die Streicher gingen zu gelächterartig stoßenden Achteln über, und die Bläser erzeugten dabei »Windgeräusche«.

Je länger ich mich umsah, desto sonderbarer wurden die Gesichter der in die Noten schauenden und an ihren Instrumenten hantierenden Musiker, und unvermittelt saß ich als Fremdling inmitten lauter musizierender Bestattungsunternehmer; alle trugen Schwarz, aber niemand war gestorben.

Schuttens Ideal waren sinnliche und blutvolle Interpretationen. Musiker haben eine kindliche Freude an ungeordnetem Radau (offen beneidet war der Schlagzeuger, der die Geräte zu bedienen hatte, mit denen Komponisten den Konzertbetrieb »hinterfragten«, Staubsauger, Schlagbohrer, Sirenen, Kettensägen oder Radios). Gut gelangen uns deshalb Passagen, in denen Chaotisches gefordert wurde, wie soeben, wo uns Schutten armeschleudernd zur Aufschüttung eines schrill schellenden Klanggehäufs ermunterte und alle Bestattungsunternehmer zeigten, was an tumultuarischer und sinnlicher Blutfülle in ihnen steckte. Bis auf den Flötisten, der tat nur so, als ob er mitspielte. Der Trompeter und der Fagottist wetteiferten mit quengelnden Fanfaren, der Posaunist röchelte in sein Instrument, der Bratscher imitierte einen übergeschnappten Laubsäger, und der dicke Pianist machte sich fachmännisch mit der Wurzelbürste über die Innereien seines Instruments her.

Die Musiker außer Rand und Band, das stillhaltende Auditorium – der Eindruck, ein Fremdling zu sein, wollte nicht mehr weichen.

Schutten nickte mir unmerklich zu, gleich käme mein Solo. Mir fielen die von ihrer Singprinzessin hingemetzelten Musiker von »l'Ankou« ein, und während ich unauffällig und willkürlich meine Saiten umstimmte, fühlte ich den Wunsch nach einer reinigenden Bluttat, einem schwungvollen Amoklauf, zu dessen Behufe ich den Spiegel in der Garderobe verwenden könnte, mit dessen Scherben ich, von Musiker zu Musiker eilend, allerlei Rötlichkeiten anrichten könnte, den properen

Wurzelbürster am Klavier mir bis zuletzt aufhebend, wo ich ihn mit brio – »Zurück zu den Wurzeln!« – von den bürstenden Armen befreien könnte. Dann wäre es still, musikmäuschenstill, und ich würde mich, wie die Prinzessin von »l'Ankou«, inmitten meiner ausblutenden Kollegen zum Schlafen hinlegen ...

Die Geige war nun völlig umgestimmt, Schutten gab mir das Zeichen, und ich entledigte mich meines Solos, in der Partitur ein Kästchen voll schwarzen Gekritzels, »ad. lib. ma con visionario« lautete der Serviervorschlag. Ich war vom Resultat selbst überrascht. Einige Musiker blickten erstaunt auf, Schutten nickte mir anerkennend zu.

Mit geballten Fäusten und Wackelwangen bebte Schutten wie ein festgefressener Motor, bis er dem Schlagzeuger zunickte. Der schaltete das Band ein. Als wir auf eine weitere gymnastische Eruption Schuttens abrupt verstummten, war das heftige Weinen eines Babys zu hören. Jämmerlich. Schutten zählte an und riß die Arme hoch – hinten bei den Bläsern kam es zu einer gewaltigen Verpuffung. Dann ein energisches Aufbäumen Schuttens, gefolgt von einem – kaum hörbaren Ton. Schutten verharrte mit erhobenem Taktstock und flüsterte schweratmend: »Ausgezeichnet, meine Herren! Ganz ausgezeichnet!«, senkte mit schmerzlicher Miene den Taktstock, überprüfte den Sitz der Fliege und drehte sich um. Während er den Applaus entgegennahm, stimmte ich unauffällig meine Geige wieder.

vierundzwanzig

Am offenen Grab des Metzgermeisters spielte ich die »Barcarole«. Nach dem Leichenschmaus verabschiedete ich mich und stieg zum Garten der Zettelheim hinauf. Der Weg war kürzer und weniger steil als in meiner Erinnerung, der Kirschbaum jedoch viel größer.

Da war die Gartentür. Wie vor zwanzig Jahren, als ich auch hier gestanden hatte und durch dieselben Latten den Hund der Zettelheim kraulte, die bereits tot auf dem Klo saß. In den Bäumen hatten die grünen Äpfel gebaumelt, dick und schwerfällig. Der Hund war einige Tage später eingeschläfert worden. Damals war ich unsterblich gewesen. Von giftigen Pfannkuchen würde ich mittlerweile sterben. Aber es gab ohnehin niemanden mehr, der sie mir backte.

In der Stadt unten konnte ich, damals, den Metzgermeister besuchen. Auf dem Schrank hatte noch die Geige gelegen. Jetzt lag sie wieder dort, als ob nichts seitdem geschehen wäre. Und der Metzgermeister lag in der kalten Erde, dort, wo sein Sohn lag; und anderswo lag meine Frau in der Erde; und wieder anderswo lag Charlaine in der Erde – ich empfand Erschöpfung und Überdruß. Ich hatte genug von ausgehobenen, offenen und wieder zugeschütteten Gräbern. Überall waren Männer pausenlos damit beschäftigt, Gräber auszuheben und wieder zuzuschütten, immer weiter, ausheben und wieder zuschütten.

Mir fiel ein, wie ich damals das Gefühl hatte, in Wahrheit nicht in die Stadt hinunter-, sondern den Hang hinaufgegangen und verschwunden zu sein. Mir war immer noch so, als wäre ich, damals, woanders hingegangen. Und aus dem anderen Ich, dem Stehenbleiber, hatte schließlich nichts anderes werden können als ein Irrläufer.

Auf der Türschwelle der Zettelheim, unterm Kirschbaum, im Weinberg und im Schlachthaus hatte ich vor mich hin gegeigt und geglaubt, damit einer seltenen, schönen, fernen Welt näherzukommen. Die schöne ferne Welt ... ich dachte an ein geigendes Kind, an Türen, die sich einen Spaltbreit geöffnet hatten, und versuchte mich zu erinnern ... ich fühlte nur eine Abwesenheit; nicht einmal wovon konnte ich genau sagen. Auf die Frage, was nun in meinem Leben von dieser schönen Welt zu finden war, konnte ich mühelos die Antwort geben: Nichts. Mein Weg hatte nicht in die Musik geführt, sondern zu etwas täuschend Ähnlichem, einem Erwerbsleben, in dem ich, neben Wurstverkäufern, Tapezierern oder Immobilienmaklern, Klänge in Naturdärme füllte oder Wohnungen damit ausklebte oder Klangräume verhökerte. Wo war (oder wie ging) das Leben? Lebte ich? Oder nicht?

Die Melodie der davonreitenden Herzöge hatte die Ahnung von einer Welt geweckt, die alles enthalten würde, was erstrebenswert, schön und vielleicht auch beglückend war. Diese Ahnung hatte die vielfarbigsten Töne in mir anklingen lassen und sie zu den verwunschensten Melodien zusammengesetzt. Die Ahnung der anderen Welt war eine verheißungsvolle Fahne gewesen, die sich prächtig und blau vor einem prächtigeren und blaueren Himmel wälzte und für das Reich der Herzöge stand.

Diese Welt war nie aufgetaucht und die Sehnsucht nach ihr immer mehr verschwunden, und nun war sie fort, und ich würde sie durch das Angelspiel der Erinnerung nirgends hervorziehen können, und an ihrer Stelle fand ich den schweren Rauhreif, den ich von der Beerdigung des Metzgermeisters mitgebracht hatte.

Es war nicht mehr Winter und noch nicht Frühling. Der Himmel hing sehr niedrig. Vereinzelte Lichter in der Stadt waren schon von einem leichten Dunst umgeben, der sich am Abend zu Nebel verdichten würde.

Der See lag so still, daß man Fußgänger darauf vermißte. Selbst die Fähre schien auf Rädern langsam über eine bleierne Fläche zu rollen. Dort unten war ich zu Fuß in die Schweiz hinübergegangen.

Während ich der Fähre nachsah, ging auf ihrem Oberdeck das Licht an, nur kurze Zeit darauf schalteten sich die Straßenlampen der Stadt ein.

In den Bäumen hingen noch einige der großen Äpfel, immer noch hellgrün, aber mit schwarzen Flecken. Unter den Bäumen stand der Hund der Zettelheim, aber er war unsichtbar. Im See lag die Glocke, wohnten die Herzöge. Wenn sie jetzt heraufgeritten kämen ... ich würde sie nicht einmal bemerken.

Ich überstieg die Pforte. Das Haus der Zettelheim war verschlossen, in den Fenstern hingen staubige Gardinen. Die Menschen stauben ihr Leben lang ab, und wenn sie damit aufhören, staubt es ohne sie weiter. Ich pflückte einen Apfel und ließ ihn, wieder vor dem Garten, den Weg hinabrollen. Er tat es erst widerwillig, dann immer gefügiger, bis er mit irren Sprüngen im Stadttor verschwand.

An das windige Lied der Herzöge konnte ich mich nicht erinnern; die Herzöge hatten mir nichts erklärt und – als sie mir zuriefen, daß ich nicht zu ihnen gehörte – nicht einmal das Wort »noch« verwendet.

Dann fuhr ich in die Schweiz. Die beiden alten Leute waren verstummt, als sei die Nachricht vom Tod ihrer Tochter erst eine Stunde vor mir eingetroffen. Kaum saßen wir in der Küche, begann die Mutter augenblicklich so heftig zu stricken, als ob sie sich selbst damit aus der Welt schaffen wollte. Das Chaibeli lebte immer noch, klopfte schwach mit dem Schwanz und sah sich mit trüben Augen suchend um, als ich es ansprach.

Auf der Heimfahrt empfand ich eine drängende, weinerliche Stimmung, als ob ich jemandem einen nicht mehr gutzumachenden Schmerz zugefügt hätte. Während ich auf den See mit seiner erleuchteten Fähre hinuntergesehen hatte, war ein rauhreifbedeckter Geist, der hier im Apfelgarten der Zettelheim auf mich gewartet hatte, auf mich zugetreten, in mich hineingeschlüpft und war dort geblieben.

Es war erstaunlich, mit welcher Leichtigkeit etwas beendet werden konnte, aus dem bislang mehr als ein voraussichtliches

Drittel meines Lebens – angefangen bei meinen kindlichen Musikexerzitien über das Studium bis zu meiner Arbeit im Orchester – bestanden hatte: ein kurzer Brief, der Sekretärin des Orchesters ausgehändigt.

Der Schlagzeuger fragte:

»Und? Was willst du jetzt machen? Einkaufswägen im Supermarkt zusammenschieben?« Ihm fiel natürlich was Rasselndes, Schepperndes ein.

Der Flötist sah mich an, als hätte ich nicht gekündigt, sondern sei rausgeschmissen worden, weil herausgekommen war, daß ich bislang nur vorgetäuscht hatte, Geigenspielen zu können. So was hatte er sich schon immer gedacht.

Im Flur trat die Klarinettistin auf mich zu.

»Du verläßt das Ensemble?«

»Ich verlaß die Musik.«

Sie war kleiner als ich und suchte, mit in den Nacken gelegtem Kopf, in meinem Gesicht; vielleicht ein Auflösungszeichen.

Sie reckte sich, ich senkte den Kopf, dann küßten wir uns doch nicht.

»Lebwohl.«

fünfundzwanzig

Die Orchesterleitung teilte mir in einem Einschreiben mit, daß ich nach meiner Kündigung die Konzerte eines vor meiner Kündigung mit mir einstudierten Programms noch zu absolvieren oder andernfalls die Gagen eines Ersatzgeigers zu übernehmen hätte. Ich hatte keine Lust, wieder zu geigen, und blätterte im Telephonbuch – der Name Moscherosch gehörte einer Rechtsanwältin.

Als sie in das Büro trat, dachte ich, daß – entgegen meiner früheren Einstellung – Schönheit doch etwas sehr Schönes sei.

Nach einem Blick auf meine Adresse sah sie mit einem »Ach!« auf und erzählte, daß sie in meiner Straße auch schon einmal gewohnt habe. Ja, ich kannte das Haus. Ja, es war wunderschön. Nein, gelb war es nicht mehr. Man hatte es erst vor zwei Jahren zartlila gestrichen. »Ach, wie hübsch!« Wir gerieten in ein angeregtes Gespräch über Wohnungen in alten Häusern.

Ich hatte bis dahin nicht gewußt, daß ich mich, zudem mit einem fremden Menschen, so angeregt und ausführlich über die Vorzüge alter Wohnungen unterhalten konnte. Ich hatte mir bislang nicht einmal Gedanken darüber gemacht. Woher kam also das, was ich dazu zu sagen hatte? Lagerten in meinem Inneren ungedachte Gedanken zu alten Wohnungen? Und lagerte dort noch mehr ungedachtes Gedankengut? Verunsichert sah ich die Rechtsanwältin Moscherosch an, mit ihrem ungewöhnlichen und frischen Gesichtsausdruck, dem aparten, lebhaften Mienenspiel und ihren lockigen, dunklen langen Haaren.

Als ein Mann hereintrat, mit dem Daumen über die Schulter zeigte und flüsterte, daß der nächste Klient schon da sei, wurde sie verlegen, aber es blieb uns nichts anderes übrig, als einen neuen Termin auszumachen.

Beim nächsten Termin standen im Büro auf einem zeitungsbedeckten Tisch mehrere Töpfe mit Pflanzen neben einem Haufen Blumenerde.

Die Rechtsanwältin fing gleich nach der Begrüßung an:

»Was mir noch einfiel: In alten Wohnungen haben wir beim Einschlafen immer das schöne Gefühl, daß ...«

Ich stimmte zu und wollte etwas anfügen, als eine junge Frau mit mehreren neuen Blumentöpfen im Arm die Tür öffnete. Sie zögerte, aber die Rechtsanwältin sagte:

»Komm ruhig rein und mach weiter. Der Herr ist Pflanzenliebhaber.«

Ich nickte. Es stimmte, auch wenn ich mir einige Sekunden zuvor aus Pflanzen noch gar nichts gemacht hatte; aber durch die Bemerkung der Rechtsanwältin Moscherosch war ich augenblicks zum Pflanzenliebhaber geworden.

»Wußten Sie, daß in alten Wohnungen die Menschen andere Krankheiten bekommen als in neuen, im Ganzen aber seltener krank werden?«

Ich hatte es nicht gewußt. Die andere Frau, die begonnen hatte, Pflanzen umzutopfen, warf ein:

»In alten Wohnungen gedeihen Pflanzen besser.«

»Tatsächlich?«

»Was für Pflanzen haben Sie denn?« wurde ich gefragt.

»Ach, wenige«, sagte ich. »Keine« traute ich mich nicht zu sagen, angesichts der Tatsache, daß ich, wenn auch erst seit Minuten, Pflanzenliebhaber war.

Wir waren eben dabei zu erörtern, welche Kriterien eine Wohnung zu einer »alten« machten, als sich die Blumenumtopferin einmischte und mir das Du der Rechtsanwältin anbot.

»Ihr solltet euch duzen.«

»Wie?«

»Duzen. Solltet ihr euch. Über Wohnungen und Pflanzen zu reden und sich dabei zu siezen ist unmöglich.«

Die Rechtsanwältin und ich standen auf und reichten uns über den Tisch förmlich die Hand. Sie hieß Frieda.

»Und nun«, fuhr die andere Frau fort, »solltet ihr zum Thema kommen.«

»Wohnungen dürfen nach meiner Ansicht das Prädikat ›alt‹

nur tragen ...«, fing Frieda Moscherosch an, als die andere Frau unterbrach.

»Nicht dieses Thema. Du« – sie wandte sich an mich, reichte mir erst die Hand, bemerkte, daß diese voller Erde war, hielt mir dann das abgeknickte Handgelenk hin und stellte sich mit »Elisabeth« vor –, »du bist doch wegen deiner Kündigung gekommen.«

»Richtig«, sagten Frieda und ich gleichzeitig. Nach einer Stunde verließ ich die Kanzlei mit einer frisch umgetopften Pflanze sowie einem Termin für ein »weiterführendes Gespräch betr. alte Wohnungen«, diesmal nicht im Büro, sondern während eines Spaziergangs.

Ich saß vor einem großen Schreibtisch, der bis auf eine lederne Schreibunterlage und ein volles Glas Milch völlig leer war. Der Arzt kam aus dem Nebenzimmer, studierte kauend eine Karteikarte, nahm einen Kugelschreiber aus der Brusttasche, trank einen Schluck Milch, kaute weiter, schrieb etwas auf die Karteikarte und schluckte schließlich.

»Dreiunddreißig«, informierte er mich.

»Bitte?«

»Ich kaue jeden Bissen dreiunddreißigmal.«

Ich wußte nicht, was sagen.

»Sollten Sie auch machen«, schlug er vor, lehnte sich dann zurück, verschränkte die Hände hinter dem Nacken – die Behaglichkeit der Geste schien mir unangebracht – und stellte einleitend fest:

»Sie haben also ein Alkoholproblem.«

»Ich trinke zuviel und kann nicht damit aufhören.«

»Sie wollen also nicht aufhö...«

»Ich will aufhören, kann aber nicht.«

»Ich pflege die These, daß der Alkoholiker nicht aufhören will, zur therapeutischen Ausgangsbasis zu machen.«

»Ich will aber aufhören.«

»*Glauben* Sie, aber ...«

»Ich bin mir sogar sicher.«

»Störrisch sind Sie gar nicht, wie?«

»Nein«, stimmte ich zu. Er griff nach dem Milchglas und fragte:

»Darf ich Sie mit einer einfachen Frage verblüffen?«

»Nur zu.«

»Wenn Sie tatsächlich aufhören wollen, warum tun Sie es dann nicht?«

Ich sah ihn an. Tat er nur so dumm? Wenn ja, warum? Wollte er mich auf die Probe stellen? Wenn ja, auf welche?

»Alkoholismus ist eine Sucht ...«, fing ich vorsichtig an.

Er nickte zustimmend und trank einen Schluck Milch.

»Nun, und deswegen muß ich trinken.«

»Ich verstehe Sie nicht.«

»Weil Trinken eine Sucht ist und man einer Sucht nachgeben *muß*, oder?«

»Freilich, aber diese Sucht hatte ja auch einmal Gründe, nämlich seelische.«

»Ja. Aber diese Gründe sind nicht mehr wirksam, was man daran erkennt, daß ich aufhören will.«

Er widmete sich verdrossen seinem Milchglas. Ich erklärte es noch einmal:

»Ich war unglücklich und habe begonnen zu trinken. Nun will ich aufhören, kann es aber nicht mehr, weil ich mittlerweile die Grenze zur Sucht überschritten habe. Aus ehemals seelischen Gründen ist ein körperlicher Zwang geworden.«

»Es ist ja schön, daß sie mir die Suchtproblematik so überaus einfach und einleuchtend darlegen. Aber auch Sie sollten anerk...«

»Zeigen Sie bitte nicht mit dem Finger auf mich. Noch mal: Ist Trinken eine Sucht, oder nicht?«

»Freilich ist es eine Sucht. Aber wir wollen den Grund dafür kennen.«

»Ich nicht. Wenn ich einen Nagel aus einem Brett ziehen will, dann nützt es mir doch nichts, wenn ich weiß, warum ich ihn früher einmal eingeschlagen habe. Oder?«

Er gab keine Antwort.

»Ich wollte von Ihnen eine ganz schlichte und praktische Hilfe. Technische Mittel. Medikamente zum Beispiel.«

»Natürlich haben wir solche, wie Sie sagen, technischen Hilfsmittel, aber ohne psychologische Begleitung lehne ich deren Anwendung« – er rückte das Milchglas nachdrücklich in eine andere Position – »strikt ab. Aus Verantwortungsgefühl.«

»Ach so.« Ich wußte nicht, was noch sagen.

»Schöne Photos«, fiel mir dann ein.

»Was?«

»Die Photos. Schön.« Ich zeigte auf die Wand hinter ihm. »Urlaubsphotos?«

»Ja. Karibik.«

»Na ja, dann geh ich wieder«, sagte ich schließlich.

»Um weiter zu trinken«, stichelte er.

»Eben nicht«, stellte ich klar.

Auf dem Heimweg kaufte ich mir ein Brötchen; doch schon nach siebzehnmaligem Kauen war mir mein Mundinhalt so eklig geworden, daß ich ihn um nichts in der Welt mehr geschluckt hätte. Unauffällig spuckte ich ihn in eine Rabatte. Als ich sah, wie sich sogleich etliche Tauben darauf stürzten, mußte ich wirklich erbrechen. Das krächzende Rezitativ, mit dem ein stehengebliebenes älteres Paar mich dabei begleitete, enthielt lauter Wörter mit »Un«. »Unglaublich. Unerhört. Unfaßbar. Unverfroren. Unverschämt.«

Zunächst versuchte ich, das Trinken mit Überlegungen zu beenden (als ob ein rhetorischer Sieg über mich selbst die Voraussetzung gewesen wäre); aber auch die scharfsinnigsten Einsichten zum Alkoholismus ließen mich keinen Schluck weniger trinken. Das Nachdenken, wie ich aufhören könnte, verwandelte sich meist in Überlegungen, wie ich es anstellen könnte, doch zu trinken, nur besser. Trinken, ohne zu trinken. Ich beschloß, ab sofort jeden Gedanken daran zu unterdrücken. Ein naives Rezept; aber nicht an etwas zu denken war schwer.

Gab ich nicht acht, drängten die Gedankenhunde heraus, stürzten sich wahllos auf die nächstliegenden Nebensächlichkeiten, eine Meute, die inbrünstig kläffend und Dreck verspritzend ein Mäuseloch aufbuddelt, während die Maus ihnen, unbeachtet, dabei zusieht. Es war unmöglich, ihnen Leinen anzulegen, und schwer, sie in mein Inneres zurückzuscheuchen. Ich ahnte, daß sie dort keineswegs untätig waren, sondern – von meiner Aufmerksamkeit unbehelligt – geschäftig ihren Hundsinteressen nachgingen, die mit den meinen nichts zu tun hatten. Doch die Gedanken völlig zu unterbinden war zuletzt leichter, als sie unter Kontrolle bringen zu wollen.

Anfangs hatte ich das Gefühl, einen ungeheueren Schmarotzer abgeschüttelt zu haben, der in einem Winkel nur darauf lauerte, mich wieder zu umklammern.

Nach einer Woche bekam ich Kopfschmerzen, und eine mir unbekannte Angst stellte sich ein, die sich zu gelegentlichen Paniken steigerte. Nach einer weiteren Woche verschwanden die Kopfschmerzen, die Panik verwandelte sich in eine leise, fast innige Trauer, als ob ich etwas Geliebtes verloren hätte. Nach vier Monaten wagte ich zu hoffen, daß es nun mit dem Trinken vorbei wäre.

sechsundzwanzig

Von der Straße aus blickte ich zu den erleuchteten hellgelben Fenstern mit den Silhouetten hoch. Adventskalender. Ich war zu einer Abendgesellschaft eingeladen, aber mir schien – mit einem mir schon bekannten Gefühl –, daß ich ja bereits dort oben war und jetzt also gar nicht mehr hinaufgehen mußte; vielleicht äußerte jener schon Hinaufgegangene nun dort oben, an meiner Stelle, kluges oder unsinniges Zeug.

Als Kind hatte ich bei jedem neu geöffneten Fenster des Adventskalenders versucht, einen Zusammenhang zwischen den kleinen Bildern herzustellen. Vielleicht erzählten sie ja eine Geschichte. Doch als ich nach Weihnachten die Rückwand des Kalenders ablöste, fand ich die einzelnen Bildchen ohne Bezug zueinander auf einer weißen Papierfläche verteilt; Bildsalat auf einem weißen Teller.

Es fing an zu regnen. Der nächste Bus fuhr in einer Stunde. Immer beginnt es zu regnen, dachte ich, ein Gedanke, der richtig klang und falsch war. Der Regen schien mich aufzufordern, endlich hinaufzugehen. Wozu, wenn ich schon oben war?

Ich war damals, nachdem die Äpfel von den Bäumen gefallen waren, in die Stadt hinabgegangen, während ein anderer – ich – den Hang hinaufgestiegen und für immer fortgegangen war. Was jener Fortgegangene trieb, das wußte ich nicht. Vielleicht beging er, immer in meinem alten Namen, Untaten – oder heimste, gleichfalls in meinem Namen, Ehrungen ein für Taten, die zu tun ich nie imstande sein würde.

Ich, der nicht Fortgegangene, betrat eine Telephonzelle, überlegte eine Entschuldigung und wählte. Mir fiel ein, wieviel Bekannte ich hatte, für die ich weder Freundschaft noch allzugroße Sympathie empfand und die für mich gleichfalls nicht mehr empfanden; Bekannte, für die ich mir Lügen überlegte, wenn ich ihre Einladungen absagte, und die es umgekehrt genauso machten. Dann fiel mir Frieda ein, mit der ich mich mittlerweile schon einige Male getroffen und auf eine Weise unterhalten hatte, die mir an mir selber unbekannt war.

Ich hängte den »Hallo? Wer ist am Apparat?« quäkenden Hörer wieder ein. Nach zweistündigem Fußweg kam ich durchnäßt zu Hause an, duschte und legte mich, in eine Decke gehüllt, auf die Küchenbank.

Auch mein eigenes Leben war ein Adventskalender. Von vielem wußte ich nicht, ob es mit etwas anderem zusammenhing; viele kleine Bildchen standen mitten im Leeren und gaben nichts preis von ihrer Beziehung untereinander.

Ich hatte erwartet, daß, nachdem ich mit Trinken aufgehört hatte, Helligkeit, Frische und sogar Freude in mein Leben einkehren würden und mir klar würde, was ich zu tun hatte. Aber mir wurde nichts klar. Ich lebte dahin wie ein Untoter, der nicht gemerkt hat, daß er tot ist, und im Weiterwerkeln sein Leben hinter sich herschleift. Die eine Tür hatte ich geschlossen, aber eine andere wollte sich nicht öffnen. Ich tat dies, ich tat das und verwirbelte den Eisrauch um mich herum. Musik und Alkohol waren fort, und an ihrer Stelle war eine weite Leere zurückgeblieben, aus der eine eisdampfende Gestalt, ein Geist aus Rauhreif, mich belauerte.

Ich hatte das Bedürfnis nach Klarheit, wollte nachdenken, um diese Klarheit zu finden. Aber die Vorstellung, mir mittels selbstverfertigter Überlegungen Klarheit verschaffen zu wollen, bereitete mir Übelkeit. Anstelle von Klarheit kehrte ein Gefühl von Reinlichkeit ein, einer leeren, leergefegten Reinlichkeit, verschmutzt mit vereinzelten Glücksgefühlen, die ich als falsch und unpassend empfand. Freudloses Glück. Was für ein Unding.

Nichts vertrieb diese neu entstandene Leere, kein neuer Sinn schälte sich heraus, kein neuer Lebensinhalt, keine Frische und Freude kehrten bei mir ein. Klarheit war ein Wort aus großen

Pappbuchstaben auf einer Müllhalde aufgestellt. Ich war bedrückt, daß die Zeit verstrich, ohne daß ich einen neuen Weg ausmachen konnte. Ich war niedergeschlagen und hoffnungslos und wußte nicht einmal, auf was ich hätte hoffen können.

Draußen in der Nacht waren Adventskalenderfenster geöffnet worden. Sie zeigten Szenen aus dem menschlichen Leben bei Nacht.

Als Kind hatte ich dann herausgefunden, in welcher Reihenfolge man die Bilder des Adventskalenders betrachten mußte, damit sie doch eine Geschichte entdeckten; und dann war mir klargeworden, daß die Bilder immer eine Geschichte erzählten, in welcher Reihenfolge ich sie auch betrachtete.

Die Gespräche mit meiner neuen Bekannten Frieda – wir trafen uns mittlerweile wöchentlich und telephonierten fast täglich – verwirrten mich. Das arglose und unbekümmerte Geplauder erstaunte mich ebenso wie meine mir bislang unbekannte Fähigkeit zu plaudern. Außer alten Wohnungen fand sich eine Vielzahl von Themen, über die es eine Menge zu sagen gab. Und als es einmal nichts mehr zu sagen gab, staunte ich, wie angenehm das gemeinsame Schweigen war. Und ich merkte, daß ich mich manchmal nach Frieda sehnte, nach den Gesprächen mit ihr ebenso wie nach dem stillen Beieinandersitzen.

Einige Aspekte meines Lebens fingen an, sich mir in einem anderen Licht zu präsentieren, und ich konstatierte, daß vieles in Wahrheit (wie ich den Zustand der Nüchternheit zu nennen begonnen hatte) anders war, als ich angenommen hatte.

Manchmal erfaßte mich eine kaum zu ertragende Wehmut. Alles verging, nie kehrte etwas zurück. Nie. Ich lag auf der Küchenbank, Halbschlaf-Träume setzten mir zu wie Geister am Wegesrand, die einen um Erlösung anflehten. Wenn ich aufwachte, hatte ich noch das Gefühl, daß mir gleich etwas einfallen werde; daß es da etwas Wichtiges gab, das ich aber, aufgrund eines eigenartigen Sehdefekts, nicht wahrnahm. Daß man beunruhigt und ratlos den Messergriff ansah, der einem aus der Brust ragte, bis es einem wieder einfiel: »Richtig. Das war's! Ich bin ja tot!«

Ein »Nie, nie, nie mehr« durchflüsterte den Raum. Ich hätte am liebsten Klagelaute ausgestoßen. Aber ich blieb reg- und lautlos liegen, in einem Vakuum, aus dem mich manchmal das Telephon herausangelte.

siebenundzwanzig

Frieda war am Apparat.

»Wollen wir stöbern gehen?«

Hinter »Stöbern« verbarg sich Friedas Liebhaberei, durch Supermärkte zu streifen und sich dabei vorzustellen, sie sei eine Außerirdische, die sich das Menschenleben anhand des Supermarkt-Sortimentes vorstellte. Das einzige, was sie zuletzt tatsächlich kaufte, waren Südfrüchte, deren dünnes Einwickelpapier sie sammelte, in einem Atlas preßte und schließlich in ein Album einlegte.

Als ich ankam, öffnete Elisabeth, rundlich, rotbackig und schwarzlockig. Nur wenige Bekannte wußten, daß Frieda und Elisabeth seit langem ein Paar waren. Elisabeth hatte ein fröhliches Gesicht mit leuchtenden, dunklen Augen. Standen Frieda und Elisabeth beieinander, so fragte man sich unwillkürlich, warum man selbst nicht ebenfalls ständig, aus Prinzip sozusagen, guter Dinge war.

Nicht einmal Elisabeth wußte, daß Frieda krebskrank war. Und Frieda ahnte nicht, daß ich durch einen Zufall davon erfahren hatte.

Elisabeth drückte uns Flöckchens Leine in die Hand und verabschiedete uns.

Flöckchen war ein schüchterner, großer schwarzer Hund, der sich früher stets in dunkle Winkel verkrochen oder in einen offenstehenden Schrank gelegt und, eine Pfote über den Augen, geschlafen hatte.

Es war schwer gewesen, Flöckchen zu Spaziergängen zu bewegen. Gelang es dennoch, folgte er mit leisem Winseln und steckte den Kopf bei jeder Gelegenheit ins Dunkel, unter den Tisch eines Flohmarkts, zwischen zwei Mülltonnen oder unter Friedas Rock. Einer von Friedas Mandanten, ein Augenarzt, hatte eines Tages angeboten, Flöckchen zu untersuchen, und einige Wochen später eine Sonnenbrille mitgebracht, eine Art Taucherbrille mit dunklen Gläsern. Flöckchen gewöhnte sich an die Brille und ließ sich wieder ausführen.

Wir ließen Flöckchen im Auto zurück und gingen in den Supermarkt.

Während wir die Gänge durchstreiften, tätschelte mir Frieda den Arm und fragte:

»Was ist denn?«

Ich hatte gehofft, daß diese Fahrt und vor allem Friedas Nähe meine Niedergeschlagenheit verdrängen würden. Ich zuckte mit den Schultern, nahm eine Packung Knödelteig aus dem Regal und las die Gebrauchsanweisung. Frieda ließ mich wieder allein.

Schließlich brachten wir Friedas Fund, ein Netz Orangen, die fast alle in Papier eingewickelt waren, zum Auto, weckten Flöckchen und suchten das Supermarktcafé auf. Sie fragte:

»Wie geht's mit dem Alkohol?«

»Weg.«

Sie wartete.

»Aber?«

»Es geht nicht voran. Es steht alles und fängt an zu stinken«, sagte ich, nachdem wir unsere Bestellung aufgegeben hatten. »Ich wollte mein Leben ändern. Aber mehr, als zu kündigen und mit dem Alkohol aufzuhören, habe ich in den vergangenen Monaten nicht hingekriegt.« Ich fühlte mich plötzlich erschöpft.

»Du machst dir vielleicht Sorgen! Mit dem Trinken aufhören. Ist das etwa nichts? Dachtest du, das geht so nebenbei? Gestern noch getrunken, heute trocken? Und dann den Beruf an den Nagel hängen: Das ist doch keine Kleinigkeit! Andere schaffen das nie. Jetzt sind vier Monate vergangen. Nach meinem Staatsexamen bin ich sechs Monate durch die Welt gereist. Danach habe ich ein weiteres Jahr praktisch nichts gemacht als herauszufinden, daß ich Männer nicht lieben kann. Und später, als ich dachte, das Leben geht los, bin ich krank geworden. Laß dir um Gottes willen Zeit. Das Leben ist erstens kein Sackhüpfen und zweitens früh genug vorbei.« Sie lächelte mich an. »Freu dich, daß du Augen hast! Schau dich um, die Welt ist eine Wundertüte. Und das ist längst nicht alles, mein Lieber. Du hast Ohren. Horch also! Horchst du?«

Ich suchte noch nach Worten, als sie schon fortfuhr:

»Das dachte ich mir. Der Musikus läuft als Taubstummer durch die Welt. Aber das ist noch nicht alles. Du kannst aufstehen und irgendwohin gehen. Du kannst mit mir nach Apfelsinenpapier suchen. Du kannst Flöckchen anschauen. Du kannst an ihm riechen. Überall sind Gerüche, und überall sind Farben. Du kannst mich anschauen. Du kannst meinen Busen anschaun. Ist der nicht toll?« Sie setzte sich etwas aufrechter hin und strahlte mich an. Verlegen sah ich auf ihre wonnigen Wölbungen

»Oder gefallen dir lesbische Rundungen nicht?«

»Doch«, murmelte ich.

»Na also.« Sie wartete, während unsere Kuchen vor uns hingestellt wurden.

»Aber ich weiß nicht, wie es weitergehn soll«, sagte ich. »Ich würde gern verstehen, aber ich weiß nicht einmal, was für eine Frage ich stellen könnte. Ich schau auf die Welt und seh eine Salatschüssel, und alles, was mir einfällt, ist: ›Was soll das?‹ Ich weiß nicht, was ich tun soll.«

»Laß die Tür auf, dann spaziert schon jemand herein. Such dir erst mal eine Beschäftigung. Den ganzen Tag mit solchen Gedanken zu Hause ...«

Mir wurde warm. Frieda war meine Freundin, und sie war bei mir. Flöckchen saß neben mir und sah mit seiner Schwimmbrille vertrauensvoll und geduldig zu mir auf. Er wußte, daß er etwas von meinem Kuchen bekommen würde. Die Luft glitt frei in meine Lungen, ich fühlte, wie Vögel und allerhand Fluggeräte begannen, frei in mir herumzusegeln. Flöckchen leckte meine herunterhängende Hand. Die trüben Plastikplanen, hinter denen ich in der vergangenen Zeit gelebt hatte, wehten plötzlich beiseite, die kalten Nebel hoben sich, was ich sah, war völlig klar.

Flöckchen legte seinen Kopf auf meinen Oberschenkel, und ich schob ihm ein Stück Rührkuchen ins Maul. Frieda aß ihre

Holländer-Schnitte, und ich sah dem Getriebe in den Gängen des Einkaufszentrums zu, als entdeckte ich eine nie gesehene Wunderwelt. Und staunend bemerkte ich, *daß* es eine Wunderwelt war.

Als ein vollbärtiger Mann in kurzen Hosen geschickt eine lange, schwerfällige Schlange aus ineinandergeschobenen Einkaufswägen durch die Eingangshalle bugsierte, fiel mir der Schlagzeuger ein.

»Bin gleich wieder da.«

An der Informationstheke fragte ich eine kleine, junge Frau mit unangenehmem Herrenhaarschnitt nach dem Personalbüro. Sie winkte mich wortlos hinter sich her und wies mir barsch eine Türe.

Ich hatte den gekrümmten Zeigefinger schon erhoben.

»Sie brauchen nicht anzuklopfen.«

Nach einer Viertelstunde kam ich wieder heraus.

»In Ordnung«, meinte Frieda, nachdem sie den Vertrag durchgelesen hatte.

Ich hatte sofort eine Stelle bekommen, Annahme von Getränken und Pfandrückgabe, zunächst 4 Tage die Woche à 6 Stunden. Dienstzeiten nach Absprache mit zwei Kollegen. Der Supermarkt wurde, was mir wichtig war, nicht mit Musik beschallt.

Auf der Heimfahrt lag Flöckchen zu meinen Füßen und schlief, ich nahm ihm seine Sonnenbrille ab und setzte sie auf. Augenblicklich befand ich mich in einer anderen Wirklichkeit. Grüne Himmel aus Glas und angetautem Eis, rote Menschen mit blauen Mündern, die sich gelb öffneten, violette Bäume wie Arteriengeflecht in Körpern und Hirnen, schwarze Flüsse voll träger Tinte und flüssigem Gold.

Ich wußte nicht, daß Himmel so aussehen, noch Menschen, Bäume oder Flüsse, und hielt mir die Ohren zu. Als ich die Hände wegnahm, hörte ich auch die Klänge, mit denen die Welt vertont war, endlich ungetrübt; lauter prägnante und präzise Klänge, in denen die Wärme des Lebens pulste, schluckte, zwinkerte, kreiste, krächzte, kicherte, plinkerte, kratzte, druckste, schlug, prustete, klapperte, hüstelte, bellte, zirpte, flatterte.

achtundzwanzig

Eine Woche später trat ich meine neue Stelle in der Getränkeausgabe an, nahm Pfandflaschen entgegen und fuhr leere Kisten auf den Hof und brachte volle von dort zurück. Als ich nach einigen Wochen angelieferte Ware anhand von Lieferscheinen zu kontrollieren und diese dann mit einem Palettenwagen in den Abteilungen des Supermarkts zu verteilen hatte, tauchte die junge Frau auf, die mich damals zum Personalbüro geführt hatte. Sie war mir wegen ihrer rauhen Stimme und burschikosen Art bereits mehrfach unangenehm aufgefallen. Ihre kleinen wie asiatischen Augen und der vorwurfsvolle Mund ließen ihr Gesicht immer zornig wirken, und die streng geschnittene Kurzhaarfrisur wirkte wie die Parodie einer Herrenfrisur.

»Was machst du?« fragte sie ruppig.

»Sieht man das nicht? Ich verteile Ware.«

»Wenn du Hilfe brauchst – ich bin bei den Elektrogeräten.«

Von nun an kam Serap öfter zu mir, und während sie mir zur Hand ging, verwickelte sie mich in Gespräche und fragte mich ungeniert und detailliert aus. Sobald ich aber nur die kleinste Reserviertheit zeigte, wechselte sie das Thema. Sie selbst gab ebenso freimütig Auskunft, wie sie fragte. Bald redeten wir immer ungezwungener miteinander, und ich beantwortete auch Fragen, über die ich zuvor hinweggegangen war.

Von den anderen Kollegen wurde ich mit freundlichem Desinteresse aufgenommen, schon nach einer Woche gehörte ich dazu. Die Arbeit machte mir unerwartet Spaß, und ich freute mich auf die Pausen, in denen immer einige der Angestellten an den Tischen der Bäckerei zusammensaßen.

Ich konnte mich nicht erinnern, früher einen Gedanken an die Angestellten eines Supermarktes verschwendet zu haben.

Sie waren lebendige, nahezu unsichtbare Ausstattungsstücke, die abends, nachdem die Lampen ausgeschaltet waren, im Dunkel verschwanden. Nun war ich einer dieser »Unsichtbaren«. Fragte mich ein Kunde, wo dies und jenes zu finden sei, so fand ich ein seltsames Behagen in der Vorstellung, für den anderen lediglich eine Installation zu sein – das Behagen eines Menschen, der um Auskunft gebeten wird von jemandem, der es für ein Gespenst hält.

Eines Freitagabends fragte Serap, nachdem sie ungewohnt verlegen herumgedruckst hatte, ob ich Lust hätte, mit ihr das Wochenende zu verbringen. Es war mir unangenehm, und ich verneinte.

Sie sah mich prüfend an.

»Freundin?«

Ich schüttelte den Kopf.

»Schwul?«

Ich verneinte.

»Aha! Stehst einfach nicht auf mich, oder?«

Ich nickte. Sie tätschelte meine Hand und sagte:

»Ist nicht schlimm. Macht unter Freunden nichts aus, wenn man nicht miteinander ins Bett geht.«

Ich war also ihr Freund. Und ich war stolz darauf.

Eines Morgens, als ich über einen Traum nachdachte, in dem ich mich an einen anderen Traum erinnert hatte, an den ich mich nun, im Wachsein, gleichfalls wieder erinnerte, fiel mir auf, daß ich angefangen hatte zu träumen; vielmehr bemerkte ich, daß ich in den vergangenen Jahren nicht geträumt hatte.

Ich wachte nun stets früh auf. Und an Tagen, an denen ich im Morgengrauen das Haus verließ, um vor Arbeitsbeginn noch spazierenzugehen, sprang mich ein Gefühl an, scheu, doch freudig; freudig, doch zurückhaltend. Wenn ich um eine Hausecke trat und eine Buche sah und ihr im heftigen Morgenwind rauschendes Laub hörte ... dann das ferne Klingeln eines Weckers aus einem angekippten Fenster ... das hatte etwas Märchenhaftes. Mir schien, daß sich eine frühere Welt in die meine geschoben hatte ... als hätte ich die Möglichkeit, gleichzeitig in Teilen meiner Kindheit und im Jetzt zu leben, und als zeigte sich mir die Welt so, wie ich sie als Kind gesehen hatte (oder hätte, wenn ich, damals, über mein jetziges Bewußtsein verfügt hätte). Und so lag ich manchmal auf der Küchenbank und lauschte – den Geräuschen des Hauses, den Blättern, dem Straßenlärm –, und daß diese belauschte Welt nicht fern war, sondern just die Welt, in der ich lebte, sichtbar und hörbar, das fand ich … ich wagte nicht, mir zu sagen, wie ich es fand.

Und dann war der Schmerz – worüber auch immer ich ihn empfunden haben mochte, nicht Welt- oder Liebesschmerz, sondern Schmerz ohne eigenen Namen, Schmerzschmerz – vergangen.

Ich genoß meine neue Fähigkeit, zu träumen. Ich hatte mir angewöhnt, mich nach der noch ungewohnten Arbeit auf die Küchenbank zu legen. Ein gebetsmühlenartiges Bildertreiben setzte ein – das Aufleuchten von Fischleibern aus der Tiefe des Meers; die Klänge eines übermenschlichen strengen Adagios, kalt wie Eis und unumkehrbar wie ein abgeschossener Pfeil; das scheue Lächeln meiner Frau und die wenigen, gemeinsam mit ihr verbrachten Wimpernschläge; die erleuchteten Fenster der Stadt in der Nacht; Charlaine, nach Muscheln grabend; der Garten der Zettelheim; ein geigendes Kind unter einem Kirschbaum; Charlaine, auf den Klippen sitzend; meine Frau, einen feinen Pinsel in der Hand, über ein Mikroskop gebeugt und immer wieder prüfende Blicke auf die Zeichnung eines Kartoffelkäfers werfend; zahllose auf mich zu rollende Äpfel, ein gähnender Hund. Und ich dachte an ein Kind im Winter, das weit draußen auf dem gefrorenen See stand und zu verstehen versuchte, wo der bunte Sommertrubel geblieben war, und ich sah Segelboote und Badestrände in einer gläsernen Halbkugel, und ich schüttelte sie, und Segel und Badebälle verschwanden im dicht kreisenden Schneegestöber.

Und als sich das Schneegestöber legte, tauchte ein Turm auf, der auf Pfeilern in einem See stand.

neunundzwanzig

Als Kind war ich durch den kaputten Zaun in ein Seegrundstück weit draußen vor der Stadt eingedrungen und war, nachdem ich mühsam das dornige und stachlige Gestrüpp durchquert hatte, schließlich an eine gemauerte Uferböschung gelangt.

Von hier führte ein langer, dünnbeiniger Steg hoch über dem Ufer zu einem achteckigen, hölzernen Turm, der auf Pfeilern im See stand. Sein Blechdach krümmte sich wie ein Grammophontrichter, immer steiler, bis zu einer Nadel, an der sich eine durchbrochene Wetterfahne drehte.

Manche der Bohlen fehlten, und als ich eine größere Lücke übersprungen hatte, fing der Steg an zu schlingern, und ich rannte los, bis ich die Galerie erreichte, die rund um den Turm führte. Durch ein loses Fenster kletterte ich in das Innere, einen einzigen achteckigen Raum mit einer umlaufenden Bank.

Hob man eine Falltür, so konnte man über eine eiserne Wendeltreppe zum Wasser hinuntergelangen. An einem der Pfeiler hing eine Kette ins Wasser und daran ein gesunkenes Ruderboot, das von der Kette am Bug hochgehoben wurde und mit dem Heck den Grund berührte.

Es ging das Gerücht, daß die Turmbesitzer bei einem Sturm mit einem Boot gekentert und ertrunken seien. Dieses Boot stand auf einem zweirädrigen Karren im Gestrüpp des Gartens. Die Tür zur kleinen Kajüte war abgeschlossen, aber soweit ich durch die Scheiben erkennen konnte, lagen keine Ertrunkenen darin.

Ich kam nun oft hierher, sah mich um, ob mich jemand beobachtete, und lief dann über den schlingernden Steg zum Turm hinüber.

Das an die Stützpfeiler anschlagende Wasser klang, als ob

jemand sich unter dem Haus zu schaffen machte und pochend und klopfend die Festigkeit der Pfeiler überprüfte. Bei Wind erfüllte ein stöhnender Gesang den Raum – das vom Blechdach verstärkte Quietschen der Wetterfahne –, die Nadel am Ende des Grammophontrichters, die den Wind abspielte.

Und nun, auf der Küchenbank eben eingeschlafen, träumte ich, im lichtdurchfluteten achteckigen Turmzimmer aufzuwachen, auf der umlaufenden Bank liegend. Es war warm und roch nach Staub und Harz und Seewasser. Aus den Fenstern sah ich ein puderiges Blau.

Der Holzboden knarrte und krachte, als ich durch das Zimmer ging. Die Wendeltreppe führte nicht zum Wasser hinab, sondern in einen dunklen Raum mit einer angelehnten Holztüre. Durch den Türspalt drang helles Licht herein.

Der Turm stand oben an einem Hang, und ich blickte auf eine sich absenkende Landschaft, die im sonnendurchfluteten Nebel verschwand. Durch den feinen Dunst waren, so schien mir, eine blaue Fläche, darauf einige kleine weiße Dreiecke sowie die Dächer einer Stadt zu erkennen. Unter einem Baum – wohl ein Kirschbaum – sah ich, von hinten, ein Kind unter einem Baum sitzen und Geige spielen. Der Klang war so, daß man keine Worte dafür finden konnte. Als ich anfing, alles genauer zu betrachten, verdunstete – nicht der Nebel, sondern – die Landschaft langsam vor meinen Augen, und ich wachte auf, in meiner Küche. Es war völlig still.

Legte ich mich auf meine schmale Küchenbank, träumte ich immer öfter, im Turmzimmer aufzuwachen; und am Ende des Traums träumte ich einzuschlafen und wachte in der Küche wieder auf; komplizierter als gewöhnliches Träumen, aber einfacher als das Leben.

Bald war mir jede Einzelheit des Turmzimmers so vertraut wie einem ans Bett gefesselten Kranken die Schriftzüge der Holzmaserung auf den Schranktüren und die in den Rankenmustern der Tapete versteckten Gesichter.

Der mit Staub und Honig gemischte Holzduft des Raumes

war mir ebenso vertraut wie das Hallen der Treppe. Die eiserne Klinke, an der ich die Türe aufzog, war, dünn und abgerieben, meiner Hand vertrauter als manches Gefühl aus der Wirklichkeit, und das leichte Schaben und Seufzen der sich öffnenden Tür mir so geläufig wie mein eigener Atem.

Große Ruhe erfüllte mich, während ich weit hinaus- oder hinabschaute, bis ich fühlte, daß es Zeit war, wieder zu gehen. Und auch das war eine Ruhe: zu fühlen, wann es Zeit war, zu gehen.

Die große, unvertraute Ruhe, die mich dort im Turm erfüllte, hielt sich auch nach dem Erwachen noch eine Weile.

Eines Tages tauchte Frieda im Supermarkt auf.

»So!« stellte sie mit anerkennendem Rundblick fest. »Dein Reich.«

Sie gab mir einen Briefumschlag.

Als Frieda »Das ist also das vielgerühmte türkische Fräulein!« sagte, war ich verlegen, doch Serap strahlte.

Später kam Serap zu mir.

»Die Frau ist eine Wucht. Hast du gesehen, was sie für einen tollen Busen hat?«

»Ich kenne sie seit längerem, aber das ist mir noch nicht aufgefallen.«

Serap knuffte mich und meinte dann:

»Die kannst du ruhig heiraten.«

»Geht nicht. Sie mag nur Frauen.«

»Was! Und ich dachte, Lesben sind weibliche Trucker mit Damenbart.«

Ich strich über den Flaum auf ihrer Oberlippe und bekam den zweiten Knuff.

»Also da möchte man doch gleich lesbisch werden.«

»Sie hat eine Freundin.«

Serap seufzte gespielt enttäuscht.

»Und was rühmst du eigentlich an mir?« wollte sie dann wissen. Mein Herumdrucksen trug mir den dritten Knuff ein.

Der Briefumschlag enthielt eine Einladung.

dreißig

Ich kannte niemanden von den Gästen. Die Männer trugen fast ausschließlich Anzüge, die Frauen Kostüme oder Kleider, die auf der Straße selten zu sehen waren. Frieda sprach mit einem Mann, als sie mich entdeckte, winkte mir zu und deutete auf ein Büfett.

Das großgeblümte Kleid brachte ihren Stolz, den wundervollen Busen, prächtig zur Geltung. Während sich Frieda zu Elisabeth neigte, die ihr etwas ins Ohr sagte, hob der Mann, überdeutlich gegen das Bedürfnis ankämpfend, auf ihre Brust zu schauen, das Kinn, um die Gefahr eines Ausrutschers zu bannen; es sah anstrengend aus. Als Frieda den Kopf wandte und zum Büfett blickte, starrte er – endlich! – voll auf ihren Busen, bemüht, aus diesem Augenblick das Optimum an Anblick herauszuschlagen. Ein lauter Ruf ließ ihn aus der Versenkung auffahren:

»Herrje! Ist das bunt hier!«

Alle sahen sich um. Serap war von Elisabeth hereingeführt worden und blickte um sich.

Die Wände von Friedas Wohnung waren mit Tapeten beklebt, von denen nicht zwei Bahnen identisch waren; alle farbenreich und gemustert, mit Ranken, Vögeln oder Ornamenten, gepunktet, gestreift, gesprenkelt, kariert, geblümt oder rautiert. An den Fenstern hingen aubergine- und curryfarbene, goldbraune und burgunderrote Vorhänge neben himmelblauen, gelben oder maigrünen. Auf Stühlen, Sesseln und Sofas lagen buntscheckige Kissen und gemusterte Decken. Frieda hatte mir erklärt, wie diffizil es sei, alles so anzuordnen, daß keine zwei ähnlichen Farben nebeneinander zu finden waren. Eine einzige weiße Gardine nahm sich in all der Farbenpracht nahezu knallig aus, und das Holz der Möbel erschien unnatürlich in dieser farbgefleckten Unübersichtlichkeit, in der selbst die bunteren Kleider der weiblichen Gäste einen ausgewaschenen Eindruck machten. Lediglich Friedas geblümtes Kleid konnte mit der allgemeinen Farbenüppigkeit mithalten. In all dieser Überfülle fiel es nicht auf, daß – außer Pflanzen und Blumensträußen – keinerlei Kunst- oder Ziergegenstände zu finden waren.

Wenn zu viele Gäste im Haus waren, lag Flöckchen im Wäschekorb in einem Zimmer, das Frieda ihr »Gewächshaus« nannte. In diesem gleichfalls bunt eingerichteten Raum las, schlief und träumte sie oder trank Kaffee, während sie in einem Bildband blätterte. Eine silberne Dose enthielt Pralinen, grünes Marzipan und Ingwerkekse. Auf einem Regalbrett standen, jeder in einem anderen Schutzumschlag aus Geschenkpapier, sämtliche Angélique-Romane, auf dem Boden stapelten sich Bildbände. Weder Zeitungen noch irgendwelche Besucher hatten in diesem Raum etwas zu suchen, selbst Elisabeth durfte ihn höchstens kurz betreten und sich nur stehend in ihm aufhalten.

Frieda führte Serap zu Elisabeth.

In all der farbenfrohen Pracht fiel mir ein blasses Fräulein auf. Sie hatte ein rundes, aber dennoch zierliches und ganz und gar altmodisches Gesicht mit hohen Wangenknochen. Unwillkürlich suchte ich sie immer wieder mit den Blicken. Sie schien niemanden zu kennen, deswegen aber auch nicht verlegen zu sein, und saß ruhig auf ihrem Stuhl – als habe jemand ein Detail aus einem alten Bild herausgeschnitten und auf ein Photo von Friedas Fest aufgeklebt. Und obwohl sie ganz still saß, ging etwas Geschmeidiges von ihr aus.

Sie stand auf und ging zum Büfett. Ihre dunkelblonden Haare waren im Nacken von einem Gummiband mit einer Plastikblüte zusammengehalten, wie es – früher einmal, in meiner Kindheit – Mädchen für ihre Zöpfe benutzt hatten.

Als sich das Fräulein gerade ein Brötchen ausgewählt hatte, bat Frieda um Aufmerksamkeit für eine kleine Rede. Das Fräulein setzte sich neben mich, wobei sie das Brötchen feierlich in beiden Händen hielt. Als sie sich zu mir beugte, war ich fast schockiert, weil sie mir kaum sechzehn zu sein schien.

Man klatschte. Frieda war mit ihrer Rede fertig, in der sie den Umzug ihrer Kanzlei angekündigt hatte. Die Gäste drängten nun zu einem kleinen Tisch, auf dem Elisabeth etwas auslegte.

Das Fräulein sprach langsam, als sei sie ein wenig müde; ihre Stimme war ein belegtes Gurren. Ihr Deutsch war eigenartig; anstelle des »ö« sprach sie ein »e«, anstelle des »e« ein »ä«, anstelle des »ü« ein »i«; einige Wörter benützte sie in ungewohntem Zusammenhang.

Ihr Gesicht war gepudert, etwas ungeübt, wie mir vorkam, zudem überflüssigerweise, da sie ohnehin erkennbar blaß war. Die dichten Brauen wuchsen über der Nase fast zusammen, und weil ihre Augen leicht schräg waren, bekam ihr Blick etwas Zerteilendes. Sie blinzelte manchmal, als sei es zu hell im Raum, und zuweilen lächelte sie mit gesenkten Augen, ich wußte nicht, ob es spöttisch war oder nur schien.

»Sind Sie denn eine Mandantin von Frieda, ich meine, von Frau Moscherosch?«

Ich mußte das Wort »Mandantin« umschreiben. Nein. Sie war von Elisabeth eingeladen worden.

»Ich hab zwar mit Dankeschön abgelehnt. Aber die Blumenfrau, die Schöne, hat mich übergeredet. Um nützliche Kontakte zu knüpfen. Aber«, fragte sie leichthin, »wie soll das gehen?«

»Was?«

»Das nützliche Kontakteknüpfen.«

»Das kommt darauf an, was Sie für Ziele verfolgen.«

Ich konnte meine Enttäuschung nur mühsam verbergen, als sich herausstellte, daß sie mit einem Stipendium am Konservatorium studierte und auf meine Frage nach ihrem Instrument »Violine« antwortete.

»Sie kaufen also Blumen«, lenkte ich etwas tölpelhaft ab. Sie sah von dem unangebissenen Brötchen auf, es war eines mit Ei.

»Nein, ich habe kein Geld dafür, ich frage nach, ob ich die verwelkten haben kann.«

»Verwelkte Blumen stellen Sie auf.«

»Ja, damit ich es schöner habe, hier in der Fremdheit.« Sie blickte mich mit einer Zutraulichkeit an, die mich verwirrte.

Frieda trat zu uns.

»Haben Sie sich schon miteinander bekannt gemacht?« fragte sie.

»Bitte keinen Beruf mehr«, bat ich.

»Eben wollte ich sagen, daß du Geiger bist«, sagte Frieda schmollend im Weitergehen.

»Ist das wahr?« fragte das Fräulein. Ich erwog kurz, sie zu belügen, verzichtete dann aber darauf.

»Da sind also zweifellos Sie mein nützlicher Kontakt«, sagte das Fräulein nach einer Weile.

»Wie das?« fragte ich, obwohl ich ahnte, wie sie es meinte.

»Sie können mir Privatstunden geben. Ich würde gerne noch zusätzlich zum Studium etwas für mein Geigenspiel tun und habe einen gewissen Betrag dafür zu Verfügung.«

Als ich bedauerte und erklärte, daß ich keine Geige mehr anrührte, war sie erstaunt.

Ich stand auf und ging ebenfalls zu dem Tisch hinüber. Dort lag eine große Blaupause, auf der ein Grundriß zu erkennen war. Das Fräulein war zu mir getreten.

»Vielleicht wollen Sie es sich überlegen. Sie müssen ja nicht sogleich zusagen«, sagte sie.

Sie gab mir das immer noch unangebissene Brötchen zum Halten und schrieb mir ihre Adresse mit Kugelschreiber ins Innere meiner freien Hand. Sie hieß Olga. Olga Švankmajerová.

Ich lag schon im Bett, als ich noch einmal Licht machte und meine Handfläche besah. Sie war sauber, ich hatte mich unter der Dusche abgeseift.

einunddreißig

Als mich die Filialleiterin fragte, ob ich die Abteilung mit Geschirr und Glaswaren übernehmen wolle, belustigte es mich, hier Karriere zu machen, aber ich fühlte Stolz.

Ich hatte die Regale zu ordnen, Artikel nachzubestellen, zu entscheiden, welche probeweise ins Sortiment aufgenommen wurden, und Preisetiketten anzubringen, aus denen ablesbar war, seit wann etwas im Regal stand; was sich schlecht verkaufte, kam nach einer bestimmten Zeit auf die Wühltische mit Sonderangeboten.

Ich erledigte alles ernsthaft und sorgfältig, und als ich die Abteilung neu geordnet hatte, empfand ich eine Befriedigung, die ich aus früheren Zeiten nicht kannte.

Serap kam manchmal früher zur Arbeit, trank an einem der Bäckereitische Kaffee und las Hürriyet oder die Bildzeitung. Sie hatte es gern, wenn ich mich zu ihr setzte. Nach Gesprächen stand ihr allerdings nicht der Sinn. Sie liebte dieses morgendliche Zeitunglesen vor Arbeitsbeginn und wollte nicht dabei gestört werden. Einmal nahm sie meine Hand, legte sie auf ihre und las weiter. Ich war befangen. Nach einer Weile sah sie auf und fragte:

»Macht's dir was aus?« und deutete mit dem Kinn auf die Hand. Ich schüttelte den Kopf. Seitdem legte sie, wenn ich kam, wortlos ihre Hand auf den Tisch, damit ich meine drauflegte.

Serap war nach türkischem Recht verheiratet mit einem Mann, den sie nur einmal gesehen hatte und an den sie sich kaum erinnern konnte, da sie für die Hochzeit unter Drogen gesetzt worden war.

»Ich weiß ehrlich nicht, ob ich noch Jungfrau bin oder nicht.«

Ich war erstaunt, denn ich hatte angenommen, daß sie auch schon anderen Männern angeboten hatte, das Wochenende mit ihr zu verbringen.

»Ich war schon zweimal da«, sagte das Fräulein Švankmajerová, als ich öffnete.

»Ich arbeite zu unterschiedlichen Zeiten«, sagte ich und bat sie herein.

Sie hängte im Flur den Popelinanorak auf und blickte – während sie nervös am Pulloverbund zupfte – ernst in den Spiegel. Als ich ihren wollenen Rock mit dem welligen Rand sah und den aus dem Pullover herausschauenden zu großen weißen Blusenkragen, dachte ich wieder: Wie aus längst vergangener Zeit. Die mehlweißen Strümpfe steckten in dunkelbraunen Schuhen, die Männerschuhe hätten sein können. Die Arme angewinkelt und in je einer Hand Bogen und Geige wie das Vorlegebesteck, mit dem sie jetzt die Musik anrichten würde, kam sie lächelnd auf mich zu – wir standen noch im Flur – und fragte:

»Soll ich Ihnen etwas vorgeigen?«

»Ja. Aber vielleicht mehr drinnen in der Wohnung.«

Sie hatte Noten dabei – Martinů, Janáček, Dvořák –, legte Dvořáks Dumky auf, spielte jedoch auswendig, mit gefaßtem, entschlossenem Gesichtsausdruck und offenen Augen vor sich in die Ferne sehend. Es klang, als ob sie die Stücke schon seit langem kenne, aus einer Zeit, als sie noch gar nicht Geige spielen konnte. Ich war schockiert.

Das Fräulein spielte mit einer seltenen Klarheit und Hingewandtheit sowie einer mir ganz ungewohnten Direktheit, zwingend und erschütternd frontal, ungehemmt und laut. Und dennoch war ihr – lautes – Piano leiser als die in der gewöhnlichen Musik üblichen Zartheiten. Als ich ihr zuhörte, wurde mir bewußt, wieviel Dämpfung gewöhnlich aufgewandt wurde, wenn Musik gespielt wurde.

Von unverwechselbarem Klang wird oft gesprochen, doch in Wahrheit unterscheidet sich nur das Spiel sehr weniger Musiker von dem der anderen. Das Spiel des Fräulein Švankmajerová jedoch war unverwechselbar, ihr Ton war schroff, zuweilen knurrend und doch von einer unbegreiflich herben Lieblichkeit – selbst die Töne harmloser Humoresken waren wie in einen feinen Schmerz eingewickelt. Wenn das Fräulein zu spielen begann, war es, als ob einen jemand ans Kinn faßte, den Kopf herdrehte und sagte: »Schau mich an, wenn ich mit dir rede!«

Mich berührte die Behutsamkeit, mit der sie den Bogen entspannte, das Instrument in den Koffer legte und sich diesen umhängte, ehe sie die Mütze aufsetzte und mir die Hand reichte – zu hoch, so daß ich mein Handgelenk ungewohnt abknicken mußte.

»Wollen Sie mir Unterricht geben?«

Ich stimmte zu unter der Bedingung, daß ich selbst nicht spielen würde.

Als sie fort war, saß ich lange da, immer noch die Art und Weise ihres Geigenspiels im Ohr. Die Musik kehrte in mein Leben zurück.

Ich gewöhnte mich daran, daß nun das wundersame Fräulein Švankmajerová regelmäßig auftauchte, mitsamt ihrer sonderbar ernsthaften Mädchenhaftigkeit, ihrer In-sich-Versunkenheit; in ihren dichtbewimperten, grauen schrägen Augen lag neben einer sanften Trauer eine beirrende Gegenwärtigkeit; ich wäre gern einmal zu ihr herangetreten, hätte ihr Kinn mit dem Finger etwas gehoben, um mir ihre Augen von nahem anzusehen.

Da sie manchmal lange Pausen machte, hatte ich anfangs den Eindruck, sie höre mir nicht zu, ja habe mich vergessen und hänge ihren Gedanken nach oder sie sei schüchtern – bis sie nach einiger Zeit dann den Kopf hob und sich an ihrer Antwort zeigte, daß sie nachgedacht hatte.

Gelegentlich schob sie die volle Unterlippe etwas vor und erklärte dann, daß sie keine Antwort wisse; gerade das schien mir – in einer Welt, in der jeder, sofort und zu allem, und sei es zu dem entlegensten Gebiet oder dem nächsten Grashalm am Wegrand, augenblicklich eine Meinung parat hat – wie ein Brauch aus einer anderen Welt. Und aus einer anderen Welt schien auch jener Ausdruck feinen Spottes zu stammen, der manchmal über ihr blasses, merkwürdiges schön-unschönes Gesicht huschte.

Doch ich ahnte, daß das Fräulein Švankmajerová nie spottete.

zweiunddreißig

Da meine Wohnung mich an mein früheres Leben erinnerte, wollte ich gern umziehen. Frieda bot mir die Wohnung ihres Vaters an, der von einem Tag auf den anderen wegen Gedächtnisverlustes in ein Pflegeheim gebracht worden war. Sie scheute davor zurück, seine Wohnung schon aufzulösen.

Ich deponierte meine Möbel und Umzugskartons – zwei davon voller Noten – in den Kellerräumen von Friedas Kanzlei und zog nur mit einigen Habseligkeiten in die riesige Wohnung ihres Vaters ein.

Im Gegensatz zu Friedas bunten Räumen wirkte die Wohnung ihres Vaters trotz heller Tapeten durch dunkle, akkurat angeordnete Möbel und schwere grüne oder braune Samtvorhänge düster und ernst. War in Friedas Wohnung kein Bild zu finden, so vergrößerten hier schwarzgerahmte Gemälde wie mit Trauerrändern die Strenge. Für ein Marinestück hatte der Maler das Maximum an Trübsinnigkeit angestrebt; ein bleigraues Segelschiff war zwischen gleichermaßen wulstigen graugrünen Wogen und graublauen Wolken eingeklemmt. Das Bild hieß dennoch »Hoffnung« (die wahrscheinlich durch den Sonnenstrahl versinnbildlicht wurde, der als schwefelgelb-graue Stange aus den Wolken fiel). Die Gipsbüste eines mir unbekannten Mannes auf dem ansonsten leeren Schreibtisch sah so schlecht gelaunt drein, daß ich sie weggedreht hatte, als ich dort zum erstenmal etwas schrieb. An der Wand hing das lebensgroße Porträt eines Kapitäns, der den Kopf abgewandt hatte und den Betrachter heimtückisch aus den Augenwinkeln anblickte.

Als das Fräulein Švankmajerová das erstemal hierherkam, sagte sie:

»Das ist nicht Ihre Wohnung.«

»Nein. Ich passe nur auf, daß die Möbel nicht davonrennen.«

Während sie spielte, fixierte sie das Bild, als ob es darum ginge, wer zuerst wegschaut. Ich erwartete, daß der Kapitän sich jeden Moment räuspern und dann eine neue Blickrichtung suchen würde; zur Decke etwa, von wo aus ihn das Fräulein kaum würde anstarren können. Sie unterbrach unvermittelt.

»Wer ist das?« fragte sie streng und zeigte mit dem Bogen auf das Bild.

»Ich habe keine Ahnung.«

Nach dem Unterricht holte sie eine Büchse aus der Tasche und nahm den Deckel ab. Blechkuchen. Den Kuchen habe sie selbst gebacken, er sei ihr Dank, wenn ich schon kein Geld annehmen wolle. Ja, sie habe Zeit für eine Tasse Kaffee.

Sie hielt die Kaffeetasse mit beiden Händen, nahm Zucker und hätte gern Milch gehabt. Kondensmilch.

»Sie werden jetzt wohl viel üben«, fing ich das Gespräch an.

Sie schüttelte den Kopf.

»Gar nicht.«

»Gar nicht?«

Sie sah mich trotzig an, als erwarte sie eine Rüge.

»Und was machen Sie statt dessen?«

»Och ...«, fing sie im Tonfall dessen an, der nicht weiß, welche seiner vielen Beschäftigungen er zuerst erwähnen soll. »Abends wasche ich die Strümpfe aus ...«, und dann schwieg sie.

»Aber ehe Sie abends die Strümpfe auswaschen, tagsüber zum Beispiel ...«

»Hab ich Heimweh.«

Ich hätte ihr gern etwas gesagt; aber was kann man bei Heimweh schon sagen?

»Haben Sie denn nie Heimweh?« fragte sie.

Ich wußte keine Antwort. Auf die Idee, irgendwo zu Hause sein zu können, war ich bislang nicht gekommen.

Ihre langen Denkpausen gewohnt, hatte ich befürchtet, daß sich die Unterhaltung dahinschleppen würde, doch obwohl das Fräulein langsam sprach und obwohl sie ihre langen Pausen machte, war es angenehm, sich mit ihr zu unterhalten.

Sie erzählte mir, daß sie erst mit zwölf zu geigen begonnen hatte und daß sie auch nicht wisse, ob man denn nun gleich Violine studieren solle, weil man gerne geige.

»Da läuft man mit Leidenschaft Schlittschuh, und plötzlich ruft jemand vom Rand des Brunnens, ob man nicht Eisläuferin von Beruf werden will.«

»Brunnen?« fragte ich.

Im Winter laufe sie nachts, beim Licht der Straßenlaternen, auf einem großen, rechteckigen Bassin mitten in ihrer Stadt, Schlittschuh.

»Da kommt jemand daher, und die Geige, in der ich vor kurzem nur ein klingendes Spielzeug sah ... verstehn Sie?« fragte sie mit ihrer Taubenstimme. »Plötzlich soll sie mir Welt und Leben sein ...« Sie horchte dem Gesagten nach und wiederholte: »Welt und Leben ...«

Es gehe so schnell, aber sie hätte gern ein bißchen mehr Zeit, um herauszukriegen, was Welt und Leben eigentlich wären. Sie denke viel nach – in der Straßenbahn, auf dem Heimweg, sie liege nachts oft wach –, aber sie könne keinen klaren Gedanken fassen. Alle seien gleichwertig und fielen sich ins Wort.

»Ich bin nicht mehr, wie ich war. Aber das ist normal. Am Morgen ist man ein bissl anders wie am Abend und nächstes Jahr vielleicht fast ein anderer Mensch. Aber da wird etwas vor mich hingestellt, eine Fremdartigkeit, die ich nicht werden will.«

»Was wollten Sie denn ursprünglich werden?«

»Soweit war ich noch nicht. Das hätte ich mir in vielleicht einem Jahr überlegt. Ich wollte gern Verkäuferin in einer Konditorei werden. Aber man sagt mir, das ist kein ernsthafter Beruf.«

»Dann sind Sie also nicht glücklich?«

Sie hob die Schultern und stand auf. Um Platz für die Kuchenbüchse zu schaffen, nahm sie eine Plastiktüte aus ihrer Umhängetasche. Ich erkannte Sonnenblumenkerne, Erdnüsse.

»Sie füttern Vögel?«

»Wie?«

Ich zeigte auf die Tüte.

»Ja, ja. Dauernd kommen Vögel ans Fenster und wollen fressen. Schrecklich.«

Ehe sie ging, warf sie dem Bild einen mißbilligenden Seitenblick zu.

Ich hatte Wasser eingelassen und saß kaum in der Wanne, als ich mich noch einmal hinausreckte und die Tür zustieß. Der Kapitän hatte vom Wohnzimmer her heimtückisch und schamlos herübergestarrt.

Waren die Ohren unter Wasser, hörte ich ferne Gespräche – die Redenden waren in den Wänden eingemauert – und erkannte neben einer Vielzahl von Geräuschen auch die Stimmen eines alten Ehepaares, gespensterhaft und gebläht, als befänden sich nicht meine Ohren, sondern ihre Münder unter Wasser. Nach den Stimmen hatte ich mir einen nörgligen, dünnen alten Mann und eine weinerliche, unendlich dicke Frau vorgestellt. Als ich dann den beiden im Treppenhaus begegnete, hatte sich gezeigt, daß es sich um eine kleine, ausgetrocknete Frau sowie einen aufgeschwemmten, halslosen Mann handelte. Beide waren schlecht zu Fuß und taumelten wie zwei Luftballons, deren Gas kaum noch reichte, sie schweben zu lassen, die Stufen herab.

Nun vernahm ich sie wieder, den Dicken mit der dürren und die Dürre mit der dicken Stimme. Es hörte sich an, als riefen sie einander aus den Wasserrohren etwas zu. Ich verstand »Elkmosch« und überlegte, zu welchen Wörtern diese Silben gehörten.

Ich dachte an das seidig-sanfte Fräulein Švankmajerová mit ihrem Heimweh und ihrer Vogelfuttertüte.

Die durch Pausen gedehnten, fast lethargischen Gespräche mit ihr – Wörterinseln, die langsam einen stillen Fluß hinuntertrieben – erinnerten mich an das Geigenspiel meiner Kindheit und die Erwartung einer schönen fernen Welt. Die Vorstellung des am Fenster stehenden, mit langsamen Gesten den Vögeln Futter hinstreuenden Fräulein Švankmajerová war ein Bild aus jener Welt, in der ich, nach meiner damaligen Vorstellung, längst hätte wohnen müssen.

Weißdorns Amati hatte ich seit meiner Kündigung nicht

mehr angerührt. Hätte ich darüber erschrecken müssen? Ich erschrak nicht. Die Musik war fort, aber ich war noch da. Stellte ich mir Musik vor, hörte ich ein Pfeifen, jemand ritt pfeifend durch den Wind.

Heimweh – ich kannte es gut, wenn ich auch das Heim, nach dem ich das Weh hatte, nicht kannte.

dreiunddreißig

Ich betrank mich, zur Probe. Ein Helm aus Nebel wuchs um meinen Kopf, während, wie ein Gas, Euphorie einströmte und ihn weitete – das glückliche Lachen des Todkranken, wenn die Spritze ihre Wirkung tut. Ich duschte eiskalt, bis ich einen Zungenkrampf bekam.

Ich würde nicht mehr trinken. Aber das Leben blieb dennoch das alte, das es gewesen war; ich mußte nur keine Flaschen mehr forttragen. Was tun? Die lästige Frage brummte als Schmeißfliege um mich herum.

»Was tun?« wiederholte Frieda erstaunt, als ich ihr am Telephon die Frage stellte. »Mach doch ein bißchen sauber. Oder putz die Fenster«, schlug sie vor.

»Ich meine es grundsätzlich.«

»Grundsätzlich?«

»Ja. Was ich im Leben tun soll.«

»Solche großartigen und umfassenden Fragen bin ich nicht gewohnt«, lachte sie, versprach aber, darüber nachzudenken.

»Warum fängst du nicht einfach von vorn an? Deine Situation ist ideal dafür«, sagte Frieda, als wir uns abends in einem Café trafen, und holte ein kleines Buch mit marmoriertem Schnitt aus ihrer Handtasche. Das Buch hatte numerierte Seiten und eine komplizierte Lineatur.

»Ein altes Haushaltsbuch. Da kannst du reinschreiben. Tu, als ob du dich nicht kennst, und erfinde alles neu. Im Kopf geht's erst einmal einfacher als gleich in der Wirklichkeit.«

Noch am selben Abend setzte ich mich an den großen Schreibtisch von Friedas Vater und schlug das Buch auf. In die erste Zeile hatte Frieda geschrieben: »Das Leben beginnt.«

Ich nahm einen Kopierstift aus der länglichen Schale und begann zu schreiben. Das Leben beginnt. Der Tisch ist leer. Eine

Tulpe sollte darauf stehen ... Mir fiel meine Frau ein, und ich schrieb, der Tisch ist leer, der Tisch ist leer ... Wenn ich sie jetzt ausgraben würde ... Was dann? Der Tisch ist leer. Wir würden uns nicht mehr erkennen. Besser ich schrieb weiter. Der Tisch ist leer. Eine Tulpe ... Mir fiel Charlaine ein. Besser ich schrieb, der Anfang war ja gemacht. Das Leben beginnt. Genau so: Das Leben beginnt. In Schönschrift. Das Leben beginnt. Der Stift schrieb violett. Das Leben beginnt. Na, also. Man muß nur wollen. Das Leben beginnt. Das Leben beginnt. Ach, von wegen Schönschrift. Ich weiß ja, was es heißt. Schneller. Das Leben beginnt. Meine Frau würde es auch wissen. Das Leben beginnt. Charlaine würde es auch wissen. Das Leben beginnt. Schneller. Auch wenn es schon auf der zweiten Seite komisch aussieht. Das Leben beginnt. Wie die Schriftzeichen einer fremden Sprache. Das Leben beginnt. Das Leben beginnt. Aber ich weiß, was die Zeichen bedeuten. Nämlich: Das Leben beginnt. Von vorn. Das Leben beginnt. Das Leben beginnt. Das Leben beginnt. Das Leben beginnt. Das Leben beginnt. Das Leben beginnt. Das Leben beginnt. Das Leben beginnt. Das Leben beginnt. Von vorn. Das Leben beginnt. Das Leben beginnt. Das Leben beginnt. Das Leben beginnt. Das Leben beginnt. Das Leben beginnt. Das Leben beginnt. Das Leben beginnt. Das Leben beginnt. Das Leben beginnt. Das Leben beginnt. Das Leben beginnt. Beginnt. Das Leben beginnt. Das Leben beginnt. Das Leben beginnt. Von vorn. Das Leben beginnt. Das Leben beginnt. Von vorn. Das Leben beginnt. Das Leben beginnt von vorn. Von vorn. Das Leben beginnt. Das Leben beginnt. Das Leben beginnt. Das Leben beginnt. Das Leben beginnt. Das Leben beginnt. Das Leben beginnt. Das Leben beginnt. Das Leben beginnt. Von vorn. Das Leben beginnt. Das Leben beginnt. Das Leben beginnt. Das Leben beginnt. Das Leben beginnt. Das Leben beginnt. Das Leben beginnt. Das Leben beginnt. Das Leben beginnt. Das Leben beginnt. Das Leben beginnt. Das Leben beginnt. Das Leben beginnt. Das Leben beginnt. Das Leben beginnt. Das Leben beginnt. Das Leben beginnt. Das Leben beginnt. Von vorn. Von vorn. Das Leben beginnt von vorn. Das Leben beginnt. Das Leben beginnt. Das Leben beginnt. Das Leben beginnt. Das Leben beginnt.

Das Leben beginnt. Das Leben beginnt. Das Leben beginnt. Das Leben beginnt. Das Leben beginnt. Das Leben beginnt. Das Leben beginnt. Das Leben beginnt. Das Leben beginnt. Das Leben beginnt. Das Leben beginnt. Das Leben beginnt. Das Leben. Beginnt. Das Leben beginnt. Von vorn. Das Leben beginnt. Das Leben beginnt. Das Leben beginnt. Das Leben beginnt. Das Leben beginnt. Das Leben beginnt. Von vorn. Von vorn. Das Leben beginnt. Das Leben beginnt. Das Leben beginnt. Das Leben beginnt. Das Leben beginnt. Das Leben beginnt. Das Leben beginnt. Das Leben beginnt. Von vorn. Das Leben beginnt. Das Leben beginnt. Das Leben beginnt. Das Leben beginnt. Von vorn. Das Leben beginnt. Von vorn. Das Leben beginnt. Das Leben beginnt. Das Leben beginnt. Das Leben beginnt. Das Leben beginnt. Das Leben beginnt. Das Leben beginnt. Das Leben beginnt. Das Leben beginnt. Das Leben beginnt. Das Leben beginnt. Das Leben beginnt. Das Leben beginnt. Das Leben beginnt. Das Leben beginnt. Das Leben beginnt. Das Leben beginnt. Von vorn. Das Leben beginnt. Das Leben beginnt. Das Leben beginnt. Das Leben beginnt. Das Leben beginnt. Das Leben beginnt. Das Leben beginnt. Das Leben beginnt. Das Leben beginnt. Das Leben beginnt. Das Leben beginnt. Das Leben beginnt. Das Leben beginnt. Das Leben …

»Was ist das?«

Jemand wirbelte mich auf dem Drehstuhl herum. Mir war, als ob ich mich langsam aus großer Tiefe zu einer mir noch unbekannten Oberfläche hinaufbewegte. Dort oben beugte sich ein Gesicht über mich.

»Frieda …«

»Was machst du denn?« Sie zeigte auf den Boden – der war bedeckt von herausgerissenen Blättern.

»Was ist denn das?«

»Das hast alles du geschrieben.«

Ich starrte die Seiten an, sie schienen mein endgültiges Scheitern zu verkünden.

»Deine türkische Freundin hat angerufen.«

»Wann?«

»Nach der Mittagspause.«

»Da war ich noch in meiner Abteilung.«

»Gestern vielleicht. Aber heute nicht.«

»Was ist heute?«

»Mittwoch.«

»O je.« Ich fing an zu zittern.

»Ist dir kalt?«

»Nein. Doch.«

Sie streifte ihren Pullover ab und zog ihn mir über.

»Leg dich hin. Ich mach uns was zu essen.«

»Ich möchte lieber rausgehen.«

»Nein. Serap kommt demnächst vorbei. Geh auf den Balkon an die frische Luft.«

Frieda brachte mir einen Becher mit heißer Zitrone hinterher. Als ich ins Zimmer blickte und den von Papier bedeckten Schreibtisch und Fußboden sah, begann ich wieder zu zittern.

»Was ist, wenn mir so was noch mal passiert?«

»Nein!«

»Wenn ich irgend etwas immerzu wiederhole. Ein Wort zum Beispiel. Oder wenn ich einen Pullover immer an- und ausziehe. Oder …«

»Hör jetzt auf. Das passiert nicht noch mal.«

Dann sah ich Serap die Straße hochkommen.

»Hast du das gemacht?« fragte sie, noch außer Atem vom Treppensteigen, während sie sich im Zimmer umsah.

»Wann hast du denn angefangen?« wollte Frieda wissen.

»Abends.«

»Nachdem wir im Café waren?«

Ich nickte.

»Hast du nicht geschlafen?« fragte Serap.

»Nein, hat er nicht«, rief Frieda aus der Küche.

»Nicht?«

»Das Buch hat numerierte Seiten. Es fehlen über zweihundert Blätter, die beidseitig beschrieben sind. Schätzen wir circa fünf Minuten pro Seite, dann macht das tausend Minuten, und das sind knapp zwanzig Stunden. Außerdem gibt es Seiten, auf denen über das Geschriebene noch mal drübergeschrieben ist. Er hat nicht geschlafen.«

»Also durchgearbeitet. Da warst du ja ganz schön fleißig«, stellte Serap fest, während sie die Blätter mit einem Besen zusammenschob, dann aufhob und auf den Tisch legte.

»Kommt ihr?« rief Frieda. Auf dem Küchentisch standen drei dampfende Teller mit Nudeln, über die sie gerade zerlaufene Butter goß.

»Iß«, sagte Frieda.

»Ich eß ja.«

»Iß«, sagte Serap.

»Mach ich doch. Es ist heiß.«

Als wir fertig waren, stellte Serap eine braune Papiertüte vor mich.

»Was ist das?«

»Trauben. Du kannst Trauben essen.«

Ich aß Trauben.

»Schmecken sie?«

Ich nickte.

»Schmecken sie?« fragte Serap noch einmal.

»Ja«, sagte ich gereizt und verschluckte mich. Als ich ausgehustet hatte, sagte ich: »Entschuldigung.«

»Und was machen wir damit?« Serap zeigte auf den Papierhaufen.

»Wegschmeißen«, sagte ich.

»Nein!« meinte Serap. »Es ist immerhin was Seltenes. Über zweihundert handgeschriebene Seiten mit ›Das Leben beginnt‹.«

Frieda begann, sie aufeinanderzulegen und die Kanten auf dem Tisch gerade zu stoßen.

»Sortieren brauchen wir sie nicht. Das ist der Vorteil, wenn überall dasselbe draufsteht«, sagte sie und fügte an: »Du hast übrigens mindestens drei verschiedene Stifte benützt.«

»Und jetzt? Muß ich jetzt in die Klapsmühle?« fragte ich.

»Bist du denn verrückt?« fragte Serap. »Im Supermarkt hab ich gesagt, daß du krank bist und ein paar Tage nicht kommst. Besorg dir eine Krankschreibung.«

»Und jetzt?«

»Wie wär's, wenn du dich hinlegst?«

»Ich bin nicht müde.«

»Es würde dir trotzdem guttun.«

Ich legte mich auf das Sofa, Frieda deckte mich mit einem Plaid zu.

»Erzähl uns was.« Frieda hatte den Sessel näher an das Sofa gezogen, Serap setzte sich am Fußende auf das Sofa. Ich erzählte.

»Meine Frau«, begann ich, fing dann aber früher an. »Charlaine ...« Ich wollte noch etwas früher anfangen und überlegte wo, und dabei schlief ich ein.

Als ich aufwachte, war es dunkel. Serap war am Fußende eingeschlafen und über meine Füße gesunken, und Frieda kauerte mit angezogenen Beinen im Sessel und schlief gleichfalls.

Es klingelte. Serap murmelte, als ich meine Beine unter ihr hervorzog.

Vor der Tür stand das Fräulein Švankmajerová.

»Ich habe Besuch.«

»Soll ich wieder gehen?«

»Nein.«

»Die schlafen ja«, flüsterte sie. »Ich kenne beide.«

»Von der Einladung bei ihr.« Ich zeigte auf die schlafende Frieda.

»Ah, richtig.«

Unsicher blickte sie zu den beiden Frauen, aber ich nickte ihr aufmunternd zu. Als sie zu spielen begann, wachten Frieda und Serap auf und verschwanden in der Küche.

Während das Fräulein spielte, kamen sie leise zurück und setzten sich, jede in den Dampf ihrer Kaffeetasse blasend, nebeneinander auf das Sofa, als hofften sie, eine Auszeichnung für Artig-Sitzen zu erhalten.

Und als ich sah, wie eingeschüchtert sie dem wilden Spiel des Fräulein Švankmajerová zuhörten, fühlte ich Stolz, daß dieses altertümliche Fräulein, das mit der Entschiedenheit und Konzentration eines Fechters Geige spielte, meine Schülerin war – auch wenn ich mir eingestehen mußte, daß ich ihr gar nichts beibrachte und sie nur in ihrer Art zu spielen bestärkte.

vierunddreißig

Ich hatte einige Tage freigenommen, um in den Hegau zu fahren, wo Frieda einen Garten besaß. Als ich sie in ihrer Kanzlei aufsuchte, um die Schlüssel abzuholen, war sie eben dabei, ein Bündel Zeitungen zu verschnüren.

»Die kannst du mitnehmen.«

»Danke, aber ich will vor allem Klarheit gewinnen, indem ich mich ein paar Tage zurückziehe und nachdenke.«

»Worüber?«

»Über mich, die Welt …«

»Regelmäßig ein paar Zeitungen studiert, und du kennst dich aus auf der Welt.«

»Vieles von dem, was drinsteht, stimmt doch nicht.« Ich gab mich scharfblickend.

»Natürlich nicht. Aber in meinem Beruf habe ich mir angewöhnt, die Wahrheit aus Falschaussagen zu rekonstruieren. Von der sogenannten Wahrheit weiß man ja nie, ob sie nicht doch erlogen ist. Weiß man jedoch sicher, daß man angelogen wird, ist es fast, als ob man die Wahrheit hört.«

Ich brummte unbegeistert, denn ich hatte keine Lust, Zeitungen zu lesen.

»Nimm noch die Akten von vier oder fünf Scheidungsprozessen, dann kennst du auch sämtliche Spielarten des Zusammenlebens zweier Menschen«, fuhr sie fort.

»Nur vier oder fünf?« staunte ich.

»Offen gesagt: zwei, drei reichen auch. Menschen wissen binnen kurzem nicht mehr, was sie miteinander anfangen sollen. Weil die wenigsten Menschen wissen, was sie auf der Welt zu suchen haben.«

»Aber …«, sagte ich kläglich.

»Was meinst du, womit ich mein Geld verdiene? Oder

glaubst du, bei mir landen nur Ausnahmen und Sonderfälle?«

»Ach Frieda!« seufzte ich. »Das ist aber nicht schön, was du da sagst.«

»Leider«, stimmte sie zu. »Aber kein Grund zu jammern: Du brauchst es ja nur anders zu machen.«

»Leicht gesagt.«

»Und leicht getan.«

»So einfach ...«

»Einfach oder gar nicht. Weißt du übrigens, was einfach ist?«

Ich mußte überlegen.

»Das Gegenteil von doppelt«, erklärte sie.

»Das Gegenteil von doppelt«, wiederholte ich dümmlich.

»Ganz recht. Das Einfache ist einfach.«

Ich wollte etwas sagen.

»Einfach, oder gar nicht. Du hast doch mit Trinken aufgehört. Das ging doch auch einfach, oder?«

Ich wollte widersprechen, aber sie fuhr fort:

»Siehst du! Schon willst du's kompliziert machen.«

»Ja, aber die Umstände zuvor ...«

»Solange du dir Umstände gemacht hast, ist nichts daraus geworden. Aber als du es einfach getan hast, da ging's.«

»Die Umstände waren aber wichtig, bis ich wußte, wie ich anfangen muß.«

Sie schüttelte den Kopf.

»Man fängt immer beim Nächsten an. Ohne Umstände. Je einfacher, desto besser. Bind dir zum Beispiel erst mal deine Schuhe ordentlich zu.«

»So einfach ist das!« staunte ich, während ich den Schuh neu schnürte.

»So einfach ist das. Und so machst du es mit allem anderen auch. Immer schön der Reihe nach. Die Umstände hättest du dir also sparen können. Und jetzt hören wir auf, ehe das Einfache kompliziert wird. Hier, die Schlüssel: Gartenpforte, Haus, Geräteschuppen.«

Sie zeigte auf das Bündel Zeitungen.

»Und hier dein Studienmaterial. Die Spielregel: Du bist ein

Außerirdischer und hast nur diese Zeitungen, um dir ein Bild zu verschaffen. Wo wohnst du?«

Verwirrt nannte ich ihr die Adresse. Sie schüttelte den Kopf. »Du bist doch Außerirdischerer.«

»Ach so.« Ich überlegte. »Venus. Geht das?«

»Natürlich. Venus ist ausgezeichnet. Schöne Wohnlage.«

»Die sind aber alt«, bemängelte ich, nachdem ich einen Blick auf die Zeitungen geworfen hatte.

»Das macht gar nichts. Distanz fördert den Überblick. Und außerdem«, fügte sie an, »brauchst du dich dann nicht aufzuregen, wenn du eine schlechte Nachricht liest, zum Beispiel deine Todesanzeige, dann kannst du dir sagen: alles schon vorbei.«

fünfunddreißig

Abends saß ich vor dem Gartenhaus an einem Berghang und sah zu, wie Land und See unter mir im Dämmer versanken. Wie Inseln über den Schatten, schwammen die Berge, an deren Fuß die Eltern meiner Frau lebten, noch im Sonnenschein.

Als Kind hatte ich nichts sehnlicher gewollt, als ein Bürger in jenem gleichfalls fern und hoch über allen Schatten schwimmenden Reich der Musik zu werden. Und jetzt? Ich hatte Musiker werden wollen, war Musiker geworden und hatte zuletzt wie ein Fremder gelebt, und nun war ich ein Angestellter im Supermarkt. Ich lebte im Schatten. Und ich bemerkte, daß ich dies ohne Abschätzigkeit festhielt.

Ich holte Holz herein und machte im Küchenherd Feuer, ließ die Herdklappe offen und sah den brennenden Scheiten zu. Jetzt, fiel mir ein, hätte eine Flasche Wein gepaßt. Aber sie paßte eben nicht mehr. Ich aß eine halbe Tafel Schokolade und trank, zu faul, Tee zu kochen, dazu ein großes Glas Wasser.

Am nächsten Tag wanderte ich auf einem alten Postkutschenweg, bestellte in Gasthäusern klebrige Limonaden, die vorgaben, nach Orangen zu schmecken, aß eine Speise, die vorgab, ein Braten zu sein, erstieg einen der schroff aufragenden Kegelberge und schaute, auf der Mauer einer Burgruine sitzend, ins Land hinab. Hätte sich ein Schuh von meinem Fuß gelöst, wäre er hundert Meter tiefer aufgeschlagen.

Mir fiel die Klarheit ein, die ich hier gewinnen wollte. Ich machte mich auf den Rückweg. Nun war also die Zeit gekommen, um nachzudenken. Thema: Leben, Wahrheit, Wirklichkeit und die nüchterne Antwort auf die Frage »Was tun?«.

Was war Nüchternheit? Nichts zu wollen, nichts nachweisen zu wollen, nichts bestreiten zu müssen, nichts zu erhoffen und nichts zu verabscheuen, nichts zu vermuten, von nichts wegzusehen – nur zu konstatieren, was ich sah, und dann zu schauen, ob sich daraus Schlüsse ziehen ließen.

Ich holte das Zeitungsbündel aus dem Kofferraum und setzte mich im Garten auf eine Decke in die Sonne und begann zu lesen, immer Friedas Spielanweisung im Sinn: »Du bist ein Außerirdischer und hast nur diese Zeitungen, um dir ein Bild zu machen.«

Schon nach dem Durchblättern einer Zeitung konnte festgehalten werden, daß die Menschen, namentlich die »Deutsche« genannten, immer älter, aggressiver, immer allergischer, immer arbeitsloser, immer ärmer, immer ausländerfeindlicher, immer dicker, immer dümmer, immer dünner, immer ernährungsbewußter, immer eßgestörter, immer gestreßter, immer gesünder, immer häßlicher, immer häuslicher, immer kränker, immer lärmempfindlicher, immer lauter, immer lustloser, immer pornographischer, immer qualitätsbewußter, immer quengeliger, immer reicher, immer reiselustiger, immer schmutziger und immer unzufriedener wurden, aber – obwohl sie auch immer langlebiger wurden – nach wie vor sterblich blieben, trotz ihrer zahlreichen Maßnahmen dagegen: Schminke, Seilspringen, Müsli, Meditation.

In den alten Zeitungen gelesen, wirkten Todesnachrichten, als wäre der Tod etwas Vorübergehendes und die Verstorbenen wären mittlerweile wieder lebendig. Meine Todesanzeige fand ich nicht – ich lebte ja noch –, aber eine Konzertbesprechung. Mein Name war wie üblich falsch geschrieben, und man attestierte mir »sublime Innigkeit«. Das hätte mich früher geärgert. Nun mußte ich lächeln. Alles schon vorbei.

Ich blätterte weiter. Was taten denn andere? Abrechnen, abzahlen, arbeiten, ausgehen, autofahren, beten, bluten, demonstrieren, einkaufen, essen, erbrechen, Gerechtigkeit fordern, grillen, heiraten, hoffen, jäten, joggen, jubeln, kämpfen, Kinder kriegen, klagen, kochen, kündigen, Lotto spielen, malen, maulen, nicht zum Orgasmus kommen, rauchen, reformieren, schlafen, schlemmen, schmunzeln, Schuhe kaufen, sich ärgern, sich fortbilden, sich paaren, sparen, sterben, telephonieren, trainieren, trinken, Unkraut vertilgen, verstopft sein, witzeln,

Wohnungen einrichten, zahlen, zählen, zum Orgasmus kommen ... Welt und Leben nahmen sich wie Gerappel in einem Karton aus, aber all diese Tätigkeiten, aus denen sich das Leben zusammensetzte, hinterließen den Eindruck, daß man sie ebensogut bleibenlassen konnte, und hatten – wie alles, was man ebensogut tun wie bleibenlassen kann – etwas Liederliches und Banales. Aber in Wahrheit wußten die Menschen nicht, was sie tun sollten, und waren froh, wenn sie zu tun hatten mit dem Lebensunterhalt.

Obwohl sie mit ihren kleinen Handtelephonchen ständig Positionsangaben durchgaben, wußten sie nicht, wohin mit sich. Alle wollten alles immer sofort und konnten nichts ertragen, weder Schmerzen noch Zeitaufschub, weswegen sie ebenfalls unentwegt auf ihre winzigen Taschentelephone einredeten. Von diesen kleinen Telephonchen wollte ich eines auf meinen Heimatplaneten mitbringen. Wir könnten sie gut gebrauchen, für unsere Knechte und Mägde (wir hielten uns nämlich Sklaven für die gröberen und schmutzigen Arbeiten, und das bislang zuweilen etwas umständliche – weil persönliche – Erteilen der Befehle würde sich mit den Telephonchen einfacher gestalten, da das Gesinde ja jederzeit und überall erreichbar wären).

Nichts war gratis. Das Leben der Menschen war eine ganztägige Beschäftigung mit Kaufen und Verkaufen – Dinge, Zeit, Raum, Menschen, einfach alles, inklusiv sich selbst –, wobei sämtliche Anstrengungen auf den eigenen Vorteil abzielten. Aus dem Karton drang ein unaufhörliches Kauf-Radau-Stakkato. Wenn Menschen Arbeit hatten, erzählten sie, was sie alles täten, wenn sie nur die Zeit hätten. Wenn sie arbeitslos waren, taten sie nichts davon und erzählten, was sie täten, wenn sie mehr Geld hätten; wenn sie Geld hatten, stiegen sie auf teurere Autos und Alkoholika um und starben – da sie teurere Medikamente bezahlen konnten – etwas kostspieliger und manchmal auch etwas später.

Die menschlichen Erwachsenen spielten viel und praktizierten auch ihre Berufe in der Art von Kinderspielen (Mikado, Mensch-ärgere-dich-nicht, Autoquartett oder auch mal ein leichtes Denkspiel wie Mühle). Aber bei aller Kindischkeit hatten Menschen so gar nichts Kindliches oder Argloses. Ich konnte meinem Heimatplaneten nicht verhehlen, daß von Menschen eine Bedrohung ausging. Man mußte vorsichtig sein. Wieviel Kriege es gab; man mochte sie gar nicht zählen. Es schien der Menschen inniger Wunsch, ihresgleichen zu massakrieren.

Das Leben im Karton. Die einen tapezierten die Wände, die anderen bohrten Gucklöcher hinein und riefen aufgeregt: »Kommt mal! Schaut mal!« Blicke aus dem Karton nach draußen. Andere zimmerten noch kleinere Schachteln in den Karton, malten sie schwarz, weiß oder bunt aus und riefen: »Hereinspaziert!« und zeigten Kunststücke oder erzählten was. Aber alle wollten immer raus aus dem Karton. Manche tranken, damit sie nicht mehr so dumm sie selbst waren; schauten zu Hause in den Fernseher oder riefen von Flugzeugen herunter: »Huhu! Schaut mal, wo ich bin!« Manche brachten sich um, es knallte, wenn sie an den Kartonwänden zerplatzten. Aber wie das Schicksal war auch der Tod verboten; und daß er verboten war, gab ihm seine Gewalt. Das Leben hingegen war Pflicht, und eine Pflicht zu sein nahm ihm seine Kraft. Der Tod trat dennoch ein, durch die üblichen Türen: Unfall, Krankheit oder Abnutzung. Der Mensch fiel aus dem Kaufen-und-Verkaufen-Radau in die Stille; nachdem die letzten gewinnbringenden Maßnahmen im Krankenhaus nicht mehr länger durchzuführen waren, kam er in einen kleinen Karton und wurde beiseite geschafft, als Sondermüll; das Krematorium eine Müllverbrennungsanlage, der Friedhof ein Komposthaufen.

Ich faltete die Zeitung zusammen. Und bemerkte einen Überdruß an der Frage »Was tun?«. Was konnte ich? Das, was ich konnte – Geigenspielen –, wollte ich nicht tun, und ansonsten konnte ich nur, was andere auch konnten, die meisten wahrscheinlich sogar besser.

Was ich zu tun hätte? War die Frage denn nötig? Ich hatte etwas getan, und ich würde etwas tun. Mein Leben würde sich ergeben. Ich lebte, und konnte ich nicht zufrieden sein, *daß* ich lebte?

Ein Instrument gelernt zu haben und dann im Musikbetrieb

mitgetan zu haben, nachdem ich die Herzöge gehört hatte, das war, ebenso wie das Trinken, eine Verunreinigung gewesen. Welt und Leben waren vollkommen verrückt. Ich aber wollte kein Durcheinander und nichts Verrücktes, ich wollte etwas Einfaches. Ich wollte ein klares, reines und vielleicht auch schönes Leben, unbeschmutzt von falschen oder überflüssigen Gedanken, Gesprächen und Handlungen.

Frieda fiel mir ein. Was, hatte sie gesagt, war einfach? Nichts Doppeltes oder Zweifaches. Ein Buch.

Auf dem Fensterbrett standen einige Bücher, darunter eines mit Sagen der Region. Einige Trunkenbolde schicken die Magd des Wirtshauses im Scherz zum Hohenstaufen, um Wein zu holen. Die dumme Magd steigt den Berg zur seit langem unbewohnten Ruine hinauf, wo sie ein alter Mann in einen Keller führt und in einem riesigen Bottich eine Schimmelschicht beiseite streift, unter der roter Wein zum Vorschein kommt. Die Magd taucht ihren Krug hinein. Als sie tief in der Nacht zurückkommt, haben die Zecher sie längst vergessen. Sie sind aber sogleich stocknüchtern, als sie den Krug auf den Tisch stellt und sagt, das sei der verlangte Wein. Keiner wagt, davon zu trinken. Alle brechen sofort auf. Die Magd stirbt am nächsten Tag, die Trunkenbolde erkranken, siechen dahin, und einige Tage später sind alle tot.

Ich trat vor die Hütte. Der mondlose Himmel voller Sterne. Dort, wo ein kleines Licht flimmerte, war der Hohenstaufen. Mehrere Glocken stritten um die genaue Plazierung eines Viertel-Nach. Mit einem Arm voller Brennholz ging ich wieder ins Haus. Bei manchen Scheiten war die Rinde dicht von höckerartigen weißlichen Pilzen bewachsen. Sie verbrannten mit Knattern und Knallen, und blaue Flammen schossen wie Schlangen hervor und wanden sich um das Holzstück.

Ich hob mit dem Schürhaken zwei Herdringe heraus, legte mich auf das Sofa, deckte mich zu und sah dem Widerschein des Feuers an der Zimmerdecke zu. Hätten die Trunkenbolde, so fragte ich mich, von dem Wein trinken sollen? Wäre er ihr Heilgift gewesen? Oder hätten alle ohnehin sterben müssen?

Ich lebte, und das würde ich tun bis exakt zu meinem Tod.

Und da wollte ich dann wirklich sterben, wenn es sein mußte unter Schmerzen und Bedauern, eben so, wie es sich gehörte. Nicht weise lächelnd; Sterben ist, entgegen anderslautender Behauptungen, eine todernste Angelegenheit, und man sollte seinen Tod nicht mit einem Grinsen empfangen.

Eigentlich, dachte ich, könnte man sein Leben damit zubringen, den Widerschein des Feuers an der Zimmerdecke zu betrachten. Keinen Beruf, keine Aufgabe, keine Schwere. Dann tauchte ein Schmetterling auf, gaukelte im Geflacker, verschwand im Dunkeln.

Obwohl ich müde war, schlief ich nicht ein. Ich stand auf einem der Hegauvulkane. Es war Frühjahr. Man hörte die Vögel vom See herauf singen. Am Abhang saß Frieda im Gras, ich setzte mich hinter sie, wir sahen zum See hinunter. Sie lehnte sich gegen mich. Wie menschenwarm sie war. Ich legte meine Hand auf ihre Brust, sie lachte leise und versuchte, meine Hand wegzuschieben, und als ich sie wegnahm, ergriff Frieda sie wieder und drückte sie sich auf die Brust.

Als ich am nächsten Morgen aufwachte, lag ich auf dem Rücken und fror, die Hände über dem Bauch gefaltet wie ein Leichnam. Auf den Fingern saß der Schmetterling. Ich trug ihn nach draußen. Dann fuhr ich zum See und ging ins Wasser. Es war Mai, und ich bekam einen Wadenkrampf, dann einen zweiten, dann Krämpfe in den Oberarmen, dann einen in der Zunge. Ich drehte mich auf den Rücken und machte »toter Mann«. Jedesmal, wenn ich ausatmete, spülte Wasser über meine offenen Augen, und ich dachte an die offenen, schrägen Augen des Fräulein Švankmajerová, wenn sie Geige spielte.

Auf der Rückfahrt besuchte ich die Metzgersfamilie. Der Sohn hatte geheiratet, seine Frau bediente im Laden, die Metzgerswitwe paßte auf das Kind auf.

Ich erfuhr, daß der Straßensalzer Rosenmaier gestorben war. Er hatte sich an einem Regennachmittag einer Spaziergängerin wieder einmal mit heruntergelassenen Hosen präsentiert. Als die Frau unverzüglich und schirmschwingend auf ihn zugestürmt war, hatte er erschrocken einen Schritt zurück gemacht, war über ein Brett gestolpert, mit dem Genick auf ein anderes geschlagen und verendet. Die Frau hatte sich empört, daß er dies, das Verenden, nicht dezent, sondern unter verschwenderischem Ejakulieren bewerkstelligt hatte. Wieder war er »Sau« genannt worden, ob er es allerdings noch gehört hatte, war nicht bekannt. Die winterliche Straßensalzung sowie das sommerliche Freibadrasenmähen wurden mittlerweile von einem Rentner mit Spezialmaschinen erledigt.

Ich erfuhr auch, daß der Klosterbruder im Sterben lag.

Er wohnte zur Untermiete. Aus seinem Zimmer trat ein Mann, der sich als Arzt vorstellte, mir mitteilte, daß es schlecht, ganz schlecht, stehe, und mich bat, mir nichts anmerken zu lassen, geschweige denn, etwas zu sagen. Ich beruhigte ihn und trat ein.

Der Klosterbruder saß im Bett, hinfällig, aber vergnügt, zudem tadellos rasiert, in einem kleinen, schmucklosen Zimmer, weiß die Wände, weiß die Bettwäsche, durch das Fenster fiel das weiße Sonnenlicht wie in eine Zelle ohne Kruzifix.

Er hatte erstaunliche Entdeckungen gemacht, die er mir nicht vorenthielt. Hunger macht hungrig. Die Vernunft ist vernünftig. Schmutz ist schmutzig, Sauberkeit aber sauber. Über jede Entdeckung schüttelte er staunend den Kopf. Das Erstaunliche ist erstaunlich.

»Schönheit ist schön«, probierte ich es auch einmal. Das stimmte. Er lobte mich.

Er hatte sich in der Totengräberzeit das Biertrinken angewöhnt und fragte immer wieder:

»Friedrich, willst'n Bier?«

Zwar hieß ich nicht Friedrich und wollte auch kein Bier, antwortete aber aus Höflichkeit jedesmal:

»Danke. Vielleicht später.«

Er nickte.

»Brauchst nur was zu sagen.«

Mit dieser Vergeßlichkeit starb es sich wohl leichter. Von der Sterbensangst der anderen Menschen war bei ihm jedenfalls nichts zu merken. Aber wenn man ihn vergessen hat – fehlte dem Tod dann etwas?

Ich hätte gern gefragt, ob er überhaupt wußte, wer ich war. Die falsche Anrede sprach dagegen.

»Bist du verheiratet?« fragte er.

»Nein. Ja.«

»Was denn nun?«

»Ja, aber meine Frau ist bereits gestorben.«

»Das macht nichts. Das passiert uns allen einmal«, beruhigte er mich. »Ich will dir was sagen: In zehn, vierzehn Tagen liege ich« – er klopfte sich auf die dünnen, lakenbedeckten Beine –, »liege ich nicht mehr hier. Denn: Der Tod ist tödlich.«

Er hatte ihn also doch nicht vergessen.

»Aber kein Wort zu jemandem«, fuhr er fort. »Mein Arzt freut sich, wenn ich ihm jeden Tag zurufe, es geht besser. Und ich freu mich, daß er nichts von meinem baldigen Tod ahnt. So haben wir beide was davon. Nur keine Umstände. Das Einfache ist einfach.«

Das kam mir bekannt vor.

»Soll ich was ausrichten?« fragte er.

»Bitte?«

»Im Jenseits? Deiner Frau?«

»Ach so. Ja, bitte.«

»Und was?«

Mir fiel nicht gleich etwas ein.

»Einen schönen Gruß halt«, schlug er schließlich vor. »Und wenn dir später noch was einfällt, brauchst dich nicht zu beunruhigen. Die Zeit vergeht schnell. Die fünf, sechs Jährchen, die dir hier noch bleiben, die sind drüben … ach« – er winkte ab –, »ein Hennenschiß.«

»Ach so?«

»Freilich.«

»Der Tod ist tödlich«, wiederholte er. »Aber« – und hier hob er den Zeigefinger wie damals, in der Schule –, »erst wenn man tot ist, ist man wirklich unsterblich.« Auf den Gedanken war ich als Kind schon gekommen.

Die von ihm angebotene Restlebenszeit von fünf, sechs Jahren empfand ich als etwas knickerig.

»Friedrich, willst'n Bier?«

»Vielleicht später, danke.«

»Brauchst es nur zu sagen.«

Ich stand auf.

»Ach, du gehst?«

»Ja.«

Er gab mir die Hand. In der Tür drehte ich mich noch einmal um.

»Danke für das Fleisch.«

»Wie?«

»Damals. Danke noch mal.«

»Bitte.«

»Auf Wiedersehn brauchst nicht zu sagen.«

»Weiß schon.«

Vor der Heimfahrt ruderte ich auf den See hinaus. Hier ungefähr war ich schon einmal gewesen. Aber zu Fuß. Dort drüben war das Segelflugzeug gelandet. Auf der Höhe stand das Kloster, von Gerüsten umgeben. Oberhalb der Stadt erkannte ich das Haus der Zettelheim.

Als ich Frieda den Schlüssel zurückbrachte und sie die Tür öffnete, fiel mir der Klosterbruder ein. Schönheit ist schön, dachte ich und fühlte wegen meines Traums ihr gegenüber eine Mischung aus Befangenheit und Wärme.

Sie fragte: »Ist was?« und erzählte dann vom Mißgeschick eines Rechtsanwaltskollegen, er hatte zwei Fälle durcheinandergebracht. Wir lachten, als wir uns das Gesicht der Zeugin vorstellten, die nach ihrer Brillenstärke gefragt wurde, sowie das des Rechtsanwalts, als sie ihm erklärte, daß sie blind sei.

»Was bist du für eine Schöne«, sagte ich. Sie senkte verlegen den Kopf. »Verwendest du tatsächlich keinen Lippenstift?«

»Nein.«

Sie hielt mir ihre erdbeerroten Lippen wie zum Kuß hin. Aber ich wußte, daß sie keinen Kuß von mir erwartete.

»Und?« erkundigte sie sich. »Hast du was klären können?«

»Wenig«, gab ich zu.

»Es hätte mich auch gewundert. So was klärt man nicht durch Nachdenken.«

»So? Wie denn dann?«

»Gar nicht.«

»Hättest du mir das nicht vorher sagen können?« Ich versuchte, lustig zu klingen.

»Wenn du das Steuer längst eingeschlagen hast, sind Gedanken über die Richtung überflüssig.«

»Willst du damit sagen, daß ich gar keinen Einfluß auf mein Leben habe?« Ich versuchte, einen überlegenen Ton zu finden.

»Was kommt, hast du durch das eingeleitet, was du früher getan und gedacht hast.«

»Immerhin.«

»Und trotzdem kannst du nicht wissen, was kommen wird.«

»Nicht?«

»Weil dein Leben doch nicht nur aus deinen eigenen Zutaten besteht; ständig kommen fremde dazu, auf die du keinen Einfluß hast.«

sechsunddreißig

Was tun? Statt mich um die Beantwortung dieser Frage zu kümmern, begann ich Dinge zu tun, die ich bislang nicht getan hatte. Ich fing damit an, nachts Spaziergänge zu machen. Manchmal flipperte ich in der Spielhalle des Hauptbahnhofs und trank dabei aus einem Pappbecher den starken, süßen Gratis-Kaffee. Ich las. Ein Zimmer der Wohnung war voller Bücherregale. Das tibetanische Totenbuch: Man würde reden, aber niemand würde antworten. Das ägyptische Totenbuch: Man ging durch einen See voller Messer. Die Bibel: Der Sohn Gottes mit seinem Wein- und Wasserwerk. Ich ging in die Kirche und wartete, ob ich fromm würde. Ich wurde es nicht, verließ die Kirche und sagte »Vergelt's Gott«. Ich ging in die Küche und wartete, ob ich hungrig würde. Ich wurde es und bestrich eine Seele mit Margarine. Ich sah in der Wartehalle drei Männern bei einem Kartenspiel zu. Weit draußen, am Ende eines Bahnsteigs, saß ich unter einem Regenschirm auf einer Holzkiste. Die erleuchteten Züge kamen aus dem Regen, hielten, wechselten die Fahrgäste und glitten wieder in den Regen davon. Ich las. Lernet-Holenia: einer starb, ohne es zu merken; der Tod war ein nahes Reich, das man ahnungslos betrat. Ich entdeckte eine vom Gras aufgebrochene Straße, die aufs Gelände des Güterbahnhofs führte. Dort verbrachte ich, auf einem Zementklotz sitzend, am Rand der Bahnstrecke die Abende, aß Zimtkrapfen und sah den Zügen zu. Ich las. Gogol: Jemand reiste durch ein weites Land und kaufte Tote ein. Manchmal rollten von einem kleinen Hügel gespenstisch langsam Güterwaggons herunter und wurden weit entfernt von Bahnarbeitern mit eisernen Bremsschuhen empfangen, die sie noch einige Meter funkenstiebend und kreischend vor sich herschoben, ehe sie zum Stillstand kamen. Ich las. Hölderlin:

Man sah schon beim Aufschlagen des Buchs, daß er wahnsinnig gewesen war, auf den Seiten wimmelte es vom »Harmonischentgegengesetzten« wie von Maden; dem hatte das Wörterwiederholen also auch nicht gutgetan; gestorben war er nicht daran, aber verrückt geworden. Die Autobiographie eines Yogis. Er sah durch Kühe hindurch. Wozu sollte das gut sein? Zwischen den Gleisen wohnten Hasen, die mich mißtrauisch beäugten, ehe sie wieder ihren Geschäften nachgingen. Ich las. Joyce: Er fackelte ein Feuerwerk ab; viel Rauchen und Prasseln – eine Nervensäge. Irgendwann fiel mir ein Waggon auf, ein Personenwaggon, der in großen Abständen hin- und herrollte. Ich dachte an das »x«, mit dessen Hilfe Gleichungen gelöst wurden, und stellte mir vor – vielleicht weil für mich früher algebraische Gleichungen ebenso rätselhaft waren wie das Hin- und Herrollen dieses Waggons –, daß dieser Waggon auf dem Rangiergelände eine ähnliche Funktion hätte. Wenn die Sonne unterging, war zu erkennen, welche Gleise befahren wurden; die einen begannen im Gegenlicht zu gleißen, die anderen waren rostig und blieben stumpf. Ich las. Buddha: Er hielt ein Blatt in der Hand und fragte seine Anhänger, ob mehr Blätter in seiner Hand oder mehr auf den Bäumen im Wald hinter ihm seien. Sie getrauten sich nicht zu antworten, und da sagte er es ihnen: im Wald waren mehr Blätter. Vom Bahnhof drangen unverständliche Stimmen herüber. Dann erschienen, obwohl es noch hell war, die ersten hellerleuchteten Züge vor dem Sonnenuntergangshimmelsprunk aus Rosa, Orange und Schmutzblau, schwebende Prachtkarossen, die ihren Lärm hinter sich herschleiften wie wallende Fahnen, in den Fenstern eine vorbeigleitende Galerie zeitungs-, buchlesender oder mit Unsichtbaren redender Büsten. Mit zunehmendem Dämmer tauchten die Lichter der auf dem Rangiergelände verteilten Signale und Weichen auf, und öffnete sich eine Tür der kleinen, zwischen den Gleisen stehenden Hütten, sah man in blaßgrünem Neonlicht Bahnarbeiter an einem Tisch, auf dem Thermoskannen und Bierflaschen standen. Hinter den großen Plastikflügeltüren eines türkischen Großmarkts bewegten sich Schemen. Im selben Gebäude befand sich das »Almanach«, das berühmte Pornoptikum, dessen Eingang, mit einer grün blinkenden Lichterkette geschmückt, weihnachtliche Impressionen wachrief. Ich las. Herodot: Ägyptische Priester erzählten ihm die Geschichte ihres Landes; in den zuvor vergangenen elftausenddreihundertundvierzig Jahren war zweimal die Sonne da aufgegangen, wo sie gewöhnlich unterging, und zweimal da untergegangen, wo sie gewöhnlich aufging. Ich las. Proust: Er schrieb von Glocken, die im Lärm des Tages unhörbar blieben; aber abends, wenn die Stille einkehrte, war wieder ihr Schlagen zu hören. Ich schloß die Augen. Die Züge schleiften ihren Lärm durch die Nacht.

Als ich aufwachte, regnete es. Es war halb elf. Zeit, ins Bett zu gehen. Ausgeschlafen betrat ich die Stadt, Autos rollten auf ihren Spiegelbildern. Ein einzelner großer Vogel flog aus einer Seitenstraße gelassen über die Straße, von Dunkelheit zu Dunkelheit.

Regelmäßig besuchte ich Friedas Vater im Altersheim.

»Ich wohne jetzt bei Ihnen«, erklärte ich auf seine unvermeidliche Frage, wer ich sei.

»Aber Sie sind nicht identisch ...« – er zögerte und tippte sich gegen die Brust – »mit mir?«

»Vermutlich nicht. Man weiß es aber nicht genau.«

Er dachte nach.

»Und wo bin dann ich, der eigentliche Bewohner?«

»Sie sitzen mir gegenüber.«

»Ach so! Dann wäre also das hier« – er zeigte unsicher wieder auf sich – »ich?«

»Vermutlich. Aber man weiß es nicht genau.«

»Und wieviel Uhr ist es?«

»Kurz nach drei.«

»Und wer sind Sie?«

»Ich wohne bei Ihnen.« Ich nannte ihm Straße und Hausnummer.

»Und was machen Sie bei mir?«

»Ich lese, wenn Sie gestatten.«

»Meine Briefe?«

»Nein. Bücher. Sie haben ja so viele davon.«

»Bücher?« Er sah mich mißtrauisch an. »Ich kann mich nicht erinnern.«

»Momentan lese ich, was Herodot über Ägypten schreibt.«

»Was ist denn das?«

»Was?«

»Dieses …«, er suchte nach einem Wort.

»Ägypten?«

Er nickte.

»Ein Land.«

»Und wo liegt das?«

»Etwas weiter hinten« – ich deutete über meine Schulter – »auf derselben Welt wie wir hier.«

»Und wieviel Uhr ist es?«

»Dort?«

»Wo?«

»In Ägypten?«

»Ägypten! Was ist denn bloß das nun wieder?«

Ich überlegte noch, als er freundlich fragte:

»Und wer sind Sie?«

»Ich wohne bei Ihnen.«

»Und was machen Sie bei mir?«

»Ich lese.«

»So! Meine Briefe?«

»Bücher.«

»Was für Bücher?«

Ich stockte. Bloß nichts Ägyptisches.

»Proust.«

»Ah!« rief er enthusiastisch. »A la recherche du temps perdu. Bravo! Und wer sind Sie?«

siebenunddreißig

Serap hatte mich überredet, mit ihr abends in einer Kneipe eine Fußballübertragung anzuschauen. Auf dem Weg dorthin versuchte sie, mir das erforderliche Basiswissen beizubringen. Ich wiederholte gehorsam: »Abstieggefährdet. Ligaverlust.«

Da ich ohne das Verständnis des geheimnisvollen »Abseits« unfähig sei, dem Spiel zu folgen, erklärte sie es mir mehrmals, bis ich schließlich – »Ach so!« – tat, als hätte ich verstanden. Serap fiel nicht darauf herein.

»So schnell kannst du das Abseits gar nicht verstanden haben! Ich erklär dir's noch mal. Hier ist das Tor. Du stehst hier und bist im Ballbesitz. Ich komme von ... was ist?«

Ich sah zum »Tor«. Es war die Metalltür zum »Almanach«, die Lichterkette blinkte nicht, aber die Tür stand offen. Wie ein großes Maul. Aus dem es herausatmete.

»Komisch, oder?« fragte Serap flüsternd.

»Ziemlich«, antwortete ich.

»Warum flüsterst du?«

»Weil du damit angefangen hast.«

Hinter der Tür führte eine steile Treppe ins Finstere.

Während wir hinaufstiegen, hörten wir aus dem Innern des Gebäudes immer deutlicher Geräusche. Als wir endlich die Tür am oberen Ende öffneten, sah eine ältere Frau überrascht von einer Strickarbeit auf.

»Geschlossen?«

Sie schüttelte den Kopf, legte das Strickzeug beiseite und ging hinter einen Tresen.

»Haben Sie Masken dabei?«

»Masken?«

»Ohne Maske kostet der Eintritt doppelt.«

Damit hatten wir nicht gerechnet.

»Ganz schön teuer«, maulte Serap. »Wissen Sie, was ich in der Stunde verdiene?«

Die Frau wollte es nicht wissen und stellte einen Karton vor uns hin.

»Sie können hier welche kaufen.«

»Ich nehm die!« sagte ich sofort und holte eine Maske heraus.

»Ich auch!« rief Serap.

»Saal oder Loge?«

»Loge«, sagten wir gleichzeitig und machten uns, maskiert als Füchse, mit ausgestreckten Armen durch den dunklen Flur tastend, auf die Suche nach unserer Loge. Aus dem Inneren des »Almanach« hörten wir nun die Geräusche immer deutlicher; wie von einer fernen Chaussee, auf der Tiergehege, Käfige voller Sänger, rasselnde und klingende Riesenspielzeuge und -geschirre transportiert wurden.

Und dann, als wir die Tür öffneten und die Loge betraten, fiel uns ein Getöse an, ein Stimmen-, Musik- und Lärmgemisch, daß wir verwundert waren, die Luft im Raum leer und nicht von Scherben, Instrumenten und Körperteilen durchflogen zu sehen.

Es klang, als würden mit blechernen Narrenschellen gefüllte Leichname über die Bühne gerollt; als würden mit Goldkot gefüllte Nachttöpfe ausgeschüttet; als lösten sich quecksilberne Äpfel von Bäumen und zerplatzen giftzerspritzend; als weinten Kinder und Greise durcheinander; als wäre alles keinen Pfennig wert; als kreischten Jungfern, während sie geschickt zersägt wurden; als jonglierte ein Bär mit einer batteriebetriebenen Spielzeug-Jazzkapelle; als zerträten gestiefelte Mädchen getrocknete Rosen; als wäre es kurz nach drei; als würden gläserne Kirchtürme zerschlagen; als zählte der gelehrte Esel mit dem Huf auf acht; als promenierten Porzellanbeschuhte auf mit Scherben ausgelegten Fakirspazierwegen.

Auf der Bühne war eine wunder-traute Wunsch- und Zauberwelt im Gange. Einige Figuren saßen oder standen auf sich drehenden Scheiben, wie auf Tellern angerichtet, ganz würdigsteif, wie es in Opern sowohl im Publikum als auch auf der

Bühne zuzugehen hat, wenn auch mit schwarz-weißem Augengeroll, mit welchem sie das Blickfeld nach Kräften glotzend vergrößerten. Wurden sie einander ansichtig, streckten sie blaue, rote oder gelbe Zungen heraus und schlugen nacheinander, mit was immer sie in Händen hielten, Fächern, Sonnenschirmen, Flittertäschchen, Kommunionskerzen, Papierrollen, Monstranzen, Fernrohren, Blumensträußen und was derlei operliche Gerätschaften sind. Alles flackerte und lichterte wacklig, als würde es von defekten Scheinwerfern beleuchtet. Figuren in eindeutigem Tun verhuschten im zweideutigen Licht.

Musiker saßen, standen oder gingen vor oder auf der Bühne, ein Hornbläser hockte auf dem Schoß einer Riesendame und blies das Abendsignal aus »Die Stille«, ein Okarinaspieler lief tüchtig im Kreis, seinen glucksenden Tönen hinterher. Gesänge strömten wie Eisfahnen aus geöffneten Kühlhäusern, schollen wie die Rufe im Gebirge Verirrter bei hereinbrechender Nacht, klagten wie Arien meerwärts treibender Köpfe. Grammophone rissen die zahnlosen Mäuler ihrer archetypisch quäkenden Trichter auf, Kofferplattenspieler versandten schluckaufartige Reflexe, Tonbänder mühlten majestätisch-stupid, und die Musiken zerschlugen sich an-, in- und durcheinander zu Geschäum; es klang alleraufreizendst.

Dieses tonnen- und tonschwere Gewölk, dieser brokatene Hörschaum, dieses wie aus Hühnerdreck, Flaumfedern und Juwelen bestehende Geklingsel, das wie aufgewirbelter, edelsteinfunkelnder Vogelmist durch die Luft des Opernhauses trieb, war: »Musik«, flüsterten wir betört.

Dirigent war der Signalmatrose aus »Ein Schiff wird kommen«, der von der Säule, auf der sonst der heilige Trasymachos seine Zeit frömmelnd verplemperte, herunterflaggte, unübersehbar, aber unbeachtet.

Eine dickbäuchige, -backige und -busige Dame schwang an praktischen Griffen wie Paukenschlegel zwei mächtige, wippende Kautschukpenisse mit gummiroten Spitzen und erhob alle, die in ihre Reichweite gerieten, in den Adelsstand derer von Trommel; das war die Heroine aus »Die Dame mit dem

Paukenschlag«. In ihrem Dekolleté steckte ein Transistorradio und quäkte, als würde die Musik aus ihm herausgequetscht, und sie sang mit kindsbäuchigem Alt ihr »Bumm, bumm, jetzt komm ich«.

Einer sang gar nicht. Stand nur da. Auf keiner Drehscheibe. Was das sollte, wußte man nicht, vielleicht war's Spoletta, der Polizeiagent, der sein charakterschwaches Röllchen zu singen begehrte. Ein anderer, wohl der Schattenboxer aus »Un ballo in maschera«, drohte mit einem drehbaren Holzfäustchen.

»Schau mal da!« flüsterte Serap. In einer der im Halbkreis angeordneten Logen saß, raumfüllend, ein dicker Pulloverträger und onanierte weitausholend und langsam, als erfülle er ein Gelübde, in anderen befriedigten sich tierköpfige Paare oder koitierten.

In eine Loge schräg gegenüber trat ein Paar, drehte das Licht herunter und begann sofort, sich zu befingern. Als die Frau (mit Vogelkopf) zu uns herüberwinkte, bemerkten wir, daß wir uns, wie die verirrten Kinder im Märchen, an den Händen hielten, waren verlegen, lösten aber, während wir die Sessel an die Brüstung zogen, die Hände dennoch nicht voneinander.

Die meisten Besucher, die im Parkett auf den Plüschsesseln und Stühlen saßen, waren maskiert. An der Wand lehnten Vögel, Wesire, Hunde, Leichname, Prinzessinnen mit Himmelfahrtsnasen, Enten, warzige Hexen, Schweine, Störche, tränenbekullerte Harlekine. Unter all den Maskierten nahmen sich die unmaskierten Menschen wie gefälscht aus. Die Besucher, auch die weiblichen, onanierten, und das so selbstverständlich, daß es anrüchig wirkte, wenn es jemand nicht tat so wie wir. Die Onanie war eine rätselhafte Wiederholung unscheinbarer Handbewegungen – ein Außerirdischer wäre nicht darauf gekommen, was sie bedeuteten.

Der dicke Sänger aus der Metzgeroper »Reich des Fleisches« war angetreten, seine unanwesende Angebetete aus den Klauen eines gleichfalls unanwesenden Vegetariers zu befreien – mittels einer Schlackwurstkeule – und danach mit ihr einige Fleischerlein zu zeugen, und zwar mit Hilfe eines durch ein prachtvolles Suspensorium angedeuteten Fleischergemächts.

Er setzte immer wieder zu »Fleischreich, wurstweich, darmwarm/kamst du mir entgegen« an, dessen ausgehaltene Töne aber durch die Schläge der hinter ihm kreisenden Paukenschlegeldame auf seinen Kopf in Gegacker verwandelt wurden.

Ein speckschwartiger Mann von fünfzehn oder fünfzig Jahren mit winziger, im Teig eines gewaltigen Gesichts versunkener Hühnermaske lehnte an der Wand. Sein kleines Glied sah wie ein zusätzlicher Finger seiner Hand aus. Daß ihm die Hosen auf den Knöcheln hingen, wirkte lächerlich und furchteinflößend zugleich.

Zwei Einkaufswägen wurden von zwei Flügelhaubenschwestern immer wieder scheppernd aufeinandergeschoben, und die darin knienden Trompeter bliesen sich dann aus nächster Nähe das Trompetengekreisch ins Gesicht. Die Arie der scheintoten Claminga zog vom Seziertisch wie eine Blutspur über die Bühne, der Chirurg gestikulierte kalligraphisch und lachend mit dem Skalpell, einige Zecher sangen »Glou, glou, glou«, ein Weißclown (der Lach-Bajazzo aus »Lach, Bajazzo!«) stimmte mit plumpskloïgem Bariton sein »Lachen, lachen, noch mal lachen« an, und fünf angeleinte Mannskinder mit angeleinten Blechhunden trugen in bösem Leiersang das Rezept vor, nach dem die Weltrevolution durchzuführen wäre. »Erst den Geldsack! Dann den Pfaffen! Dann ...« Dann wären alle gleich. Ideal! Die Blechhunde bellten und schwanzwedelten dazu, legten sich aber plötzlich hin, ein Grammophon war nun zu hören, die Nadel hing , „ , dl, „, , der Souffleur reckt den Kopf aus dem Souffleurkasten , „ , dl, „, und schaut dumm. »Was'n los?« , „ , dl, „, , aber der Lach-Bajazzo zeigt , „ , dl, „, , dem dummen Souffleur einen Vogel , „ , dl, „, , dreht, »krax, krax, krax«, an einem winz'gen silbern'n Schräuberl , „ , dl, „, , und schon geht's weiter mit Gefuchtel und Gesing, der Lach-Bajazzo, »ha, ha, ha, ha«, geht zu den Blechhunden und dreht »prx, prx, prx« an den Schlüsseln in den Blechhundsbuckeln, und schon standen sie der Reihe nach auf und schepperten ihr buckliges Blechhundsgebell, die Kindsmänner sangen wieder von der konjunktivistischen Weltrevolution. Alle würden gleichflach gewalzt. Ideal! Und dazwischen tönte das Souffleursgeschrei; mindestens drei von ihnen gingen stimmgewaltig und unsichtbar ihrer Arbeit nach.

Eine Dame in transparenter Bluse mit einem Henkelkorb tauchte im Saal auf und verkaufte etwas; daß ihre Brüste unansehnlich waren, wirkte bedrohlich.

Der Tod aus »Aus«, mit Sense und einem mächtigen zweidimensionalen, gekrümmten Penis anstelle der Klinge, trat eindruckheischend und düster aus den Vorhängen und wurde von einem rotbackigen, quetschbrüstigen großen Mädchen in zu kleinem, alpenländischem Kostüm, einem sogenannten Dirndl, augenblicks und knöchelklappernd zu Boden gestreckt. Sense. Der Lach-Bajazzo zeigte mit dem Finger auf das Knöchelbündel und machte »Ha, ha, ha«, bis sich die Dirndlträgerin zu ihm umdrehte und auch er sein Fett abkriegte und mit der Rindskeule verdroschen wurde. Er hatte nun eigentlich nichts mehr zu lachen, lachte aber immer weiter, was anderes hatte er ja nicht gelernt, und wie er, längst am Boden liegend, so unermüdlich lachte, sah es aus, als ob ihm erst die klatschenden Keulenhiebe das Lachen entlockten.

Als sich auf der ganz in Weiß gewandeten korpulenten Dame aus der Oper »Der Damendackel« merkwürdige Lichtzoten abzeichneten, bemerkten wir endlich, daß Filme auf die überfüllte Bühne projiziert wurden. Oft war nicht deutlich, ob eine Figur wirklich oder nur ein Lichtbild war. Auf der Leibesfülle der dicken weißen Dame wand sich – während sie dackelbeinig ihre Arie sang – ein unbekleideter Mann mit steifem Glied; es sah aus, als klebe er an ihr und suche eine Unterbringungsmöglichkeit für seinen Schwanz; aber als sie einen Schritt machte – »zage nicht!« –, glitt er seitlich ab und versuchte – arg zerfleddert –, an einer Kübelpflanze sein schwanzstocherndes Glück; in Zeitlupe schlingerten weißliche Fontänen durch die Luft und wurden von weißen Krägen, Hemden, Handschuhen und Hosen weitergereicht.

Der von unaufhörlichen Lichtbildejakulationen übersprungene Anckarström beschwichtigte: »So redet leise!« Der Selbstesser Kannibald aus »Heute schmeckt's!« leckte sich die Unterarmknochen sauber, und eine fledermausköpfige Frau zeigte ein fledermausartiges Geschlecht zwischen den weitgeöffneten bleichen Schenkeln, und Harley Quinn zeigte drauf, sang das Gasterbsüße: »L'amour, la mort et la vie«, läutete dazu der Galionsfigur vom Bug des »Fliegenden Holländers« die Brüste wie Glocken; der Matrosinnenchor trat an die Reling, und die Töne flossen aus den Mündern wie geschmolzenes Glas und erstarrten zu kristallenen Meringuen, ehe sie unter Paukenschlägen oder Fußtritten scherbenprunkend zerbrachen.

An den Cembali saßen Herren mit Zylindern, die mit einer Hand den Basso continuo spielten, mit der anderen emsig masturbierten. Ich staunte, aber ich fand, Bachs kontrapunktische Werke waren die passende Untermalung. Die Musiker schienen an denselben Keilriemen zu hängen wie die tüchtigen Masturbanten, und die Ameisigkeit der Musik verlieh der unermüdlichen Masturbation etwas von einer altertümlichen Fleißarbeit. (Eigentlich seltsam. In den Kreisen, in denen man die Musik Bachs spielte und hörte, kam Sex nur als Erotik vor; Fleischeslust mit Niveau, Würde und Anstand; Fleisch ohne Lust.) Schade, daß »l'Ankou« nicht mehr mitspielen konnte. Die Beilprinzessin hätte zu tun gehabt, und die vier Musiker hätten dieser überkandidelten Scherbenprächtigkeit eine passend-mortale Note beigesteuert.

Vier Frauen mit silbernen, hellblauen, dottergelben und rosafarbenen, schulterlangen Perücken und eleganten Halbmasken hatten eine Flasche Sekt sowie einen Kerzenständer mitgebracht und taten so, als interessierten sie sich nicht für das Geschehen auf der Bühne.

Der Bursch aus »Einer, der auszog« saß auf der Bank und klagte: »Ach, wenn ich nur wüßte, was geil sein ist.« Die beiden ältesten Töchter des Königs sahen sich an und knirschten langzahnig: »Den wollen wir schon lehren«, und befahlen der Jüngsten: »Du bleibst drunt' im Kellerloch, du bist ja viel zu mager.« Der Bursch saß mit beuliger Hose da, harrte der Dinge und brummte: »Ach, wenn ich nur wüßte!«, da fielen zwei große Liebesknochen den Kamin herab. »Holla!« rief der Bursch, »Liebesknochen! Und gleich zwei!«, und zerschlug sie fix zu Mehl und Krümeln, da knurrten die Prinzessinnen und schalten ihn.

Die eingestrahlten Filme kamen aus mehreren Projektoren, und wenn sich die Lichtstrahlen durchkreuzten, wurden gelegentlich Segmente von Bildern des einen Films mit auf die Projektionsfläche des anderen gerissen und Figuren oder Körperteile der einzelnen Filme fortgerissen oder sprangen ineinander über. Das Geprassel mehrerer, gleichzeitig spielender Cembali paßte vortrefflich zu den sich durchkreuzenden Filmen.

Ein als alter Mann maskierter, wahrscheinlich junger Mann führte eine als junge Frau maskierte, wahrscheinlich alte Dame herein, bot ihr formvollendet den Stuhl an und trat dann vor sie. Es war zu ahnen, daß er ihre Bluse, und zu erkennen, daß sie ihm die Hose öffnete, sein Glied herausholte und diesem mit sachlichen Handbewegungen die ortsangemessene Steife verschaffte, worauf er sich neben sie setzte.

Ohrenbläserei gab's auch. Die Trompeter waren von den flügelhaubigen Nonnen in ihren ratternden Wägen zu einem Thron gekarrt worden. Darauf schlief der segelohrige König Lummer IV. aus der Oper »Pst!«, die nie gespielt wurde, weil alle so zehenspitzig taten und mausig wisperten, daß nichts zu hören war als Flüstern und Sohlentupfen und nichts zu sehen als an den Mund gelegte Finger und der schlafende König mit der verrutschten Krone und der Zunge im Mundwinkel und den im Schlaf wackelnden Ohren. Aber so weltuntergängerisch schrecklich-schallend nun die Trompeten auch in die Ohren der Königs geblasen wurden: der rührte sich nicht und schlief und schlief.

Ein kringelschnurrbärtiger Pußta-Kavalier ging gemessen durch die Reihen und hielt denen, die er für Frauen hielt, sein wie lackiert glänzendes, steifes Glied hin; ein Vampir erbarmte sich seiner und wichste ihn, weißbehandschuht und behend, daß der Pußta-Kavalier sich wand und krümmte wie ein Fähnlein im Wind.

Jener Kuttenträger, der zu dem umgehängten, knisternden Radio trällerte, war der heilige Franz mit seiner Vögelarie. Von den Vögeln, an die er sie richtete, waren nur zwei nackte Gummihennen anwesend, die, mit den Krakelkrallen nach oben, auf dem Boden lagen.

Es klopfte, und die Dame mit dem Henkelkorb trat ein. Ich schob die Maske hoch und kaufte eine Zellophantüte, die mehrere Kugeln in Gold- und Silberpapier enthielt. Sie sah, während sie mir das Wechselgeld hinhielt, daß ich zu der älteren Dame und dem jungen Mann blickte.

»Stammkundschaft. Er ist ihr Enkel. Naja, warum nicht?! Die kommen einmal pro Woche. Sie tut so, als ob sie nur mitkommt, um ihrem Enkel was zu gönnen. Er macht's genau umgekehrt.«

»Was gibt's denn so komisch zu schauen?« sagte ich, als die Frau wieder weg war.

»Ich glaube, sie wundert sich darüber, wie wir hier sitzen. Maskiert, aber in Kleidern. Verstehst du?« sagte Serap und sah beiläufig hinaus.

Der Bademeister aus »Kopfsprung«, mit rot-schwarz gestreiftem Kondom überm steifen Penis, blies die Trillerpfeife, und mausohrige Menschen schwangen sich an Seilen hin und her, von Liliputanern mit großen Fliegenklatschen verfolgt.

»Sollten wir jetzt nicht etwas vom Pfauenbrot essen?« fragte Serap.

»Pfauenbrot?« staunte ich und hielt die Zellophantüte hoch.

»Nein. Pfauenbrot essen ist ...« Sie sah sich um und zeigte schließlich erst auf eine Loge, in der ein Geistlicher (Kostüm?) mit sogenanntem Arschgesicht (Maske?) residierte und unter seiner Soutane die Handlangungsabfolgen feierlicher Onanie zelebrierte, dann auf eine Loge, in der ein Fräulein, nackt bis auf die Federmaske mit langem rotem Storchenschnabel, mit den Fingern zwischen ihren mehlblassen Beinen trillerte.

»Ach so«, sagte ich dumm.

Ein Fischweib mit aufgemalten blauen Adern auf den schwankenden Brüsten schüttete einen Eimer Fischschuppen in die Tuba, aus der sie, als der Tubaspieler die Backen aufblies, herausstoben, ein goldenes Schuppen-Schnee-Schillern, das von den herumfuhrwerkenden Sing-Figuren und den Mausohrigen, die sich an den Seilen über die Bühne schwangen, durchwirbelt wurden.

»Also – sollen wir?« fragte Serap nach einer Weile.

Nach einem wortlosen Blickwechsel rückten wir die Masken vors Gesicht und öffneten unsere Hosen.

»Und was ist da drin«, fragte Serap und zeigte auf die Zellophantüte. Ich nestelte die Schleife auf.

»Pralinen.«

Während sie eine auswickelte, setzte sie sich aufrecht und öffnete ihre Schenkel.

Der Anarchist Maximalowitsch aus »Bombe« erschien, mit Vatermörder und Zwicker, schlug seinen Gehrock auf (Herrjemine, was für eine Erektion; der Schlaf der Wollust gebiert Ungeheuer) und sang peniswippend sein »Trotzdem tu ich's« und kegelte eine altmodische Bombe – schwarze Eisen-Kugel mit qualmender, funkenstiebender Lunte – unters Gewand des schlafenden Königs Lummer IV. Ein dumpfer Knall, und Lummer IV. schoß, mit angelegten Händen und flatternden Ohren, steil nach oben und verschwand in den Brokatschabracken. Der Anarchist hielt triumphierend seinen Ton, bis ihm der Schattenboxer ein Auge ausschlug, das dann an dünnem Faden auf der Wange baumelte und ihm immer wieder dumm vors singende Maul geriet, so daß er's beiseite blasen mußte. Diese Gesangstechnik wurde Augenbläserei genannt.

Seraps Schamhaare bildeten kein Dreieck, sondern verschwanden unter dem Saum ihres Pullovers, und auch die Innenseite der Schenkel war dicht beflaumt.

»Ich dachte, Türkinnen sind rasiert«, sagte ich.

»Willst du damit sagen, daß ich auf dem Kopf zuwenig und unten zuviel Haare habe?«

»Nein, nein, es ist genau richtig.«

»Ich hatte Angst, daß es dir vergeht, wenn du so viel Haare siehst«, gestand sie. »Aber wie ich sehe ...« Sie wies auf mein steifes Glied.

Da sprang die Ofentür auf und kam das Schneewittchen, dick und bläulich und frisch dampfend heraus, mit zwergengestützem Busen – ein Zwerg vor ihr stemmte in Karyatidenhaltung mit jeder Hand eine der teigigen Brüste. Ihr folgten acht stampfende, schwelende, speckschwartenmampfende Zwerge in Zweierreihen mit umgehängten Trommeln, und während die

Schneewittwe ihr gellendes »Runter mit dem Prinzeng'mächt« kläffte, ratterten die Wichte auf den Trommeln dazu.

Die zwei Füchse begannen, sich zu befriedigen, erst verlegen, dann immer unbefangener, fasziniert vom Geschlechtsteil des anderen.

Der heilige Trasymachos tauchte auf, asketisch faltig, behauptete, »nur mal kurz raus gewesen zu sein«, und begehrte in galligem Lamento, seinen Platz auf seiner Heiligensäule wieder einzunehmen, doch der Dirigent winkte einen Wittchenzwerg herbei, der hob des Säulenheiligen Kutte hoch und blies ihm in den Arsch, daß er sich rund und glänzend dick entfaltete und, als er den Mund auftat, sein Klagelied zum furzendem Gejammer geriet.

Der Prinz aus »Aschenglück« freite um des ärmsten Köhlers Tochter Aschenliesel. Als er sie, nußknackerartig in fescher Uniform, aufsuchte, stellte sich heraus, daß sie ihn nicht wollte. In fescher Köhlerkleidung gewann er jedoch ihr Herz, bemerkte aber, daß seine Erektion nicht halten wollte. Kaum wieder in Prinzenuniform, richtete sich sein Glied wie ein Zeiger auf. Er verkleidete sich immer rascher – Köhler, Prinz, Köhler, Prinz, KöhlerPrinzKöhlerPrinz, schwanzaufschwanzabschwanzaufschwanzab – und die aschenbrödlige Köhlerliesel schnellte immer schnellender mit ihrem »Nein, ich lieb ...« oder »Ja, ich lieb ...« aus der Köhlerhütte, bis beide vor Schnelligkeit nicht mehr zu sehen waren und Getrampel und Arien wie Nähmaschinengeratter ineinandernähten.

Die Frauen mit den bunten Perücken hatten die Kerzen angezündet und begonnen, sich zu befriedigen. Sie hatten wohl den Ehrgeiz, die Masturbation so en passant wie möglich auszuführen, und unterhielten sich dabei. Mich hätte ihr Gesprächsthema interessiert. Auch als der lackschwänzige Pußta-Kavalier zu ihnen trat und seinen Penis über den Kerzen schwenkte, als wolle er das Organ rösten, schienen sie ihn nicht zu bemerken.

»Pfauenbrot. Falkenzucker ...«, flüsterte Serap, schob die Maske zurück, zerbiß eine Praline und besah sich vorgebeugt, mit gesenktem Kopf und apartem Doppelkinn, was ihre Finger trieben, und blickte wie eine Dämonin aus den Augenwinkeln zu mir.

»Falkenzucker?« fragte ich.

»Das da.« Sie zeigte auf die dicke weißgewandete Sängerin, auf deren breitem Leib eben ein Film flimmerte, ein Madamchen mit einem Glied im Mund, dick wie ein Puppenbein.

Seraps Schoß war so haarig, daß ihre Schamlippen erst zu erkennen waren, als sie mit einem Bein aus der Hose schlüpfte und es über die Lehne legte. »Gefällt's dir?« Es gefiel uns, im »Almanach« öffentlich und unter den Masken doch verborgen, zu onanieren und uns dabei mit dumpfen, gleichfalls maskierten Stimmen zu unterhalten.

An den Seiten standen Holzkreuze mit in märtyrerlichen Posen gefesselten Burschen. Das waren die Sänger, die Herr Scheusaldo für »zu schön gesungen« befunden und kreuzigen hatte lassen, damit ihnen die vermaledeite Schönsingerei vergehe. Nun kamen einige Scheuermägde und packten die Schwänze der gekreuzigten Jünglinge und bewegten die Scheuermagdhändchen daran auf und nieder, daß die Burschen alsbald in brünstiges Gejuchze ausbrachen, bis sie sich endlich verspritzten, doch die Scheuermägde machten kichernd weiter, und bald erscholl wieder Brünstlingsgeheul, doch die kichernden Scheuermägde machten weiter, ungerührt, und aus Brunstgeheul wurde Stöhnen, doch die Scheuermägde kicherten und machten weiter, und bald gab's nur noch Jammern und Kichern und Ächzen, und die Jünglingsburschen zogen Gesichter, als würden ihnen tatsächlich schwanzgroße Nägel in den Unterleib getrieben, doch die Scheuermägde machten weiter und weiter, in unermüdlicher Scheuermagdemsigkeit, und bald gab's nur noch Weinen, Klagen, Sorgen, Zagen und Kichern.

Als die froschnackte böse Königin sich bückte und in einem Korb nach einem vergifteten Apfel für einen armen Bettelmann kramte, quoll unter ihrem dicken Königinnengesäß ihr Geschlecht wie ein gekerbter, behaarter Teig hervor. Der Bettelmann versenkte dort hinein seine Hand bis zum Gelenk und lüpfte die böse Königin hoch, daß ihre Füße abhoben. Serap flüsterte etwas Bewunderndes. Als zwei Zwerglein die pendelnden Brüste der Böskönigin an den Brustwarzen packten und daran johlend herumschwangen und das hochmütige Gesicht der Königin sich noch böser verzog, schluckte Serap mit benommenem Gesichtsausdruck und sog zwischen zusammengebissenen Zähnen Luft ein, verschluckte sich an einer Riesenportion Luft, hustete und wimmerte mit ungewohnt mädchenhafter Stimme.

Die Augen-, Ohren-, Arsch- und Wer-weiß-was-Bläserei, das Scheppern, Schüttern und Tröten, das Fideln und Trompeten, das Radiogequäke, Grammophongeknister, das Scheuermagdkichern, das Klatschen von schwingenden Hexenbrüsten, das »Glou, glou, glou« der Zecher, das Blechhundsgebell, das Winseln der Schönsängerknaben, die Froschschenkligkeiten, Pfauenbrot, Falkenzucker, Schwalbenkuchen verballten sich immer dichter. Da traten ein dicker Mann mit Mittelscheitel und Kußmund, der Gewichtheber aus »Agatha«, und die riesige Waldkyrie aus »Damenbart« aus den Kulissen und stimmten das Schlußduett aus »Einmal muß's rum sein« an, alle gingen nach und nach zur infernalisch-choreographischen Onanie im selben Rhythmus über, Tosca sprang mit vorbildlichem Salto von der Engelsburg, und der rotschwarzschwänzige Bademeister hüpfte sogleich rettend hinterdrein. Ein Lärmen wurde laut und mächtig, und aus dem Hintergrund traten drei Lederne mit umgehängten Gitarren, die sie in die Nasen von drei Porzellansparschweinen eingestöpselt hatten, der Schlagzeuger hieb mit zwei Hämmern auf ein Benzinfaß ein – l'Ankou, freilich ohne ihre Beilprinzessin. Die Geigenspieler strichen heftiger auf ihre Kästlein ein, unhörbar im Steinschlag des bös kollernden und fleddernden Gitarrengewälzes. Während es überall ejakulierend eskalierte, flaggte der Signalmatrose auf der Säulenheiligensäule, daß die Arme wirbelten und die Wimpel knatterten. Serap riß plötzlich die Arme in Hände-hoch-Haltung über den Kopf und hatte kaum: »Noch nicht« ausgesprochen, als mein Sperma herausspritzte. Die vornüberhängenden Köpfe der Gitarristen schwangen unheilvoll, die langen Haare wehten wie Wäschestücke Außerirdischer im Wind, die Geiger blickten katzenjämmerisch aus dem Lärmrutsch der elektrischen Gitarren, der

Schlagzeuger wetterte hämmernd. Die Welt ging unter. Endlich. Das Getöse auf der Bühne war abrupt zu Ende, Schweiß troff aus Haaren, der Sitzriese kam, packte den Glockenturm und rüttelte ihn, daß die Glocken eimern schepperten, und die Bachviolinen weinten zwei drei weinerliche Striche nach, bis nur noch ein Grammophon mit hängender Nadel dudelte, »...eiß doch ni...« Serap hechelte, breitete die Arme aus, schloß die Augen, »...eiß doch ni...«, quetschte die Schenkel aneinander, drückte den Bauch heraus. Ihr Orgasmus war nur am Zittern ihres Kinns zu erkennen. »...eiß doch ni...« Hinten trug man das Gebälk mit den malerisch daran hängenden, totgewichsten Schönsängerknaben weg. Ein Engel trat auf eine Brüstung und machte einen Schritt ins Freie. Er fiel aber nicht, er war ja ein Engel. Er sank nur langsam in die Stille, und währenddessen trat ein Teufel, ein hautiger, auf die Brüstung und sang, allein, mit seiner Kastratenstimme »allein, allein«, und darüber flatterte eine vogelherzene Stimme, unschuldig und noch alleiner. »Ruhe, Ruhe, Ruhe«, knurrten die Kreuzträger. Steine wären davon aufgewacht. Der Wimpelmatrose flaggte immer spärlicher, »...eiß doch ni...«, stolperte das Grammophon. »...eiß doch ni...«, der dicke Kußmundige hielt noch seinen langen Ton, als die Waldkyrie zu ihm trat und ihn mit einer ihrer Brüste erstickte. Es sah aus, als stille sie ein riesiges Baby. Doch sie stillte seinen Gesang, und als sie ihn losließ, fiel er, einfach und plump, zu Boden. »...eiß doch ni... , , , , ...eiß doch ni...«

Die sibyllinische Byzantinik war nun zu Ende, aber es war nicht völlig still, denn »die Musik« hing noch in der Luft, wie kostbarer kristallener Staub und Dreck, nachdem ein Meteorit an einem heißen Sommerabend in einen Juwelierladen eingeschlagen war.

Und während sich langsam der schwebende Lärm senkte, betrat der Bär die Bühne. Er jonglierte mit den Einzelteilen einer Ballerinen-Puppe, die manchmal sogar einen Wimpernschlag lang eine anatomisch korrekte menschliche Gestalt formten. Erst schien es ganz still zu sein, dann hörte man den Bären brummen. Schließlich wandte er sich um und tapste nach hinten, und über seinem Kopf, zwischen den runden

Ohren, tauchten vor dem immer dunkler werdenden Hintergrund wie grüßend die kreideblassen, fliegenden Ballerinen-Einzelteile auf, der Rumpf, der winkende Arm, der schelmisch lächelnde Kopf, die Pas-des-deux-Beinchen – und dann verschwanden Brummbär und Ballerina im Dunkel.

Wortlos gingen wir durch die Stadt. Plötzlich sagte Serap:

»Wart mal« und verschwand in einer Pilsbar mit Namen »Bei Adelheid«. Dort sah ich sie an der Theke stehen und mit den Gästen reden. Als sie zurückkam, winkte sie ab und zog einen Flunsch.

»Was ist?« fragte ich. Sie schnaubte verächtlich.

»Zwei-eins verloren! Die Pfeifen! Nicht schade, daß ich mir's nicht angeguckt habe. War der ›Almanach‹ schon besser.«

Dann legte sie mir die Hand auf den Arm und schlug sich an die Stirn.

»Du!« rief sie. »Im ›Almanach‹ hätte ich ja meine Brüste frei machen können. Völlig vergessen.« Vorwurfsvoll sah sie mich an.

»Hättest aber auch was sagen können!« meinte sie. Da hatte sie recht.

achtunddreißig

Während ich in einer Konditorei darauf wartete, bedient zu werden, blickte ich in den Nebenraum und sah, wie sich das Fräulein Švankmajerová eben über einen Tisch beugte und dort ein Tablett mit Kaffeegeschirr abstellte.

Weil sie die Haare offen trug, war mir ihr Gesicht fremd; die Kragenspitzen der Bluse ragten wie Segel aus dem schwarzen Oberteil heraus; der Beginn des Seitenscheitels über der blassen Stirn und die auf die Schultern herabhängenden Haare drückten etwas Ergebenes, etwas Wehmütiges und Bedrängendes aus; ein Bild aus ferner Zeit.

Warum, wußte ich nicht, aber ich war zu befangen, um sie zu begrüßen, und bestellte, als ich dran war, das Erstbeste, auf das mein Blick fiel, so leis, daß ich es noch einmal wiederholen mußte. Da ich keine Schokoladentorte mochte, legte ich das Päckchen einem Bettler vor die Füße. Erstaunt sah er auf und nestelte am Papier herum. Als ich aus der Bäckerei gegenüber kam, diesmal mit einer Schneckennudel, war der Bettler von Menschen umstellt. Er hatte die Hand auf die Herzgegend gelegt, jemand stützte ihn, er atmete krampfhaft, sein Hund war dabei, die Schokoladentorte zu vertilgen, ein fernes Martinshorn wurde langsam lauter.

Als das Fräulein das nächste Mal zum Unterricht kam, war ich verwirrt; als hätte ich sie bei einer Ungehörigkeit beobachtet. Von nahem konnte man erkennen, daß über kleinen Pusteln das Puder etwas dicker aufgetragen war. Die Lippen waren ungeschminkt, die Haare hatte sie wieder hochgesteckt.

Es hatte was Sonderbares, dem altmodischen Fräulein Švankmajerová gegenüberzusitzen und ins Gesicht zu sehen und daran zu denken, daß ich im »Almanach« die Königinnen und Bacchantinnen der Wollust gesehen hatte, die ihren Schoß ständig geöffnet hielten, als wäre dort ihr eigentliches Gesicht und als blickten sie sich – weil sich dort ja ihre Augen befänden – von dort aus in der Welt um. Das blasse Gesicht des Fräuleins jedoch wirkte mit den hochgesteckten Haaren noch nackter als diese Schöße und doch ganz bedeckt. Wenn sie im Zimmer war, schien es darin heller zu sein, das kam von ihren Augen, die manchmal blinzelten, als würden sie von hellem Sonnenlicht geblendet.

In der arglosen Herbheit ihres Spiels hörte ich Gefühle – Leidenschaft und Schmerz, Sehnsucht und Kraft – mitschwingen, die mir in unserer Zeit wie Antiquitäten vorkamen.

Als ich ihr einmal sagte, daß mir zuweilen scheine, durch ihr Spiel ihre Vorfahren zu hören, meinte sie, daß es sich wohl auch so verhalte.

»Man kann«, fügte sie mit ihrer Taubenstimme an, »ja auch nicht gut spielen, solange man lediglich sich selbst ausdrückt. Und was anders als etwas Früheres kann sich im Spiel ausdrücken? Und außerdem«, schloß sie, »ist es eine Qual.«

»Was?« fragte ich.

»Sich selbst auszudrücken.«

Ich fragte nicht weiter.

Wenn ich mich mit dem Fräulein unterhielt, hatte ich das Gefühl, daß sie noch in dieser Ferne wohnte; und manchmal, wenn sie wieder fort war, kam es mir vor, als hätte sie sich nur beim Spiel aus dieser Fremde zu mir herübergelehnt und wäre sogleich vor der Wohnungstür wieder dorthin verschwunden und nicht zu ihrem Studentenwohnheim aufgebrochen. Fast hätte ich mir zugetraut, die Entfernung zu diesem Ort in Kilometern und Jahren anzugeben; es wären Jahrzehnte gewesen.

Einmal, als ich mir den unbefangenen Ton zutraute, fragte ich sie, leichthin, ob sie die Herzöge mit fliegenden Namen kenne. Sie blinzelte mich lächelnd an.

»Aber ja!«

Ich wagte nicht, nachzufragen. Als sie gegangen war, öffnete ich die verglasten Türen eines rotbraunen Bücherschranks, in dem antike Schriftsteller standen. Ich setzte mich an den Küchentisch und las. Pausanias. Eine Welt, leer von Menschen, aber voll von Statuen, Götterbildern, Tempeln und Heiligtümern, nur noch Priester verharrten an den alten Kultstätten. Ich hatte ein Bild der griechischen Antike, das von weiten Gewändern, Philosophie und einem dürftigen Alltag bestimmt wurde, in dem übelriechende Grützen und Mus gelöffelt wurden. Nun ahnte ich, wie farbig, grotesk, düster und üppig jene Zeiten gewesen waren; weitaus weitläufiger als unser jetziges Leben auf unserer hell ausgeleuchteten Schrumpfkugel von Welt und von ganz anderer Art. Die Tage waren lichter und zugleich – selbst im Sommer – immer auch nächtlicher, finsternishaltiger. Jeder Ton flog weit hinaus, verging nur langsam und klang noch lange nach. In Erdhügeln murmelten ohne Rumpf bestattete Häupter.

Auf den Straßen waren Menschen mit Instrumenten zu nächtlichen Zusammenkünften unterwegs; ich hörte die Klänge, mit denen in ober- und unterirdischen Tempeln, Höhlen und Hainen beschworen und gehuldigt wurde, stets im Düsteren, bei unruhigem Feuerschein, denn Musik (damals hieß sie noch nicht so und war auch etwas anderes) durfte nur bei Nacht gespielt werden. Man wußte, daß Klänge mit abnehmender Helligkeit an Kraft zunahmen, und starrte mit geweiteten Augen ins Dunkel, die Musik mehr sehend als hörend; goldfarbene, stachlige Gebilde, flüssige Metalle, die im Wasserbecken bizarr erstarrt war. Die Klänge lagen weit auseinander, scheppernde Inseln, die unverbunden aus der düsteren Stille segelten und im stillen Düster verschwanden. Schnelligkeit wäre eine Kränkung des Angerufenen gewesen.

Dürre Flöten winselten, Scheppern verhallte im Finstern; flügelschlagartig stob Klatschen auf; ungestimmte Saiten erklangen in scharrender und rasselnder Prächtigkeit.

Ich sah vom Buch auf. Das Fräulein Švankmajerová kannte also die Herzöge mit fliegenden Namen ... Ich legte mich auf die Küchenbank und dachte an sie, ihre seidig-sanfte Müdigkeit, ihre Arglosigkeit und ihr gelegentliches Augenblinzeln, als blendete sie etwas.

Nachdem ich im Turmzimmer aufgewacht und aus den Fenstern auf eine lichtdurchstrahlte Dunstlandschaft hinabgesehen hatte, stieg ich die Wendeltreppe hinab und setzte mich am Hang ins Gras. Von unten, aus dem Dunst, drangen vereinzelte ferne Stimmen herauf, fröhliche, als ob sich Menschen über große Entfernung etwas zuriefen oder aus reinem Vergnügen jauchzten … und noch ferner war ein Rauschen und Klingen zu hören, ein Trubel, in dem ich auch Gesang und Musikinstrumente herauszuhören glaubte. Ich legte mich ins Gras. Warmes, weiches Gras, braun wie Seegras. Ich schloß die Augen. Sogleich wurden die Klänge lauter, bis ich nach einer Weile nachlässiges Klappern von Hufen heraushören konnte, und, nachdem ich mich aufgesetzt hatte, unter mir, vom Dunst fast schon aufgelöst, einige Reiter auf hochbeinigen Pferden in den hellen Nebeln verschwinden sah. Ich ging zum Turm zurück, stieg die Treppe hinauf und legte mich im holzduftenden Zimmer auf die Bank.

neununddreißig

»Werden Sie eine Maskerade besuchen?« fragte das Fräulein Švankmajerová lächelnd und zeigte auf das Fuchsgesicht, das an der Garderobe hing.

»Nein. Das heißt, ja.« Ich suchte nach einer Erklärung, bis ich merkte, daß sie gar keine interessierte.

Sie hielt sich die Maske vors Gesicht und betrachtete sich im Spiegel, wobei sie den Kopf schräg legte, trat schließlich ins Wohnzimmer und stellte sich, ein Fuchs mit verschränkten Armen, vor dem Bild des Kapitäns auf.

»Ich möchte Ihnen etwas schenken«, sagte ich und hielt ihr Weißdorns Geige hin. Der Fuchs drehte den Kopf und sah auf das Instrument, schob die Maske in die Stirn.

»Das kann ich nicht annehmen.«

»Bitte.« Ich hielt ihr das Instrument immer noch hin.

»Das kann ich nicht annehmen«, wiederholte sie, dann bemerkte sie meine Enttäuschung.

»Gut.« Sie reichte mir ihre Geige. »Wir tauschen. Auf Zeit.«

Sie nahm die Amati, setzte den Bogen an, ließ den Arm aber noch einmal sinken, zog sich die Maske wieder vors Gesicht und begann zu spielen. Der Klang der Violine paßte vollkommen. Zu wem?

Wir standen schon im Flur, als sie noch einmal ins Wohnzimmer zurückging, um nachzusehen, ob sie nichts liegengelassen hatte; ich sah, daß sie dabei blitzschnell dem Kapitän die Zunge herausstreckte.

Als sie fort war, starrte ich eine Weile den Kapitän an. Versuchsweise streckte ich ihm ebenfalls die Zunge heraus und bemerkte zufrieden, daß es ihn ärgerte.

Dann nahm ich ihre Geige. Es rührte mich unsäglich, auf ihrem Instrument zu spielen. Ich dachte daran, daß sie schon als Kind darauf gespielt hatte, mit kleineren Fingern den Bogen gehalten und die Saiten niedergedrückt hatte. Ich hatte das Gefühl, etwas aus einer anderen Welt in Händen zu halten, und für einen Augenblick sah ich deutlich das Fräulein Švankmajerová als Kind vor mir – sie war eben dabei, den Bogen anzusetzen, als sie den Kopf wandte und mich anblickte. Aus dem Ausschnitt ihres Kleids schaute ein Blusenkragen mit hellblauen Streifen und runden Ecken hervor. Ich tat, als hätte ich keine Ahnung vom Geigenspiel. Es klang schön … Wie lang war es her, daß ich etwas gespielt hatte, von dem man etwas so Einfaches sagen konnte, wie daß es »schön« sei. Ich setzte die Maske auf und spielte, wie ein Fuchs Geige gespielt haben würde. Vielleicht. Und beim nächsten Almanach-Besuch, als ich zu den ins Kraut schießenden, musikalisierten Unzüchtigkeiten hinaussah, roch ich den Duft des Fräuleins im Innern der Maske. Puder und Unschuld. Ferne.

»Wer ist denn der Kapitän auf dem Bild in Ihrem Wohnzimmer?« fragte ich Friedas Vater.

»Na, das werde ich wohl selbst sein«, antwortete er gereizt.

»Ach so«, sagte ich. Das Bild war über hundert Jahre alt.

»Und wer sind Sie überhaupt?« fuhr er mich an.

»Ein Bekannter von Frieda«, sagte ich rasch. Ich hatte festgestellt, daß ich durch die Erwähnung von Frieda einem inquisitorischen Verhör entgehen konnte.

»Das ist recht«, lobte er mich denn auch versöhnlich. »Weiter so.«

Früher hatte er mir leid getan. Dann aber war ich zu der Meinung gelangt, daß ich kein Recht dazu hatte, Mitleid mit ihm zu empfinden.

Beim nächsten Unterricht sah ein im Sessel sitzender Fuchs einer geigenden Füchsin zu, denn ich hatte mir Seraps Maske ausgeliehen.

»Finden Sie nicht, daß es etwas Unsittliches hat, wenn ich Ihnen maskiert vorspiele?« fragte das Fräulein mit maskengedämpfter, unheimlicher Stimme.

»So?«

»Mir kommt es vor, als ob es richtiger wäre, wenn ich Ihnen zwar maskiert, aber nackt vorgeige. Oder zumindest etwas entblößter.«

Ich dachte an die Obszönitäten, die ich, als Fuchs, durch die Maske hindurch beobachtet hatte, und stimmte ihr zu.

»Das Unsittliche bestünde darin, daß Sie maskiert, aber bekleidet etwas tun, was Sie maskiert, aber nackt tun sollten?« fragte ich.

»Ja, so ist es.«

»Und wenn Sie nackt spielten, dann wäre es nicht unsittlich?«

»Nein, weil ... es wäre ja ...« Sie überlegte und entschied sich schließlich für: »Richtig. Unsittlich wird etwas, wenn man es nicht in der erwarteten Weise tut.« Sie staunte selbst über das Resultat dieser Logik.

Das Telephon klingelte. Frieda bat mich, ins Altersheim zu kommen.

»Warum redest du übrigens so komisch?« fragte sie zuletzt.

Ich hatte die Maske noch auf.

»Komm also möglichst bald.« Sie legte auf.

»Wir können heute nicht Kaffee trinken«, sagte ich zum Fräulein. »Ich muß dringend fort.«

Als ich nach ihr das Haus verließ und durch die benachbarte kleine Grünanlage ging, blieb ich stehen. Ich sah sie von schräg hinten. Sie saß auf einer Bank, hatte Weißdorns Geigenkasten auf dem Schoß, griff in ihre Umhängetasche, aß etwas aus der Hand und trank ab und zu aus einer Limonadendose.

Im Altersheim fand ich Friedas Vater nicht in seinem Apartment. Ich wollte eben an der Pforte nachfragen, als Frieda das Foyer betrat.

»Papa ist tot.«

In den nächsten Wochen half ich ihr, die Wohnung ihres Vaters aufzulösen. Allmählich leerten sich die Räume.

»Du schaust du dich doch nach einer Wohnung um?« fragte Frieda gelegentlich.

»Ja, ja«, sagte ich betont gleichgültig.

Meine Frau und Charlaine hatten auch keine Unterkunft mehr. War es denn statthaft, wenn ich eine bewohnte?

Abends ging ich zum Bahngelände, setzte mich an den Rand der Gleise und sah den Zügen zu. Es wurde rangiert, die Waggons glitten hin und her, woben ein unsichtbares Gewebe. Als die Waggons ausblieben, kamen die Bahnarbeiter in ihren orangefarbenen Westen über die Gleise und verschwanden in einer Baracke. Ein Hase hoppelte vorbei, und als der Platzhalter auftauchte, lief ich zu ihm und sprang auf. In seinem Innern, einem ganz gewöhnlichen Personenwagen, hörte ich nur das Poltern der Räder. Draußen waren die Gleisarbeiter, sie schrien aus offenen Hundemündern, ohne daß etwas zu hören war. Ich hätte sie synchronisieren können, mit eigenem Geschrei, das wiederum sie nicht gehört hätten. Die Häuser buckelten, oben auf den verwilderten Böschungen, mit ihren unbenutzten Rückseiten vorbei. Der alte Trick: Ich bin reglos, die Welt bewegt sich. Auf der Brücke standen lichtbefleckte Autos vor einem einzigen Rotpunkt still. In jedem Auto ein Mensch inmitten von Rauchschwaden. Alle fuhren etwas entgegen, dem Zahnarzt, der Ehefrau, dem Abendbrottisch, der Hure, dem Tod. Am Brückengeländer standen welche, Angler ohne Angel, und sahen hinunter. Grüner Punkt, und die Autos husteten und rollten an. Ein Gabelstapler mit Netzsäcken voller Kohl, lauter noch unreife hellgrüne Brüste, zur Verwendung im »Almanach« bestimmt. Zwei Männer taten, als redeten sie miteinander. Vielleicht benutzten sie dafür sogar Wörter. Alle lebten oder taten so. Alle lebten, sie konnten ja nichts dafür. Ich auch? Vermutlich. Plötzlich war der Wagen voll schwarzem Schlaf, draußen standen alle paar Meter Lichter und schaufelten Lichtschnee ins Abteil. Der schmolz sofort auf mir, und ich blieb schmutzig, und sie warfen wieder Schnee herein, ich fiel in die schwarze Watte, und unter mir räusperte und gurgelte ein Eisenmund und kaute an den Gleisen, probierte Schotter und spuckte Steine aus.

Ich dachte an das Fräulein Švankmajerová, das auf der Parkbank saß, Vogelfutter aß und Limonade trank, und ich sehnte mich nach dem Blick ihrer schrägen Augen, dem Gurren ihrer hellen Stimme und ihrem gepuderten Gesicht. Ich überlegte, ob es beim Entkleiden schicklich wäre, sie von diesem Puder zu befreien, und wenn, wie dies zu bewerkstelligen sei. Mit einem flauschigen Staubwedel, vermutete ich im Halbschlaf. Das Fräulein hielte dabei den Kopf leicht abgewendet, die Nase lächelnd gerümpft und die Augen geschlossen.

Als ich am Morgen frierend aufwachte, stand der Platzhalter auf einem Abstellgleis zwischen hüfthohen Gräsern und Kräutern. Aus dem hohen Gras ragte ein Kinderwagen hervor. In einem offenen Schuppen lagen mehrere Männer, in dicke Mäntel gewickelt, vielleicht Obdachlose, vielleicht Tote, ich sah nicht nach. Als ich vorbeiging, richtete sich einer auf und rief: »He!« Ich verzog das Gesicht; ich lasse nicht gern mit »He!« nach mir rufen. Für ein ordentliches »Guten Morgen« sollte auch unter Verstorbenen Zeit sein.

Am nächsten Abend brachte ich eine zusammengerollte Decke mit, und als der Platzhalter vorbeirollte, sprang ich wieder auf. Ich schlief nun immer öfter, durch die Nacht rollend, im Platzhalter.

Er stand jeden Morgen auf dem Abstellgleis, im hohen Gras, aus dem in einiger Entfernung der Kinderwagen herausschaute. Lag überhaupt ein Kind darin? Im Schuppen schliefen die Toten in ihren dicken Totenmänteln ihre Totenräusche aus. Eine Flasche Wein stand im Eingang wie eine ausgegangene Laterne. Einmal machte ich einen Scherz und rief »He!« hinein. Schlaftrunkenes Gebrabbel erhob sich, ein Knie wurde angezogen, das Gebrabbel verlallte, das Bein streckte sich wieder aus. Ich ging durch das hohe Gras zu dem Kinderwagen. Für einen Schriftsteller, vermutete ich, wäre die Beschreibung des Kinderwageninhalts wahrscheinlich eine Aufgabe. Etwas, womit er seine Meisterlichkeit zeigen konnte. Wie ein Zauberer, der den Geldschein eines Gastes mit Kugelschreiber markiert und dann zerreißt und einen anderen Gast auffordert, in der Hosentasche nachzuschauen: und tatsächlich: Der Geldschein ist dort, unzerrissen und mit der Kugelschreibermarkierung.

Aber im Kinderwagen war kein Geldschein, sondern einfach nichts; für einen Zauberer wäre es fatal gewesen; aber für Nichts stank es unziemlich.

vierzig

Alle zwei oder drei Wochen gingen Serap und ich in den »Almanach«. Zwischen uns wuchs dadurch eine Vertrautheit, die etwas Inzüchtiges hatte. Wenn wir uns im Supermarkt begegneten, lächelten wir uns manchmal zu, als ob wir miteinander unsere Gatten betrögen. Aber wir hatten niemanden, den wir hätten betrügen können, und wir taten nichts miteinander, das, wenn wir Gatten gehabt hätten, »betrügen« hätte genannt werden können. Ich nannte sie, doch nur für mich, »meine Schwester«.

»Seid ihr eigentlich zusammen?« fragte einmal ein Getränkefahrer, als er an unserem Cafétisch vorbeikam, und zeigte auf meine Hand, die auf Seraps lag. »Ich meine so richtig«, fügte er an und klatschte zur Verdeutlichung eine Faust in die geöffnete andere Hand.

»Ach weißt du, wir haben schon soviel Geschlechtsverkehr zusammen gesehen, daß wir nicht mehr miteinander ins Bett müssen«, erläuterte ihm Serap.

Er legte das Maximum an Verständnis in sein »Ach so« und zog ab. Serap sah ihm hinterher und sagte:

»Ein Wunder, daß er, ohne sich mit den Beinen zu verheddern, bis zur Tür kommt. Bei soviel Dämlichkeit.«

Serap hatte die »heimische Selbstsättigung«, wie sie sagte, ganz eingestellt und forderte den Besuch des »Almanach« wie eine eheliche Pflicht ein. Ich schaute im »Almanach« eine Weile zur Bühne, und während ich auf das Getöse hörte, schlief ich, Arme und Kopf auf der Brüstung, meistens ein. Es mochte Unfug sein, für einen Schlaf Eintrittsgeld zu bezahlen. Doch unsere Besuche im »Almanach« hatten etwas Heimeliges, Vertrautes. Der mit Klängen gefüllte, unansehnliche Bau auf dem Bahngelände mit der grünen Lichterkette über dem Eingang war für mich zu einem Ort geworden, der – mit uns als Matrosen – wie ein losgelöster Kahn durch die Nacht schwamm. Wir glitten dahin, Matrosenfüchse, die Pfauenbrot- und Falkenzuckeressern zusahen. Fuhren wir dann in der Straßenbahn heim, war es, als ob wir in ein anderes Wasserfahrzeug umstiegen. Nachtmatrosen.

Während das Fräulein Švankmajerová ihren Anorak aufhängte, fragte ich:

»Kommen Sie mit der Geige zurecht?«

»Sehr gut. Wir verstehen uns bestens.«

»Und das Studium? Klappt alles? Reicht das Geld?«

»Es ist knapp. Aber ich habe in einer Konditorei zu arbeiten angefangen.«

»Können Sie dort nicht günstig einkaufen?«

»Sogar umsonst. Aber möchten Sie jeden Abend übriggebliebene Windbeutel oder Schichttorten essen?«

Nein, ich wollte nicht.

»Und die Lehrer, sind sie zufrieden?«

»Ich oder die?«

»Die.«

Sie zögerte, den Kopf gesenkt.

»Nicht so recht.

»Und wieso nicht?«

Sie überlegte lange und sagte dann schließlich erschöpft:

»Sie sagen: ›Nicht so laut. Wir hören Sie doch. Und nicht so trampelig. Empfindsamer.‹ Dann spiele ich sachter, und sie sagen: ›Zu gefühlvoll‹, und sagen: ›Ja, ja, die slawische Seele.‹ Dabei habe ich nur Heimweh.«

»Zu laut. Zu gefühlvoll ...«, wiederholte ich.

»Und jetzt kommt noch der Geigenklang dazu«, sagte sie.

»Der Geigenklang?«

»Er ist ihnen unbehaglich. Sie fragten erst, wo ich das alte Ding herhabe. Einer schlug vor, man soll sie zum Geigenbauer geben, dann ließe sich vielleicht etwas machen. Als sie feststellten, daß es eine Amati ist, waren sie erst recht unzufrieden. An Autoritäten wagen sie sich nicht heran. Ich sagte, sie gehört mir nicht, meine Geige ist in der Reparatur. Ich habe das Gefühl, es ist nicht gut, wenn sie erfahren, daß ich bei einem anderen Lehrer Unterricht habe, der mir sogar Geigen schenkt.«

»Sollen wir wieder tauschen?«

Sie schüttelte den Kopf, nahm eine Maske und reichte mir die andere.

»Soll ich Ihnen lieber ein Brot machen? Wenn Sie tagsüber mit Schichttorten und Windbeuteln zu tun haben?« fragte ich sie nach dem Unterricht. Sie nickte und kam mit in die Küche.

»Alle wollen was von mir und deuten an, daß ich zu wenig gebe.«

»Was denn?«

»Da spielen wir zum Beispiel Duette, und der Lehrer vermißt die Sinnlichkeit.«

»Die Sinnlichkeit!« staunte ich.

»Ja. Er möchte, daß man hört, wie es zwischen den beiden Musikern elektrisch ist.«

Ich wollte auf keinen Fall eine falsche Bemerkung machen und murmelte, während ich den Käse aus dem Kühlschrank nahm:

»So, so ... die elektrische Sinnlichkeit ...«, worauf sie eine unerwartete, kuriose Grimasse schnitt, daß wir beide lachten.

»Kaufen Sie doch Käse im Aufschnitt. Dann tun Sie sich leichter«, schlug sie vor, während sie mir zusah, wie ich schwerfällig den Käse schnitt.

»Das nächste Mal«, versprach ich.

»Der Geigenlehrer würde mich gar zu gern entjungfern. Der Gehörbildungslehrer ebenfalls. Wenn ich gespielt habe und dann aufsehe, machen sie mir Schlageraugen oder schauen mir auf die Brust. Manchmal wünsche ich, Sie« – sie zeigte auf mich – »würden mich entjungfern, dann wäre das erledigt.«

»Das wäre natürlich schön. Aber wie würden Sie es Ihre Verehrer wissen lassen? Mit einem Schildchen, praktischerweise gleichfalls an der Brust? ›Jüngst entjungfert‹?«

Sie lachte.

»Aber außerdem«, fügte ich an, »käme es Ihren Courmachern vermutlich gar nicht drauf an, ob Sie Jungfrau sind oder nicht.«

»Wahrscheinlich«, bestätigte Olga. »Die Großzügigkeit traue ich ihnen zu. Männern macht das nichts aus, oder?«

Ich wußte nicht, was sagen.

»Mit wieviel Frauen haben Sie schon geschlafen?«

Ich überlegte.

»Mit ungefähr einhundert.«

»Nein!«

»Doch. Mit insgesamt zwei Personen je mehrere Male.«

»So darf man doch nicht zählen!«

»Sagten Sie nicht einmal, daß man nach einiger Zeit nicht mehr derselbe ist?«

Sie schüttelte energisch den Kopf.

»Aber, aber! Veränderungen innerhalb der Grenzen einer Person zählen nicht. Sie bleiben immer Sie, ich bleibe immer ich. Auch wenn ich vollständig verblöde, bleibe ich immer dazu verdammt, ich zu bleiben. Und ich darf immer nur als eine Person gezählt werden. Auch wenn ich mich zusätzlich noch für die Jungfrau Maria und die Zarin Katharina halte.« Sie sah mich ernst an. »Mit zwei Frauen also. Waren beide Jungfrau?«

»Nein, nur eine.«

»Und bei der anderen hat es Ihnen nichts ausgemacht.«

»Offen gestanden nein.«

Sie sah mich mißbilligend an.

»Wie stellen Sie sich das vor?« verteidigte ich mich. »Soll ich mich bei einer Frau nach ihrer Jungfräulichkeit erkundigen und dann sagen: ›Oh, schade, aber wenn das so ist …‹?«

Sie schwieg verdrossen.

»Würden Sie selbst denn etwa auch nur mit einem unerfahrenen Mann zum erstenmal die körperliche Liebe erleben wollen?« fuhr ich fort.

»Ich glaube ja.«

»Dann wäre es zwischen uns beiden ohnehin nichts … ich meine nur, weil Sie vorhin …«, stammelte ich. »Ich empfand es auch nicht als zusätzlichen Gewinn, mit einer Jungfrau zu schlafen«, fügte ich an.

»Dann ist meine Jungfräulichkeit also gar nichts wert?«

»Aber ja doch.«

»Was denn?«

Ich suchte.

»So viel, wie Sie sich selbst wert sind.«

»Darüber muß ich nachdenken.«

»Ich auch«, gab ich zu. »Wollen Sie zwei Brote essen?«

Sie nickte.

»Womöglich sagen Sie noch, daß Liebe für die körperliche Lust gar nicht nötig ist«, meinte sie klagend. Ich antwortete nicht.

»Ist es denn ohne Liebe nicht schrecklich?« fragte sie.

»Vermutlich weit weniger, als es jemand gern hätte, der will, daß es nur mit Liebe schön ist.«

»Was für ein Satz! Man versteht ihn kaum«, rief sie.

Während sie zusah, wie ich weitere Käsescheiben abschnitt, fragte sie:

»Können Sie mir nicht ein wenig von der körperlichen Liebe erzählen?«

»Nein«, sagte ich, etwas zu schroff, und versuchte, es durch einen freundlichen Tonfall zu mildern, als ich anfügte: »Von der körperlichen Liebe zu erzählen ist schwer; vermutlich ist es leichter, einem Blinden die Farbe einer Erdbeere zu beschreiben.«

»Ich bin blind.«

»Blind?«

»Ich bin Jungfrau. Und es wäre also etwas ganz Unschuldiges, wenn Sie mir davon erzählen!« argumentierte sie mit seltsamer Logik. »Ich wüßte gar nicht, wovon Sie reden.«

»Nein? Schade«, sagte sie nach einer Zeit des Wartens, in der ich einen Teller abgespült hatte. »Und was würden Sie vorziehen: Einen technisch tadellos ausgeführten und lustvollen Geschlechtsverkehr *ohne* oder einen etwas … sagen wir: stümperhaft durchgeführten *mit* Liebe?«

»Zweifellos letzteren.«

»Genau wie ich!« strahlte sie. »Die körperliche Liebe ist etwas Schönes, nicht wahr?«

Ich setzte mehrmals zu einer Antwort an.

»Sie überlegen etwas zu lange. Sie ist also nicht uneingeschränkt schön?«

»Nein.«

Sie schwieg.

»Wo ist eigentlich Ihre Frau?« fragte sie, als ich ihr den Teller mit den Broten hinhielt.

»Meine Frau?«

»Sie sind doch verheiratet.« Sie zeigte auf meinen Ring.

»War.«

»Das war dann die Frau, mit der Sie den meisten körperlichen Kontakt hatten, nicht wahr?«

»Nein. Sie ist kurz nach der Hochzeit gestorben.«

Sie sah mich an, als ob sie gleich in Tränen ausbrechen würde. Dann legte sie aber ihre Hand auf meinen Arm und sagte:

»Nicht weinen.«

Ich schüttelte den Kopf. Die Käsebrote rutschten vom Teller. Als ich sie auf dem Boden liegen sah, begann ich doch zu weinen.

Später ging ich zum Bahngelände. Vor dem Schuppen stand einer der bemantelten Toten, das Kinn bis auf die Brust hinuntergeklappt, den Mund aufgerenkt, als sollte man hineingreifen, um in seinem Inneren nach Überraschungen zu tasten. Mit einer Hand machte er vor seinem Gesicht fahrige Auf-und-ab-Bewegungen, um zu verdeutlichen, daß ihm ein Gedanke gekommen war, drehte sich abrupt um und rannte vornübergebeugt sich selbst hinterher in den Schuppen, unbeachtet von seinen Kameraden, die mit ausgestreckten Beinen an der Schuppenwand saßen und darauf warteten, daß die Flasche wieder bei ihnen auftauchte. Einige standen um den Kinderwagen herum. Im Vorbeigehen sah ich, daß sie hineinpinkelten. Obwohl es rücksichtsvoll war, nicht einfach in die Gegend zu urinieren, berührte mich der Anblick unangenehm. Einer bemerkte mich und rief: »He!« Was sonst. Er nestelte an seiner Hosentür und rief wieder: »He! Willste was?« und warf den Kopf in den Nacken und bemühte sich, einschüchternd auszusehen, strauchelte schließlich und ging zu Boden, versuchte mühsam, aufzustehen, fiel aber wieder zurück. Ein anderer sagte, während er pinkelte, immer wieder »Was soll's!« und winkte mit der freien Hand in grandioser Geste ab. Ach, war das einfach geworden, das Leben. Zu Boden gehen, aufstehen, winken, hinplumpsen, kopfschütteln. Die armen Toten. Was für ein Leben.

einundvierzig

Ich bat Frieda, noch einige Möbel in der Wohnung zu lassen.

»Der Unterricht in großen leeren Räumen ist was Besonderes«, gab ich vor.

»Wann kann ich denn deine neue Wohnung einmal sehen?« wollte sie wissen.

»Bald. Ich bin noch am Renovieren. Es soll eine Überraschung werden.«

»Und wo liegt sie?«

»Ziemlich zentral.«

»Wo genau?«

»Nicht ganz zentral.«

»Scheint ja recht beweglich zu sein, deine neue Wohnung.«

So unangenehm mir die Bilder gewesen waren, tat es mir jetzt doch leid um sie; ich konnte mir nicht vorstellen, daß sie je wieder von jemandem aufgehängt würden.

Das Fräulein bemerkte nur: »Der Ahoi ist weg.« Daß sich die Wohnung immer mehr leerte, schien sie nicht zu kümmern. Sie spielte, maskiert, in den immer hallenderen Räumen immer hingerissener. Ich saß, gleichfalls ein Fuchs, auf einem Hocker, ein Bein angezogen, und sah und hörte ihr zu. Bald würde die Füchsin zu tanzen anfangen. Auf den Hinterpfoten.

»Erzählen Sie doch ein wenig von Ihrer Stadt«, bat ich, als wir vor unseren Kaffeetassen saßen, beide die Masken hochgeschoben.

»Dann werden Sie's hier nicht mehr aushalten!« sagte sie. »Meine Stadt ist schmutzig und uralt. Manche Uhren in meiner Stadt sind so alt, daß man gar nicht glauben kann, daß, als ...« Sie verhedderte sich in der Grammatik. »Nun, daß schon damals Menschen lebten und es schon eine Zeit zum Messen gab. Vielleicht gab es auch tatsächlich noch keine Zeit. Glauben Sie übrigens, daß Uhren zum Anzeigen der Zeit da sind?« Sie hob fragend ihre dichten Augenbrauen und gab selbst die Antwort: »Nein! Es ging bei ihrer Erfindung nur um die Freude darüber, daß etwas einfach so vor sich hin funktionierte. Es dreht sich, so flink hier, so behäbig da, es tickt und rasselt, hier klirrt es, und da spricht's – die reine Freude. Und einer, der keine reine Freude mit ansehn konnte, hielt eine Papierscheibe hinter einen Zeiger und zeigte, daß das sinnlose Getick auch eine Aufgabe haben konnte. Und so ist dann die Zeit erfunden worden. Die Zeit entstand also erst durch die Uhren. Man sieht es daran, daß es ohne Uhren ja auch keine Zeit gibt. Dumm ist, daß, tut man so, als ob es sie gibt, sie auch anfängt zu existieren. Und es ...« Sie sah mich erschrocken an. »Was ich so daherred'! Meiner Seel ...«, murmelte sie, beugte sich zu mir herüber, nahm mein Handgelenk und drehte es, damit sie auf meine Uhr schauen konnte. Von der unvermittelten Nähe verblüfft, hielt ich still. Ihr aufgestecktes Haar war dicht vor meinem Gesicht, und ich roch den artigen Duft einer Hautcreme. Sie stand abrupt auf.

»Haben Sie noch zu tun?« fragte ich überrascht.

»Ja, ja«, sagte sie flüchtig, während sie wie panisch versuchte, den Reißverschluß ihres Anoraks zu schließen. »Dummes Zeug«, flüsterte sie. Als der Reißverschluß sich endlich hochziehen ließ, hängte sie sich die Geige um und verschwand nach gemurmeltem Gruß, ohne mir die Hand zu reichen.

»Ihre Mütze ...«, rief ich ihr im Treppenhaus hinterher. Sie blieb stehen, kam wieder herauf, riß mir die Mütze aus der Hand und rannte dann endgültig treppab.

Ich stand im Wohnzimmer und starrte die Wand an, von wo früher »der Ahoi« zurückgestarrt hatte.

»Meiner Seel ...« Der Seufzer des Fräulein Švankmajerová war mir aus meiner Kindheit vertraut.

zweiundvierzig

Ich hatte im Lager etliche Kartons mit Sektgläsern in einen Einkaufswagen gestapelt, den ich gerade in den Supermarkt schob, als mir Schutten mit seiner Frau entgegenkam. Ich grüßte, und automatisch entstand auf ihren Gesichtern gleichfalls ein Lächeln, das sich aber, nachdem sie das an meinen Pullover geheftete Namensschild des Supermarktes gesehen hatten, zu einer entsetzlichen Grimasse überspannte, bis sie sich schließlich umdrehten und so eilig auf den Ausgang zustrebten, als käme ihnen nicht ich mit einem Einkaufswagen, sondern ein schwertschwingender Amokläufer entgegen.

Das Fräulein Švankmajerová war bei der nächsten Stunde sehr reserviert, rührte die am Notenständer hängende Fuchsmaske nicht an und packte die Geige ein, sobald sie vorgespielt und sich meine Kommentare angehört hatte. Als sie mir die Hand gab, fragte ich:

»Und wann erzählen Sie mir wieder von Ihrer Stadt?«

Sie sah zu Boden.

»Vielleicht das nächste Mal wieder?« fragte ich.

Sie hob den Kopf und sah mich mit schräggelegtem Kopf und gerunzelten Brauen ernst an. Ich fragte:

»Backen Sie denn nicht mehr?«

Sie zuckte mit den Schultern und preßte die Lippen aufeinander.

»Ich habe es selbst probiert. Butterkuchen, genau nach Rezept vom Abreißkalender. Wollen Sie nicht versuchen?«

Sie sah mich streng an.

»Ich kann Ihnen etwas einpacken. Doch wenn Sie es hier mit mir essen, würde es mich freuen.«

Sie senkte den Kopf.

»Aber wenn Sie keine Zeit haben …«

Sie schob den Daumen unter den Riemen ihres schon umgehängten Geigenetuis. Ich fürchtete, sie würde gehen, aber sie streifte den Riemen über den Kopf, legte die Geige ab und zog ihren Anorak wieder aus.

In der Küche stellte sie sich dicht neben mich – unsere Arme berührten sich – und sah zu, wie ich den Tee in die Kanne löffelte. Als ich aus den Augenwinkeln kurz zu ihr blickte, schien mir, sie sei den Tränen nahe. Ich löffelte den Tee immer langsamer aus der Tüte in die Kanne.

»Jetzt habe ich nicht aufgepaßt, wieviel Löffel es schon sind.«

»Fünf«, sagte sie nach einer merkwürdig langen Pause mit ihrer belegten Taubenstimme.

Dann schnitt ich den Kuchen auf. Sie biß ein Stück ab und sagte, wie widerwillig:

»Es schmeckt.«

Ich suchte nach einem Gesprächsthema.

»Es fließt doch ein großer Fluß durch Ihre Stadt, oder?« fing ich an. Sie nickte. »Friert er im Winter zu?«

»Ja. Aber selten«, antwortete sie leise.

»Selten …«, wiederholte ich.

»Im Jahr 1917 zum Beispiel war ein sehr schönes Zugefrorensein, aber …«, sie zögerte, »aber …«

»Sie leben in einer schönen Stadt«, sagte ich ebenfalls nach einer langen Pause. »Was haben Sie hier verloren?«

Als sie gegangen war, trank ich meinen kalten Tee aus und machte mich zum Bahnhof auf. Ein Mann stand an der Böschung und pinkelte. Wässernde Männer sind so unerfreuliche wie wehrlose Erscheinungen, ich gab ihm einen Schubs. »He!« rief er, während er armerudernd und urinsprühend die Böschung hinuntersprang. Immer dieses »He!«. Haben die Leute nichts anderes zu sagen?

Die bemantelten Toten saßen an ihrem Schuppen, vor sich ein kleines Feuer, und stritten sich schwermäulig. Es ging darum, ob beim Hin und Her der Flasche die Außensitzenden weniger abbekämen als die Innensitzenden.

»Quatsch!« rief einer. »Es geht immer schön gleichmäßig hin und her. Hier wird keiner beschissen.«

Einer schrie »Testreihe!«, wohl ein ehemaliger Wissenschaftler. Drei mußten sich nun nebeneinanderstellen und die Flasche hin und her gehen lassen und zählen, wie oft sie bei ihnen vorbeikam, bis der ehemalige Wissenschaftler »Stop!« rief. »Und?«

Die zwei Äußeren hatten je sechsmal die Flasche gehabt, der in der Mitte aber elfmal. »Siehstu!« schrie einer und hörte gar nicht mehr auf, als wolle er mindestens damit auch auf elf kommen, und der andere dröhnte: »Und ich denk noch: Warum werd ich nich' blau.« Dann – »Was gloddsdn? He?« – hatte er mich entdeckt und gloddsde.

Ich ging weiter; als ich mich umdrehte, war ich schon vergessen, aber die Faust, die meinetwegen geballt worden war, drohte immer noch am erhobenen Arm.

Ich setzte mich an den Rand des Bahngeländes, und während ich den Zügen zusah, dachte ich an das Fräulein Švankmajerová. Als ich dem Hasen ein Stück meines mitgebrachten Butterkuchens zuwarf und das Stück neben ihm niederfiel, sprang er erschrocken auf und preschte davon. Das Kuchenstück in meinem Mund weichte auf, bis ich schließlich schluckte und es langsam in meinen Bauch hinabrutschte.

dreiundvierzig

»Sie sollten diese Passage mit noch weniger Haar spielen, aber nicht verhalten, sondern eher ausdruckslos; wie jemand, der den Ausdruck zurückhält, weil er weiß, daß die Antwort, die ihm gerade gegeben wird, gelogen ist.«

Das Fräulein Švankmajerová überlegte, dann spielte sie. Die schrägen grauen Augen weit offen, ihr eigenartig voller Mund, die puderbetupften Pusteln, die blasse, zarte Haut der Schläfen, unter der sich das rote und das blaue Blut abzeichnete.

»War es nun besser?«

»Ich weiß nicht, ich habe nicht aufgepaßt. Würde es Ihnen etwas ausmachen, meine Frau zu werden? Bitte geben Sie mir nicht gleich eine Antwort. Denken Sie eine Zeitlang darüber nach, ehe Sie mir antworten, wenn Sie es überhaupt für nötig halten.«

Sie sah mich mit leichtem Erstaunen an.

»Seien Sie so gut«, fuhr ich fort, »und spielen Sie die Takte noch einmal. Ich war, wie gesagt, unaufmerksam. Ich glaube, Sie können diese Passage noch dünner nehmen. Versuchen Sie, auch wenn es nicht gehen mag, sie mit nur zwei Haaren zu spielen, sie verträgt durchaus etwas Kläglichkeit. Haben Sie keine Angst, durch mangelnde Dramatik zu langweilen. Eine Frage, und wenn Sie den Bogen absetzen, muß klarwerden, daß eine Antwort ausbleiben wird.«

In der folgenden Woche dachte ich immer wieder an das Fräulein. Zum erstenmal verschlief ich und kam zu spät zur Arbeit. Bislang war ich ohne Wecker pünktlich aufgewacht. Nachmittags suchte ich ein Uhrengeschäft auf, kaufte mir einen kleinen Reisewecker und sah beim Verlassen des Geschäfts ein Plakat an der Glastür hängen. In einem Kloster wurden die Dumky aufgeführt. Von dem Kloster hatte ich noch nie gehört, aber auf dem Plakat war die Buslinie angegeben.

Der Bus hielt auf freiem Feld, und die wenigen Fahrgäste beobachteten interessiert den einzigen, der ausstieg. Als der Bus anfuhr, gab er den Blick frei auf eine entfernte Anhöhe mit demselben Umriß zweier Kirchtürme, wie er auf dem Plakat abgebildet war. Während ich darauf zu schritt, schoben sich Wolken heran wie giftgetränktes, flauschiges Kriegsgerät, und kaum verdeckten sie den Mond, begann es zu schneien.

Das Kloster wirkte unbewohnt, obwohl im Innenhof Autos parkten. Hätte am Kirchenportal nicht das Plakat geklebt, wäre ich umgekehrt. Und hätte auf dem Plakat nicht das Datum gestanden, ebenfalls, denn das Papier sah aus, als hinge es schon seit Monaten hier.

Als ich eintrat, wurde ich wieder von wenigen anderen Menschen interessiert gemustert. Die Kirche war schlecht beleuchtet und gar nicht beheizt. Ich setzte mich weit hinten in eine Bank und sah mich unauffällig um, ob das Fräulein Švankmajerová auch da wäre. Aber sie war nicht da.

Kurz vor Beginn des Konzerts erschienen zwei Mönche und beäugten mich im Vorbeigehen, als würden sie mich gleich anfahren, was ich hier zu suchen hätte. Nachdem sie die anderen Gäste mit Handschlag begrüßt hatten, trat einer von ihnen zum Flügel, der vor die Stufen zum Altar gestellt worden war. Schon nach wenigen Worten – ich verstand nichts davon – hielt er inne, und die anderen Gäste drehten sich nach mir um. Ein Herr stand schließlich auf, kam zu mir und flüsterte:

»Er sagt, Sie sollen weiter nach vorn kommen. Dann hören Sie besser.«

Der Mönch lächelte mir mit säuerlicher Anerkennung zu, als ich der Aufforderung nachkam, und fuhr dann fort, indem er den Programmzettel vorlas; die Besucher lasen nickend mit. Nach einem Seitenblick des Mönchs traten drei Nonnen, zwei sehr alte und eine sehr junge, aus der Sakristei.

Als ich die Dumky hörte, merkte ich, daß ich mittlerweile die anderen Instrumente vergessen hatte, und war irritiert von den Läufen des Klaviers und den Kommentaren des Cellos, die das Fräulein Švankmajerová sonst auf der Violine andeutete.

Vom Vortrag des Fräuleins war ich es gewohnt, daß die Dumky, bei aller Schroffheit ihres Geigenspiels, in eine Stille gehüllt waren, und empfand die Leidenschaft, mit der die Nonnen spielten, als unziemlich, wenn nicht unzüchtig. Sie wanden und wiegten sich in jeweils eigenen Verrenkungen und eigenem Rhythmus, aber dennoch in undurchschaubarer Koordiniertheit; als säßen sie auf einem Floß und glichen dessen Schwanken durch Körperbewegungen aus. Die Pianistin, die älteste der drei, verlieh, den Kopf zurückwerfend, jeder lauteren Stelle etwas Energisches, die Geigerin spielte, als seien ihr sowohl die Stücke als auch ihr Bogen zu kurz, und die junge Nonne hielt ihr Cello in blasphemischer, aber reizloser Unzüchtigkeit zwischen den Schenkeln eingeklemmt.

Als ich an das Fräulein Švankmajerová dachte, fand ich es unschicklich, an körperliche Liebe zu denken, gab dem Gedanken aber schließlich doch nach. Während die Geige sich ihren Weg durch die Melodie bahnte, stellte ich mir die körperliche Liebe mit dem Fräulein ganz einfach und unraffiniert vor. Gedankenverloren starrte ich in diese Einfachheit wie in ein Paradies hinüber. Es wäre mir ungehörig vorgekommen, das Fräulein Švankmajerová in hellem Licht nackt zu sehen und zu sehen, wie der Orgasmus über sie kam.

Vor mir saßen ein Mann und eine Frau, und bald stieg mir Kotgeruch in die Nase. Wahrscheinlich hatte der Mann einen künstlichen Darmausgang, der nicht dicht schloß. Plötzlich fühlte ich die Einzigartigkeit des Augenblicks, die Unwiederbringlichkeit der Zeit, die Kostbarkeit des Moments, in dem wir, die Zuhörer und die Musiker, als zufällige Passagiere im musikgefüllten Raum durch die Zeit reisten, vom Wind über die Welt geblasen. Und die kleine Melodie auf dem Klavier, mit den Punktierungen auf demselben Ton, war die winzige Fanfare dieses Ausflugsdampfers.

Nach dem letzten Stück klatschten die wenigen Besucher die Musiker mehrmals aus der Sakristei und erzwangen eine Zugabe. Ich verabscheute Zugaben; wenn Schluß ist, sollte auch Schluß sein. Als ich zum Ausgang ging, begann der neugekaufte Reisewecker in meiner Jackentasche zu schrillen. Obwohl sich alle nach mir umdrehten, tat ich, als hörte ich selbst gar nichts.

Die Bushaltestelle stand mitten auf dem weiten Feld, an dessen Ende das Kloster zu erkennen war. Der Wind blies heftig, und ich drückte mich in die Ecke des Wartehäuschens.

Ich war lange dagesessen, hatte den hellschwarzen Wolken zugesehen, die am dunkelschwarzen Himmel dahinstürzten, und war verwirrt, als plötzlich ein Bus anhielt, die Türe sich öffnete und der Fahrer mich auffordernd ansah.

Als das Fräulein Švankmajerová wieder erschien, war ich befangen. Erst im fast leeren Wohnzimmer bemerkte ich, daß sie keine Geige dabeihatte.

»Ich muß ins Konservatorium. Ein Vortrag.«

»Sie hätten doch anrufen können, wenn Sie keine Zeit haben.«

»Es ist deswegen.« Sie faßte in ihre Manteltasche und reichte mir ein zusammengefaltetes Blatt Papier und gleich danach ihre Hand.

»Auf Wiedersehen.«

Sie schien nicht bemerkt zu haben, daß das Zimmer nun, bis auf zwei Stühle und einen Notenständer, völlig leer war.

Bislang hatte ich den Gedanken an meinen Antrag vermieden. Ich hatte nicht gedacht, daß mich eine Zurückweisung so treffen würde. Es war, als würde mir im Augenblick eine letzte Heimat entzogen.

Nun aber saß ich da, den Zettel in der Hand. Das Stück Papier hatte etwas Leichtfertiges. Sie hatte ihn wahrscheinlich vor dem Losgehen von Packpapier abgerissen und bekritzelt. Es paßte zu diesem leicht spöttischen Gesichtsausdruck, den ich manchmal an ihr beobachtet hatte. Ich fühlte mich durch die Nachlässigkeit des Zettels gekränkt, auch wenn eine innere Stimme höhnte: Was hast du denn erwartet? Etwas zog unwiederbringlich davon, und ich merkte erst jetzt, wie sehr ich es ersehnt hatte.

Ich faltete den Zettel auf.

»Ich möchte sehr gerne Ihre Frau werden. Nächste Woche mehr.«

Als ich endlich wieder aufsah, kam es mir vor, als ob ich jahrelang auf diesen Zettel gestarrt hätte. Man hätte die säuberliche, stark nach rechts geneigte Schrift für eine Skizze von tiefziehenden Wolken über einem See halten können.

vierundvierzig

Vielleicht habe ich damals, mit Olgas Zettel in der Hand, tatsächlich jahrelang dagesessen. Und als ich schließlich aus meinem Glück aufsah, hatte ich nicht bemerkt, daß sich vieles verändert hatte, daß Menschen verschwunden waren und ich selber tot war. Vielleicht ist es so, vielleicht ganz anders. Man meint, es wäre rasch nachzuprüfen, versucht man es aber, stellt man bald fest, daß es schwierig, ja unmöglich ist. Wahrscheinlich ist überhaupt unser Leben etwas ganz anderes als das, was wir zu führen glauben. Es ist vielmehr etwas Rätselhaftes, wenn nicht ganz und gar Unbekanntes. Wir halten es für unser eigenes, glauben es zu führen und führen es, als wüßten wir, wer wir sind. Aber ebensowenig, wie wir uns selbst gehören, gehört es uns, dieses Leben – eine rätselhafte Leihgabe an ein Ich auf Zeit, dunkel und mehrdeutig, wie wir selbst. Aber solange wir nichts anderes tun, als aus unseren Augen aus unserem Kopf zu schauen, ist eben alles ebenso, wie es uns scheint.

Als ich von dem Zettel wieder aufgesehen hatte, verließ ich die Wohnung und ging durch die Stadt, und die Stadt war eine Prächtigkeit, die mich anstaunte, einen zurückstaunenden Menschen.

Ich hatte eine Woche in vollkommenem Glück gelebt, und der gewöhnliche Tag des Unterrichts war verstrichen, ohne daß das Fräulein Švankmajerová erschienen war.

Während ich von der Straßenbahnhaltestelle zum Wohnheim ging, begann es zu regnen. Die Sprechanlage hatte eine Unmenge numerierter Klingelknöpfe, und auf der Innenseite der Glastür war eine maschinengeschriebene Namensliste angebracht mit einem Namen hinter jeder Nummer. Olgas Name war mit »Sch« geschrieben. Nummer 121. Ich wartete.

Ein Mann in grauem Kittel öffnete die Glastür und fragte, ob er helfen könne. Ich verneinte, die Person, die ich besuchen wollte, sei nicht da.

»Wo haben Sie denn geklingelt.«

»Hunderteinundzwanzig.«

Er sah auf der Liste nach.

»Ach so! Die kleine Tschechin mit dem ausgefallenen Namen.«

»Ich bin ein Verwandter.«

Er blickte mich aufmerksam an. »Sie hatte doch den Unfall. Wissen Sie das nicht?«

Ich bemerkte, wie ich mit einem kurzen Sprung halb aus mir selbst herausschnellte. Vermutlich schüttelte ich den Kopf.

»Man weiß nicht, wie es zuging, aber sie geriet irgendwie vor eine Straßenbahn und wurde auf den Gehweg zurückgeschleudert. Dabei hat sie sich den Kopf übel angeschlagen, sah nicht gut aus. Sie war bewußtlos und lag ein paar Tage im Koma.«

»Und dann ist sie gestorben.«

»Nein. Jedenfalls nicht, solange sie hier war. Ihr Vater tauchte auf und bestand darauf, daß sie in ihre Heimat überführt wird. Er hat auch ihre Sachen abgeholt. Viel war's ja nicht. Bißchen Vogelfutter ist noch da.«

»Wie?«

»Sie schien gern Vögel gefüttert zu haben. Ein paar Tüten stehn noch oben.«

Während er redete, war der Regen in Schnee übergegangen. Ich brachte kein Wort heraus.

»Wie gesagt, es sah nicht gut aus. Die Ärzte haben es auch gesagt. Und der Vater hat sie abgeholt, weil er wollte, daß sie wenigstens zu Hause stirbt.«

Es gab eigentlich nichts mehr zu sagen oder zu fragen. Trotzdem brachte ich es nicht fertig, wegzugehen.

»Könnte ich die Tüten mit Vogelfutter haben.«

»Die? Von mir aus? Wollen Sie mit hochkommen?«

»Nein.«

»Warten Sie.«

Als er mit zwei Tüten zurückkam, fragte ich:

»Ist sonst noch was von ihr da?«

»Nein. Nichts.«

»Und die Geige?«

»Die lag am Straßenrand. Völlig zertrümmert. Ich hab alles gleich zusammengefegt und in die Mülltonne gegeben. Wäre ja nichts mehr zu machen gewesen. War zu traurig, der Anblick. Tut mir leid, das sagen zu müssen. Aber ich muß ja sagen, wie es ist, nicht wahr? Wäre ja gemein, falsche Hoffnungen zu machen.« Er sah zum Himmel.

»Ich glaub ja nicht, daß was liegen bleibt, aber es wär vielleicht nicht falsch, wenn ich mal ein bißchen streue. Lieber zu früh als zu spät, oder?«

»Wann ist es passiert?« fragte ich.

»Vor 'ner guten Woche. Tut mir wirklich leid. Sie sind verwandt, sagten Sie?«

»Ja. Ich bin ihr Mann«, murmelte ich, bedankte mich und ging.

Ich drehte mich noch mal um, jetzt schon in dichtem Schneetreiben. Der Schnee fiel in sehr großen Flocken, und es war quälend, wie langsam und lautlos sie zur Erde fielen.

fünfundvierzig

Benommen wie nach einem Schlag mit dem Hammer gegen die Schläfe, irrte ich durch die Straßen. Mir ging immer wieder der kleine Satz durch den Kopf:

»Jetzt ist es schon wieder vorbei.«

Ich bemühte mich, einen Schmerz zu empfinden, war aber so gefühllos wie die große Wunde eines Körpers, der sich selbst narkotisiert hat. Immer wieder fiel mir die Nummer ihrer Klingel ein – 121 –, als ob von dort (etwa in der Art eines Rechentricks: »Ziehe die Quersumme und teile durch ein Viertel des Fünffachen und multipliziere dann …«) Erlösung kommen könnte.

Der Gedanke an das Glück der vergangenen Woche hatte etwas Höhnisches. Ich war glücklich gewesen, selbst als sie schon im Koma lag. Jemand lachte gehässig, wahrscheinlich ich. Alles schon wieder vorbei.

Ich wartete auf dem Güterbahnhofsgelände auf den Platzhalter, aber als eisiger Regen einsetzte, ging ich zum Bahnhof, legte mich auf einem abgelegenen Bahnsteig auf eine Bank, Olgas Vogelfuttertüten als Kopfkissen benützend, und schloß die Augen. Warum nicht ab jetzt hier leben? Bis ans Ende meiner Tage. Vogelfutter wäre da. Ab und zu könnte ich in die Stadt gehen und neues holen und dabei die Betäubung durch einen neuerlichen Hammerschlag auffrischen lassen. Ich hörte Schritte, dann Stimmen.

»Laß ihn!« – »Aber das geht doch nicht!« – »Laß ihn doch. Der stört doch niemanden.«

Als ich mich aufsetzte, schreckte ich einen Vogelschwarm auf. Eine der Tüten war aufgegangen, und Tauben hatten angefangen, die herausgerieselten Körner vom Boden aufzupicken.

Das Atmen war eine mühsame Angelegenheit, konnte man

es nicht ganz einstellen? Das Denken hingegen hatte sich verselbständigt, und in meinem Kopf wurden unablässig Gedanken hergestellt und sofort in immer kleinere Fetzen zerpeitscht.

Am Bahnsteig hielten unbeleuchtete Waggons, Bahnarbeiter machten sich an den Kupplungen zu schaffen, die Türen waren offen, ich stieg ein und legte mich in einem Abteil auf eine Sitzbank. Mehrmals bebte der Waggon unter schweren Erschütterungen, dann setzte er sich langsam in Bewegung und nahm Fahrt auf.

Das Licht versuchte mich auszuradieren und rieb rasch über mich hinweg, aber jedesmal, wenn wieder eine Bogenlampe im Fenster erschien, war ich noch da. Dunkelheit versuchte, mich in sich aufzulösen, aber jedesmal, wenn wieder ein Licht im Fenster erschien, war ich noch da.

Es war zu Ende, aber ich war noch da. Ich wünschte mir einen langen, einen endlosen Schrei – vielleicht um mir einen Strick daraus zu drehen, aber ich brachte nur ein Hecheln heraus. »Ich hätte gern … ich hätte gern .,.. ich hätte gern .,.,.. ich hätte gern .,. .,..ich hätte gern .,.'., .,.'., ich hätte gern .,.'. . ,.'.,
, .. ich hätte gern .,.. .,.'., ,/.'., .. ich hätte gern .,..,/.'., .. ^{2} ich hätte gern ., ¢. .,/.'., .. ^{2} ich hätte gern .,..,/.'., .. ^{2}., ¢. .,/.'., .. ^{2} ich hätte gern .,..,/.'., .. ^{2}., ¢. „“., ..·k't..·k't ..·k't.. \'., .. ^{2} ich hätte gern
.,..,/.'., .. ^{2}., ¢. . \, . ?,..,/.'., .. ^{2}., ¢. .,/.'., .. ^{2} ..·k't..·k't ..·k't.. \'., .. ^{2}
ich hätte gern .,..,/.'., .. ^{2}., ¢. . \, . ?,..,/.'., .. .,..,/.'., .. ^{2}., ¢. „“.,
..·k't..·k't ..·k't.. \'., .. ^{2} ^{2}., ¢. .,/.'., .. ^{2} ..·k't..·k't ..·k't.. \'., .. ^{2} ich hätte gern .,..,/.'., .. ^{2}., ¢. . \, . ?,..,/.'., .. .,..,/.'., .. ^{2}., ¢. „“.,
..·k't..·k't .. .,.., _¯_¯/.'., .. ., ¢. . \, . ~?,..,/.'., .. ^{2}., ¢. .,/.'., ..
.,..,/.'., .. ^{2}., ¢. . \, . ?,..,/.'., .. .,..,/.'., .. ^{2}., ¢. „“., ..·k't..·k't ..·k't.. \'.,
.. ^{2} ^{2}., ¢. .,/.'., .. ^{2} ..·k't..·k't ..·k't.. \'., .. ^{2} ^{2} ..·k't..·k't ..·k't.. \'., .. ^{2}
k't.. \'., .. ^{2} ^{2}., ¢. .,/.'., .. ^{2} ? ..·k't..·k't ..·k't.. \'., .. ^{2} ich hätte gern
.,..,/.'., .. ^{2}., ¢. . \, . ?,..,/.'., .. .,..,/.'., .. ^{2}., ¢. „“., ..·k't..·k't .. .,..,
_¯_¯/.'., .. ., ¢. . \, . ~?,..,/.'., .. ^{2}., ¢. .,/.'., –¯??^{2}k't¢ ¯¡~-¯_.¯_·..
..·k't..·k't ..·k't.. \'., .. k't.. \'., .. .,..,/.'., .. ., ¢. . \, . ?,..,/.'., ..
.,..,/.'., .. ^{2}., ¢. „“., ..·k't..·k't ..·k't.. \'., .. ^{2} ^{2}., ¢. .,/.'., .. ^{2} ..·k't..·k't
..·k't.. \'., .. ^{2} ^{2} ^{2}., ¢. .,/.'., .. ^{2} ? ..·k't..·k't ..·k't.. \'., .. ^{2}' ich hätte gern .,..,/.'., .. ^{2}., ¢. . \, . ?,..,/.'., .. .,..,/.'., .. ^{2}., ¢. „“., ..·k't..·k't

.,..,/.’., .. ^{2}., ¢. . \, . ?,..,/.’., .. .,..,/.’., .. ^{2}., ¢. „“., ..·k’t..·k’t .. .,..,
_¯_¯/.’., .. ., ¢. . \, . ~?,..,/.’., .. ^{2}., ¢. .,/.’., .. ^{2} ..·k’t..·k’t ..·k’t.. \’.,
.. ^{2} k’t.. \’., .. ^{2} ^{2}., ¢. .,/.’., .. ^{2} ? ..·k’t..·k’t ..·k’t.. \’., .. ^{2} .. .,..,
_¯_¯/.’., .. ^{2}., ¢. . \, . ~?,..,/.’., .. ^{2}., ¢. .,/.’., –¯??^{2}k’t¢ ¯¡~-¯_.¯_·..
..·k’t..·k’t ..·k’t.. \’., .. k’t.. \’., .. .,—¯¯????^{22}k’t¢ ¯¡k’t¢
¯¡~~~~~-¯_.¯_·-¯_.¯_· ¢. .,/.’., .. ^{2} ? ..·k’t..·k’t ..·k’t.. \’., .. ^{2} ich
hätte gern .,..,/.’., .. ^{2}., ¢. . \, . ?,..,/.’., .. .,..,/.’., .. ^{2}., ¢. »«.,
..·k’t..·k’t .,..,/.’., .. ^{2}., ¢. . \, . ?,..,/.’., .. .,..,/.’., .. ^{2}., ¢. »«., ..·k’t..·k’t
.. .,.., _¯_¯/. .,..,/.’., .. ., ¢. . \, . ?,..,/.’., .. .,..,/.’., .. ^{2}., ¢. »«.,
..·k’t..·k’t .. .,.., _¯_¯/.’., .. ., ¢. . \, . ~?,..,/.’., .. ^{2}., ¢. .,/.’., –
¯??^{2}k’t¢ ¯¡~-¯_.¯_·.. ..·k’t..·k’t ..·k’t.. \’., .. k’t.. \’., .. ., ¢.
.,/.’., .. ^{2} ? ..·k’t..·k’t ..·k’t.. \’., .. ^{2}”., .. ^{2}., ¢. . \, . ~?,..,/.’., .. ^{2}., ¢.
.,/.’., .. ^{2} ..·k’t..·k’t ..·k’t.. \’., .. ^{2} k’t.. \’., .. ^{2} ^{2}., ¢. .,/.’., .. ^{2} ?
..·k’t..·k’t ..·k’t.. \’., ...,.., _¯_¯/.’., .. ., ¢. . \, . ~?,..,/.’., .. ^{2}.,
¢. .,/.’., –¯??^{2}k’t¢ ¯¡~-¯_.¯_·.. ..·k’t..·k’t ..·k’t.. \’., .. k’t.. \’.,
.. .,—¯¯????^{22}k’t¢ ¯¡k’t¢ ¯¡~~~~~-¯_.¯_·-¯_.¯_· ¢. .,/.’., .. ^{2}
? ..·k’t..·k’t ..·k’t.. \’., .. ^{2} ich hätte gern .,..,/.’., .. ^{2}., ¢. . \, . ?,..,/.’.,
.. .,..,/.’., .. ^{2}., ¢. »«., ..·k’t..·k’t .,..,/.’., .. ^{2}., ¢. . \, . ?,..,/.’., .. .,..,/.’.,
.. ^{2}., ¢. »«., ..·k’t..·k’t .. .,.., _¯_¯/. .,..,/.’., .. ., ¢. . \, . ?,..,/.’., ..
.,..,/.’., .. ^{2}., ¢. ø »«.,ø..·k’t..·k’t .. .,.., _¯_¯/.’., .. ^{2}., ¢. . \, . ~?,..,/.’.,
.. ^{2}., ¢. .,/.’., –¯??^{2}k’t¢ ¯¡~-¯_.¯_·.. ..·k’t..·k’t ..·k’t.. \’., . ¡. ^{2}
k’t.. \’., .. ^{2} ^{2}., ¢. .,/.’ (-)?., .. ^{2} ? ..·k’t..·k’t ..·k’t.. \’., .. ^{2}”., . ^{2}. ., ¢.
. \, . ~?,..,/.’., .. ^{2}., ¢. .,/.’., .. ^{2} ..·k’t..·k’t ..·k’t.. \’., .. ^{2} k’t.?. \’., .. ^{2}
^{2}., ¢. .,/.’., .. ^{2} ? ..·k’t..·k’t ..·k’t.. \’., .. ^{2} .. .,.., ? _¯_¯/.’., .. ., ¢. . \,
. ~?,..,/.’., .. ^{2}., ¢. .,/.’., –¯??^{2}k’t¢ ¯¡~-¯_.¯_·.. ..·k’t..·k’t ..·k’t..
\’., .. k’t.. \’., .. .,—¯¯????^{22}k’t¢ ¯¡k’t¢
¯¡~~~~~-¯_.¯_·-¯_.¯_· ¢. .,/.’., .. ^{2} ? ..·k’t..·k’t ..·k’t.. \’., .. ^{2} ich
hätte gern .,..,/.’., .. ^{2}., ¢. . \, . ?,..,/.’., .. .,..,/.’., .. ^{2}., ¢. »«.,
..·k’t..·k’t .,..,/.’., .. ^{2}., ¢. . \, . ?,..,/.’., .. .,..,/.’., .. ^{2}., ¢. »«., ..·k’t..·k’t
.. .,.., _¯_¯/. .,..,/.’., .. ., ¢. . \, . ?,..,/.’., .. .,..,/.’., .. ^{2}., ¢. ø
»«-¯_.¯_·.. ..·k’t..·k’t ..·k’t.. \’., .. k’t.. \’., .. .,—
¯¯????^{22}k’t¢ ¯¡k’t¢ ¯¡~~~~~-¯_.¯_·-¯_.¯_· ¢. .,/.’., .. ^{2} ?
..·k’t..·k’t ..·k’t.. \’., .. ^{2} ich hätte gern .,..,/.’., .. ^{2}., ¢. . \, . ?,..,/.’.,
.. .,..,/.’., .. ^{2}., ¢. »«., ..·k’t..·k’t .,..,/.’., .. ^{2}., ¢. . \, . ?,..,/.’., .. .,..,/.’.,
.. ^{2}., ¢. »«., ..·k’t..·k’t .. .,.., _¯_¯/. .,..,/.’., .. ., ¢. . \, . ?,..,/.’., ..
.,..,/.’., .. ^{2}., ¢. ø »«.,ø..·k’t..·k’t .. .,.., _¯_¯/.’., .. ., ¢. . \, .
~?,..,/.’., .. ^{2}., ¢. .,/.’., –¯??^{2}k’t¢ ¯¡~-¯_.¯_·.. ^{2} ..·k’t..·k’t ..·k’t..

\'., . ²¡. ² k't.. \'., .. ² ²., ¢. .,/.' (-)?., .. ² ? ..·k't..·k't ..·k't.. \'., .. ²"., . ². ., ¢. . \, . ~?,..,/.'., .. ²., ¢. .,/.'., .. ² ..·k't..·k't ..·k't.. \'., .. ² k't.?. \'., .. ² ²., ¢. .,/.'., .. ² ? ..·k't..·k't ..·k't.. \'., .. ² .. .,.., ? _¯_¯/.'., .. ., ¢. . \, . ~?,..,/.'., .. ²., ¢. .,/.'., –¯??²k't¢ ¯¡~-¯_.¯_·.. ..·k't..·k't ..·k't.. \'..,ø..·k't..·k't .. .,.., _¯_¯/.'., .. ., ¢. . \, . ~?,..,/.'., .. ²., ¢. .,/.'., –¯??²k't¢ ¯¡~-¯_.¯_·.. ..·k't..·k't ..·k't.. \'., . ¡. ² k't.. \'., .. ² ².,..,/.'., .. ²., ¢. . \, . ?,..,/.'., .. .,..,/.' [., .. ²., ¢. »«., ..·k't..·k't .,..,/.'., .. ²., ¢. . \, . ?,..,/.'., .. .,..,/.'., .. ²., ¢. »«., ..·k't..·k't .. .,.., _¯_¯/. .,..,/.'., .. ., ¢. . \, . ?,..,/.'., .. .,..,/.'., .. ²., ¢. »«., ..·k't..·k't .. .,.., _¯_¯/.'., .. ²., ¢. . \, . ~?,..,/.'., .. ²., ¢. .,/.'., – ¯??²k't¢ ¯¡~-¯_.¯_·.. ..·k't [..·k't ..·k't.. \'., .. k't.. \'., .. ., ¢. .,/.'., .. ² ? ..·k't..·k't ..·k't.. \'., .. ²" [., .. ²., ¢. . \, . ~?,..,/.'., .. ²., ¢. .,/.'., .. ² ..·k't..·k't ..·k't.. \'., .. ² k't.. \'., .. ² ²., ¢. .,/.'., .. ² ? ..·k't..·k't ..·k't.. \'., .. ² .. .,.., _¯_¯/.'., .. ., ¢. . \, . ~?,..,/.'., .. ²., ¢. .,/.'., –¯??²k't¢ ¯¡~-¯_.¯_·.. ..·k't..·k't ..·k't.. \'., .. k't.. \'., .. .,—¯¯????²²k't¢ ¯¡k't¢ ¯¡~~~~-¯_.¯_·-¯_.¯_· ¢. .,/.'., .. ² ? ..·k't..·k't ..·k't.. \'., .. ² ., ¢. .,/.' (-)?., .. ² ? ..·k't..·k't ..·k't.. \'., .. ²"., . ². ., ¢. . \, . ~?,..,/.'., .. ²., ¢. .,/.'., .. ² ..·k't..·k't ..·k't.. \'., .. ² k't.?. \'., .. ² ²., ¢. .,/.'., .. ² ? ..·k't..·k't ..·k't.. \'., .. ² .. .,.., ? _¯_¯/.'., .. ., ¢. . \, . ~?,..,/.'., .. ²., ¢. .,/.'., –¯??²k't¢ ¯¡~-¯_.¯_·.. ..·k't..·k't ..·k't.. \'., .. k't.. \'., .. .,— ¯¯????²²¹•???•²k't°´?··.°?¡~~~k't¢ ¯?¡k't¢ ¯¡~~~~-¯_.¯_·-¯_.¯_· ¢. .,/.'., ¿ .. ² ? ..·k't..·k't ..·k't.. \'., .. ² ich hätte gern .,..,/.'., .. ²., ¢. . \, . ?,..,/.'., .. .,..,/.'., .. ²., ¢. »«., ..·k't..·k't .,..,/.'., .. ²., ¢. . \, . ?,..,/.'., .. .,..,/.'., .. ²., ¢. »«., ..·k't..·k't .. .,.., _¯_¯/. .,..,/.'., .. ., ¢. . \, . ?,..,/.'., .. .,..,/.'., .. ²., ¢. ø »«.,ø..·k't..·k't .. .,.., _¯_¯/.'., .. ., ¢. . \, . ~?,..,/.'., .. ²., ¢. .,/.'., – ¯??²k't¢ ¯¡~-¯_.¯_·.. ..·k't..·k't ..·k't.. \'., . ¡. ² k't.. \'., .. ² ².,... ²., ¢. . \, . ?,..,/.'., .. .,..,/.'., .. ²., ¢. »«., ..·k't..·k't .,..,/.'.,ich hätte .. ²., ¢. . \, ich hätte gern . ?,..,/.'., .. .,..,/.'., .. ²., ¢. »«., ..·k't..·k't .. .,.., _¯_¯/. .,..,/.'., .. ., ¢. . \, . ?,..,/.'., .. .,..,/.'., .. ²., ¢. ø »«.,ø..·k't..·k't .. .,.., _¯_¯/.'., .. ., ¢. . \, . ~?,..,/.'., .. ²., ¢. .,/.'., – ¯??²k't¢ ¯¡~-¯_.¯_·.. ..·k't..·k't ..·k't.. \'., . ¡. ² k't.. \'., .. ² ²., ¢. .,/.' (-)?., .. ² ? ..·k't..·k't ..·k't.. \'., .. "., . ². ., ¢. . \, . ~?,..,/.'., .. ²., ¢. .,/.'., .. ² ..·k't..·k't ..·k't.. \'., .. ² k't.?. \'., .. ² ²., ¢. .,/.'., .. ² ? ..·k't..·k't ..·k't.. \'., .. ² .. .,.., ? _¯_¯/.'., .. ., ¢. . \, . ~?,..,/.'., .. ²., ¢. .,/.'., –¯??²k't¢ ¯¡~-¯_.¯_·.. ..·k't..·k't ..·k't.. \'., .. k't..

\’., ..   .,—¯¯????22k’t¢ ¯¡k’t¢ ¯¡~~~~-¯_.¯_·-¯_.¯_· ¢. .,/.’., .. 2 ? ..·k’t.,/.’., .. 2., ¢. . \, . ?,..,/.’., .. .,..,/.’ [., .. 2., ¢. »«., ..·k’t..·k’t .,..,/.’., .. 2., ¢. . \, . ?,..,/.’., .. .,..,/.’., .. 2., ¢. »«., ..·k’t..·k’t .. .,.., _¯_¯/. .,..,/.’., .. ., ¢. . \, . ?,..,/.’., .. .,..,/.’., .. 2., ¢. »«., ..·k’t..·k’t .. .,.., _¯_¯/.’., .. ., ¢. . \, . ~?,..,/.’., .. 2., ¢. .,/.’., –¯??2k’t¢ ¯¡~-¯_.¯_·.. ..·k’t [..·k’t ..·k’t.. \’., .. k’t.. \’., .. ., ¢. .,/.’., .. 2 ? ..·k’t..·k’t ..·k’t.. \’., .. 2” [., .. 2., ¢. . \, . ~?,..,/.’., .. 2., ¢. .,/.’., .. 2 ..·k’t..·k’t ..·k’t.. \’., .. 2 k’t.. \’., .. 2 2., ¢. .,/.’., .. 2 ? ..·k’t..·k’t ..·k’t.. \’., .. 2 .. .,.., _¯_¯/.’., .. ., ¢. . \, . ~?,..,/.’., .. 2., ¢. .,/.’., – ¯??2k’t¢ ¯¡~-¯_.¯_·.. ..·k’t..·k’t ..·k’t.. \’., .. k’t.. \’., .. .,— ¯¯????22k’t¢ ¯¡k’t¢ ¯¡~~~~-¯_.¯_·-¯_.¯_· ¢. .,/.’., .. 2 ? ..·k’t..·k’t ..·k’t.. \’., .. 2 ., ¢. .,/.’ (-)?., .. 2 ? ..·k’t..·k’t ..·k’t.. \’., .. 2”., . 2. ., ¢. . \, . ~?,..,/.’., .. 2., ¢. .,/.’., .. 2 ..·k’t..·k’t ..·k’t.. \’., .. 2 k’t.?. \’., .. 2 2., ¢. .,/.’., .. ? ..·k’t..·k’t ..·k’t.. \’., ...,.., ? _¯_¯/.’., .. ., ¢. . \, . ~?,..,/.’., .. 2., ¢. .,/.’., –¯??2k’t¢ ¯¡~-¯_.¯_·.. ..·k’t..·k’t ..·k’t.. \’., .. k’t.. \’., .. .,— ¯¯????221•???•2k’t°´?··.°?¡~~~k’t¢ ¯?¡k’t¢ ?¡~~~~-¯ _.¯_·-¯_.¯_· ¢. .,/.’., ¿ .. 2 ? ..·k’t..·k’t ..·k’t.. \’., .. 2 ’chättegern , .. 2 ? ..·k’t..·k’t ..·k’t.. \’., .. 2” [., .. 2., ¢. . \, . ~?,..,/.’., .. 2., ¢. .,/.’., .. 2 ..·k’t..·k’t ..·k’t.. \’., .. 2 k’t.. \’., .. 2 2., ¢. .,/.’., .. 2 ? ..·k’t..·k’t ..·k’t.. \’., ...,.., _¯_¯/.’., .. ., ¢. . \, . ~?,..,/.’., .. 2., ¢. .,/.’., – ¯??2k’t¢ ¯¡~.. ’chättegern _.¯_·.. ..·k’t..·k’t ..·k’t.. \’., .. k’t.. \’., .. .,—¯¯????22k’t¢ ¯¡k’t¢ ¯¡~~~~-¯_.¯_·-¯_.¯_· ¢. .,/.’., .. ’chättegern 2., ¢. »«., ..·k’t..·k’t .,..,/.’., .. 2., ¢. . \, . ?,..,/.’., .. .,..,/.’., .. 2., ¢. »«., ..·k’t..·k’t .. .,.., _¯_¯/. .,..,/.’., .. ’chättegern »«., ..·k’t..·k’t .. .,.., _¯_¯/. .,..,/.’., .. ’chättegern k’t.. \’., ...·k’t .,—¯ ¯? ???22k’t¢ ’chättegern ¯¡k’t¢ ¯¡~~ ~ ~ -¯_.¯_·-¯_.¯_· ’chättegern ..,/.’., . ’chättegern \’., .’chättegern ’… chättegern ’chättegern ’chättegern ’chättegern ’chättegern ’chättegern ’chättegern ’chättegern ’chättegern ’chättegern ’chättegern ’chättegern ’chätteg’ ’chätteg’ ’chätteg’ ’chätteg’ ’chätteg’ ’chätteg’ ’chätteg’ ’chätteg’ .. . .. . ·k’t .. . . ·k’t .. . . ·k’t .. . ·k’t .. . ·k’t . . ·k’t . . ·k’t.. ·k’t.. ·k’t.·· k’t.·· ·k’t.··· ·k’t.·· ··k’t.·k’tk’tk’tk’tk’t.k’t-k’t····k’t·.·. .. ·.·.··.k’tk’t ·. ·.·. ·.· .· ’chätt ’chätt 22 2 2?2 22 ’chätt ’chätt 2 2 2 2 ?? 2 ?? ? ? . .. . … ¯¡k’t¢?? -(-)~~~~H … die Erschütterung von einem Aufprall, gefolgt von sich in die Ferne fortsetzendem metallischem Geschepper, weckte mich.

Es war dunkel. Der Waggon knisterte. Erst dachte ich, er sei zwischen Betonwänden zum Stehen gekommen, doch als ich die Tür öffnete, sah ich, daß es Nebel war, der sich unter den Bogenlampen zu leuchtenden Klumpen verdichtete. Ich wußte nicht, aus welcher Richtung ich gekommen war, und ging irgendwohin los. Als ich einen sich nähernden Zug hörte, blieb ich stehen und starrte in die Richtung. Ich sah nach unten – wenn ich auf den Schwellen stand, dann konnte mir nichts passieren. Das Geräusch wurde rasch lauter, nichts war zu sehen, bis plötzlich einige Meter von mir entfernt ein Gebinde erleuchteter Fenster durch den Nebel glitt. Kurz darauf hörte ich die ferne Stimme eines Bahnsteiglautsprechers – sie klang wie: »Die Guten ins Töpfchen, die Schlechten ins Kröpfchen.« Während ich auf die Erbsenzählerei zuhielt, ging mir auf, daß es doch besser wäre, wenn ich nicht auf, sondern neben den Schwellen liefe.

Am Schalter verlangte ich einen Fahrschein in meine Stadt. Erst als der Zug längst fuhr, fiel mir ein, daß ich nicht wußte, wo ich gewesen war.

Ich ging durch die Stadt. Eine andere Welt. Der herausgesprungene Bewohner meiner selbst war wieder in mich getreten; er war eiskalt. Völlig durchnäßt, erreichte ich meine Wohnung und setzte mich, in eine Decke gehüllt, auf einen der beiden letzten Stühle. Als ich aus der Erstarrung erwachte, rutschte sofort die Verzweiflung wie eine abgehende Lawine auf mich herunter und verschüttete mich.

Bei Olgas Eltern nahm niemand ab. Ich versuchte es immer wieder und sehnte mich nach so etwas Banalem wie einem Anrufbeantworter, obwohl ich wahrscheinlich nichts anderes hineingeschluchzt hätte als eine endlose Folge von »Olga«. Doch es läutete lange, mit, wie mir schien, unendlich langen Pausen zwischen den einzelnen Klingelzeichen, bis nach einem Knacken das Freizeichen ertönte. Ich überlegte, wieviel Krankenhäuser es wohl in Prag gäbe, vermutete dann aber, daß die Verständigung schwierig sein und ich ohnehin keine Auskunft erhalten würde.

Dann legte ich mich auf den Boden neben das Telephon. Ich

begann wieder zu zittern. Andere würden nun etwas trinken. Aber ich nicht. Selbst wenn ich etwas gehabt hätte. Wie gern wäre ich nun fortgegangen. Doch wohin? Alles schon wieder vorbei. Das Herz tat weh, es war also noch da. Ich faltete die Hände über meinem Bauch und schloß die Augen. Fort, fort, flehte ich. Aber ich war noch da. Früher hatte ich geglaubt, schon fortgegangen zu sein, zum Hang über den See hinauf; aber nun erfuhr ich, daß ich noch da war, und erfuhr, daß dies bitter war.

Bilder und Klänge stürmten in meinen Kopf, das Auf und Zu eines schimpfenden Mundes, eine Hand, die einem bissigen Hund die Futterschüssel hinschiebt, das Knurren des Hundes, eine Motorhaube, die sich kreischend öffnet, die klappernde Klappe eines Briefkastens, ein Takt aus den Dumky, ein keuchender Hund, der sich an einer Kette fast den Hals abschnürt, ein Finger, der, pickend wie ein Vogelschnabel, eine Klaviertaste anschlägt. Als ich ein achteckiges Zimmer sah, drängte ich mich sofort dorthin, watete den nachfolgenden, ausströmenden Bildern entgegen, aber ich erreichte das Zimmer nicht, davor stand ein Geiger, der mit geschlossenen Augen spielte, und seinem Instrument entströmten keine Geigentöne, sondern ein Geräusch wie von Wind.

Nachts schreckte ich hoch. Hatte ich das laute Telephonklingeln geträumt? Ich nahm ab. Mein »Bitte?« klang wie das Fremdeste, das je ein Mensch ausgesprochen hat. Aus der Muschel drang Rauschen. Nach einer Weile hörte ich, daß es nicht das Rauschen des Telephons selbst war, sondern als würde der Hörer in ein sehr entferntes Rauschen hinausgehalten.

»Olga?« fragte ich. »Olga?«

Mit dem Ohr am rauschenden Hörer schlief ich ein.

sechsundvierzig

Als ich morgens aufwachte, war der Hörer still wie ein Stein, den man ans Ohr hält. Es brauchte dennoch Überwindung, ihn aufzulegen. Ich aß ein Stück Brot, zwang mich nach ein paar Bissen dazu, Margarine darauf zu schmieren.

Nochmals wählte ich die Nummer, vergeblich, wollte das Haus verlassen, blieb aber unschlüssig im Flur stehen, kehrte zurück in die Wohnung, riß den Telephonhörer ab, steckte ihn in die Tasche und ging.

»Das wäre doch nicht nötig«, rief mir die Bäckerin hinterher, als ich das Wechselgeld liegenließ. »Hör endlich auf damit!« schrie eine Frau einen kleinen Jungen an. »In sieben Stunden!« rief ich, als ich nach dem nächsten Zug gefragt hatte. »Aus! Aus! Aus!« schrie ein Mann einen Hund an, der sich in die Aktentasche eines anderen verbissen hatte. Von der Haltestelle fuhr eben ein Bus ab. Obwohl deswegen die Wartezeit bis zum Abend nicht verlängert wurde und der nächste Bus in kaum zehn Minuten kommen würde, ärgerte ich mich. »Hör endlich damit auf!« schrie eine – andere? – Frau einen kleinen Jungen an. Ein Auto fuhr an die Bushaltestelle, ein Mann stieg aus und rannte mit einem dicken Packen Briefumschläge zum Expreßbriefkasten, der Motor lief, die Fahrertür stand auf. Auf dem Beifahrersitz lag eine Postkarte.

Auf der Autobahn bemerkte ich, daß der Tank fast leer war. Als ich an der Zapfsäule der Tankstelle ausstieg, kam ein Polizist auf mich zu.

»Ist das Ihr Auto?«

»Warum?«

»Schaun Sie mal den Reifen links hinten an. Zu wenig Luft.«

Ich bedankte mich und fuhr zum Druckluftgerät. Als der

Polizist mit einer Limonadenflasche aus dem Laden kam, nickte er mir zu.

Schon vor der tschechischen Grenze begann es zu schneien. Der Grenzbeamte warf mißmutig einen Blick auf die gefaltete Postkarte, die ich als Ausweis hinhielt, und winkte mich durch.

Der Schnee fiel immer dichter, bis ich schließlich nichts mehr von der Landschaft erkennen konnte. Daß vor wenigen Tagen, wahrscheinlich auf derselben Strecke, das bewußtlose Fräulein Švankmajerová Prag entgegengefahren war, während ich zur gleichen Zeit die glücklichsten Tage verbracht hatte. Und nun fuhr ich ebenfalls nach Prag, sah nichts von der Landschaft und wußte wieder nicht, ob und was das Fräulein soeben tat, oder ob und wie ich das Fräulein finden würde. Die Straße ragte als weiße Bahn in eine weiße Nichtwelt hinein, aus dem Nichts gewannen die Scheinwerfer entgegenkommender Autos an Helligkeit, und dahinter setzten sich die Fahrzeuge zusammen. Am Straßenrand standen blinkende Autos, umgeben von gestikulierenden Menschen, auf der Gegenspur tauchte ein Wagen mit Blaulicht auf. Dann begann mein Auto zu stottern. Ich hatte gar nicht getankt, fiel mir ein, während ich an den Straßenrand rollte.

Innerhalb von Sekunden war die Windschutzscheibe von Schnee bedeckt. Ich suchte im Kofferraum nach einem Reservekanister, stieg wieder ein, fand einen Zettel im Handschuhfach, schrieb meine Adresse darauf, legte ihn auf den Sitz, schloß das Auto ab und ging am Rand der Autobahn in Fahrtrichtung weiter. Schon mein erster Versuch, ein Auto anzuhalten, gelang.

Das Deutsch des Fahrers reichte zwar für die Frage nach meinem Ziel, aber nicht für eine Unterhaltung. Im Auto war es sehr warm, der Fahrer saß im Unterhemd da und starrte vorgebeugt über das Lenkrad hinaus. Das Radio lief, Schlager, Nachrichten, der Fahrer übersetzte:

»Mehr Schnee. Viel. Viel.«

Ich nickte ein und wachte vom Telephonklingeln auf. Das Fahrzeug hatte gerade einen Lastwagen überholt und war dabei, wieder auf die rechte Spur zu wechseln. Als ich den Telephonhörer aus der Tasche zog und mich mit: »Ja, bitte?« meldete, sah der Fahrer irritiert zu mir herüber, das Auto vollführte unwirklich langsam eine Drehung, der Fahrer rief etwas, der eben überholte Lastwagen kam mit dröhnendem Hupen näher und rammte unser Auto. Während wir auf den Fahrbahnrand zuschossen, drehte der Fahrer das Steuer in unsinniger Hektik hin und her, ohne das Auto von seinem Kurs abzubringen, bis ich, um der Unruhe ein Ende zu machen, hinüberlangte und das Lenkrad festhielt. Der Fahrer schrie auf, versuchte, meine Hand vom Lenker zu lösen, und begann, als ihm das nicht gelang, mich an meiner Jacke hin- und herzuschütteln, so daß ich erwog, ob ich ihn mit seinen Steuerkünsten nicht allein lassen und einfach aussteigen sollte, als mir von dem Gerüttel der Telephonhörer hinunterfiel. Ich bückte mich, hob ihn auf und hatte mich eben wieder aufgerichtet, als das Auto den Fahrbahnrand erreichte und einen steilen Hang hinunterkippte und der Fahrer verstummte. Aus dem Schneetreiben tauchten Baumstämme auf, die plötzlich hochhüpften und über das Auto sprangen, gleich darauf erneut, aber näher, erschienen und wieder in die Höhe schnellten. Es sah aus, als setzten die Bäume immer wieder dazu an, über das Auto hinwegzuspringen, das zuletzt mit der Fahrertür gegen einen Stamm prallte. Der Fahrer lag schwer auf mir, ich konnte mich kaum bewegen. Nach einer Weile regte er sich, drehte den Kopf, sah mich mißmutig an.

»Da sehen Sie, wohin Ihre Raserei uns geführt hat!« fuhr ich ihn erbost an. Er murmelte gereizt etwas. Ich wußte nicht, ob er mich überhaupt verstanden hatte.

Die Beifahrertür ließ sich nicht öffnen, aber das Fenster, und mit einem Getrampel, dessen Rücksichtslosigkeit mich noch mehr erboste, kroch er über mich hinweg aus dem Wagen. Ich mußte mich, während er sich hinaushievte, vor seinen um sich tretenden Stiefeln in acht nehmen und machte ihm, kaum daß auch ich draußen war, heftige Vorwürfe.

Aber er beachtete mich nicht, stand – im Unterhemd – im fallenden Schnee und sah reglos auf das Auto. Vielleicht, dachte ich, war es gar nicht seines gewesen. Vielleicht hatte er es geklaut.

Es war erst völlig still, dann hörte ich den fallenden Schnee. Ich tastete nach dem Telephonhörer, aber er war nicht mehr in der Jackentasche.

Der Fahrer ging zum Wagen, zerrte die kreischende Hintertüre auf und holte einen Mantel heraus.

»Und jetzt?« fragte ich unwirsch. Er zog den Mantel an und wandte sich wieder dem Auto zu.

»Und jetzt?« wiederholte ich. Er hob, ohne sich umzusehen, eine Hand in einer ratlosen Geste und ließ sie fallen. In der Tat, was sollten wir auch tun?

Ich sah nach oben, zur Autobahn, aber von dort war weder etwas zu hören, noch tauchte jemand auf, um nach uns zu sehen. Ich merkte, wie meine Erbostheit einer Erschöpfung Platz machte.

»Bei allem haben wir ganz schön Glück gehabt«, sagte ich. Der Fahrer reagierte nicht.

»Oder haben Sie sich verletzt?«

Er drehte sich brüsk um. Da er tiefer stand als ich, sah er mich eigenartig scheel von unten an. Sein Mantel war offen, und man sah sein Unterhemd. Er schien meiner Fragen mehr als überdrüssig, und es hätte mich nicht gewundert, wenn er gesagt hätte, ich solle endlich den Mund halten.

Er setzte sich in den Schnee. Auf seinen Schultern bildete sich eine weiße Schicht, Schmelzwasser rieselte ihm übers Gesicht, und ab und zu strich er sich den Schnee aus den Haaren. Dann hörten wir Stimmen, doch nicht von oben, sondern von unten, und bald zeichneten sich Gestalten im fallenden Schnee ab. Etliche Männer in Wintermänteln kamen gut gelaunt den Hang heraufgestapft, grüßten uns durch Kopfnicken und begutachteten dann das Auto mit fachmännischer Miene.

»Wie komme ich jetzt nach Prag?«

Sie sahen sich verblüfft an.

Schließlich sagte einer:

»Unten ist ein Bahnhof.«

»Und Sie?« fragte ich den Fahrer. »Wollen Sie etwa hierbleiben?«

Er verzog nur das Gesicht. Ich schüttelte den Kopf, und

nachdem ich noch einmal vergeblich den Telephonhörer gesucht hatte, ging ich hinab.

Am Fuß des Hangs stieß ich auf eine Bahnstrecke, lief neben den Gleisen her, bis ich schließlich zu einem Ziegelgebäude gelangte, an dem eine riesige Tafel mit dem Namen der Station angebracht war. Den Fahrplan konnte ich nicht lesen, denn die Scheiben des Glaskästchens waren schmutzig, ja ich wußte nicht einmal, ob überhaupt ein Fahrplan darin hing.

Im ersten Stock des Gebäudes brannte Licht, und ich ging eben auf der Suche nach einer Tür um das Haus herum, als ich das Geräusch eines fahrenden Zuges hörte. Der Zug selbst war noch nicht zu sehen, doch zwischen den schneetragenden Bäumen drangen sich auffächernde Lichtstrahlen in den Dämmer. Es war Spätnachmittag, aber die Dämmerigkeit rührte wohl eher von den tief ziehenden grauen Wolken.

Dann tauchte eine Lokomotive mit einigen strahlend hell erleuchteten Waggons auf. Eine Tür schlug auf, und der Schaffner sprang auf den Bahnsteig.

Auf meine Frage, ob der Zug nach Prag fahre, lächelte er freundlich und wies mich in den Wagen. Ich wußte nicht, ob er mich verstanden hatte. Der Waggon, den ich betrat, war leer.

Als der Zug angefahren war, sah ich an einem Hang die Männer stehen, daneben das Auto auf dem Dach im Schnee, der Fahrer saß noch immer. Die Männer standen reglos zum Tal gewandt, und ich dachte, sie hielten nach mir Ausschau, und winkte ihnen zu. Aber sie sahen nicht zum Zug, sondern über ihn hinweg, zu den Tälern auf der anderen Seite, aus denen die Dunkelheit wie Rauch herausschwelte.

Das Abteil war überheizt. Ich stellte fest, daß ich mir, trotz der großen Tafel am Bahnhofsgebäude, den Namen der Station nicht gemerkt hatte.

Als ich aufwachte, stand der Zug. Die anderen Fahrgäste, wenn der Zug denn welche gehabt hatte, waren fort. Es war schon dunkel, nur am Horizont dämmerte der Himmel noch bläulich, sogar hellbläulich.

Auf dem Bahnsteig herrschte reges Treiben von Menschen,

die nicht vorhatten zu verreisen, sondern trotz der Kälte herumschlenderten, an den Kiosken Bratwürste kauften oder beisammenstanden.

Mein Blick fiel auf eine Gruppe Männer, die sich angeregt unterhielten. Einer winkte mich heran, trat zur Seite und zeigte auf den freigewordenen Platz in der Runde.

Man lächelte mir zu, erwiderte meinen Gruß und fuhr dann in dem Gespräch fort, von dem ich gar nichts verstand. Ein Mann ging zum Kiosk und kam mit einer Flasche Bier für mich wieder. Wir prosteten uns zu. Erst als ich trank, merkte ich, wie groß mein Durst war; ich leerte die Flasche schnell und wunderte mich, daß mir der Alkohol nicht zu Kopf stieg.

»Spricht einer der Herren deutsch?« fragte ich. Keiner verstand mich, und zum Abschied reichte ich jedem die Hand.

Als ich die Treppe hinuntergehen wollte, über die man den Bahnsteig verlassen konnte, blieb ich fassungslos stehen. Das Fräulein Švankmajerová kam eben herauf.

siebenundvierzig

»Olga«, sagte ich und schämte mich, weil ich vermutlich nach Bier roch. Sie schien keineswegs erstaunt, mich zu sehen.

»Gut, daß Sie da sind. Wir wollen gleich gehen.«

»Aber wie kommt es denn, daß Sie hier sind?« rief ich.

»Ich wollte Sie abholen.«

»Aber das ist ja unglaublich!« rief, ja schrie ich fast. »Daß Sie in dem Moment, wo ich die Treppe hinunterwill, heraufkommen.«

Sie war die Treppe schon hinabgegangen und blickte nur kurz zurück – wie mir schien, um zu sehen, ob ich ihr folge. Dann lief sie weiter.

»Und überhaupt«, rief ich hinter ihr, »sind Sie denn schon wieder gesund?«

»Ja, ja«, sagte sie zerstreut.

Besorgt sah ich sie von der Seite an, entdeckte in ihrem Gesicht aber keinerlei Spur einer Verletzung.

»Warum sehen Sie mich so an«, sagte sie, keineswegs unfreundlich, aber mir wurde klar, daß die Begegnung eine zufällige war und Olga keineswegs vorhatte, mit mir noch etwas zu tun zu haben. Wahrscheinlich war der Zettel mit ihrer Antwort nur ein Jux gewesen, und nun ärgerte sie sich über den Zufall und überlegte, wie sie mich loswerden könne.

Ich hielt an. Sofort blieb auch sie stehen. Ich suchte nach Worten, ich wollte ihr etwas in der Art sagen, daß ich nicht vorhätte, sie weiter zu belästigen, daß ich sogleich wieder abreisen würde, als sie zu mir trat.

»Laß uns Du zueinander sagen, jetzt, wo wir fast schon Mann und Frau sind«, sagte sie, küßte mich auf den Mund und schlang ihre Arme um mich. Verlegen nahm sie mich danach an der Hand.

»Ich habe mehrmals angerufen!« sagte ich, während wir durch das Bahnhofsgebäude gingen.

»Meine Eltern sind derzeit nicht zu Hause.«

»Aber wo warst du denn?«

»Im Krankenhaus.«

Sie zog mich sanft, weil ich stehenbleiben wollte. Ich war plötzlich besorgt.

»Bist du etwa noch krank? Und hast das Krankenhaus heimlich verlassen?«

Sie antwortete nicht und zog mich wieder am Arm, weil ich stehengeblieben war. Auf den Straßen war lebhafter Verkehr. Hier lag kein Schnee. Wir gingen schweigend und eilig zwischen den zahlreichen Passanten. Ich hätte gern innegehalten, die Passanten studiert, geschaut, um was für Fahrzeuge es sich handelte, die so zahlreich fuhren.

»Deine Stadt ist wirklich wunderschön«, sagte ich. Sie nickte nur. Als ich sie fragte, ob sie mir nicht das eine oder andere zeigen wolle oder wir uns nicht in eines der goldfenstrigen Kaffeehäuser setzen und in Ruhe miteinander plaudern wollten, sah sie mich gequält an, nahm mich bei der Hand und zog mich weiter.

Die Stadt schien an mir vorbeizurutschen. In der Brücke, über die wir bald eilten, erkannte ich die Karlsbrücke. Wir stiegen an ihrem Ende über eine Seitentreppe zu einem schwach beleuchteten Platz hinab und gelangten durch einen schmalen Gang zwischen zwei Häusern in einen Hinterhof, der auf einer Seite von einem düster glitzernden Kanal begrenzt war. Olga öffnete eine Haustür, ein Schlüssel war nicht nötig. Ich staunte, daß in einem Haus so viel Raum für eine derart große Eingangshalle verschwendet worden war. Hier herrschte ein schwaches Licht, ohne daß ich sehen konnte, woher es kam. Ganz hinten war eine breite Treppe zu erahnen.

Im vierten Stock schloß Olga eine Wohnungstür auf und führte mich durch einen mehrfach abbiegenden Flur in ein Zimmer mit einer Dachschräge, offensichtlich ihr Mädchenzimmer. Durch ein dreieckiges Fenster sah man die riesige Kuppel einer Kirche.

Jetzt erst schien Olga zur Ruhe zu kommen.

»Setz dich bitte.« Sie wies auf das kleine Bett. Sie selbst blieb wie ratlos mitten im Zimmer stehen.

»Nein, setz dich doch nicht«, sagte sie. Ich stand auf.

»Verzeih, wenn ich so durcheinander bin. Aber ich hatte befürchtet, daß wir uns nicht mehr sehen.« Jetzt setzte sie sich, stand aber ebenfalls gleich wieder auf.

Im Zimmer war nur das Licht, das von den Straßenlaternen herauffiel. Olgas Hals wirkte noch schmaler als sonst, und ich fand, daß ihre breiten Wangenknochen und ihre schrägen Augen wild und geheimnisvoll aussahen.

»Warte einen Moment«, sagte sie und verschwand. Ich hörte leises Glasklirren, das Scharren einer Schublade, leichte Schritte.

Ich wartete, stehend, lange, dann rief ich leise Olgas Namen. Als es still blieb, sah ich in den Flur. Aus einer Türe fiel schwaches Licht. Es war die Küche. Olga saß im Licht einer kleinen Wandlampe am Tisch, den Kopf gesenkt, die Arme auf dem Tisch ausgestreckt; sie schien übersät von Fetzen aus Dunkelheit, von Schattenmonden und dünnen Lichtsicheln. Zeigten sich nun die Schnitte und Narben vom Unfall?

»Olga …?« flüsterte ich.

Sie hob langsam den Kopf, ich konnte das Gesicht nicht erkennen und trat auf sie zu.

»Wo warst du denn?«

Sie blieb reglos, hielt die Augen geschlossen, dann öffnete sie sie.

»Ich hab Wein geholt«, sagte sie leise, als striche sich ein Vogel den Flügel durch den Schnabel. Ihr Gesicht war ganz unversehrt.

»Ich trinke nicht«, sagte ich, aber sie legte mir ihre kühle Hand auf die Stirn und murmelte:

»Keine Bange …«

Dann begann sie, einen Korkenzieher in die Flasche einzudrehen. Es schien ihr Mühe zu bereiten. Ich wagte weder, ihr Hilfe anzubieten, noch, sie auf ihren Unfall anzusprechen.

»Bist du denn gut hergekommen?« fragte sie, während sie langsam den Korken herauszog.

»Denk dir ...«, fing ich mit Schwung an, als es mir plötzlich unziemlich erschien, ihr von meinem Unfall zu erzählen. Statt dessen sagte ich:

»Denk dir nur, wie es geschneit hat!«

»Schnee«, sagte sie, nichts sonst. Mit rätselhaftem Klang glitt der Korken aus dem Flaschenhals.

»Plopp«, sagte Olga, jedoch ganz ausdruckslos. Aber froh, daß das Gespräch eine heitere Wendung nahm, lächelte ich, doch kaum hatte ich damit angefangen, merkte ich, daß ich gar nicht lächelte, sondern schluchzte, und zwar »bitterlich«, wie es im Märchen heißt. Olga legte ihre Hände auf beide Seiten meines Gesichts und sah mich freundlich an. Schließlich beruhigte ich mich unter ihrem Flüstern. Wir trugen die Weinflasche und zwei Gläser in ihr Zimmer und setzten uns auf das kleine Bett.

Sie goß ein und reichte mir das Glas. Wir tranken den quittegelben Wein, uns dabei in die Augen sehend.

Als sie ihr Glas abstellte, schien mir, daß ihre Hand zitterte. Ihre Augen glitzerten. Dann entkleidete sie sich. Sie hatte keinen Büstenhalter an, sondern ein breites, flaumiges Tuch, das ihre Brust umspannte. Als sie sich mit dem Rücken vor mich stellte, verstand ich, daß ich die beiden Bänder, mit denen das Tuch geschlossen war, lösen sollte. Ich sah auf das Geschling ihrer hochgesteckten Haare, den schmalen Hals und die Schultern.

Während wir uns liebten, lächelte Olga unmerklich, mit gesenkten, zitternden Lidern, bis sie mich weitaugig ansah. Danach schliefen wir ein. Am Morgen fand ich mich allein im Bett.

Ich hörte Olgas Stimme aus dem Nebenzimmer. Schließlich wurde ein Telephonhörer aufgelegt, sie erschien lächelnd in der Tür.

»Hast du im Krankenhaus Bescheid gesagt?« fragte ich. Ihr Lächeln verschwand. Sie setzte sich auf das Bett.

»Nein. Ich hoffe, du bist nicht böse, weil ich mich nicht mit dir besprochen habe. Aber ich ... wir können heute nachmittag heiraten.«

Ich brachte vor Verblüffung kein Wort heraus.

»Wenn es dir nicht recht ist …«

»Doch, doch. Recht gern.« Ich nahm ihre Hand.

»Es ist etwas schnell, ich weiß.«

»Ich wußte ja nicht, daß man so rasch heiraten kann.«

»Ach, das geht schon. Ich habe die Jiljí-Kirche herausgesucht. Ich hoffe, es ist dir recht.«

Ich war fassungslos.

»Wir können aber auch in der Teynkirche heiraten oder in Sankt Veit, wenn du das lieber willst.«

»Nein, nein. Es ist mir ganz recht.«

»Dann hole ich jetzt den Kaffee.«

Als ich Olga in der Küche hantieren hörte, ergriff mich eine noch nie gefühlte, wehmütige und zugleich frohe Stimmung und große Dankbarkeit; völlig unverletzt war ich dem Autounfall entkommen, und heute würden Olga und ich getraut werden. Ich sah aus dem Fenster. Nun, am Tag, war zu erkennen, daß die riesige Kuppel der Kirche mit Grünspan bedeckt war.

Auf dem Bett sitzend, tranken wir den Kaffee. Dann liebten wir uns.

Es war mit Olga so, wie ich es mir vorgestellt hatte: ganz einfach, ohne Raffinessen und beglückend. Ich hatte ganz vergessen, daß körperliche Liebe beglücken und Frieden schenken konnte.

Ich bedauerte, daß weder Olgas noch meine Eltern dasein konnten. Eine telephonische Verbindung kam zwar zustande, aber ich hörte meine Mutter nur einige Male fragen: »Hallo? Wer ist denn da?«, ehe sie schließlich auflegte. Dasselbe Resultat beim zweiten Versuch, beim dritten nahm niemand mehr ab.

Es war ein dunkler Tag mit niedrig ziehenden Wolken, die aussahen, als ob sie gleich bersten und Unmengen Schnee verlieren würden. Olga führte mich durch Gassen der Kleinseite zum Hradschin hinauf und dort auf der anderen Seite wieder hinunter, zu einem kleinen, schäbigen Viertel namens Neue Welt und klingelte hier an einem Haus. Wir wurden von einer älteren Frau erwartet, die, kaum hatte sie die Tür geöffnet, mit Olga ein lebhaftes Gespräch anfing. Ich entnahm dem Tonfall einen Wechsel von Verwundern und Anteilnahme. Einmal verstand ich das Wort »Jiljí«, Olga sah mich an und legte lächelnd ihre Hand auf meine. Es lag für mich ein dunkler Anzug bereit und für Olga ein schlichtes weißes Kleid. Der Anzug paßte, wenn er auch einen ältlichen Schnitt hatte; das Sakko war tailliert, und die Hosen waren sehr weit und hatten Umschläge. Trotz seiner Altertümlichkeit war der Anzug eleganter als diejenigen, die ich bislang besessen hatte.

Dann bemerkten wir, daß meine Winterschuhe so gar nicht dazu paßten. Die Frau besann sich, ging in den Flur und telephonierte temperamentvoll.

An Olgas Kleid mußte etwas geändert werden. Sie zog sich aus, trat aber dazu nicht hinter den Paravent, sondern tat es vor mir. Ihre Verlegenheit und ihr Stolz, als sie im Unterkleid zu mir sah, rührten mich. Und ebenso rührte es mich, zuzusehen, wie Olga, wieder im Kleid, von der Frau sorgfältig gekämmt wurde.

Zuletzt befestigte ihr die Frau ein Hütlein, eigentlich ein mit einem Maiglöckchenstrauß bestecktes Seidentellerchen, seitlich am Kopf.

Während wir mit Kaffee bewirtet wurden, schellte es. Die Frau brachte ein Paar Schuhe herein, sogenannte »Budapester« von einer gleichfalls altertümlichen Eleganz, hochglänzend, perforiert und ein klein wenig zu groß. Nachdem etwas Watte in die Spitzen gestopft worden war, traten Olga und ich vor den Spiegel.

Die Frau setzte mir einen dunkelbraunen Hut auf und rückte ihn zurecht. Wir sahen uns lang im Spiegel an und sagten, gleichzeitig, jeder zum Spiegelbild des anderen: »Ich bin stolz«, und etwas später, uns direkt ansehend und wieder gleichzeitig: »Ich bin glücklich.«

Mit zwei Kartons, die – bis auf unsere Mäntel – unsere früheren Kleider enthielten, machten wir uns auf den Weg. Es hatte zu schneien begonnen. Auf der Brücke blieb Olga stehen und warf die Kartons in die Moldau hinab. Wie Kindersärge schaukelten sie davon. »Ist das so Sitte?« fragte ich. Aber Olga hörte mich nicht. Während wir über die Brücke eilten, schlossen sich uns, wie selbstverständlich, Leute an, als sie Olgas keckes Seidenhütchen und das lange weiße Kleid bemerkten, das unter dem Mantel hervorsah. Als wir in die Gasse zur Jiljí-Kirche einbogen, wartete dort schon eine Menschenmenge und begrüßte uns. Olga lächelte ernst.

Als wir nach der Trauung aus der Tür traten, hatte heftiges Schneegestöber eingesetzt, und die darin wartende Menge klatschte uns jubelnd zu. Olga hatte Tränen in den Augen und lachte und weinte gleichzeitig.

Man begleitete uns mit Gesang, aber auf der Karlsbrücke begannen die Gäste hinter uns zurückzubleiben, und als wir über die Karlsbrücke gingen, waren wir allein.

In einem kleinen Lokal aßen wir zu Mittag. Es gab Wels. Von dem dazu servierten Weißwein trank Olga so spärlich, als fürchtete sie, sich zu verbrennen. Die Stube war in ein tiefgrünes stilles Licht getaucht, denn an die kleinen Fenster drängte sich das Blattwerk von Topfpflanzen.

Wir waren die einzigen Gäste. Das Servierfräulein saß in einer Ecke, neben einem alten Radio, und füllte mit einem Bleistift eine Liste aus. Nachdem wir den Nachtisch, dottergelben, mit Obststücken und Mohn garnierten Pudding, verzehrt hatten, blieben wir in der Stille sitzen. Das leise Radio zählte nicht als Geräusch. Ich dachte, daß ich – früher – wohl gefragt hätte, wie es nun weitergehe, aber daß ich nun so gar kein Bedürfnis nach dieser Frage hatte, und eben da sagte Olga: »Genießen wir, was wir haben …«, lächelte und drehte mir das Gesicht zum Kuß zu.

Schließlich sagte sie etwas zu dem Servierfräulein. Dieses langte zum Radio hinüber und stellte es lauter. Olga erhob sich, nickte mir auffordernd zu, und während wir zu den Klängen bejahrter tschechischer Schlager tanzten, traten der Koch und eine Küchenhilfe in die Küchentür und sahen uns zu.

Als wir das Lokal verlassen hatten, kam das Servierfräulein hinter uns her gesprungen und überreichte uns einen Blumenstrauß. Wir gingen zur Moldau, direkt unterhalb der Brücke.

Dort warf Olga den Strauß in den Fluß, und Arm in Arm sahen wir zu, wie er, in mehrstündigem Abstand zu unseren Kleiderkartons, außer Sicht geriet. So war es Brauch.

In der Wohnung blieben wir lange auf dem Sofa sitzen. Schließlich goß Olga Likör in zwei Gläschen, setzte sich dicht neben mich und legte den Kopf an meine Schulter. Mit winzigen Schlucken tranken wir. Aber dennoch waren die Gläser dann einmal leer.

Als sie seufzte, fragte ich arglos:

»Mußt du nun wieder ins Krankenhaus zurück?«

Sie erstarrte, verzog das Gesicht zu einer weinerlichen Grimasse.

»Nein«, jammerte sie und packte mich an den Schultern und schüttelte mich. »Nein. Zuerst noch die Hochzeitsreise!« Es tat mir weh, ihr weinerlich verzerrtes Gesicht anzusehen, und ich hatte das Gefühl, sie geschlagen zu haben.

»Aber Olga, aber nicht doch, aber Olga ...«, stammelte ich hilflos, bis sie sich beruhigte.

Nachdem wir durch etliche Gassen gegangen waren, klingelte sie in einem Innenhof, trat dann in die Hofmitte zurück und blickte nach oben. An einem Fenster erschien ein Mann. Bald darauf öffnete sich kreischend ein Garagentor, und ein altes Auto kam langsam herausgefahren.

Der Mann hielt uns die Türe zum Fond auf. Olga ordnete sorgfältig ihr Hochzeitskleid, ehe die Türe zugeschlagen wurde. Durch eine schmale Zufahrt verließen wir den Hof.

»Ich wußte gar nicht«, sagte ich zu Olga, »daß man über die Karlsbrücke mit dem Auto fahren darf.«

Sie lächelte mich mit schrägen Rätselblicken an.

»Schau«, sagte sie immer wieder, während wir durch die Stadt fuhren. »Schau. Wie schön.«

Ich sah nichts, denn ich hatte Tränen in den Augen; ein verschwommener Bilderteppich rutschte vorüber, Gestalten, in Gesten verharrend, vor Häuserfronten und in offenen Türen, als ob sie stillhielten, solange wir vorbeifuhren.

Bald blieben die letzten Häuser zurück. Olga drückte sich an mich, und wir blickten, Wange an Wange, aus dem Fenster.

In flachen Senken duckten sich Dörfer unter gewaltigen Laubbäumen, die im Wind hin und her schwangen. Wie sehr ich Olga liebte.

Es wurde immer dunkler, während wir aufwärts fuhren und den Wolken näher kamen. Schließlich sagte Olga etwas zum Fahrer. Der Wagen hielt. Die Wolken flogen in Ballen dicht über uns dahin, schwarzgrauer, schnell dahingerissener Rauch. Mir schien, daß ich in die Wolken hätte hineinlangen können, und als ich einen Stein aufhob und hinaufwarf, verschwand er tatsächlich darin. Olga verfolgte den Flug des Steins und sein Verschwinden mit derselben Bangigkeit wie ich – einer Bangigkeit, die, als er wieder herunterfiel, nicht recht weichen wollte.

Wir gingen ein Stück über das Feld. Die dunklen Wolkenklumpen wälzten sich über uns hinweg in Strudeln zum Horizont, schienen sich zu einem dicken, rauchigen Zopf zu verflechten, der dann in die Tiefe gezerrt wurde. Olga sah mit einer Mischung aus Furcht und Neugier dorthin. Als ich weitergehen wollte, hielt sie mich fest.

»Nicht …«, sagte sie leis. Wir küßten uns lange. Ich merkte, daß sie fror, und führte sie zum Auto zurück, den sich verflechtenden, dunklen Wolken entgegen.

Am Hradschin stiegen wir aus und schritten langsam, Arm in Arm, durch die winddurchstürmte, menschenleere Burganlage und hielten unsere Kopfbedeckungen fest.

Zurück in der Wohnung, umschlang mich Olga und sagte: »Und jetzt die Liebe …«

Und mit der mir schon fast vertraut gewordenen Schlichtheit und Zärtlichkeit liebten wir uns. Olgas graue Augen waren mit ihrem zerteilenden Blick auf mich gerichtet, und als ich einmal den Kopf abwandte, drehte sie ihn zu sich und sah mich so schmerzlich an, daß ich bestürzt: »Ich schau dich doch an. Ich schau dich doch an« wiederholte.

Als ich aufwachte, saß Olga im Bett.

»Das war nun unser Hochzeitstag«, sagte sie. Ein, wie ich fand, seltsamer Satz.

Ich hob das lange weiche Tuch, mit dem sie ihren Oberkörper umwickelte, vor dem Bett auf.

»Das ist der Mull, aus dem meine Windeln waren«, sagte sie ernst.

»Was! Den hast du noch?«

Statt einer Antwort sagte sie:

»Es ist Abend geworden. Ich muß zurück.«

Wieviel Schwärze aus diesen Wörtern strömte – »Es ist Abend geworden ...« –, ich erschrak. Ich hatte das Krankenhaus ganz vergessen und begann davon zu reden, wie vernünftig es sei, eine einmal begonnene Behandlung zu Ende zu führen, davon, daß sich aus nicht auskurierten Malaisen schwer therapierbare Folgekrankheiten entwickeln könnten, davon, daß man auch eine unangenehme Behandlung gern ertrage, wenn man die Genesung vor Augen habe und ... dann schwieg ich, Olga hatte zum Fenster hinübergesehen.

»Komm!« sagte sie schließlich.

Es war dunkel, sie faßte mich unter und drängte sich beim Gehen an mich. Ich hatte das Bedürfnis zu reden, da ich aber nicht wußte, worüber, stellte ich belanglose Fragen, nur um den Klang ihrer Stimme zu hören, und anstatt uns wirklich zu unterhalten, blieben wir stehen und küßten uns, das war schön und war doch schmerzhaft, die Luft ging uns aus dabei, und wenn sich unsere Lippen voneinander lösten, atmeten wir wie fast Ertrunkene.

»Schau!« rief ich, als ich von der Brücke zum Fluß hinabgeblickt hatte. »Die Moldau ist zugefroren! Jetzt könntest du Schlittschuh auf ihr laufen.«

Doch Olga sah nur flüchtig hin und zog mich weiter. Das Spital schien wie ausgestorben. Es war kaum zu glauben, daß jemand im Haus war, so völlig still war es auf den Fluren. Aber als Olga eine Tür öffnete, erhob sich ein Mann in weißem Kittel von einem Stuhl und nickte ihr zu, sagte etwas und verließ das Zimmer.

Dieses war leer bis auf einen Wandschirm, ein blechernes Nachtkästchen und ein Bett. An zahlreichen Stellen war der weiße Lack vom Gestänge des Bettes abgeplatzt; der Eindruck war ein verheerender.

Olga verschwand hinter den Wandschirm und kam, angetan mit einem Nachthemd, wieder, das wie eine leinene Glocke um sie herumschwang. Sie legte sich umständlich in das scheußliche Bett und bat mich, die Decke glattzuziehen. Danach küßte ich sie, und sie erwiderte meinen Kuß heftig, jedoch ohne die Hände unter der Decke hervorzunehmen. Dann sah sie mich von ganz nahem lange an, als suche sie etwas in meinem Gesicht, und sagte schließlich leise:

»Adieu.«

Ich richtete mich auf und blickte mich an der Tür noch einmal um. Olga – als perfekte Silhouette – sah reglos zur Decke. Ich schloß leise die Tür und suchte auf den Fluren nach jemandem. Ich hätte gern die Besuchszeiten erfahren. Auch im Glasverschlag in der Eingangshalle war niemand; ich klopfte an die Scheiben. Nachdem ich eine Weile ratlos dagestanden hatte, ging ich die Treppe wieder hinauf.

Ich wollte noch einmal zu Olga, mußte aber feststellen, daß ich unter den vielen Zimmertüren die ihre nicht mehr herauskannte. Es war mittlerweile düster, man hatte wohl das Licht heruntergedreht; die Flure wirkten wie mit Schatten getüncht, die Decken waren im Dunkeln kaum auszumachen. Ratlos ging ich von Tür zu Tür, alle sahen gleich aus, und ich wagte nicht, eine zu öffnen und hineinzuschauen. Ich horchte, sagte halblaut Olgas Namen und setzte mich ratlos auf einen Stuhl. Es war völlig still. Als ich daran dachte, daß hinter einer dieser Türen Olga noch wach lag und an die Decke schaute, schnürte es mir die Kehle zu.

Nach langem Warten erhob ich mich und verließ schließlich das Spital, auf Sohlen, die bei jedem Schritt auf dem glänzenden Linoleum quietschten.

Ratlos ging ich durch die Stadt. Ich sah nur wenige Menschen, stets verschwanden sie soeben um eine Hausecke. Die Jiljí-Kirche war abgeschlossen und finster. Kaum vorstellbar, daß ich erst heute hier geheiratet hatte.

Als mir auf dem Weg zur Karlsbrücke einfiel, daß ich keinen Schlüssel zur Wohnung hatte, wurde mir mit einemmal bang, und ich blieb, mit immer größerer Bangigkeit, auf der Ufermauer stehen. »Olga«, flüsterte ich immer wieder. »Olga.« Dann bemerkte ich auf der gefrorenen Moldau eine lange weiß-rote Fahne an hohem Mast. Im mageren Licht von zwei ärmlichen Scheinwerfern liefen dort einige Menschen auf Schlittschuhen, jeder mit zwei länglichen Schatten. Eine Frau hatte ein Seidenhütchen auf.

Als ich losging, merkte ich zu spät, daß meine Hände an dem Eisengeländer angeklebt waren, und riß mir Haut von der Handfläche. Über eine schmale Treppe gelangte ich zur Moldau hinab und lief über den gefrorenen Fluß auf die Schlittschuhbahn zu. Nur noch eine Person war dort, die mit dem Seidenhütchen. Als ich die Eisbahn erreichte, erkannte ich, daß es doch nicht Olga war – das vermeintliche Hütchen war ein schräg aufgesetztes weißes Pelzkäppchen – und die Frau eine ältliche Dame, die mich mit hochmütigem Blick im Vorbeigleiten musterte. Ich war enttäuscht, daß es nicht Olga war, drehte um, glitt aus, und als ich mich aufrichtete, saß ich nicht auf dem Eis, sondern im Schnee, und neben mir sagte eine Stimme etwas, und eine Hand drückte mich sacht zurück und stülpte mir etwas über Nase und Mund. Meine Handflächen brannten.

Ich lag neben dem verunglückten Auto. Während ich erst auf eine Bahre gehoben und dann den Hang hinaufgetragen wurde, sah ich den Fahrer im Schnee liegen, als hätte er nach dem Unfall nichts anderes getan, als sich aus dem Auto herauszumühen und sich, mit akribisch eng an den Körper gepreßten Armen, in den Schnee zu legen. Bereits von einer dünnen Schicht Flocken bedeckt, lag er da wie eine umgestürzte, säuberlich mit weißen flaumigen Federn beklebte Skulptur. Ich sammelte mich, um etwas zu fragen – mich interessierte, ob er im Unterhemd war –, als sich mir eine große Schneeflocke auf ein Auge legte und ich beim Versuch, diese wegzuwischen, wieder in Ohnmacht fiel.

achtundvierzig

Ich hörte eine Stimme und schlug die Augen auf. Ein Arzt stand neben meinem Bett, er sprach ein schartiges Deutsch. Der Lastwagenfahrer hatte den Notarzt verständigt; bis mich die Sanitäter auf die Tragbahre hoben, war ich kaum zwanzig Minuten bewußtlos gewesen. Der Fahrer war tot.

»War er im Unterhemd?«

»Wie?«

»Oder trug er einen Mantel?«

Der Arzt wußte nicht, was sagen, und erklärte, daß ich mich in einem Prager Krankenhaus befinde.

»In welchem denn? Liegt hier auch ein Fräulein Švankmajerová?«

Er runzelte die Stirn.

»Das Spital, das ich meine …«, fing ich an, brach dann aber ab, da ich nicht wußte, wo Olgas Spital lag. Ich schloß die Augen und versuchte, mir den Weg von der Karlsbrücke in das Spital vorzustellen, aber ich kam schlecht voran. Wenn ich unter den Turm am Ende der Karlsbrücke trat, hatte ich das Gefühl, auf der Brücke etwas verloren zu haben, kehrte um und suchte in quälender Langsamkeit, mich besinnend, was es denn eigentlich sei, das ich suche, bis ich erneut aufwachte. Am Bett saß eine Frau, den Mantel auf dem Schoß.

»Frieda!« brachte ich heraus. »Was machst du denn hier?«

»Ich vertrete dich. Du sollst ein Auto gestohlen haben«, sagte sie.

»Wie kommt man denn darauf?«

»Weil du die schöne Idee hattest, einen Zettel mit deiner Adresse zu hinterlassen.«

Ich wollte mich rechtfertigen, doch Frieda unterbrach mich:

»Hör zu: Ob du das Auto gestohlen hast oder nicht, ist

völlig gleichgültig. Denk dir jetzt aber um Himmels willen einen Grund für den Zettel in jenem Auto aus! Meinetwegen, daß dir der Fahrer des Autos ...«

»Woher wußtest du überhaupt, daß ich hier bin?« wunderte ich mich.

»Unwichtig. Hör lieber zu. Wie kommt also der Zettel ins Auto?«

»Den hab ich doch selbst hineingelegt«, sagte ich.

»Eben nicht!«

»Doch!«

»Paß auf: Du bist als Anhalter mitgefahren ...«

Ich wollte einwenden, daß ich ja selbst gefahren sei, aber Frieda ließ mich nicht zu Wort kommen.

»Und mit diesem Fahrer bist du ins Gespräch gekommen. Er wollte dir eine Geige verkaufen ...«

»Hatte er denn eine?«

Als Frieda demonstrativ laut aufstöhnte, verstand ich.

»Du hast ihm deine Adresse gegeben. Damit er wegen der Geige mit dir Verbindung aufnehmen kann. Dann war das Benzin alle, der Fahrer ging los, um welches zu besorgen, kam aber nicht zurück. Ein anderes Auto hat dich mitgenommen, und mit dem kam es dann zu dem Unfall. Hast du das verstanden? Wiederhole!«

Ich fing damit an, schlief darüber aber ein. Doch Frieda rüttelte mich am Arm.

»Bitte gib dir Mühe und wiederhole!«

»Ich könnte aber auch alles gestehen. Das wäre einfacher«, schlug ich vor.

»Damit du schlafen kannst. Das Auto ist zurück. Der Bestohlene hatte keinen Nachteil als den, drei Tage ohne Auto zu sein. Völlig unnötiger Ärger, den du bekommen würdest. Also wiederhole.«

Als ich fertig war, sagte sie:

»Überlege dir noch eine Beschreibung des ersten Fahrers. Und verkünstele dich nicht, beschreibe ihn völlig nichtssagend.«

»Und woher wußtest du, daß ich hier bin?« fragte ich.

»Manches ist einfacher, als du denkst«, fing die Frau an, der ich noch immer nicht ganz glaubte, daß es Frieda war. »Du hast nämlich ...«

»Um die Wahrheit zu sagen«, unterbrach ich sie matt, »interessiert es mich nicht. Ich habe zu tun.«

»Zu tun?«

Doch ich hatte bereits die Augen geschlossen und versuchte erneut, über die Karlsbrücke zu jenem Spital zu gelangen. Es gelang nicht. Ich mußte jedesmal umdrehen.

Als ich aufwachte, war ich mir nicht völlig sicher, ob ich Friedas Besuch tatsächlich erlebt oder nur geträumt hatte, aber nachmittags tauchte ein Polizeibeamter mit einem Dolmetscher auf. Ich erzählte meine Geschichte.

»Das ist ja kompliziert.«

»Das war und wird nicht kompliziert. Ich bin per Anhalter mit zwei verschiedenen Autos gefahren. Im ersten saß einer, der etwas Deutsch sprach und mir eine Geige verkaufen wollte, weshalb ich ihm meine Adresse aufgeschrieben habe. Im zweiten Wagen saß der Tote, im Unterhemd ... damals lebte er natürlich noch, im Unterhemd. Trug er zuletzt übrigens immer noch das Unterhemd, als er tot im Schnee lag? Oder hatte er einen Mantel an?«

Der Dolmetscher übersetzte, der Beamte wußte es nicht und fragte:

»Können Sie den ersten Fahrer beschreiben? War an ihm etwas auffällig?«

Ach, die Sache mit der Beschreibung! Das hatte ich vergessen.

»Der erste ...«, fing ich zögernd an. »Ja, er hatte ein auffällig glattes Gesicht, verstehn Sie? Als ob er sich mit Speckschwarte abgerieben hätte. Er glänzte richtig.«

Der Dolmetscher las die Notizen vor:

»Erster Fahrer wollte Geige verkaufen. Erhielt deswegen Zettel mit Adresse. Glänzendes Gesicht.«

»Auffällig glänzend«, verbesserte ich. »Wie mit Speck abgerieben.«

Der Beamte ächzte. Nach einer Weile sah er mich aufmerksam an.

»Noch etwas. Am Unfallort lag ein Telephonhörer.« Er wartete.

»Und? War jemand dran?« fragte ich.

Als es ihm übersetzt worden war, brauchte er eine Weile, ehe er fortfuhr:

»Verstehen Sie: ein Hörer, ohne Telephon. Das Kabel war abgerissen.«

»Jemand wird telephoniert und dabei das Kabel herausgerissen haben«, schlug ich vor.

Sie sahen sich wortlos an und gingen.

»Was denn sonst?« rief ich ihnen nach. »Mit Telephonen telephoniert man.«

Gab es irgendeinen Satz, der völlig klar, eindeutig und richtig war?

neunundvierzig

Nach meiner Rückkehr vermittelte mir Frieda eine Mansardenwohnung – »eine alte Wohnung!« betonte sie – im Haus eines Mannes, der gemieden wurde, weil er das Zweite Gesicht hatte; den Leuten war es unangenehm, mit jemandem Umgang zu haben, der ihre Zukunft kannte und ihnen womöglich auf Befragen ihre Todesstunde hätte sagen können. Das harmloseste Lächeln von ihm beunruhigte sie.

Die meisten meiner Sachen, die im Keller der Kanzlei lagerten, schenkte ich einem Wohlfahrtsverband.

Meine gebrochenen Rippen drückten auf meine Lunge, das Treppensteigen fiel mir schwer, und ich hatte noch lange das Gefühl, jemand knie auf meiner Brust.

In den ersten Wochen wunderte ich mich, warum jeden Morgen, ganz früh, Licht aus dem Hausflur durch die Milchglasscheibe meiner Wohnungstür in mein Schlafzimmer fiel; ich erfuhr, daß der Vermieter Briefträger war und zu dieser Zeit das Haus verließ.

Nach der Rückkehr aus Prag hatte ich erwartet, daß mit meiner allmählichen Genesung auch Normalität, Alltag und Gewöhnlichkeit wiederkehren würden; statt dessen begann die Welt zu verblassen, und ich fing an, einen Wind zu vernehmen, der in alles, was mir vertraut war oder das ich Alltag und Gewöhnlichkeit genannt hätte, hineinblies, hindurchblies und sich anschickte, es nach und nach davonzublasen. Als mir während des Konzerts im Kloster der Kotgeruch des kranken Mannes in die Nase gedrungen war, hatte ich diesen Wind zum erstenmal blasen gehört, und nun würde er mich nicht mehr verlassen. Ich war ein Matrose, und selbst im Lärm des Tages konnte ich das stetige Wehen des Windes hören.

»Lust auf Leben!« lockte ein blumengeschmücktes Mädchen auf einem Plakat, das in der kleinen Reformkostabteilung meines Supermarkts hing. Leben – was sie damit meinte? Sie hatte einen Joghurtbecher in der Hand. Mir schien es nicht eindeutig zu existieren, dieses Leben, auf das ich Lust haben könnte; leicht möglich, daß es nur eine Vermutung war. Und war es nicht Wahn, sich auf Verdacht in einem so verhuschten und vermuteten Gebilde einzurichten, als wäre es wirklich?

Manchmal schaute ich noch von der Brücke zu den Gleisen hinunter. Die Waggons rollten ihren Bremsschuhen entgegen. Auch der Platzhalter tauchte hin und wieder auf; aber ich fuhr nicht mehr mit ihm.

Serap brauchte viel Schlaf und ging an normalen Tagen spätestens um neun ins Bett; eine Zeitlang besuchte sie zweimal wöchentlich ein Fitneß-Studio, das neben dem Supermarkt eröffnet hatte.

Als Serap einen Freund gefunden hatte, stellten wir die Besuche im »Almanach« ein, und sie kam pünktlich zur Arbeit, ohne vorher noch Zeitung zu lesen. Dann sahen wir uns nicht mehr nach Feierabend. Ich merkte, daß es ihr peinlich war, und tat, als wäre alles normal. Eines Abends sagte sie:

»Morgen komme ich eine halbe Stunde eher.«

Als wir im Café der Bäckerei saßen, sagte Serap plötzlich:

»Früher dachte ich, wenn du erst mit einem Mann schläfst, dann fängt etwas Tolles an.«

Ich wartete.

»Ich hab mit einem Mann geschlafen, und nichts hat angefangen«, sagte sie.

»Was war er denn für einer?«

»Sportler.«

»Sportler!« staunte ich. »Wo hast du denn den her. Vom Fußballplatz?«

»Aus dem Fitneß-Studio. Trainer.«

»War's wenigstens anfangs eine schöne Zeit?«

»Das Studio?«

»Die Liebesbeziehung.«

»Die ersten zwei Wochen.«

»Bist du denn nicht wenigstens in dieser Zeit glücklich gewesen?«

Sie überlegte.

»Glücklich nein. Geil ja. Aber dann fing er an, alles madig zu machen, was mir ohne ihn gefiel. Und als ich merkte, daß er das nicht ändern will, habe ich mich von ihm getrennt. Aber daß ich dafür noch Monate gebraucht habe ... erschreckend.«

Wir gingen nicht mehr ins »Almanach«. Es war, warum auch immer, vorbei mit Falkenzucker, Pfauenbrot und Schwalbenkuchen (von dem ich nie erfahren hatte, was er bedeutete). Serap hatte nie ihre Brüste entblößt, auch wenn sie es gelegentlich ankündigte.

Sie hatte mittlerweile lange Haare, einen am Ansatz armdicken Zopf. Sie ähnelte einer Indianerin aus einem Kinderbuch. Die Zopfquaste, die ihr sonst in Höhe der Kniekehlen baumelte, steckte sie bei der Arbeit in eine Tasche ihres Kittels.

Überraschend tauchte Seraps Mann auf und machte seine Ansprüche geltend. Als er begann, seine freie Zeit im Supermarkt und stets in ihrer Sichtweite zuzubringen, verlor Serap eines Tages die Nerven und schlug mit einem Handstaubsauger zu 14,99 auf ihn ein. Der Staubsauger zerbrach sofort. Als ihr Mann versuchte, sie am Arm zu packen, verdrehte sie ihm das Ohr und riß ihn rabiat nach unten.

Ich lief zu den beiden hinüber.

»Halt dich raus! Das mach ich allein!« fuhr sie mich an.

Auf allen vieren galoppierend, folgte er ihr; jeder Widerstand wurde mit einem weiteren Ohrverdrillen pariert, daß er ferkelhaft quiekte, bis sie stehenblieb und das Versprechen verlangte, sie nie wieder zu belästigen. Als er sich störrisch zeigte, packte sie ihn an den Haaren und stieß seinen Kopf in den Korb mit Eiern von freilaufenden Hühnern, riß ihn zurück und herrschte ihn an:

»Zehnmal ›Nie wieder‹!« Er stammelte, vielmehr blubberte und prustete »Hic bir zaman«, jedesmal von Serap danach in den Korb gestoßen.

»Das wären jetzt schon siebzehnmal«, gab ich zu bedenken.

»Der zählt doch nicht mit«, knurrte Serap und stieß seinen Kopf immer weiter in den Korb, in dem längst kein unversehrtes Ei mehr war; eine Frau, die den Gatten kraftvoll in Waschlauge einweicht, um ihn gleich gründlich auszuwringen. Doch plötzlich ließ sie ihn einfach los. Er blieb eine Weile knien, in kontemplativer Andacht den Kopf im Korb, aus dem gelber Schlicker troff, bis er sich traute, langsam den Kopf zu heben – eine Maske aus Eierschalen und Eigelb, über dem weitgeöffneten Mund blähte sich eine glänzende Blase und platzte lautlos. Er stand auf, wischte sich mit dem Jackenärmel den Eierschlamm von den Augen und verließ unter fassungslosen Blicken den Supermarkt. Serap sah ihm hinterher, dann auf die am Korb angebrachte Preistafel.

»Das war's mir jetzt wert!« sagte sie und streifte sich die Hände am Pulli ab.

Sah man Serap und mich im Sommer, wenn einige Tische der Bäckerei am Rand des Parkplatzes im Freien standen, in der Pause unter dem Sonnenschirm – ich hatte eine Hand auf die ihre gelegt –, so hätte man sich wundern können, daß wir uns an einem so unschönen Ort aufhielten, neben ein- und ausparkenden Autos, inmitten rasselnder Einkaufswägen. Doch wir waren in friedlicher, ja heiterer, wenn auch etwas verlorener Stimmung. Wir genossen die Augenblicke am Rand des Parkplatzes. Der Wind wehte, wir sahen uns an und lächelten.

Vor dem Supermarkt hatte eine Aktion für Kinder stattgefunden, und Luftballons waren verteilt worden. Serap und ich saßen bei den Cafétischen und sahen zu, wie die aufgerissenen Lose (lauter »leider nichts«) zusammengefegt wurden. Serap tippte mir auf den Arm und wies nach oben. Dort hatten sich zwei aneinandergeknotete Luftballons mit den Schnüren in einer Stromleitung verfangen und tanzten im Wind.

»Hübsch«, sagte ich.

»Wir«, sagte Serap.

»Was macht ihr nur, falls ich doch sterben sollte!« seufzte Frieda kopfschüttelnd und ließ unsere Steuererklärungen, die Serap und ich gemeinsam ausgefüllt hatten, im Papierwolf verschwinden.

»Wir kommen dich besuchen«, schlug ich vor. Serap fing an zu weinen.

Elisabeth hatte Frieda verlassen. Friedas Fröhlichkeit hatte sich verändert. Sie war immer noch da, aber eine kaum merkliche Schwere hatte sich in sie gemischt. Wir sahen uns oft, auch wenn sie sehr beschäftigt war, denn sie hatte ihre Kanzlei vergrößert. Die meiste Arbeit hatte sie an Teilhaber abgegeben, die Behandlung ihres wieder ausgebrochenen Krebses war zeitaufwendig.

Gelegentlich kam Frieda mit dem sonnenbebrillten Flöckchen vorbei, ihre neuen Kanzleiräume lagen ganz nahe. Sie arrangierte manchmal Ausflüge, Picknicks am Flußufer. Flöckchen war nun alt und schlief viel; weil er selbst nicht merkte, wenn er in der prallen Sonne lag, hatte Frieda immer einen Regenschirm dabei, den sie neben ihn stellte oder über ihn hielt.

Nach einem Tag im Hegau berichtete Serap am nächsten Morgen, daß sie eine verwirrende Nacht mit Frieda in deren Bett hinter sich habe.

»Am Anfang habe ich gedacht: warum nicht mal mit einer Frau«, sagte sie. »Aber dann war's ganz anders. Ich mein jetzt nicht nur die Körper. Verstehst du?« Ich nickte und tätschelte ihr die Hand.

Einmal trafen wir uns alle mit Elisabeth, die sich mittlerweile von Friedas Nachfolgerin getrennt hatte. Serap kam zu spät, war sichtlich aufgeregt und hatte die Haare in ungewohnter Weise hochgesteckt. Es sah weniger wie eine Frisur aus, als wie ein aus Haaren angefertigter Kopfschmuck. Ich vermutete, daß sie die Frisur in einer Illustrierten herausgesucht hatte, Schritt für Schritt vorgegangen war, und zuletzt, als sie mit der Anleitung fertig war, immer noch einen halben Meter Haare übrig und diese dann nach Gutdünken festgesteckt hatte.

»Tolle Frisur!« sagte ich, als sie bemerkte, daß ich sie betrachtete.

»Wirklich?« fragte sie unüberzeugt und sah zu Frieda.

»Geh zur Toilette, da ist ein Spiegel«, schlug diese vor.

»Lieber nicht. Wenn mir's womöglich nicht gefällt, trau ich mich nicht mehr raus.«

Eine unsichere Serap war etwas ganz Neues für mich. Während des Essens wurde sie immer verstörter; sie hatte bemerkt, daß Elisabeth um Frieda warb und durch Formulierungen und Gesten an alte Vertrautheiten anknüpfte. Als Elisabeth einmal mehrere Gabeln Pilze auf Friedas Teller hinüberlegte, blickte Frieda auf und sagte schließlich:

»Serap und ich sind ein Paar, Elisabeth.«

Elisabeth sah sie an und nickte dann.

»Selbstverständlich. Entschuldigung.«

Serap saß dabei, zitternd, mit rotfleckigen Wangen, und schluckte immer wieder.

Ab und an fuhr ich in mein Heimatstädtchen und machte dort Spaziergänge. Der Garten der Zettelheim. Dort, wo das Häuschen des Straßensalzers und Freibadrasensensers Rosenmaier gestanden hatte, befand sich nun ein Fischrestaurant. Aus dem kalten Hungerkloster war mittlerweile ein kompliziert-kombiniertes Diät- und Flitterwochen-Hotel geworden, wo sich nun die einen auf knifflige Weise satt aßen und hungrig hielten und, in anderen Räumen, die Flitterwöchner kerzenbeschienene und mozartbeschallte Liebesmähler zu sich nahmen und hernach in den einst keuschen Zellen ihre Hochzeitsnächte aufführten.

An unsere Trauungszeremonie hatte ich nur schemenhafte Erinnerungen. Die Kirche, eine prächtige, funkelnde Düsternis, war voller Menschen gewesen, und viele hatten sich in die offen gebliebene Tür gedrängt, um der Handlung folgen zu können. Die Gebete waren wie Wellen aus Gemurmel zwischen den Wänden der Kirche hin und her geflutet, manchmal von der einen, dann von der anderen Seite aufgetaucht. So seltsam es klingt: Ich hatte vergessen, den Priester anzublicken, und konnte mich nun an den Goldbrokat und die Seide seines Gewandes erinnern, nicht aber an sein Gesicht.

Ich spielte wieder Geige. Auf Olgas Instrument. Ohne Noten. Einfach so. Es gefiel mir. Beim Geigen verging keine Zeit, egal, wie lang ich spielte.

Durch das Geigenspielen hatte ich meinen Nachbarn näher kennengelernt, einen älteren Mann, der unter mir wohnte und mich widerwillig und verachtungsvoll grüßte. Er kannte sich aus in Verordnungen über das Musizieren in Wohnhäusern. Wenn ich abends spielte, stand er vor der Tür und läutete Punkt acht Sturm oder böllerte von unten gegen die Decke. Man konnte die Uhr nach ihm stellen. Gelegentlich machte ich mir den Spaß und hörte, mitten im Stück, zwei Sekunden vor acht auf.

Mein Vermieter, der hellsichtige Briefträger, hatte im Tiefparterre des Hauses eine geräumige Werkstatt, in der er nachmittags an einer Ritterburg für seine Enkelkinder bastelte. Er hatte mir angeboten, hier Geige zu spielen. Es war warm und duftete nach gesägtem Holz und Leim, und wenn ich spielte, sah ich in den Fenstern die Füße der vorbeigehenden Passanten. Seit ich nicht mehr in der Wohnung geigte, grüßte mich der Nachbar gar nicht mehr.

Manchmal, wenn Frieda und Serap in der Werkstatt auftauchten, spielten wir zu viert Tarock. Frieda hatte es uns beigebracht. Flöckchen lag derweilen auf einem Haufen zusammengefegten Sägemehls. Tarock war ein schönes Spiel, bei dem wir alle vier unwillkürlich lächelten. Auch hierbei verging die Zeit nicht, aber wenn man zuletzt aufschaute, hatten sich die Zeiger doch weiterbewegt.

Als der Briefträger einmal verlor, wunderte sich Serap:

»Hellsichtig und verlieren?«

»Ich sehe ja nicht alles voraus und erst recht nicht, was ich voraussehen will«, verteidigte er sich

»Dann ist wahrscheinlich viel unnützes Zeug dabei, oder?« vermutete sie.

Wenn Frieda und Serap wieder gingen, klopfte Frieda vor der Tür Flöckchen das Sägemehl aus dem Fell.

Manchmal hob der Briefträger den Kopf, lächelte und sagte schließlich in mein Geigenspiel hinein:

»Ich glaube, jetzt wäre es gut für Sie, wenn Sie sich etwas ausruhten.«

Dann ging ich hinauf, legte ich mich auf meine Küchenbank und schloß die Augen. Ich hörte, so windstill es auch sein mochte, den Wind gehen, der über die Welt bläst, und fühlte das Schwanken des Schiffes, auf dem wir reisen. Manchmal hörte ich den Regen auf den Fensterblechen Xylophon spielen, es klöppelte durch die ganze Wohnung, von allen Fenstern her – die schönste Schlafmusik.

Nachdem ich im Turmzimmer aufgewacht war, blieb ich liegen und wartete. Bald ging unten die Türe, und leichte Schritte kamen die Treppe herauf.

Wir pflegten die einfachen Freuden und Vergnügungen. Spaziergänge. Oder wir tranken an einem Brunnen, der auf einem so düsteren Platz stand, daß die ihn umgebenden Häuser kaum mehr erahnt werden konnten, das Wasser aus der hohlen Hand. Manchmal liefen wir Schlittschuh, es war warm, und das Eis war klar und darunter eine dunkelbraune Tiefe. Oft pflegten wir der Liebe, auf der Bank im Turmzimmer oder im Nachtgras, einem Gras, das fast schwarz erschien und erstaunlich warm war und immer säuselte vom unmerklichen Strömen eines Windes. Die Liebe war immer noch schlicht, beglückend und erfüllte mit Frieden. Mein Leben war einfach, aber vollständig. Alles war da. Leben, Tod, sie. Nichts fehlte.

Ich konnte sagen, daß wir es uns gutgehen ließen und wir, wie man früher sagte, »frohen Sinnes« waren. Einfach zu sein macht glücklich. Der Klosterbruder hätte gesagt: Einfach ist einfach.

Ich verstand die Welt, aber nicht wirklich. Aber es kam, nicht wirklich, darauf an.

Einmal, nach dem Aufwachen im Turmzimmer, stand ich auf, um ihr entgegenzugehen. Da sah ich unten die Herzöge aus dem Dunkel heraufreiten. Ich wunderte mich, daß ich mich nicht darüber wunderte, und fragte:

»Nehmt ihr mich nicht mit?«

Sie schüttelten die Köpfe. »Wozu? Du kannst selber reiten, wohin du willst. Unten im Stall sind noch genug Pferde.«

»Ich wäre gern ein Herzog …«

»Du *bist* einer, Dummkopf.«

Ich war also ein Herzog. Ich hatte es geahnt, warum aber hatte ich nicht gemerkt, wie ich einer wurde?

Früher hatte ich gedacht, ich sei ich. Das war falsch gewesen. Und umständlich und falsch war auch das Leben gewesen. Nun fiel es mir ganz leicht, das Leben, und leicht war auch die Melodie der Herzöge zu spielen. Nun hatte ich aber keine Eile mehr, fortzukommen; ich war ja, genau besehen, ohnehin gar nicht recht hier; ich war selbst einer von ihnen, ein Herzog mit fliegendem Namen.

Dann erschien sie im Dämmer und kam den Hang herauf.

Ich betrachtete sie oft und lange und freute mich an ihr, und sie ließ sich gern betrachten – vor mir auf der Bank sitzend; wenn sie im Gras saß; das Spiel ihrer zierlichen Hüften unterm weißen Kleid, wenn wir den Hang hinabgingen; wenn sie schwarzen Likör wie Schatten aus der geschliffenen Karaffe einschenkte und die Karaffe, auf dem Brunnenrand abgestellt, unwirklich strahlend im Düster blinkte. Ihre Hand war so federleicht. Daran merkte ich, wie sehr ich sie liebte. An ihrer leichten, federleichten Hand.

Einmal fragte ich:

»Spielst du Geige?«

»Ja«, sagte sie.

»Und …«, ich wollte etwas fragen, ließ es dann aber bleiben.

Wir setzten Gespräche fort, die wir nur kurz unterbrochen hatten. Unsere Begegnungen dauerten mehrere Stunden, auch mehrere Tage. Mein anfängliches Gefühl, mich beeilen zu müssen, verlor sich. Wir hatten Zeit. Es gab eigentlich gar keine Zeit mehr. Darüber hätte man nachdenken können. Aber ich hatte kein Bedürfnis, das zu tun.

Während die Schritte die Treppe wieder hinabhuschten, schlief ich ein. Gleich, wo ich aufwachte, schien ich dort viel mehr Zeit zu verbringen als an einem anderen Ort. Und immer waren seit dem letzten Mal ein paar Minuten oder höchstens ein paar Stunden vergangen, ganz gleich, ob wir einige Stunden oder mehrere Tage miteinander verbracht hatten.

Der Hang senkte sich in eine dunkelbraune Tiefe, aus der vielfältige Geräusche wie aus einem weiten, hallenden Saal heraufdrangen: ein aus tiefen Rufen, hellem Juchzen, eisernem Klirren und dumpfen Schlägen sich zusammensetzendes Geschäum.

»Und was ist dort?«

»Dort ist früher.«

Ich sah sie überrascht und wohl auch etwas ungläubig an.

»Geh hin. Du wirst ja sehen.«

Einige Schritte hatte ich schon getan, als ich mich umdrehte.

»Geh nur«, sagte sie und lächelte. »Ich bin ja da.« Da merkte ich, wie sehr sie meine Frau war.

»Kannst du denn nicht mitkommen?«

»Natürlich.«

Sie nahm meine Hand, und wir gingen den Weg hinab. Ich wagte nicht, mich dabei umzusehen, sondern senkte den Kopf und blickte auf den Weg, immer wieder tauchten unsere Schuhe, meine Budapester (ich wußte nicht, wann ich sie angezogen hatte) und ihre Ballerinas, in meinem Blickfeld auf. Dann betraten wir ein Haus und stiegen die Treppe hinauf. Sie drückte eine Tür auf. In einer Küche stand, mit dem Rücken zu uns, ein Kind, ein Knabe, der mit einem großen Messer ein Stück Brot absäbelte, damit zum Herd ging und mit dem Brot in der Pfanne herumfuhr, abbiß und erneut das kalte Fett in der Pfanne aufwischte. Ich sah mich nach ihr um, sie stand in der Tür und blickte mich an. Als ich die Küche verließ, stand der Knabe immer noch am Herd, vorgebeugt, Brot kauend, und Tränen liefen ihm langsam über die Wangen. Ich konnte mich erinnern, mit trockenem Brot Fett und Gelee gebratener Fische ausgewischt zu haben, aber nicht, warum ich dabei Tränen in den Augen gehabt hatte.

Ein andermal fragte ich, wohin die steile Straße denn führte. Da nahm sie mich wieder an der Hand. Die Straße senkte sich ins Dunkel. In weiten Abständen tauchten auf einer Seite Lampen auf, die Finsternis zu beiden Seiten war vollkommen, die Lampen beleuchteten nur die Finsternis und die Straße, und wir gingen langsam von Lampe zu Lampe, von Dunkel zu Dunkel, bis wir an ein flaches Holzhaus mit großen Fenstern kamen. Offensichtlich war es eine Werkstatt, an den Wänden lehnten – überzogen von den Schatten der Fensterkreuze, da das Licht von draußen in den Raum fiel, und auf dem Boden war unsere Hänsel-und-Gretel-Silhouette zu sehen – dünne Latten, und auf einem Tisch stand ein Leimtopf und lagen Papierrollen und Stoffbahnen, Schnurknäuel, Scheren, Messer, eine Säge, mehrere dicke Bleistifte in unterschiedlichem Grad der Abgeschriebenheit …

»Werden hier Faltboote gebaut?«

»Nein, das ist die Drachenwerft.«

Hier also verfertigten die Herzöge die Drachen, an denen sie ihre Namen fliegen ließen.

Ich hatte nicht mehr mit Trinken angefangen, nicht in der Welt, in der die Küchenbank stand. Am Brunnen bekam ich jedoch manchmal ein kleines, geschliffenes Glas mit einem schattigen Liköre gereicht.

Das Zeitunglesen hatte ich mir zur, wenn auch flüchtigen, Gewohnheit gemacht; es gehörte sich, zu wissen, was auf der Welt vorging, gleich, wie abstoßend es war.

Beim Bücherlesen beschränkte ich mich auf einige Autoren. Herodot. Pausanias. Proust. Immer wieder dieselben Bücher aufzuschlagen war, wie durch ein Fernrohr immer wieder den Mond zu betrachten. Man entdeckte immer mehr Einzelheiten, und bald kannte man sich in der Fülle der Details aus. Manchmal blätterte ich in Buddhas Reden. »Daß ihr als Augenlose euch nutzlos und unentwegt fraget, was denn Blau für eine Farbe ist, und ihr weder Wahrheit noch Unwahrheit erkennt, das ist die Wahrheit.« Ich las gern alte Bücher. In jüngeren Büchern war mir aufgefallen, daß man sich schwer tat mit dem Tod. Die Menschen hatten viele Probleme, nicht aber das ihrer Vergänglichkeit. Sie befaßten sich mit teilweise unglaublichen

Beschäftigungen und machten sich noch unglaublichere Sorgen und hatten zu tun, selten aber zu sterben. Und wenn vom Sterben gesprochen wurde, klang immer heraus, daß man selbst es nicht vorhätte.

Mein Nachbar von unten war allerdings gestorben, direkt vor meiner Tür. Ich hatte eines Abends in der Wohnung gegeigt und – wieder zum Scherz – zwei Sekunden vor acht aufgehört. Um acht war er schon tot gewesen.

»Ich habe Angst«, sagte Frieda einmal.

»Vor dem Sterben?«

»Große Angst. Ich könnte schlottern wie ein Tier, das ahnt, daß es umgebracht werden soll.«

Ich nahm sie in die Arme.

»Keine Angst, meine Liebe. Wie willst du denn leben, wenn du schlotterst?«

»Ich möchte meinen Busen behalten«, wimmerte sie. Ich streichelte ihn.

»Aber ja doch. Aber ja doch.«

»Vielleicht sterb ich ja.«

»Sicher sogar. Aber bis dahin lebst du. Keine Sekunde weniger.«

»Und dann? Dann ist nichts.«

»Du glaubst doch nicht ernsthaft«, sagte ich, »daß es so etwas wie ein Nichts gibt! Wir können doch über solche Dinge nicht mit unserem bißchen Hirn nachdenken. Das Jenseits mit einem Taschenrechner ausrechnen wollen! Die richtige Lösung werden wir damit nie herausbekommen. Aber es kommt, wie immer wir rechnen, nie null heraus.«

Sie hob die Schultern.

»Vielleicht ist es aber auch gar nicht zu Ende«, sagte ich.

»Ich hab trotzdem Angst vor dem Tod. Ich möchte noch ein bißchen hier leben, egal, was dort ist. Egal, was dann ist – das Leben hier ist schön«, flüsterte sie. »Der Morgen, ehe die Sonne aufgeht. Der erste Vogel. Die Wellen am See. Der gewöhnliche Tag. Sogar der Zahnarzt. Alles ... und später ist dann nichts mehr davon da.«

»Nein. Was geschehen ist, kann kein Tod mehr ungeschehen machen.«

Manche befürworteten den Freitod und behaupteten, daß Welt und Leben ihnen keine andere Wahl ließen; wenigstens Bier oder Tabletten bräuchten sie, um es auszuhalten. Mich interessierte das nicht. Wie immer es mir auch ergangen war, an Selbstmord hatte ich nie gedacht. Das Leben flog vorüber, man konnte ihm zusehen. Daß ich selbst lebte, war unglaublich, weil unwahrscheinlich. Ein Wunder. Das ohnehin kurze Leben noch abzukürzen wäre mir unnötig und kleinlich vorgekommen – die kleine Strecke sollte doch, auch wenn sie nicht wunschgemäß verlief, auszuhalten sein. Beschwerden, gleich ob über Krankheit, Ungerechtigkeit, Endlichkeit, Unglück, Armut schienen mir flegelhaft, undankbar und unhöflich. Das Leben war eine Ehre. Man hatte sich seiner würdig zu erweisen und sie zu tragen. Die Ehre trug man elegant und – wie alles Elegante – unauffällig.

Die Zeit des Ausruhens wird kommen und kein Ende haben. Manchem, der zu Lebzeiten gejammert hat, wäre ganz zuletzt der geringste Augenblick seines Lebens gut genug, wenn er ihn nur noch einmal erleben dürfte. Warum also vorzeitig Radau um Kummer und Ungerechtigkeit und nicht auszuhaltenden Schmerz? Aber für mich gab es ja nichts auszuhalten. Ich hatte das Turmzimmer.

Mein Leben war hell und so einfach, daß ein gewisser Glanz nicht ausbleiben konnte. Ich hatte keine Sorgen, und denen, die ich haben könnte, sah ich ohne Unruhe entgegen. Ich fühlte mich geborgen. Ich wartete. Ich wußte nicht, worauf. Ich lebte nun. Das war bedeutungslos, aber schön. Wer ich bin, war eine dumme und unnütze Frage, deren Beantwortung mich nichts anging. Ich geigte nun in jenem Reich, ich lebte dort. Wenn mich jemand gefragt hätte, ob ich ihn mitnehmen würde, so hätte ich geantwortet:

»Nein. Du bist kein Herzog mit fliegendem Namen.«

Ich dachte daran, wie ich auf der weiten, windigen Ebene im kleinen Verschlag der Bushaltestelle gewartet hatte. Hat man zu warten, ist man ungeduldig und meint, mit jeder Minute von Wichtigem abgehalten zu werden. In Wahrheit ist das Warten die kostbarste Zeit, die wir haben. Um wieviel lieber würde man später immer noch warten, anstatt weitergelebt zu haben; beim Warten vergehen weder Zeit noch Leben. Alles ungeduldig Getane war schlecht getan.

Nach meiner Rückkehr aus Prag hatte ich bei der Vorstellung, etwas zu planen, ein Gefühl von Lachhaftigkeit empfunden. Das war vergangen. Ich hatte mich erholt, ich fühlte mich kräftig. Das Flugzeug ist gelandet, aber die Reise ist nicht zu Ende. Und ich wußte, daß ich nicht wieder Musiker werden, aber etwas anderes tun würde, als im Supermarkt zu arbeiten. Etwas würde sich ändern, und es stand bevor. Ich bräuchte nicht zu planen und zu lenken. Das von mir Getane würde mit, wie Frieda erklärt hatte, mir noch unbekannten, fremden Strängen zu einem Zopf verflochten; es gab genug Eigenes und genug Fremdes; die flechtende Hand würde nicht die meine sein – ich konnte gespannt sein.

Die Zeit sei kurz, heißt es, das Jetzt ein Augenblick zwischen Morgen und Gestern. Doch jeder Glockenschlag verkündete: »Jetzt«. Das Jetzt war weit und endlos, es gab nichts anderes; und war nicht der, welcher lebte, als sei das Jetzt die Engstelle der Sanduhr, an der aus einem riesigen Glasballon die Zukunft in einen anderen, den der Vergangenheit, hinabrieselte, dazu verdammt, jämmerlich und ängstlich zu leben und noch jämmerlicher zu sterben?

Die Vergangenheit war da, auch wenn die alten Dinge nur noch in Erinnerungen oder Märchenbüchern auffindbar schienen. Aber in allem Neuen fand sich das Ältere, und in Wahrheit war nichts vergangen. Alles Gewesene und Kommende schwamm unvermischt nebeneinander in derselben, eierschalendünnen Terrine, in derselben Bouillon, und nichts war aussichtsloser, als Gestern, Morgen und Jetzt trennen zu wollen.

Alles dauert an. Die Glaskugel läßt sich schütteln und veranstaltet ihr kleines Schneegestöber. Mein Leben, dein Leben, das

Leben, ein Leben. Eine Bildfolge, ein Adventskalender, eine Pralinenschachtel. Ich bin glücklich, du bist glücklich, Gänseblümchen sind glücklich.

Serap, sich mit Flöckchens Sonnenbrille umsehend, die Hand derweil schützend über Flöckchens Augen gelegt.

Die Sorgfalt des Briefträgers, der ein Holzstückchen mit Leim bestreicht und vorsichtig in eine Lücke einfügt.

Die Gewissenhaftigkeit, mit der nach dem Spiel der Bogen entspannt wird.

Serap, die es erstaunlich findet, daß man mit den Haaren toter Pferde Geige spielt.

Frieda, die stolz einen Schellkönig vorweist, ehe sie ihn auf den Tisch legt.

Ein Leuchtturm mit einem sterbenden Geiger darin, der sich einen Sturm wünscht.

Ein Waggon, der durch die Nacht rollt.

Ein großes, längliches Wickelpaket mit Harlekinsmütze, das im Meer versinkt.

Vögel, die nachts aufgewacht sind und durch die Straßen fliegen.

Ein Teller mit appetitlich angerichtetem Rattengift.

Ein kleines Häuschen mit tulpengemusterten Flicken auf dem Dach.

Aus der Tiefe heraufdringende Reflexe goldener Fischleiber.

Ein Segelflugzeug wird emporgezogen, die Schnur klinkt aus, das Fallschirmchen fällt, das Flugzeug kreist über dem gefrorenen See, sinkt, immer langsamer, immer tiefer, fliegt eine Weile fast parallel zum Eis, ehe es unmerklich aufsetzt und der Pilot aussteigt, mit den Schultern zuckt und auf die Armbanduhr sieht; drei Uhr.

Ich bin am Ende meiner Geschichte angekommen. Meine Passagiere, die Leser, steigen aus ihrem Gefährt, meinem Kopf, in dem sie mitgereist sind. Durch meine Augen haben sie immer auf das geschaut, auf das ich meine Blicke richtete – ohne mich selbst je zu sehen.

Was ist ein Text? Er besteht aus schlanken Kommata, präzisen Punkten, dem aparten Semikolon usw. Dazwischen stehen die Worte wie eine Herde Vieh und blöken. Meine Geschichte ist einfach und unaufregend, aber das Gewesene sollte einige Notizen wert gewesen sein. Ich bin vielen Menschen begegnet, die meisten werden sich nicht mehr an mich erinnern.

Nach den zahlreichen, in Sonne oder Schnee gleißenden Dünndruckseiten des Tages folgt die Nacht mit unerfreulich wenigen Seiten aus aufgequollenem schwarzem Karton, auf den mit krächzender Kreide geschrieben wird.

Verwelkte Rosen blühen niemals wieder. Und trotzdem ist der Tod kein Ende. Er riecht angenehm. Niederknien muß man halt. Dort wachsen Gänseblümchen. Der Tod ist eines von ihnen. Alle haben Angst vor ihm, aber in Wahrheit ist er eine Freude, in Wahrheit ist er eine Ehre, wie das Leben, und wie das Leben geht er auch vorbei.

Vielleicht wird einmal das Geschehene in unserem Gedächtnis verlöschen; und sicher wird der Tod einmal das, was noch hätte geschehen können, streichen; aber was geschehen ist, bleibt geschehen.

Das Essen schmeckt, doch um aufrichtig zu sein, gebe ich selten auf das Essen acht. Ein Gebäck namens »Seele«, mit Margarine bestrichen, kann ich als meine Lieblingsspeise bezeichnen. Gelegentlich wird ein Bleistift gespitzt. Auch das Abstauben empfiehlt sich hin und wieder. Unterbleibt es, ist jedoch der Unterschied nicht allzu groß. Ein Hund, schlafend, unter einem als Sonnenschutz hingestellten Regenschirm. Ein Spiel heißt Halma, eines Dame, wieder eines Tarock. Manchmal zucke ich zusammen, weil es mich in den Ellbogen sticht. Ob die Schlange wohl noch lebt? Ein Hund will immer wieder gestreichelt sein, und seine Sonnenbrille kann er nicht selbst sauberhalten. Auch wenn er schon sehr alt ist, wedelt er mit dem Schwanz. Bemühen wir uns, die Scherze zu hören, in dem kurzen Augenblick, ehe sie der Wind von unseren Lippen reißt. »Wo soll ich hin damit?« schreit einer. Rasur täglich. Fingernägel nach spätestens acht Tagen nachschneiden. Zur Faschingszeit gibt es Krapfen.

Wer den mit Senf oder Sägemehl gefüllten erwischt, wird ausgelacht. Regen fällt laut. Man wirft einen Brief ein; was kann nicht alles geschehen, ehe er ankommt. Auch fallender Schnee macht Geräusche, nur sehr leise. Ein Kakadu übt einen Satz, den er nicht versteht. Der Leim riecht gut. Einer schreit eine Antwort. »Dahin, wo du's herhast!« Alle Bücher, auch die dicksten, enden mit einem einzigen Wort. Wind weht, ihn selbst kann man nicht hören, nur das Wetterhähnchen knarrt. Und eines Tages hören die Fingernägel auf zu wachsen.

– *Fin de Partie* –